Die Arbeit der Übersetzerin am vorliegenden Buch wurde im Rahmen des Programms NEUSTART KULTUR aus Mitteln der Beauftragten der Bundesregierung für Kultur und Medien vom Deutschen Übersetzerfonds gefördert.

NEU START KULTUR

Die Beauftragte der Bundesregierung für Kultur und Medien

Titel der Originalausgabe:
*Cette grenade dans la main du jeune Nègre est-elle une arme ou un fruit?*
Zuerst erschienen 1993.

Rohrbacherstraße 18, D-69115 Heidelberg
www.wunderhorn.de



Gestaltung und Satz: philotypen/Dortmund
Druck: NINO Druck GmbH, Neustadt/Weinstraße
ISBN 978-3-88423-659-8

FSC
www.fsc.org
MIX
Papier aus verantwortungsvollen Quellen
FSC® C006655

*Granate oder Granatapfel*

*was hat der Schwarze in der Hand?*

Dany Laferrière

Aus dem Französischen
übersetzt von Beate Thill.

WUNDERHORN

Gewidmet
dem Romanautor James Baldwin,*
dem Musiker Miles Davis,
dem jungen Maler Jean-Michel Basquiat,
alle drei sind in Amerika gestorben.
In der Neuen Welt herrscht Krieg.

* Gewiss, Baldwin starb in Frankreich, aber die tödliche Wunde wurde ihm in Amerika zugefügt.

Ich verleugne meine Herkunft nicht, ich verstehe mich nur nicht mit den anderen Schwarzen.
Ich finde, Schwarzsein ist nicht alles im Leben.

*Graffito in einer New Yorker U-Bahn.*

# SCHREIBEN IN NORDAMERIKA

## I

Dies ist kein Roman. Hier denke ich an Magritte, der eine Pfeife zeichnete und darunterschrieb „Dies ist keine Pfeife".
Ich verfasse dieses Buch nach Notizen, die ich mir an vielen Orten in Nordamerika gemacht habe. Im Zug Richtung Vancouver, in dem eine dicke Frau mir gegenüber saß und mich während der ganzen Fahrt anstarrte, weil sie dachte, ich zeichnete ihr Porträt (was übrigens stimmte). Im Bus Richtung Süden (Key West) an einem sonnigen Freitag, mit der schrecklichen Bläue des Meers beiderseits der nicht endenden Brücke. Im vegetarischen Restaurant in San Francisco, wo ich nichts gegessen habe, wegen eines winzigen Fettkrümels im Mundwinkel der Langen, drei Tische links von mir. Im Taxi vor einem Nachtclub in Manhattan, um drei Uhr morgens (wir suchten verzweifelt nach Bagels). In der Toilette des Shade (eine modische Bar in Montréal, am Boulevard Saint-Laurent, angesagt bei jungen Schauspielerinnen mit metallischen Brüsten, die dir ihr Laserzwinkern zuwerfen), wo eine grünhaarige Frau heulte, weil sie die Vene nicht finden konnte, um sich den ganzen Dreck in den Leib zu fixen. In Amerika ist man pausenlos unterwegs. Der weite Raum Amerikas ruft nach Geschwindigkeit.

## II

Ich habe den Auftrag, für ein hochangesehenes Magazin an der Ostküste eine große Reportage zu schreiben. Sie wollen offenbar eine Sondernummer über Amerika herausbringen.
„Was kümmert es mich, ob Amerika 500, 400 oder 600 Jahre alt ist!"

Das sagte ich dem Typen am Telefon, der mich in meiner Bude aufgespürt hatte.
„*Fuck* Amerika, Alter, hier ist das Geld, und zwar ein schönes Päckchen, nimm's, sonst kriegt es ein Anderer."
„Warum ich?" (Wie lange man diese dämliche Frage schon stellt!)
„Tja, vielleicht bist du ‚das Parfüm des Monats' für sie."
„Wieso?"
„Sie haben dich anscheinend überall gesucht und jetzt ..."
„Was ist mit dir?"
Kurzes Schweigen.
„Sagen wir mal, ich bin schon ‚das Parfüm des Monats' gewesen."
„Lange?"
„Ja ... gut drei, vier Monate."
„Nur!"
„Hier geht das sehr schnell", erwiderte er mit einem trockenen Lachen.
„Was wollen die genau?"
„Keine Ahnung ... Ich nehme an, sie wollen einen Schwarzen, der nicht hier lebt, sich hier aber gut auskennt, du weißt, was ich meine ..."
„Warum keinen schwarzen Amerikaner?", fragte ich ganz unschuldig.
„Afroamerikaner heißt das jetzt, das hat sich auch geändert."
„Wenn man seine Identität in den Wörtern sucht ... Dennoch, warum keiner von denen?"
„Sie wollen wohl keine Schwierigkeiten ... nicht jemanden, bei dem sich alles um den Gegensatz zwischen Weiß und Schwarz dreht, das interessiert sie nicht."
„Dann ist es schon vorbei, denn es ist das Einzige, was mich an Amerika interessiert."
„Bei dir", sagte er lachend, „ist das eher der Zusammenprall der Weißen Frau mit dem Schwarzen Mann."
„Auch eine Art, sich dem Problem zu nähern ..."
„Möglich, aber das gehört in die Freizeit. Wenn nicht von Geld die Rede ist, fühlt sich der Weiße nicht angesprochen."

„Du meinst, der Reiche."
„Kein linkes Gewäsch, Alter, hier ist der Reiche weiß."
„Ich hasse Auftragsarbeit."
„Du entscheidest ... Passt ‚das Parfüm des Monats' nicht zu dir? Du fährst auf ihre Kosten ein wenig herum und schreibst deine Eindrücke auf, und die zahlen verdammt gut, Alter ... das ist Amerika!", schloss er mit einem lauten, bitteren Lachen.
„Ach! Haben sie denn vor den Schriftstellern so viel Respekt?"
„Willst du mich auf den Arm nehmen?"
„Nein nein ..."
„Ganz einfach", behauptete er, „sie wollen ihre Sondernummer (die eigentlich vollständig von Ford, Getty, Mallon, Morgan, Rockefeller et cetera gesponsert wird, Alter, lediglich eine Methode, um Steuern zu sparen, aber das nur unter uns). Sie wollen was Großes hinterlassen und sind offenbar bereit, auch den Preis dafür zu zahlen."
„Was soll ich also machen?"
„Du rufst einfach an und sagst, du bist einverstanden."
„Klingt nach Callgirl."
„Es ist das gleiche Prinzip."
„Hey! Du hast mir noch gar nicht deinen Namen genannt!"
„Kunta!", sagte er, dann legte er mit einem trockenen und bitteren Lachen auf. Es ist das Lachen eines jungen Schwarzen, der sich am starken Licht Amerikas bereits verbrannt hat.

## III

Es passiert nicht alle Tage, dass ein schwarzer Schriftsteller einem anderen schwarzen Schriftsteller einen interessanten Tipp gibt, damit meine ich, der ein bisschen Geld einbringt. Ich rief an. Sie wollten tatsächlich jemanden, mit dem sie einen guten Deal abschließen konnten. Das ist ihre Philosophie auf allen Stufen der Karriereleiter: Der beste Deal heißt, es soll sie möglichst wenig kosten. Es gibt dafür nichts Besseres als einen jungen Schriftsteller, der soeben einen netten kleinen Erfolg geerntet hat. Das Parfüm des Monats. Bist du zu naiv, hast du schon verloren. Betont durchblicken! Betont zynisch sein! Alles diskutieren! Schon gab ich der Redaktionsleitung am Telefon bekannt, dass die Rassenfrage mir nach wie vor viel bedeutet.

„Inwiefern?", fragte mich der Typ am anderen Ende der Leitung.

„In sexueller Hinsicht!"

Ich kenne keinen Weißen, dem schwarz-weißes Vögeln nicht den Mund wässrig macht, um die Sache höflich auszudrücken. Solange auch nur ein Abnehmer dafür bleibt, habe ich in Amerika zu tun.

„Warum dieses Thema?"

Der Heuchler!

„Erstens, weil mich an Nordamerika nur das interessiert ..."

Der Spruch wurde schon zum Mantra.

„Wir arbeiten in ganz Amerika ... Mittelamerika, Nord- und Südamerika, auch in der Karibik", fügte er in diesem honigsüßen Ton hinzu.

„Hören Sie (unterbrach ich ihn scharf), wer Sie auch sein mögen ... Wenn ich in Nordamerika leben will, dann weil mir die Mayas und Azteken egal sind. Für mich sind die toten Zivilisationen zu Recht ausgestorben."

„Da Sie aus der Karibik kommen, dachten wir ..."

Immer dieses „Wir", sobald sie sich ein bisschen bedrängt fühlen!

„Die Karibik! Immer der gleiche Blödsinn! Die Leute sollen über die Ecke schreiben, aus der sie kommen! (Alle herhören: Da bin ich empfindlich.) Ich schreibe über Dinge, die passieren, wo ich lebe ... Außerdem ist die Karibik heute in New York und Lateinamerika in Miami."

„So habe ich das nicht gemeint ..."

„Dann sagen Sie mir doch gleich, was ich schreiben soll!", jetzt kläffte ich richtig.

Ich spürte, wie er am anderen Ende einen Satz zurück machte.

„Das war nur ein Vorschlag."

„Ich habe mir die Unabhängigkeit in Amerika erkämpft, indem ich acht Stunden am Tag auf einer alten klapprigen Schreibmaschine getippt habe. Die Fabrik war die Alternative. Zuerst war es noch beides. Und ganz allmählich war es nur noch das. Wenn jetzt einer kommt und mir meine Remington 22 nehmen will, schieße ich ihm eine Kugel in den Kopf … Achtung, ich bin ein Spinner und kann zielen."

Natürlich war das ziemlich übertrieben, aber ich hatte Spaß daran, in den etwas weichen aristokratischen Schädel dieses höflichen jungen Mannes einen Nagel reinzuhauen. Er kommt bestimmt gerade von Harvard oder einer anderen Spitzenuniversität, die junge WASPs so gut darauf vorbereiten, von der Wall Street aus die Dritte Welt verhungern zu lassen. Zum Glück beherrschten sie nicht den Kampf Mann gegen Mann, die bevorzugte Sportart der Hungerleider.

„Einverstanden", stammelte er endlich.

Dabei hatte ich ihm meine Entscheidung noch gar nicht zu Ende erklärt.

„Was waren die Azteken eigentlich? Hä? Nichts als ein paar stinkreiche Degenerierte, dazu arrogant und pervers, die das Volk arbeiten ließen, damit sie selbst untätig bleiben konnten. Die aztekische Kunst? Geschaffen von mies bezahlten Leuten. Heute sind die Amerikaner an ihre Stelle gerückt und keinen Deut besser. Eines Tages sind die Schwarzen an der Reihe. Die Schwarzen werden die schlimmsten Imperialisten sein, denn sie haben zu viel gelitten. Man sollte das Schicksal des Planeten nicht in die Hände derer legen, die durch die Hölle gegangen sind."

Kein Laut am anderen Ende. Ich hatte den Feind platt gemacht. Nun blieb mir nichts mehr übrig, als die Festung einzunehmen. Wirklich wahr, in der Neuen Welt herrscht Krieg.

## IV

Ich bin also überall in Nordamerika hingefahren. Ich habe gesehen, wie die Schwarzen, die Weißen, die Roten und die Gelben leben. Also eigentlich alle. Und ich fand heraus, Alter, dass wahr ist, was man über Amerika sagt. Amerika schluckt alles. Es ist der weiche Bauch der Welt. Das letzte unschuldige Volk. Dagegen erscheinen die Buschleute wie listige Teufelchen. Sie werden sagen: Was? Er wiederholt das abgehalfterte Klischee des naiven Amerika, Alter, damit ist es doch längst vorbei! Im Gegenteil, Bruder! Es gilt immer noch. Die Mechanik läuft wie neu. Zweihundert Jahre sind im Vergleich zur Menschheitsgeschichte eben nicht mehr als ein Augenzwinkern, so viel wie nichts. Amerika ist wie eines der gut genährten Babys aus der Reklame. Und die Amerikaner leben miteinander, als gäbe es auf dem Kontinent niemanden sonst. Oder auf dem Planeten. An der Tankstelle, wo ich volltanke, meine ich gerade den Ansturm einer Horde eindrucksvoller Barbaren zu erleben. Studenten aus Indianapolis (jeder Staat hat ein eigenes Autokennzeichen) kicken einen Fußball zwischen den Autos und den Tanksäulen hindurch. Sie haben weite T-Shirts mit den Farben ihrer jeweiligen Unis an. Sie sind groß, blond, athletisch. (Trägst du da nicht ein bisschen dick auf? Nein, Bruder, sie sind wirklich so, wie man sie sich vorstellt.) Jede ihrer Bewegungen scheint wie neu, als hätten diese jungen Männer keine Verbindung zur übrigen Menschheit. Sie sind einzigartig. Sie verschlingen tonnenweise Hamburger, trinken Bäche von Coca Cola und verbringen die Hälfte ihres Lebens vor dem Fernseher. Sie beten alle möglichen Götter an und außerdem einen einzigen Gott. Sie töten auf alle erdenklichen Weisen. Sie kennen keine Reue. Die Welt ist ein Kinderspielzeug in ihren Händen. Sie machen es kaputt, reparieren es wieder und werfen es dann weg. Sie wissen nichts von der Vergangenheit und verachten die Zukunft. Sie kennen nur den gegenwärtigen Moment. Sie sind Götter. Und ihre Schwarzen sind Halbgötter.

## V

In Amerika ist nur eines von Bedeutung: der Erfolg. Um jeden Preis. Egal mit welchen Mitteln er erreicht wird. Das Wort

„Erfolg“ hat nur in Amerika einen Sinn. Es heißt, dass die Götter dich lieben. Dann kommen die anderen Menschen näher, schnuppern an dir (das betäubende Parfüm des Erfolgs), fassen dich an und beginnen um dich herum zu tanzen. Du bist ein Gott. Ein Gott unter den Herren der Welt. Weiter kannst du nicht aufsteigen. Das ist der Gipfel. Das Dach der Welt. Und vor allem: Jetzt sehen sie dich. Wer in Amerika schaut, ist immer der Unterlegene, bis ein anderer auf ihn schaut. Es ist nur ein verstohlener, kurzer Blick (nicht länger als fünfzehn Minuten, nicht wahr, Warhol!), denn in Amerika gibt es immer etwas Neues zu schnuppern. Eben, „das neue Parfüm“.

## VI

Lange Zeit meinten die Schriftsteller, auf den Erfolg pfeifen zu können. Es galt schlicht als unmöglich, gleichzeitig ein guter und ein bekannter Schriftsteller zu sein. Die Autoren gaben sich mit mickrigen Auflagen zufrieden und waren deshalb von der Gunst der Verleger, Buchhändler und weiterer Mittelspersonen abhängig. Und doch wagten diese Autoren, anderen Ratschläge zu erteilen. Das Schlimmste an dem Zustand ist, dass sich bis heute nicht viel verändert hat. Welcher junge Schriftsteller hätte den Mut, die Veröffentlichung seines Romans bei Gallimard (ich wähle die beste Adresse in Frankreich) abzulehnen, nur weil die Vertragsbedingungen schlecht sind? Im Gegenteil, er ist glücklich, Fleisch von seinem Fleisch und Blut von seinem Blut fast kostenlos zu opfern, denn so nenne ich das, wenn einer fünf Jahre hart geackert hat. Am Tag der Unterzeichnung lädt er sogar ein paar Freunde ein, um diesen Vertrag zu feiern. Man würde ihm gerne in aller Freundschaft erklären, dass Gallimard primär ein Geschäftsmann ist (aber ja doch) mit dem Hauptziel, Bücher zu verkaufen (hoffentlich), und zwar so viele wie möglich. Man würde ihm auch gerne erläutern, dass dieser mächtige Verlag eine Armee von Buchhaltern besitzt und äußerst nervöse Erben, die mehr Zeit verbringen, Geschäftsbücher zu wälzen als die Gedichte von René Char zu lesen. Aber nur eine Andeutung in diese Richtung, und er läuft schreiend davon. Dieser junge Autor schreibt nicht, um reich oder bekannt, sondern um bewundert zu werden (und das hält er bereits für ein Zugeständnis). Ich bin verblüfft, dass ein klar denkender und intelligenter junger Mann (das schreiben selbst die Kritiker), die enge Verbindung nicht sieht zwischen der Frage, ob man gelesen wird und der, ob man bekannt und reich ist. Je mehr du gelesen wirst, desto bekannter bist du und desto schneller wirst du reich. Und am Ende auch frei. Diese Gleichung hatte ich immer vor Augen.

## VII

Ich habe acht Hefte mit Szenen mitten aus dem Leben vollgeschrieben und Hunderte Fotos geknipst. Amerika ist ein Berg fertiger Bilder. Für diese Reportage habe ich das Muster der Städte nachgezeichnet. Die großen Städte verbindet nichts, was eine Gesamtheit, ein Land ergeben würde. Die Städte sind über die Landschaft verteilt (New York, Miami, Chicago, Dallas, Washington, Baltimore, Los Angeles, Boston, San Francisco), jede bewahrt ihre Persönlichkeit, ihre Unabhängigkeit, ihre Stimmung, ihren Stil, aber alle streben mit wildem Verlangen danach, eine amerikanische Stadt zu sein. Dagegen sind die Kleinstädte echte Rattenlöcher, mit den immer gleichen Läden, den gleichen Banken, dem gleichen halben Dutzend Fast-Food-Restaurants, mit den gleichen Redneck-Bullen, die nur am Samstagabend abgehen, mit dem gleichen bescheuerten Lokalfernsehen (neulich erzählte ein Schriftsteller, in dem kleinen Fernsehsender einer Stadt im Mittleren Westen habe man ihm am frühen Morgen die Frage gestellt: „Dann handelt Ihr Buch vom Wesen des Menschen?“), dem gleichen tendenziösen Provinzblatt und den gleichen verblödeten Jugendlichen. Was ist eine amerikanische Stadt? Die amerikanische Realität (der Raum, die Zeit, die Leute und vor allem die Dinge) erscheint mir näher am Film als am Roman zu sein, näher am schnellen Schnitt als an langen

Einstellungen, die Szenen schieben sich ineinander statt aufeinander zu folgen, diese Realität scheint mir näher an der Wut als am Mut, näher am Instinkt als am Verstand. Wenn die amerikanische Realität einem Spielfilm gleicht, ist das Leben eines Amerikaners ein Videoclip.
Aus allen diesen Gründen haben die amerikanischen Schriftsteller (ich rede nicht von Leuten, die ihre Wälzer in den Supermärkten losschlagen) Probleme mit dem Roman und zeichnen sich so sehr mit ihren Kurzgeschichten aus. Der zeitgenössische amerikanische Roman ist in der Regel eine Sammlung kurzer Texte, die ein fester, aber dehnbarer Faden verbindet (das Gefühl, amerikanisch zu sein). Dagegen ist das Leben eines Amerikaners eine Sammlung von Fakten (daher der Eindruck der Leere). Auch dieses Buch folgt der Regel des amerikanischen Romans.

# DIE KUNST, BERÜHMT ZU WERDEN OHNE ZU ERMÜDEN

Ich hatte Erfolg mit dem Titel meines ersten Romans. Auch Leute, die das Buch nie gelesen haben und, vor allem, auch nie lesen wollten, kennen den Titel. Ihn zu finden hat genau fünf Minuten meines Lebens gekostet. Für das Schreiben des Buchs brauchte ich drei Jahre. Wenn ich das gewusst hätte ... Unnötig, Hunderte von Seiten vollzuschreiben, neun Wörter hätten genügt. DIE KUNST, EINEN SCHWARZEN ZU LIEBEN OHNE ZU ERMÜDEN.
Ich habe mir etwa zwanzig Reaktionen genau notiert, die sich nur auf den Titel bezogen:

1. Auf einer Cocktailparty in Outremont (Quebec):
„Sind Sie der Autor des Romans mit diesem Titel?"
„Ja, leider."
„Warum leider? Er ist wunderbar! Sie sind enorm talentiert!"
„Danke." (Meine einzige Frage: Soll ich sie flachlegen oder nicht?)
Sie schaut mich weiter mit diesem blödsinnigen Lächeln auf den Lippen an. Ihr Mann lächelt ebenfalls. Die beiden sind Kunstsammler und besitzen eine Kette von Bekleidungsgeschäften.
„Mein Mann hat das Buch nicht gelesen, aber über den Titel hat er sehr lachen müssen (erzählt sie und lacht dabei ebenfalls), das kann ich Ihnen sagen. Der Titel ist so witzig!"
„In unseren Geschäften in der Provinz verkaufen wir auch Dessous ..." (Bemerkt er ein wenig verlegen.) „Ich sagte zu meiner Frau, Ihr Titel würde gut in unseren Katalog passen ..."
„Hören Sie nicht auf ihn", redet die üppige Rothaarige sofort dazwischen, „er denkt nur ans Geschäft ..."
„Aber nein", werfe ich ein, „ich finde das eine gute Idee ..."
Sie lacht lauthals und klatscht (ein wenig krampfhaft) Beifall.

„Sie würden das machen! Wundervoll! Zu allem ist er überhaupt nicht eingebildet! Wirklich, Sie muss ich unbedingt treffen ..."
„Hören Sie mal", der Mann spricht nun wieder im harten Ton des Geschäftsmanns, „wir probieren das im Frühjahrskatalog mal aus. Wenn es gut läuft, bekommen Sie einen Vertrag ... Ich selbst bin überhaupt kein Rassist, aber ich muss abwarten, wie die Kundschaft reagiert. Keine Sorge, ich bin fast sicher, dass das laufen wird ..."
„Was erzählst du da, Schatz? Das läuft bestimmt ...", wendet sie sich mit einem bereits verständnisinnigen Lächeln an mich. „Es ehrt uns, Ihren Namen in unserem Katalog zu haben."
Er zieht seine Frau weg in Richtung Bar.
„Vergessen Sie nicht, wir müssen uns unbedingt treffen. Ich bestehe darauf ...", wirft sie mir mit einem gehauchten Kuss zu.

2. In Madrid (Spanien) ruft mir eine junge Feministin entgegen: „Ich habe deinen Titel nur ein bisschen verändert, willst du wissen, was rauskommt?"
„Klar."
„Die Kunst, einen Schwarzen zu lieben ohne IHN zu ermüden."

3. Zuvor hatte ich schon beim Filmfestival in Leeds (England) einem jungen Mädchen auf die Frage geantwortet, warum ich diesen Titel gewählt hätte: „Junge Dame, ohne diesen Titel wären Sie vielleicht heute Abend nicht hier." Gelächter im Saal.

4. In New York (USA) kam ein junges Mädchen (noch eines!) bei der Premiere des Films, der nach dem Buch gedreht wurde, auf mich zu:
„Sind Sie der Autor des Romans?"
„Ja."
„Schämen Sie sich nicht wegen dieses Titels?"
„Nein."
Da schleuderte sie mir den Inhalt ihres Weinglases ins Gesicht.

5. In London (England) lädt mich ein sehr langer, hagerer Typ ein, mit ihm ein Glas zu trinken.
„Soeben habe ich meinen Roman beendet. Der Verleger meint, der wird einschlagen, nur gefällt ihm der Titel noch nicht."
„Das ist immer das Problem mit den Verlegern."
„Nun, es ist wohl das erste Mal", sagt er mit einem leisen Lächeln, „dass ein Weißer darüber schreibt, wie sehr er sich zu schwarzen Männern hingezogen fühlt."
„Ach ja ..."
„Der Verleger sagt, das gibt einen Skandal ... Ich möchte Sie etwas fragen (plötzlich in verändertem Ton). Es ist sehr persönlich ... Natürlich können Sie ablehnen. (Herrgott!, denke ich. Ich soll ihm einen blasen, hier, in diesem Pub. Die Engländer sind wirklich schräg.)
„Leihen Sie mir Ihren Titel?"
„Was?"
Ein sehr breites Lächeln.
„Nicht wahr, das gab es noch nie! Jedenfalls noch nie mit der Zustimmung des Autors. Der Verleger sagt, wenn Sie es erlauben, ist das juristisch abgesichert. Zu meinem Thema passt nur Ihr Titel. Solange ich darüber nachdenke, es kommt nur Ihr Titel in Frage."
„Wenn nur er in Frage kommt, wie Sie sagen, nehmen Sie ihn, aber ich warne Sie, er bringt kein Glück! Man wird ihn nicht so einfach los ..."
„Die Kunst, einen Schwarzen zu lieben ohne zu ermüden, von John Ferguson. Wissen Sie, mein Verleger ist ein enger Freund des Verlegers von Salman Rushdie."

6. In Paris (Frankreich) gesteht mir eine junge, etwas flippige Frau bei einem Glas Wein im Café Flore: „Weißt du, ich habe dein Buch nicht zum Lesen gekauft. Es liegt auf meinem Nachttisch, das hält mir die Aufschneider vom Leib."

7. Ein junger Weißer aus Chicago fand den Titel beleidigend. Ein junger Schwarzer aus Los Angeles fand den Titel rassistisch.

Eine junge Frau aus Montréal fand ihn sexistisch. BANCO! Ich nehme es mit allen auf!

8. In Toronto (Kanada) las ein junges Mädchen den Roman im Bus, bis sie merkte, wie alle sie neugierig anschauten.
„Ich hatte nicht daran gedacht, dass sie den Titel auf dem Buch lesen konnten."
„Und weiter?"
„Noch nie im Leben war mir etwas so peinlich."

9. In Tokio (Japan) wurde der Titel komplett ausgetauscht. Der Mann vom Vertrieb sagte zur Begründung: „Im Japanischen haben wir diese Wörter nicht."

10. In Pretoria (Südafrika) lädt mich eine etwa fünfzigjährige Weiße zu einem Glas ein, in einer Bar in der Nähe der Alliance Française, wo ich gerade einen Vortrag gehalten habe.
„Sie können sich nicht vorstellen, welchen Effekt Ihr Titel auf mich hat."
Schweigen.
„Mein ganzes Leben hatte ich an diese Möglichkeit gar nicht gedacht. Und plötzlich lese ich im Schaufenster einer Buchhandlung diese schrecklichen Worte."
„Welche Worte?"
„Ihr Titel, Monsieur ... Eine Woche lang bin ich jeden Tag zu dem Buchladen gegangen, nur um diesen Titel zu sehen. Und jedes Mal hatte er die gleiche Wirkung auf mich. Es gibt keine Worte, um auszudrücken, was ich dabei empfinde. Wie wenn heißes Blei in meinen Adern fließt. Ich ging nach Hause und musste mich sofort ins Bett legen, so erschöpft war ich. Als hätte ein Güterzug mich überrollt. Worte können schlimmer sein als Taten, wissen Sie."

11. In Rom (Italien) flüsterte eine kleine, magere Frau (wirklich nur Haut und Knochen) eines gewissen Alters von der Sorte Baronin Soundso mir direkt ins Ohr:

„Sie werden nie erraten, wo ich mir Ihren Titel habe hin tätowieren lassen."
„Nein."
„Das habe ich mir schon gedacht", ließ sie geheimnisvoll fallen, während sie in der Menge des mondänen Empfangs bei Gräfin Soundso entschwand.
Wohin hatte sie sich auf diesen spargeldünnen Leib nur diesen langen Titel tätowieren lassen?

12. In Port-au-Prince (Haiti) raunte mir ein blasierter Freund zu: „An deinem Buch ist nur der Titel interessant."

13. In Brüssel (Belgien) brüllte mich ein afrikanischer Schriftsteller an:
„Merk dir gut, was ich dir jetzt sage, Bruder, in drei Wochen redet keiner mehr von deinem Buch."

14. In Antwerpen (Belgien) hat die Übersetzerin den Titel noch verbessert, auf Flämisch heißt er: *„Die Kunst, einen Schwarzen zu lieben ohne schwarz zu werden."*

15. In den USA haben alle großen Zeitungen den Titel zensiert: die *New York Times*, die *Washington Post*, der *Miami Herald*, die *Los Angeles Times*, die *Chicago Tribune*, die *Daily News*, der *Boston Globe*, die *New York Post*, alle.
Ich wurde gebeten, den Titel zu ändern. Darauf erwiderte ich, Amerika müsse sich ändern.

16. In San Francisco (Kalifornien) fanden sie den Titel gut, aber San Francisco zählt nicht.

17. In Sydney (Australien) hat mich eine Frau ziemlich frech aufgefordert, den Beweis meines Titels anzutreten.
Es gibt auch solche Tage.

18. In Stockholm (Schweden) hat mir eine blonde junge Frau (was für ein Zufall, Alter!) lachend ihren Schwarzen Freund vorgestellt.
„Frag mal Seko, wer als erster müde wird."
„Bestimmt Seko", antwortete ich.
Seko brach in ein schallendes guineisches Lachen aus.
„Die Kunst, zwei Schwarze zu lieben ohne zu ermüden", murmelte sie mit Schlafzimmerblick.
Seko lachte nicht mehr.

19. In Amsterdam (Niederlande) verlangte eine junge Sekretärin Antwort auf die schwerwiegende Frage:
„Was ist die Kunst, einen Schwarzen zu lieben ohne zu ermüden?"
„Man muss es IHM überlassen."

20. Überall auf der Welt hat man mir die gleiche Frage gestellt: Warum dieser Titel? Warum nicht! Eines ist sicher: Ich will nichts mehr davon hören! Ich hatte eine Überdosis. Jetzt löst er bei mir Brechreiz aus. Ich verrate Ihnen mal, wie er zustande kam. Bouba hat ihn gefunden. Ich erinnere mich, wir gingen in Montréal die Rue Saint-Denis hinunter. Es regnete. Ein Sommerregen. Da sagte Bouba (wie in einer Traumszene) sehr langsam: „Die Kunst, einen Schwarzen zu lieben, wenn es regnet und man nichts anderes zu tun hat." Sein Titel war länger, aber noch witziger.
Mein erster Roman. Die Götter hätten wenigstens den dritten abwarten können, bevor sie mich straften. Beim ersten Schuss ins Schwarze. Nicht einmal mit dem ersten Roman. Nur mit dem Titel.

# I. TEIL
# WO?

## ICH BIN EIN SCHWARZER SCHRIFTSTELLER

Eine junge Frau sprach mich mitten im Verkehr auf der Straße an.
„Sind Sie der Schriftsteller?"
„Manchmal."
„Kann ich Ihnen eine Frage stellen?"
„Nur zu."
„Ist das Ihre Geschichte?"
„Was meinen Sie?"
„Ich habe Sie neulich im Fernsehen gesehen und frage mich, ob Sie das wirklich alles erlebt haben."
„Teils, teils."
Sie schien weder überrascht noch verblüfft zu sein. Sie wollte einfach eine Erklärung.
„Ist das alles?"
„Ich weiß nicht, was ich sagen soll ... Keiner kann eine Geschichte genau so erzählen, wie sie sich zugetragen hat. Man probiert herum. Man versucht, die Empfindung des Moments wiederzufinden. Am Ende wird man nostalgisch. Und wenn es etwas gibt, was fern jeder Wahrheit liegt, ist es die Nostalgie."
„Dann ist es also nicht Ihre Geschichte."
„Ich möchte Ihnen auch eine Frage stellen."
„Wieso mir!", wehrte sie errötend ab, „Ich habe doch kein Buch geschrieben."
„Ja, aber Sie lesen."
„Stimmt, ich lese gern."
„Warum ist es Ihnen so wichtig zu wissen, ob die Geschichte so passiert ist?"
Kurze Pause.

„Ich möchte wissen, ob der Autor das alles echt erlebt hat."
„Ja ... aber warum?"
„Ich weiß nicht ...", sagte sie mit ihrem empfindsamen Lächeln.
„... man fühlt sich ihm dann näher."
„Und wenn er Sie anlügt?"
„Wieso?"
„Wenn er behauptet, er hätte das erlebt und es ist nicht wahr?"
„Dann bin ich enttäuscht ..." (sie lachte etwas geniert.) „Man wird die Wahrheit wohl nie erfahren."
„Warum also?"
„Nur so eine Idee." Und lachend: „Wollen Sie etwas verbergen?"
„Vielleicht, aber ich weiß nicht, was ..."
Sie lächelte wieder.
Ich fragte sie völlig unvermittelt: „Wie lesen Sie?"
„Überall."
„In der U-Bahn?"
„Auch in der U-Bahn."
Nichts ist für mich faszinierender als ein junges Mädchen, das in der U-Bahn liest. Ich weiß nicht warum, aber Tolstoi ist in der U-Bahn mit Abstand der Sieger, mit *Anna Karenina*, natürlich.
„Es gibt Leute, die überall lesen, aber nicht irgendwas", sagte ich, um irgendwas zu sagen.
„Ich lese alles mögliche."
„Dann sind Sie die perfekte Leserin."
Ein Wagen fuhr dicht an uns vorbei. Sie sprang zur Seite.
„Ich bin sicher, Sie lesen die Bücher nicht zu Ende."
„Entschuldigen Sie, das habe ich nicht richtig verstanden", sagte sie, während sie sich mit Mühe wieder fing.
„Wenn Sie ein Buch beginnen, lesen Sie es bis ans Ende?"
„Immer."
Sie war wieder da.
„Irgendwo stimmt was nicht", behauptete ich mit einem Lächeln.
Sie lachte leise.
„Vielleicht, dass ich mir nichts merke."
„Was heißt das, nichts."

„Ich meine, weder den Namen des Autors ..."
Es gab mir einen kleinen Stich ins Herz.
„... noch den Titel" fügte sie hinzu.
„Eigentlich ist das nicht schlimm, denn wichtig ist nur das Buch."
Ein leiser Seufzer.
„Ich kann mir auch nicht merken, worum es geht ... Manchmal kommt es mir vor, als hätte ich noch nie ein Buch gelesen."
„Das ist unglaublich ... Sie lesen etwas und im nächsten Augenblick haben Sie es vergessen?"
„Genau."
Ein längeres Schweigen.
„Warum lesen Sie überhaupt?"
„Zum Zeitvertreib."
„Ach so ... Macht es Ihnen etwas aus, dass Sie alles vergessen?"
„Oh ja!"
Jetzt wurde ihr offenbar peinlich bewusst, dass ich ihr eine sehr persönliche Frage gestellt hatte.
„Doch in Ihrem Alltag stört Sie dieses Handicap nicht?"
„Nein, denn es geht mir nur mit den Büchern so. Sie meinen, mir fehlt etwas? Bestimmt nicht, ich arbeite in einem Büro ganz in der Nähe und ich schwöre Ihnen, da brauche ich ein gutes Gedächtnis ... Ich bin Anwaltsgehilfin."
„Wie kommt es, dass Sie mich einfach auf der Straße angesprochen haben? Ich merke doch, dass Sie eigentlich schüchtern sind ..."
Sie schenkte mir ihr schönes kehliges Lachen.
„Ja, ich bin schüchtern. Ich weiß nicht. Vielleicht weil ich Sie schon im Fernsehen gesehen habe."
„Vielleicht haben Sie auch schon eines meiner Bücher gelesen."
„Nein, das glaube ich nicht."
Kurze Pause.
„Oder doch ... Vielleicht habe ich eines Ihrer Bücher gelesen."
„Sie geben einem wirklich keinen Anlass, stolz zu sein."
Wieder dieses kleine schüchterne Lachen.
„Entschuldigen Sie ..."
„Ich möchte Sie gerne etwas fragen ..."

„Ja“, hauchte sie und legt den Kopf zur Seite.
„Sind Sie verliebt?“
Diesmal war ihr Lachen heiser:
„Sie sind aber neugierig ... Es ist wahr, Sie sind ein echter Schriftsteller.“
„Ein Schwarzer Schriftsteller“, ergänzte ich lachend.
„Was heißt das? Ist es besser?“
„Leider nicht.“
„Das heißt?“
„Es ist nicht besser.“
„Ach so.“
„Ja.“
„Schade.“
„Es hat auch Vorteile ...“
„Nämlich?“
„Wir sind weniger ... Es fällt leichter, der größte lebende Schwarze zu werden.“
„Und dann?“, fragte sie mit einem verschmitzten Lächeln.
„Dann stirbt man.“
Mein Blick war kurz von einem Mädchen abgelenkt, das auf der anderen Straßenseite entlangging. Sie hatte einen wirklich kurzen grünen Rock (ein Taschentuch) und Beine, die wohl noch etwas teurer waren als eine Brosche bei Tiffany's. Als ich mich wieder umwandte, um das Gespräch fortzusetzen, war meine Gesprächspartnerin weg. Woher kam sie? Wohin ging sie? Was wollte sie? Das sind Fragen, die man in Nordamerika nicht stellt.

## IN DER BADEWANNE

Damals wohnte ich in der Rue Saint-Hubert, hinter dem Busbahnhof von Montréal. Die Autobusse starteten pausenlos zu Zielorten (Shawinigan, Rimouski, Gaspé), die für mich damals exotisch klangen. Von meinem Fenster beobachtete ich noch mit einem Gefühl der Überlegenheit (da waren Passagierdampfer was anderes), wie sie losfuhren. Ich wohnte allein, in einem Zimmer im dritten Stock. Eine kleine Küche, ein aufgeplatzter Sessel, ein Sofa und überall Bücher. Dazu meine Remington 22. Es war nicht schwierig, an der Ecke frisches Gemüse zu kaufen und bei dem winzigen Dépanneur gleich nebenan fand ich billigen Wein bis in die Nacht. Wenn ich mich einsam fühlte, brauchte ich nur die U-Bahn zu nehmen und konnte mit einer Fahrkarte mir den ganzen Tag meinen Weg durch diesen Dschungel aus Leibern, Hintern und Sprachen bahnen und vor allem den fremden Geruch dieser Menschen schnuppern. Die meisten Leute fahren im Sommer lieber mit dem Bus. Ich steige gern in die Erde hinab, auf der Suche nach dem Minotaurus. In der U-Bahn auf die Jagd zu gehen, ist wie Angeln in einem Aquarium. Du musst nur hineinlangen und den schönen prallen rosa Fisch herausholen. Man kann es sich leisten, wählerisch zu sein. An diesem Fisch ist mir nicht genug Fleisch, ich glaube, ich lasse ihn weiterschwimmen. Einfach so. Aus Lust und Laune. Es gibt ja noch andere. In der U-Bahn herrscht kein Mangel an Mädchen. Sie fahren weg, sie kommen an. Und das alles nur drei Minuten zu Fuß von meiner Bude entfernt. Geil! Es kommt manchmal vor, dass ich ein Mädchen mit zu mir nehme, ohne sie überhaupt nach dem Namen gefragt zu haben. Umgekehrt gilt das wohl auch. Ihr ist mein Name ebenfalls völlig egal. Heute höre ich häufig, die Männer dächten nur an den Akt, während die Frauen mehr auf Zärtlichkeit Wert legten. Bullshit! Ich glaube, es sind stets dieselben Gefühle (Zärtlichkeit und sexuelles Verlangen), die alle empfinden, nur gehen manche Menschen mehr aus sich heraus. Ich kenne sehr starke lautlose Orgasmen. Ich sehe ganz genau die junge Chinesin mir gegenüber an, wie sie ein Buch liest, mit ihren feingliedrigen Fingern. Welches? Ich lehne mich nach vorn. Hemingway. Der berühmte kubanische Schwertfischangler, Ernest, der Rohling. Was sucht er denn in der U-Bahn von Montréal? Noch als Toter richtet er bei den stillen jungen Mädchen Verheerungen an. Seltsam, wie sehr die schüchternsten Frauen sich von Ungeheuern angezogen fühlen. Aber heute Morgen möchte ich es nicht mit Papa aufnehmen. Meine Stimmung ist eher beschaulich. Sie liest also *Paris ist ein Fest* auf Französisch, das kleine hübsche Büchlein, das Hemingway seiner Lieblingsstadt und Hardley widmete, einer Frau, die er noch als junger linkischer Provinzler aus Illinois kennengelernt hatte. Ich betrachte die sorgenvolle Stirn und den winzigen Mund des jungen Mädchens, der sich bewegt, ohne dass ich einen Laut höre. Stilles Lesen. Ein ganzes Netz von Sprachen. Zuerst Chinesisch (woher ich weiß, dass sie Chinesin ist? Sie ist an der Station Place d'Armes eingestiegen, die mitten im Chinesischen Viertel liegt), dann Englisch (die Sprache Hemingways), schließlich das Französische (der Übersetzung). Gehen wir davon aus, dass mein Blick kreolisch ist (meine Muttersprache). Alles spielt sich ab, während die U-Bahn blind ihre Fahrt durch den Tunnel fortsetzt. Irgendwann, an der Station Bonaventure, ist ein Mann mit einer Kamera eingestiegen und hat die Leute zum Sommer befragt. Was sie an dieser Jahreszeit mögen. Mit ihrer Mimik hat die junge Chinesin so getan, als könne sie kein Französisch, um nicht antworten zu müssen. Eine gut gekleidete Dame hat viel von den Nachteilen erzählt, die der Sommer bringt. Diese unerträgliche Hitze, zumal Montréal auch noch so feucht ist. Den anderen Fahrgästen schienen ihre Äußerungen nicht zu gefallen. Ein Mann sagte sogar, die Leute seien nie zufrieden: Den ganzen Winter über riefen sie nach dem Sommer, und sei er endlich da, kritisierten sie ihn. Der Mann mit der Kamera wollte mir die Frage lieber nicht stellen, aber ich habe trotzdem ein wenig darüber nachgedacht. Ich bleibe im Sommer am liebsten in der Stadt. Und da alle genau dann wegfahren aufs Land, teile ich Montréal mit der glitzernden Schar der Liebhaber des Jazz, des Feierns und des Kinos. Die Leute reisen aus ganz Amerika hierher. Eine anregende Truppe. Wenn ich sie sehe, habe ich Ameisen im Hirn. Echt aufregend. Eine neue Energie. Mädchen in kurzen Röcken mit einem Programm des Jazzfestivals in der Hand, das ist vielversprechend. Ich setze mich gern auf die Bank am Eingang des Pariser Kinos, um mir die erleuchteten Gesichter der Leute anzusehen, die aus den verdunkelten Sälen kommen. Ich flaniere auch gerne über die Rue Saint-Denis, wo die Jazzliebhaber herumstehen mit ihrem sehr speziellen Aussehen.

So viel ist klar, ich schaue lieber, als tätig zu werden. Am besten wäre es, ich könnte all das erleben, ohne meine Bude zu verlassen … Diesen Sommer habe ich keine Lust, aus meiner Badewanne zu steigen. Aber sich nicht zu rühren, ist kostspielig. Ich habe wahrscheinlich nicht genügend Geld, um mir diesen Luxus zu leisten. Kaum beginnt der Sommer, stürzen die Leute in die Läden, um sich irgendein Buch zu kaufen, Hauptsache es hat mindesten 600 Seiten, der Autor ist Amerikaner oder die Farben auf dem Titelbild passen einigermaßen zu ihrem Badeanzug. Und ach! Fast hätt' ich's vergessen, der Titel muss möglichst blödsinnig sein. Anschließend rennen sie ins Reisebüro, um schleunigst den Mexikanern auf den Keks zu gehen. Jeden Sommer ertappe ich mich bei dem Traum, sie mögen nie mehr zurückkehren. Was für ein Träumer ich bin, sie kommen jedes Mal zurück und haben Handtuch, Buch und Hund am Strand vergessen.
Als ich heute Abend nach Hause kam, fand ich in meinem Briefkasten wie immer Rechnungen, die ich sofort zerriss (ich weiß, viele Hausfrauen würden das auch gerne tun, ich kann es mir leisten, weil ich nichts besitze, was der Gerichtsvollzieher bekleben könnte: nur ein paar Bücher und eine alte Schreibmaschine, trotz meines erfolgreichen Romanerstlings. In den Augen der anderen sehr erfolgreich, privat weiterhin arm). Doch was sehe ich ganz unten im Kasten? Einen kleinen gelben Umschlag. Ich öffnete ihn so gierig, dass ich fast den Scheck zerrissen hätte (ein saftiger Vorschuss für die Reportage über Nordamerika, schon klar, hauptsächlich über die Vereinigten Staaten, denn daher kommt mein Geld. Wie beim Kino, wo das Filmland von der Herkunft des Geldes abhängt. So vermeidet man die lächerlichen Identitätsdebatten, die den Professoren für Postkoloniale Literatur so viel bedeuten). Dieses Geld ist für die Reisekosten vorgesehen: die Flugtickets, die Zugfahrkarten, die Busfahrkarten, die Mahlzeiten, Hotels et cetera. Diese Typen sind wirklich schnell. Bei mir ist es das Gegenteil. Ich bin sehr langsam. Ich werde mich einen guten Monat ausruhen müssen, bevor ich meine Erforschung Amerikas unternehme. Am besten fange ich damit an, diesen Scheck auf den Kopf zu hauen.

Nachdem ich die Miete für den gesamten Sommer auf die Seite gelegt hatte (obwohl man nicht da ist, muss man die Miete, das Telefon, den Strom et cetera bezahlen), ging ich und kaufte mir das Gesamtwerk von Walt Whitman, dazu alle Romane von Dostojewski aus dem Verlag La Boëtie, eine Reiseerzählung von Naipaul und einen wunderschönen Brieföffner. Da Heißwasser mich nichts kostet, verbringe ich den ganzen Tag in der Badewanne. Nur nachts gehe ich vor die Tür. Ich lege mich in die randvolle Badewanne, nachdem ich auf einen Stuhl in Reichweite die Bücher und dazu ein Frottiertuch gelegt habe, um die Hände abzutrocknen. Dieses Abenteuer unternehme ich zum allerersten Mal. Einen ganzen Monat einen einzigen Autor zu lesen (Whitman spare ich mir für die Reise auf). Ich glaubte, so ein snobistisches Verhalten legten nur Proustleser an den Tag. In dieser Badewanne, die ich nur verließ, um mir mittags einen Obstsalat und abends Spaghetti mit Tomatensoße zuzubereiten, habe ich dann die aufregendste Reise meines Lebens unternommen. Zum einen durch das riesige zumeist vereiste Russland, zum anderen durch eine noch mysteriösere Gegend, das Herz von Dostojewski. Mehr brauche ich nicht zum Glücklichsein.

Dann kommt immer der Moment der Entscheidung, wenn meine Nachbarin, und zwar die, die jeden Sommer fast nackt auf ihrem Balkon sonnenbadet, bei mir klopft, damit ich ihr helfe, eine Flasche Rotwein zu öffnen (Wein ist für mich nur der rote). Ich komme ins Schwimmen. Ich bin schon derart beschäftigt mit der schrecklichen Gruschenka, wegen der sich die beiden Brüder Karamasov in Verlangen und Eifersucht verzehren werden. Mörderischer Liebeswahn. Aber diesmal hat sie einen anderen Vorwand, sie will von mir eine Zitrone. Sogleich und vor meinen Augen nimmt Sonia, so heißt die Nachbarin, die Züge von Gruschenka an. Ist dieser Schriftsteller so stark? Warum waren mir bisher die hohen Wangenknochen, die vollen Lippen und die Augen einer Tartarenprinzessin bei meiner Nachbarin nie aufgefallen? Dass sie immer so viel trinkt, bis sie am Boden liegt. Ihr strahlendes Lächeln, das mit finsteren Blicken wechselt. Ich sehe wieder, wie sie mir an manchen

Tagen mit verschlossener, wütender, finsterer Miene begegnet. Die schwarze Flagge der Depression. Wenn ich die Treppe heraufkam, hatte ich häufig ein lautes Gebrüll aus ihrer Wohnung gehört und das immer auf die Einsamkeit der Ehefrauen zurückgeführt, wenn der Mann auf den Baustellen von Saint James-Bay arbeitet. Die Traurigkeit der Verlassenen. Ich fülle heißes Wasser nach (gerade heiß genug, dass es mir angenehm ist) und tauche wieder in das dostojewskische Universum. Dieser Fjodor Michailowitsch ist ein echter Teufel! Nach drei Abschnitten hat er mich wieder am Haken.
Da kommt die schreckliche Sonia schon wieder. Ich höre auf der Treppe ihre entschiedenen Schritte. Sie hat sich umgezogen und trägt jetzt ein leichtes gelbes Kleid, aber keine Schuhe, und eine Fußkette (eine Schlange) an einer der Fesseln. Sie bringt Austern, Zitrone, Salz, zwei Flaschen Wein und zwei Gläser. Ich schließe die Augen und sie setzt sich voll angezogen zu mir in die Wanne. „Ich komme, um mit dir den Sommer zu feiern", sagt sie nur.

## AMERIKA, WIR KOMMEN!

Damals versuchte ich (keine Ahnung, wie dieser Ehrgeiz von mir Besitz ergreifen konnte) einen Roman zu schreiben und in Amerika zu überleben. Eines davon war zu viel. Du musst dich entscheiden, Alter. Doch ich wollte alles. Der beste Weg in den Untergang. Ich wollte den Roman, die Mädchen (die es seit der Moderne und der Erfindung der Schlankheitsdiäten gibt und auf die Männer reiferen Alters so scharf sind), den Alkohol und den Spaß. Alles, was mir zustand. Alles, was Amerika mir versprochen hatte. Ich weiß, Amerika hat einer Masse von Leuten sehr viel versprochen, aber mir sollte es alles einlösen. Ich war zornig, denn ich will mich nicht an der Nase herumführen lassen. Damals, Anfang der Achtzigerjahre (so lang ist das schon her!) wimmelten die Bars jeder nordamerikanischen Stadt von alten Hippies ohne Plan, schon ohne Plan, bevor sie Hippies wurden, von Afrikanern mit leerem Blick und immer einer Trommel am Ärmel – sie werden sich nie ändern, unabhängig von Ort und Zeit –, die Bars wimmelten von identitätssuchenden Antillanern, hungernden Dichterinnen, die sich von Luzernesamen und indischen Mythen ernährten, von hochaggressiven jungen Schwarzen Frauen, weil sie bei diesem verrückten Poker keine Chance hatten, denn die Schwarzen Männer interessierten sich nur für die Weißen Frauen und die Weißen Männer nur für Geld und Macht. Ich irrte spätnachts durch diese Mondlandschaft, wo die körperliche Begierde vollends jedes Gefühl ersetzt hat. Ich notierte alles. Ich schrieb in den Toiletten dieser schäbigen Bars. Ich führte bis in die frühen Morgenstunden Gespräche mit am Hungertuch nagenden Intellektuellen, arbeitslosen Schauspielerinnen, machtlosen Philosophen, schwindsüchtigen Dichterinnen, kurz, mit dem ganzen Gesocks der Underdogs. Zuweilen sprang ich auch ins kalte Wasser und wachte dann in einem unbekannten Bett neben einem Mädchen auf, das ich meiner Erinnerung nach nie getroffen hatte (gestern bin ich mit einem gelbhaarigen Feger nachhause gegangen und jetzt ist da diese gefärbte Blondine mit grünen Fingernägeln). Dabei nahm ich niemals Drogen. Gott hatte mir eine schallende, wohltönende, fröhliche und dazu ansteckende Lache geschenkt, ein Kinderlachen, das die Mädchen kirre machte. Sie wollten so gerne lachen und hatten damals so selten Gelegenheit dazu. Als ich nach Nordamerika auswanderte, hatte ich nichts in meinem alten Blechkoffer als diese Lache. Ein uraltes Erbstück. Bei mir zuhause wurde immer gelacht. Unser Haus bebte vom Lachen meines Großvaters. Nun lachte ich, trank Wein, vögelte mit der Wonne eines Kindes, das aus Versehen in einen Süßwarenladen eingesperrt wurde, und schrieb alles auf. Sobald das Mädchen auf die Toilette ging, kritzelte ich meine Notizen, auf der Bettkante, auf einer Ecke des Tischs, überall. Ich notierte mir einen Spruch, eine sinnliche Geste, ein schmerzliches Lächeln, irgendeine Einzelheit. Alles erregte mich. Ich notierte alles, was sich bewegte, und das hörte nie auf, glaube mir. Alles um mich herum, die Welt (das Mädchen, das Kleid auf dem Boden, mein zwischen dem Bettzeug versteckter Slip, der lange nackte Rücken auf dem Weg zur Stereoanlage, die Musik von Bob Marley), ich will sagen, mein Universum drehte sich in rasanter Geschwindigkeit. Warum sollte ich die fliehende Zeit, die wechselnden Mädchen, das immer wieder neue Begehren mit Worten festhalten? Ich stellte mir oft, den Kopf gegen die alte Remington 22 gepresst, diese quälenden Fragen. Bin ich der Griot dieses schäbigen Amerika, immer am Rande einer Überdosis, mit dem Gesicht an der Wand, in Handschellen und dazu zwei Polizisten im steifen Nacken? Dieses Amerika, das beim Leben noch einen Rabatt herausschlägt, das immer sein Geld zählt, das Amerika der Einwanderer, der Schwarzen, der völlig plan- und mittellosen Weißen Frauen? Das Amerika der leeren Blicke und des fahlen Morgengrauens? Am Ende schrieb ich den verfluchten Roman und Amerika war gezwungen, was mich betraf, wenigstens einen Teil seiner Versprechungen zu halten. Ich weiß, einigen gibt Amerika im Überfluss, wohingegen den übrigen auch noch das letzte Stückchen Schwarzbrot aus der verkrampften Faust gerissen wird, mir wurde immerhin ein Drittel der Schulden zurückgezahlt. Viele werden diese Naivität belächeln, aber ich schwöre, für meine Gemütsverfassung ist es sehr wichtig, an diesen Sieg zu glauben und sei er noch so klein. Ein Drittelsieg. So vielen anderen bleibt Amerika alles schuldig. Beispielsweise bei der Jugend aus der Dritten Welt hat Amerika eine immense Rechnung offen. Hier ist nicht die Rede von den historischen Schulden (die Sklaverei, die Plünderung der Humanressourcen, die Verschuldung der armen Länder et cetera), sondern von den sexuellen Schulden. Was uns die Zeitschriften, Plakate, Film und Fernsehen nicht alles versprochen haben ... Amerika, das sind reiche Jagdgründe, hämmerten sie uns ein, kommt und jagt die verlockendste Beute (die jungen Amerikanerinnen mit den langen Beinen, rosa Mündern und dem verächtlichen Lächeln), kommt, pflückt die wilden Früchte des Gelobten Landes. Amerika, eine Hündin, deren Fell unter euren Liebkosungen zittert, sie wartet nur auf euch, ihr jungen Männer aus der Dritten Welt. Diese Rufe wurden bis in die hintersten Winkel des Planeten vernommen, bis zu den Blauen Reitern in der Wüste. Das globale Dorf. Amerikanisches Fernsehen mitten in der Sahara. Alle machten sich auf nach Westen. Und jedes Mal mussten sich die Neuankömmlinge anhören: „Tut uns leid, das Fest ist gerade vorbei." Ich sah das traurige Lächeln des alten, noch wackeren Beduinen (erinnert euch, Brüder, an die alten Böcke im Alten Testament), der sein Kamel verkauft hatte, um beim Fest dabei zu sein. In der winzigen Bar an der Avenue du Parc traf ich sie alle. Bis zum Beginn der nächsten Fiesta, das sagte der Arbeitsvermittler unerschütterlich, müssen Sie arbeiten. In Amerika gibt es Arbeit für alle (noch so ein Lockmittel, Bruder). Schön reingefallen. Arbeit? Dafür war der Beduine nicht hergekommen. Er war durch die Wüste gewandert und über das Meer gereist, weil man ihm gesagt hatte, in Amerika sei Vögeln gratis und reichlich. Da haben Sie was falsch verstanden! Was denn? In allen Liedern, Romanen, amerikanischen Filmen der Fünfzigerjahre geht es nur um Sex und Sie behaupten, wir hätten was falsch verstanden? Was war an dieser reißerischen Sexualität, an dieser Masse nackter Leiber denn misszuverstehen, an diesem Beharren auf dem Intimsten, an dieser Hitze von Hollywood? Auch bei uns in der Wüste haben wir modernste Fernsehgeräte ... Wir empfangen Amerika. Glückwunsch zur Qualität der Bilder! Auch in der Sahara ohne Störung. Abends setzen wir uns in unser von der Mattscheibe erleuchtetes Zelt und schauen euch zu. Zuzusehen, was ihr so treibt, bereitet uns Freude. Immer ist da ein lachendes junges Mädchen an einem Strand. Gleich darauf überfällt es ein blonder Kerl. Das Mädchen entwindet sich, er verfolgt sie ins Wasser. Sie wehrt sich. Er umarmt sie leidenschaftlich und sie gehen senkrecht unter. Jeden Abend dasselbe Menü, mit leichten Verbesserungen. Das Meer ist noch blauer, das Mädchen noch blonder und der junge Mann noch muskulöser. Es wird ein Leben dargestellt, das uns leichter vorkommt. Das ist es: ein leichtes Leben. All diese Brüste, diese Hintern, diese Zähne, dieses Lachen wirken sich am Ende auf unsere Libido aus. Leuchtet Ihnen das ein? Deshalb sind wir nach Amerika gekommen und ihr wagt zu behaupten, wir hätten was falsch verstanden? Ich wiederhole die Frage, was sollten wir denn verstehen? Nachdem ihr uns verrückt gemacht habt vor Begierde, seht ihr jetzt vor euch die lange Schlange von Männern (bei uns gehen nur die Männer auf Abenteuer) mit einem Ständer, unersättlichem Appetit, bereit zum Krieg der Geschlechter und der Rassen. Wir gehen bis ans Ende, *America.*

## DER BAUM VON AMERIKA

Ich war nicht mal zum Trinken in die Bar gegangen. Ich wollte nur nachsehen, was aus der Bar du Parc geworden ist, die ich in meiner schwärzesten Zeit regelmäßig aufgesucht hatte, als es mit mir immer weiter nach unten ging und ich dachte, ich würde nie den Grund erreichen. Wenn du untergehst, Alter, schluckst du zwangsläufig einiges an Wasser. Ich hätte den ganzen Fluss austrinken können, keiner hätte mir eine helfende Hand gereicht. Dabei hörte ich ihr Lachen, ihre Spiele, ihre Liebe. Die hellen Stimmen der kleinen Mädchen, die starken Stimmen der Männer und die sinnlichen der Frauen. Der Grund des Flusses ist ein wunderbarer Schallraum. Man hört alles, was oben gesagt wird. Die ganze Musik des Lebens. Den Gesang der Pflanzen, der Luft, des Winds. So geht es selbst den Föten. Sie verlassen die Welt des Wassers für die tödliche der Luft. Ich schlief zwölf bis achtzehn Stunden am Tag und den Rest schaute ich fern. Ich klebte unablösbar vor den Fernsehshows und wusste den Preis jedes beliebigen Putzmittels. Ich kannte den genauen Preis von allem, was Amerika verkaufte. THE PRICE IS RIGHT. Ich schluckte alles. Die wirkungsvollste Propagandamaschine, die Menschen je hervorgebracht haben. Dieses Amerika schrie unaufhörlich heraus, das Leben sei ein Fest und die Bäume dieses Gelobten Landes beugten sich unter wilden, schweren, köstlichen Früchten. Leider trägt der Baum auch bittere Früchte. Um erstere zu pflücken, muss man die Leiter der jüdisch-christlichen Gesellschaft erklimmen, hingegen sind die bitteren Früchte für jeden in Reichweite.

## EIN ZIMMER IN DER STADT

Ich schrieb gerade am offenen Fenster über dem Lärm der Straße, als Sonia ohne anzuklopfen hereinkam.
„Was machst du?"
„Ich beginne mit der Reportage."
„Was? Ich dachte, für eine Reportage recherchiert man vor Ort?"
„Die Reise hat schon begonnen."
„Du schreibst also über Dinge, die du nicht gesehen hast."
„Aber ich schaue mir seit über zwanzig Jahren Amerika an. Meinst du, ein oder zwei Monate einer Touristenreise würden an dem Bild etwas ändern?"
„Ich finde es trotzdem komisch, was ist das für ein Reporter, der seine Bude nicht verlässt?"
„Das kommt häufiger vor als du denkst ... Außerdem bin ich kein Reporter. Ich bin Schriftsteller. Sie verlangen nicht von mir, die Wahrheit zu schreiben. Sie wollen viel mehr. Eine Fotografie der amerikanischen Sensibilität. Was ich besichtigen könnte, ist viel weniger wichtig, als was ich empfinde."
Sie bewegte sich lautlos durch das Zimmer. Ich spüre gern eine Frau in der Nähe, wenn ich schreibe. Schreiben und Begehren. Es dauerte eine Weile, bis ich merkte, dass sie tanzte. Ihre Füße glitten über den Holzboden. Ich beobachtete sie aus dem linken Augenwinkel. Ihre Bewegungen erschienen natürlich, aber hinter dieser Leichtigkeit spürte man eine ständige Anstrengung und stahlharte, wenn auch geschmeidige Muskeln. Der Tanz ist eine seltsame Kunst, die direkt dem Traum zu entspringen scheint. In meinen Träumen tanze ich häufig. Ich habe noch nie verstanden, warum der Tanz unbedingt mit Musik verbunden sein muss. Daher kommt der falsche Eindruck einer parasitären Kunst. Man hört schließlich Musik, ohne zu tanzen, warum soll man nicht tanzen ohne Musik? Manche Gepflogenheiten sind nur schlechte Angewohnheiten. Sie stellte sich leicht schwitzend hinter mich.
„Ich verstehe ... Diese Leute haben dich schon bezahlt, deshalb brauchst du dir nicht mehr den Arsch aufzureißen ..."

„Das war nur ein Vorschuss, für die Reisekosten. Den Rest bekomme ich bei Abgabe."
„Langsam lerne ich dich kennen ...", bemerkte sie mit einem kurzen ironischen Lachen. „Hauptsache du kannst deine Miete bezahlen und hast Zeit zum Lesen ..."
„Was kann sich ein Mann noch wünschen?"
Ihre Tartarenaugen verengen sich. Sie lässt sich in den Sessel fallen. Während sie mich ansieht, streift sie ganz nebenbei ihr Kleid hoch, so dass ich den Ansatz ihrer Schenkel sehe. Als ob plötzlich eine lange Nadel in meinen Nacken gestochen würde. Ich versichere Ihnen, das tut weh.
„Schau mal", ruft sie wie ein kleines Mädchen.
Der rote Kreis der Abendsonne taucht das Zimmer in heißes Licht. Fast wie auf einer Kinderzeichnung. Ich habe plötzlich Lust auf ein gut gekühltes Bier. Sie läuft tänzelnd los und holt mir ein Carlsberg aus dem Kühlschrank. Sie tanzt ihr Leben.
„Was fängst du nur mit deiner Zeit an?", fragt sie mich kopfschüttelnd, als wüsste sie schon, dass ihr die Antwort nicht gefiel.
„Viel zu viel", antworte ich und trinke einen großen Schluck von dem kalten Bier. Langsam bekomme ich wieder Luft.
„Was zum Beispiel?", hakte sie nach.
„Erstens lese ich ..."
„Ja, immer Dostojewski ..."
„Nein, heute morgen habe ich Walt Whitman angefangen."
„Wirklich mal was anderes!", spöttelte sie.
„Ich finde es ungerecht, Whitman hat schon alles Wichtige geschrieben, es ist ungerecht, wenn ich in der Zeit von ein oder zwei Monaten eine bestimmte Energie aufnehmen will, während Whitman sein ganzes Leben dafür eingesetzt hat. Das wird ein schrecklicher Kampf zwischen Walt Whitman und mir. Bin ich stark genug, um in einem Monat den Lebensodem dieser Naturgewalt zu empfangen, die Walt Whitman aus Manhattan besaß? Vorhin habe ich ihn ganz ruhig gelesen, da spürte ich ihn plötzlich direkt in meinem Plexus. Er ist mit solcher Wucht in mich eingefahren, dass ich aufgeschrien habe. Hör dir das an:

*Walt Whitman, ein Kosmos, von Manhattan der Sohn,*
*Ungestüm, fleischlich, sinnlich essend, trinkend und zeugend,*
*Kein Empfindsamer, keiner, der sich über Männer und Weiber oder abseits von ihnen stellt,*
*Nicht bescheiden noch unbescheiden.**

Schweigen im Raum.
„So ein Mensch muss dir zum Freund werden."
„Wie war das mit Dostojewski?", fragte sie in ziemlich gewichtigem Ton, als wollte sie einen sehr aufwendigen Cocktail in einer Bar an der Rue Crescent bestellen. „War das anders?"
„Eigentlich sollte man nicht vergleichen. Ein Vergleich wirkt immer lächerlich. Dostojewski ist heimtückischer, er klebt an deiner Haut wie ein schlechter Geruch. Whitman ist direkt, erdverbunden, aber nicht wirklich, denn er ist schlau und glaub mir, der Alte hat eine harte Faust. Whitman zum Mittagessen, das muss man verdauen. Du hast den Eindruck, ganz Amerika dringt mit einem Schlag in dich ein ..."
Ein letzter langer Schluck und ich rollte die Flasche über den Holzboden.
„Trotzdem", fuhr sie fort, ohne sich von meiner kleinen Predigt beeindrucken zu lassen, „kann man doch nicht seine Tage nur mit Lesen verbringen ..."
„Ach! Du willst einen genauen Bericht, wie ich meine Tage verbringe. Sag das doch gleich. Von Anfang an? Also ich stehe gegen zehn Uhr morgens auf, lese ein wenig, wie andere beten, bis ich wieder einschlafe – dabei ist zu unterstreichen, ich suche den Schlaf nicht, er soll mich finden. Die Geschichten, die ich gerade gelesen habe, bilden manchmal den Stoff meiner Träume. Das liebe ich. Später, viel später, wasche ich mich, ziehe mich an und mache etwas zu essen. Danach setze ich mich ans Fenster und schaue, wie die Leute unten vorübergehen. Sie haben es alle so eilig, dass ich

* Walt Whitman: *Grashalme.* Nachdichtung von Hans Reisiger, Zürich (Diogenes) 1985, S. 71.

nach einer Weile erschöpft bin. Ich schenke mir ein Glas Wein ein und lese weiter in meinem Buch. Dann ist schon Zeit für den Mittagsschlaf. Nach dem Mittagsschlaf (von einem Mann, der keinen hält, kann nichts Gutes kommen) gehe ich eine Runde durch den Park, aber nur kurz. Diese Mädchen in Sommerröcken würden mir sonst den letzten Nerv rauben. Auf dem Rückweg kaufe ich manchmal bei dem Dépanneur Obst, Gemüse und ein wenig Bier. Ich koche das Abendessen. Schon trudeln die Freunde ein, angelockt vom Geruch der Gewürze. Die Gewürzroute."

„Deine Freunde? Aber ich kann mich nicht erinnern, dass du jemals Besuch hattest."

„Das war früher. Jetzt empfange ich niemanden mehr."

„Warum? Ist was passiert?"

„Nein, ich habe mich nur für eine Zeit verabschiedet. Ich kann monatelang so leben. Ich bin unter Wasser. Meine Freunde wissen, dass sie mich dann nicht aufsuchen dürfen."

Noch eine Flasche Bier. Sonia hatte schon verstanden, dass sich heute nichts abspielt. Ich bin woanders. Im Winter sind die Mädchen so schwer zu haben. Aber im Sommer, wenn es für alles zu heiß ist, fallen sie geradezu über dich her. Wenn man selbst erregt ist, sendet man offenbar Vibrationen aus, die sie abschrecken. Mir wurde jetzt klar, um sie anzuziehen, muss man nur mit seinen Gedanken woanders sein.

„Ich sehe schon", sagt sie, „du willst arbeiten."

„Ich arbeite nicht, Sonia. Ich reise in meinem Kopf. Ich sitze im Augenblick in einem Bus, der in den tiefen Süden der USA hinunterfährt."

„Ich verstehe nicht, wie du das tun kannst ... Es ist nicht ehrlich."

„Was ist daran nicht ehrlich? Die Tatsache, zu schreiben man sitze in einem Bus, während man sich nicht aus der Bude gerührt hat? Weißt du, das Wort ‚Autobus' ist für mich so wirklicher als der echte Bus. Wohlgemerkt, die beste Reportage über Amerika, die je geschrieben wurde, stammt von einem Mann, der fast nie das Haus verlassen hat."

„Und dafür hat er, genau wie du, eine Stange Geld eingestrichen."

„Nein. Zu jener Zeit kannten sich die Dichter noch nicht gut mit dem Geld aus. Allerdings konnte Whitman das Gemüse aus seinem Garten essen. Ich muss alles kaufen."
„Bin dann mal weg ..."
Und sie ging tanzend hinaus. So, wenn der Tanz zum alltäglichen Leben gehört, wird er für mich erträglich. Tanzaufführungen hingegen langweilen mich. Wie auch alle anderen Aufführungen. Whitman hatte mich auf den Geschmack gebracht. Ich setzte mich wieder an meine alte Schreibmaschine, um einen neuen Kontinent zu erfinden.

## JENSEITS DIESER GRENZE GIBT ES KEIN ZURÜCK

Eine dunkle verrauchte Bar. Reggae-Musik. Marley. Alle Verdammten dieser Erde. Indianer, Südamerikaner, Asiaten, Schwarze. Nur die Frauen sind weiß. Ein Maximum menschlicher Farben. Die Tanzfläche kaum doppelt so groß wie eine Tischtennisplatte. Das Geräusch aneinanderreibender Körper. Wie reißendes Papier. Gerüche aus aller Herren Länder. Die Wucht des Verlangens. Kannibalismus als die extreme Form der Zärtlichkeit. Krude Liebe. Ich esse dich auf. Versprechen. Siehst du, ich hatte dich gewarnt. Wie Frauen schmecken. Ein wenig salzig vom Schweiß. Salsa. Miteinander verschweißte Leiber. Trockene Zunge. Träume vom tropischen Regen. Alles hier, in dieser Bar an der Avenue du Parc. Nichts hat sich in der Zwischenzeit verändert. Auch wenn ich in fünfzig Jahren wiederkäme, wäre alles noch genauso. Die Gesetze sexueller Attraktion bleiben gleich. Die Welt der Nacht. Das älteste Ritual. Man tritt ein, steigt die steile Treppe hinauf, gibt seinen Mantel an der Garderobe ab (vergiss das Trinkgeld nicht, Bruder, wenn du wiederkommen willst), man setzt sich, schaut sich um, die Bedienung kommt, man wirft ihr einen erstaunten Blick zu, sie zieht ein wenig verschämt ab, man begrüßt die Freunde, wieder die Bedienung, man stellt sich unauffällig woanders hin. Hier wackelt ein Mädchen auf der Piste mit den Hüften. Nicht schlecht. Du

fragst nach ihr. Sie ist neu. Du versuchst dein Glück. Sie sagt nicht nein. Wir tanzen. Merengue. Salsa. Reggae. Sie will nicht mehr. Du gehst weiter. Warum nicht mal pissen. In der Toilette triffst du einen Typen. Man unterhält sich ein wenig. Beim Herauskommen triffst du auf die Bedienung. Du bestellst ein Bier, zugleich siehst du ein Mädchen ganz hinten (wie ein flackerndes Licht am Ende des Tunnels), das du gut kennst, aber es unterhält sich mit einem Typen, den du hasst, zum Glück geht er, du kommst auf das Mädchen zu, ach! Dieses strahlende Lächeln, als hätte es schon immer auf dich gewartet. Die Bedienung tippt dir auf die Schulter. Du zahlst das Bier, nimmst einen einzigen Schluck und dann forderst du das Mädchen zum Tanzen auf. Du reibst dich an ihrem kühlen Körper. Musik aus Zaire. Sinnliche Rhythmen. Das ist cool, trotz allem. Es läuft wie nach Plan. Du hast es drauf!
„Dieses Mädchen ist nichts für dich, Alter."
Ich drehe mich um. Ein langer Kerl lächelt mich an. Ihm fehlen vier Schneidezähne. So viel ich in meinem Gedächtnis suche, ich kann ihn nicht einordnen.
„Was hast du gesagt?"
Er lächelt wieder.
„Dieses Mädchen gehört jemand anderem."
„Was soll der Blödsinn? Wird hier mit Weißen Frauen gehandelt?"
„Ich gebe dir den guten Rat ... Du solltest besser sofort gehen."
„Hör mal, keiner gehört keinem ... wir sind hier in Amerika."
Ein finsteres Kopfschütteln.
„Wir sind hier nicht in Amerika. Hier ist Schutzgebiet. Ich schwöre dir, diese Typen machen, was sie wollen. Und zwar alles. Verstanden?"
Ich schaue ihn schweigend an.
„Diese Typen halten sich an keine Gesetze. Der Polizei ist das egal, solange sie die Mädchen nicht zusammenschlagen."
„Was redest du da? Hier ist doch kein Bordell!"
„Schau dich mal um ... Wen kennst du hier noch? Schau dir die Mädchen genau an ..."

Tatsächlich sahen sie anders aus als die Mädchen, die ich früher hier traf. Jetzt kamen sie immer zu zweit oder dritt in dicken Mafiaschlitten. Die Frauen, die früher in dieser Bar verkehrten, waren viel älter, stärker geschminkt, weniger sexy, dafür wild entschlossen, sich einen Abend zu amüsieren. Sie zogen dich recht bald mit auf die Toilette, um dann buchstäblich über dich herzufallen. Alles musste sich vor Mitternacht abspielen. Um Mitternacht stiegen sie die Treppe wieder hinunter zu ihren Familien in den hübschen blauen oder weißen Häuschen, in schöner Lage am Flussufer. Danach kamen die Mädchen mit den grünen, roten oder gelben Haaren. Sie verzogen sich auch schnell auf die Toiletten, aber allein. Und kamen mit diesem befriedigten Gesichtsausdruck wieder heraus. Die Älteren waren mir entschieden lieber. Aber heute waren da weder die älteren Vorstadtfrauen, die es am Wochenende krachen ließen, noch die Mädchen, die eigentlich nur eine Toilette suchten, um sich einen Schuss zu setzen, sondern wunderschöne Mädchen, die echt sexy waren. Ich hatte so sehr in meiner eigenen Welt gelebt, dass ich diesen radikalen Wandel gar nicht bemerkt hatte. Mir genügte es, die Bedienungen und ein oder zwei der Mädchen an der Bar zu erkennen, um mich zuhause zu fühlen.

„Wo kommen die her?", frage ich den Mann hinter der Bar.

„Tja ... das sind Mädchen aus der Vorstadt ..."

„Unfassbar ... Als ob diese Mädchen ihre Mütter rausgeschmissen hätten."

„Eher ihre Großmütter", raunt er mir mit einem honigsüßen Lächeln zu.

Ich schaue kurz hin. Tatsächlich.

„Was wollen die hier?"

„Sie gehören diesen Typen ..."

An der Treppe standen schwarzgekleidete Männer, die mir beim Hereinkommen nicht aufgefallen waren, weil sie aussahen wie Türsteher. Sie hatten alle Sonnenbrillen.

„Und wo sind die anderen? Die von früher? Ich bin höchstens drei Jahre nicht hier gewesen."

„Ich weiß nicht … keine Ahnung“, murmelte er, ohne mich anzusehen. „Sie waren hier und von einem Tag auf den anderen nicht mehr. So ist das.“
„Wie im Fernsehen.“
„Jemand hat die Spülung gedrückt. Und sie sind runtergespült worden.“
„Eine ganz andere Sorte …“
Er schaute mich eine Weile an, dann senkte er den Blick.
„Früher war es mehr handwerklich, sag ich mal“, fügte ich hinzu.
„Ja, alles ändert sich …“
Er wirkte müde, als er zu einem Kunden am anderen Ende der Theke hinüberging.

## FÜR DIE BERUFSEHRE

Hier im Paradiso spielt sich alles ab: Krieg, Leben und Tod, Liebes- und Geschlechtskrankheiten, Gewalt, brutale Trennungen und verhängnisvolle Affären. Auf dieser winzigen Fläche. Jeden Abend. Die Einheit von Zeit (von 23 Uhr abends bis 3 Uhr morgens) und Ort (die Tanzfläche). Jedes Mal die selben Charaktere (Jenny, Charlie, Adam, Cham und früher ich). Man braucht sich nur in eine Ecke zu setzen (so wie ich heute Abend), um zuzusehen, wie das große Schauspiel unserer Zeit sich langsam entfaltet. Rassen, Geschlechter, Klassen, Religionen, alles vermischt, zu dem einzigen Ziel, uns zu unterhalten. Denn der Mensch spielt perverse Spiele und praktiziert Rituale ohne Sinn und Zweck. Nur, um uns zu unterhalten, bekommt Jenny jeden Abend einen Eifersuchtsanfall, schließt sich in der Toilette ein und droht, sich die Pulsadern aufzuschneiden. Und auch, um uns zu unterhalten, lässt sich Cham von Charlie jedes Mal seine Neue ausspannen und sich anschließend von ihm vermöbeln, weil er versucht hat, sie zurückzuholen, als Charlie weg war, um sich seine Dosis zu spritzen. Und ebenfalls, um uns zu unterhalten, kriegen sich Jenny und die Neue von Charlie (die Ex von Cham) auf der Treppe in die

Haare, während Charlie sich oben ausschüttet vor Lachen. Wenn du in fünfzig Jahren wiederkommst, ist es immer noch das gleiche Schauspiel. Wie in der Messe gibt es die Darbietung der Hostie (wenn Charlie auf das Mädchen von Cham aufmerksam wird), das Evangelium (wenn Charlie seinen blödsinnigen Sermon loslässt, wie scharf Blondinen auf Schwarze sind) und die Wandlung (alle senken den Kopf, um das Mysterium der Eucharistie nicht zu schauen), wenn das Mädchen hingeht als würde sie schreien: „Seht her, dies ist mein Leib, esset ihn, und dies ist mein Blut, trinket es." Dann nimmt Charlie sie mit auf die Toilette und zwei gute Stunden darf keiner pissen gehen. Manchmal drei. *Ite missa est.* Warum gewinnt immer der größte Depp? Ganz einfach, Alter, weil er der größte Depp und kein durchschnittlicher Depp ist. In Amerika geht es immer um Superlative. Suche dir einen Bereich, egal welchen, und werde darin der Größte. Das ist alles. Zum Beispiel: Du bist Schriftsteller, nicht wahr? Nun ... Du bist Schriftsteller, ja oder nein? Du musst wissen, was du willst. Wir sind nicht in Europa. Bist du Schriftsteller? Ja, ich glaube. Schon ein bisschen besser. Entscheide dich, Alter. Stell dir vor, man stellt die gleiche Frage einem Klempner. Bist du Klempner? Nun ... Den Mann lässt du doch nicht in dein Badezimmer.

Ich hing noch diesen wenig schlüssigen Gedanken nach, als sich ein kräftiger Arm um meinen Hals schlingt.

„Da ist ja unser Star!"

Ich weiß, wer es ist.

„Hallo Charlie."

Er drückt mir den Hals weiter zu.

„Hallo, Alter."

Langsam geht mir die Luft aus.

„Warum besuchst du uns?"

„Ich wollte nur was trinken, Charlie."

Charlie drückt nochmal zu.

„Was meinst du mit ‚nur was trinken'?"

„Nichts weiter, Charlie."

Ich bringe kaum einen Ton heraus.

„Deine Freunde sind dir wohl nicht mehr wichtig?“
„Natürlich sind sie mir wichtig.“
„Es sieht nicht so aus.“
Er stößt mich weg und ich werfe den Tisch um, einem Mädchen mit einer Tonne Ketten um den Hals auf die Füße. Sie beginnt zu schreien.
„Scheiße, hör auf mit dem Blödsinn, Charlie, ich wollte nur in aller Ruhe was trinken.“
Er geht mir wieder an die Gurgel.
„Sag das nicht nochmal!“
Wir rollen über den Boden, ich hole mir von einer dort liegenden Glasscherbe eine Schnittwunde am Arm. Das Blut bildet einen Fleck auf Charlies Hemd und er denkt, er sei verletzt. Ich kann ihn endlich wegstoßen und auf die Toilette rennen. Mein ganzer linker Arm ist voll Blut, aber eigentlich ist es nur ein kleiner Schnitt. Ich weiß nicht, warum Charlie denkt, ich hätte ihn in meinem Roman beschrieben. Tatsächlich habe ich für eine Figur ein paar Züge von ihm geklaut, aber diese Figur ist nicht nur er. Ich wiederhole es, diese Figur hat nicht mehr von Charlie als von Adam, der damals auch gerade an einem Roman schrieb (der später nie wieder erwähnt wurde) oder von Cham oder sogar von mir selbst (mindestens dreiunddreißig Prozent). Gut ein Drittel dieses verfluchten Romans stellt mich dar. Außerdem habe ich ihn geschrieben. Aber das alles ist Charlie egal. Er meint, ich brauchte nur ihn und sein Leben zu betrachten, um dieses Buch zu verfassen. Tatsächlich habe ich einige seiner Sprüche wörtlich übernommen. Er hatte zu einem Mädchen, dem er den Laufpass gab, gesagt: „Es ist für alle eine harte Zeit, Alte.“ Jeder in der Bar weiß, dass ich den Spruch Charlie verdanke, aber so gehen die Schriftsteller eben vor. Sie verschlingen Menschen, um Wörter auszuscheißen. Ich wette, Charlie hat das Buch nicht mal gelesen. Er gibt sogar damit an, dass er noch nie im Leben ein Buch gelesen hat. Aber warum sind die anderen auch seiner Meinung? Verrückt, in meiner Naivität dachte ich, sie würden mich wie einen Helden begrüßen. Seitdem ich das Buch veröffentlicht habe, sind die Schwarzen plötzlich in Mode. Noch

nie war so viel von ihnen die Rede. Endlich kam einer, der so über uns schreibt, wie wir es gerne hätten. Ich sagte mir: Die Schwarzen werden sich vor mir verneigen. Sie werden sagen: „Schau dir den kleinen Witzbold an, er hat den Weißen abgeschaut, wie man es macht. Von Musikern und Sportlern ist das bekannt, mit den Wörtern fällt es uns noch etwas schwer, aber dieser junge Schlaukopf hat sich einen Weg bis ins Innere des Alphabets gebahnt. Und er ist sogar gesund und munter zu uns zurückgekehrt, unter dem Beifall von vielen Weißen Liberalen. Alles, was wir wollen ist, dass er sich möglichst viel Kohle von den Weißen geholt hat. Natürlich interessieren sich nur Yuppies und alte weiße Squaws für seine Rezepte. Wir Schwarzen können nichts mit einem Buch anfangen, das Tricks anbietet, wie man besser vögelt, da wir bei unserer Geburt schon in den Zaubertrank gefallen sind (oh ja!). Wir geben keinen Cent für ein ziemlich einfältiges Werk aus, das erzählt, wie ein Schwarzer sich durch diesen Dschungel kämpft. Wir beklatschen nur den gelungenen Coup und Schluss." Ich hatte ziemlich sicher so ein langes Palaver unter dem Baobab erwartet, nicht mehr und nicht weniger. Aber ich habe mich gründlich getäuscht. Ich erinnere mich an die Zeit, als Cham und ich junge Schwarze ohne Geld waren, die vorhatten, die Welt zu verändern, um ein größeres Stück vom Kuchen zu bekommen. Wir sagten immer, die Bücher, die die Weißen über die Schwarzen schrieben, seien alle zu zahm vor lauter Rücksichtnahme. Eingeschmiert mit der ganzen Vaseline des jüdisch-christlichen Schuldgefühls, gingen diese Bücher den Dingen nie auf den Grund, in einem Wort, diese Bücher waren MistMistMistMistMistMistMistMistMistMist. Die von Schwarzen geschriebenen waren noch schlimmer. Immer dieser alte Blödsinn von der „Verteidigung und Darstellung der Rasse". „Und das, Alter", sagte Cham immer mit seiner dünnen, hohen Stimme, „hat nichts mit Literatur zu tun, rein gar nichts ... Literatur ist Enthüllung und sonst nichts. Sagen, was nicht gesagt werden darf." Jedenfalls sprachen wir damals so, Cham und ich, als es für uns nicht immer gut lief. Wir unterhielten uns ein bisschen darüber (mit Eleganz und Coolness, du weißt schon), bis ein Mädchen (ich glaube Jenny) eines Abends verkündete, Adam sei dabei, ein Buch zu schreiben. Sie habe ein Kapitel gelesen und es sei eine Bombe. Keiner hat einen einzigen Moment geglaubt, dass Adam etwas Explosives schreiben könnte. Das Mädchen (ich bin nicht mehr sicher, ob es Jenny war) ließ durchblicken, dass wir von Adam keine Ahnung hätten, dass sie sich mit Männern ganz gut auskannte und dass sie Adam für den Typ Mann hielt, der das Zeug zum Serienmörder hatte. Er sei ein frustrierter Träumer. Schweigen um den Tisch. (Ach ja! Wir waren bei Jenny, aber ich weiß nicht mehr, wer dieses Mädchen war.) Für sie war Adam jedenfalls der Prototyp des Schriftstellers. Ein Perverser, der im Trüben fischt. Ein Impotenter. Ein Voyeur. Ein armseliger Träumer. So beurteilte sie also Autoren. Es hatte mir einen harten Schlag versetzt. Schriftsteller? Impotente Spanner, bereit, sich selbst zu verkaufen, nachdem sie ihre Freunde schon drangegeben haben. Eigentlich müssten sie büßen für die Schläge und Verletzungen, für die Erniedrigungen, die sie ihren Figuren zufügten, für die Gerüchte, die sie verbreiteten oder für die alten Klischees, die sie unter der Asche wieder aufrührten. Die Leser sahen in den Schriftstellern feige, lüsterne und gemeine Menschen, obwohl sie ihnen zuvor für dieselbe Bespitzelung und denselben Verrat Beifall gespendet hatten. Unbewusst war das vielleicht auch ein Grund, weshalb ich an diesen Ort zurückgekehrt war. Ich wollte mich von denen beurteilen lassen, die in meiner Vorstellung zu Figuren geworden sind, nachdem sie meine Freunde waren. Auch deshalb hatte ich mich mit Charlie geprügelt. Für die Berufsehre.

## EIN CARL LEWIS AUF DER SCHREIBMASCHINE

Ich wusste nicht, dass es so schwer werden würde. Von weitem sah ich die anderen oben auf dem Gipfel. Wo die Luft kühler ist. Schön cool. Wie Götter! Ich beneidete sie mit allem, was ich im Bauch hatte. Ich musste um jeden Preis dort hinauf. Wo die Früchte nie fade schmecken, wo das Gemüse grüner ist als anderswo (diese

Information habe ich von Truman Capote, der lange mit den Reichen verkehrte), wo die Mädchen immer blutjung sind (jedes alte Ekel über sechzig mit einem sechsstelligen Bankkonto wird es dir bestätigen), wo alles zum Besten steht in der besten aller Welten. Sollen die anderen doch unten bleiben und schauen, wie sie durchkommen in dem Morast. Keine Reue. Keine Nostalgie. Die Armut hat es nie gut mit mir gemeint. Wenn Leute dort oben sind, kommt man irgendwie hinauf, warum also nicht auch ich? Das Einzige, was du wissen musst: Um dort hinaufzugelangen, muss man sehr leicht, sehr, sehr leicht werden. Oben schwimmen, Alter. Alles hinter dir lassen, was dich belastet: die Ängste, die falschen Probleme (vor allem die echten Probleme!), die Jugendträume, die Gewissensbisse, schlicht alles, was dich an den Füßen festhält und so hindert, mit frischem Mut die jüdisch-christliche Gesellschaftsleiter hinaufzuklettern. Vor allem musst du daran denken, dass du unbedingt mit der Form eines Profiathleten oben ankommst. Ein Carl Lewis auf der Schreibmaschine. Schlank, biegsam, mit Nerven wie Stahl und brennend vor Ehrgeiz. Der schnellste lebende Schriftsteller, wenn man schon nicht der beste sein kann. Ein Buch in weniger als zehn Sekunden. Das ist eine echte Herausforderung. Da musst du schuften wie ein Neger. Mit einer guten Stoppuhr. Genau wie die Champions, Bruder. Alle Berufe sind bemüht, bei unserer schnelllebigen Zeit mitzuhalten. Nur bei den Schriftstellern trifft das noch auf taube Ohren. Dann wundern sie sich, wenn die Rockmusiker oder die Hockeyspieler die Hitparaden erobern. Selbst Journalisten tun heutzutage, was sie können. Nur die Schriftsteller stricken weiter an ihren kleinen Intrigen aus dem letzten Jahrhundert, ohne sich um die Gegenwart zu kümmern. Sie hinken völlig hinterher, dicht gefolgt von den Bildhauern. Aber die Zeit rast, Bruder. Eigentlich hätten wir das als erste begreifen müssen, denn Schreiben bedeutet angeblich, über die Zeit zu herrschen. Dass ich nicht lache! Die Zeit steht auf unseren weißen Blättern ganz still. Eine tote Zeit. Denn die echte läuft weiter. Schaut euch die Athleten da draußen an. So selbstsicher, lebenslustig, fiebrig, das linke Auge immer auf die Stoppuhr geheftet. Sie wissen, was sie wollen und was sie wert sind, auf die Zehntelsekunde genau. Habt ihr den Kopf von Carl Lewis gesehen? Diesen Kopf eines Prinzen trüge ich gerne auf meinen Schultern. Lewis ist es gewohnt, an den Start zu gehen, um zu messen, was er wert ist. Ohne Wehleidigkeit. Die Stoppuhr in der Hand. So häufig wie du zum Wäschewaschen gehst. Die Schriftsteller schwimmen dagegen im künstlerischen Ungefähr. Manchmal löst das bei mir einen Brechreiz aus. Nur sehr wenige Schriftsteller können genau angeben, wo sie gerade stehen. Es ist der letzte Berufsstand, der so bedingungslos an der Bescheidenheit festhält, dieser tugendhaften Form der Heuchelei. Dazu die Behauptung, man schreibe, um sich selbst besser kennenzulernen. Natürlich würde keiner sagen, Carl Lewis und Hemingway übten denselben Beruf aus. Doch bin ich mir nicht mal sicher, ob Hemingway das auch so gesehen hätte. Denn er wollte den Sport und das Schreiben näher zusammenbringen. Kein schlechter Versuch, übrigens. Dabei verdienten die Sportler damals praktisch nichts. Heute verdient Carl Lewis Millionen, für nicht mal zehn Sekunden. Das ist ein Beruf, der es wirklich weit gebracht hat. Die Sprünge, die er macht! Warum meint man immer noch, die Energie des Hirns sei besser als die Energie der Muskeln? Was lässt uns glauben, ein Schriftsteller sei intelligenter als ein Athlet? Der eine benutzt sein Gehirn, sagen Sie. Welcher von beiden? Der sich drei Jahre mit einem Roman abmüht, der ihm alles in allem 5000 Dollar einbringt, oder dagegen Carl Lewis? Ja, aber ... Aber was? Ein Schriftsteller hat mehr Prestige. Selbstverständlich, wenn dir das hilft, weiterzuschreiben, Bruder.

## MIT WUT IM HERZEN

AIDS kommt nicht vom Sex, sondern vom Ekel vor dem Sex im Westen. Und wer zahlt heute die Zeche? Wieder die Dritte Welt. Die Erkenntnis hat sich noch nicht durchgesetzt, dass Sex die einzige sinnvolle Freizeitbeschäftigung der Armen ist. Auch in Nordamerika gibt es die Dritte Welt. Es sind die Ghettos, wie

Ameisenhaufen, wo es von armen, analphabetischen Schwarzen wimmelt und wo die schwangeren Teenager manchmal Kokain (oder eher Crack!) mit Milchpulver verwechseln. Das Kind kommt blind, drogenabhängig und krank auf die Welt. Doch das bringt es nicht um, sondern eine Kugel in seinem Kopf an der Ecke 125. Straße und Broadway. In diesen Verhältnissen ist der Rap entstanden.

„Aber Rap ist doch Scheiße!", sagte mir Kunta am Telefon.

„Nicht so schnell, Bruder."

„Was denn sonst?"

„Der Rap hat den Zeitgeschmack auf die Dichtung gebracht ... Seitdem die Typen aus dem Ghetto rappen, haben alle Kids aus den Armenvierteln weltweit angefangen, Reime zu schmieden."

„Das nennst du Dichtung! Das ist doch eine vorübergehende Mode ..."

„Das hat man schon beim Jazz gesagt."

„Jazz ist was anderes ..."

„So heißt es immer ... Sobald etwas zum Klassiker wird, vergisst man, wie weit der Weg dahin war."

„Was findest du selbst denn am Rap?"

„Ich persönlich gar nichts. Aber ich frage mich, warum diese Kids plötzlich anfangen, mit den Wörtern zu spielen."

Stille am Ende der Leitung. Ein Punkt für mich. Aber nur einer.

„Mit dieser Wut", fügte ich hinzu.

„Aber die ist doch nur gespielt. Sobald sie eine Platte haben, sind sie raus aus dem Elend."

Wir lachten beide.

„Ich meine nicht die, sondern die Kids, die in überhitzten Kellern auftreten, auf Autofriedhöfen oder unbebautem Gelände ... Früher drückten sie sich eher darin aus, dass sie das Auto des Nachbarn kaputtschlugen, etwas in Brand steckten oder einen Überfall auf den Eckladen verübten (nie weit genug von ihrem Zuhause, die Deppen!). Heute brandstiften sie mit Worten ... Vielleicht ist das kein Fortschritt, aber mir gefällt es zu sehen, wie sie nach der treffendsten Beleidigung suchen ..."

„Das ist doch hauptsächlich frauenfeindlicher Mist“, hielt mir Kunta entgegen. „Klar, wollen sie alle Bullen umbringen, aber was bringt das für sie? Es kommen doch immer wieder neue … Außerdem sind wir nicht mehr in den Sechzigerjahren. Der echte Feind ist nicht mehr der Bulle, sondern es sind die Banker von der Wall Street, die von ihren Glastürmen aus ein Land der Dritten Welt ins Elend stürzen können.“

„Stopp, Kunta, was soll ich dir antworten, wenn du mir meine eigenen Argumente entgegenhältst? Als würde ich mit mir selbst diskutieren.“

„Vielleicht stimmt das sogar …“

Er legte lachend auf.

Diskutiere ich mit mir selbst? Habe ich den Mann erfunden, um nicht allein zu sein? Der Scheck ist aber echt. Ehrlich gesagt, kommt mir die ganze Angelegenheit plötzlich verdächtig vor. Leute, von denen ich keine Ahnung hatte, rufen mich ausgerechnet in dem Moment an, als ich in einer schweren wirtschaftlichen Depression versinke, und bieten mir eine große Reportage über Amerika an. Ein Typ, den ich nicht kenne, hat meine Adressdaten an Leute gegeben, die ich noch weniger kenne. Norman Mailer haben sie auf Schritt und Tritt verfolgt. James Baldwin hing an der Abhöranlage. Die FBI-Akte von William Styron war ziemlich dick. Man muss aufpassen. Wie soll ich mich verhalten? Damit sie einen nicht erwischen, muss man unauffällig bleiben. Schlicht der sein, der man ist. Sie wollen immer deine Geheimnisse herausfinden. Schreib sie alle hin. Keine Geheimnisse, das ist mein intimstes Geheimnis. In jedem Fall haben wir in unserem Inneren einen verschlossenen Bereich, den auch der klügste Geheimagent (dieses Wort gefiel mir als Jugendlicher so sehr: Geheimagent!) niemals knacken wird. Und wenn ich beschließe, mich nicht in diese Höhle zu begeben? Sie unberührt zu lassen? Was ist mit einem Geheimnis, das keiner kennt? Wenn ich diesem Hang zum Zen weiter nachgebe, werde ich am Ende noch wie Salinger. Vielleicht lag eben darin seine Beziehung zu Amerika. In seiner Beziehung zum Geheimnis. Salinger enthüllt uns seine unsichtbare Seele und verbirgt das Sichtbare, den Körper. Im Grunde nur eine andere Art und Weise, seine Seele zu schützen. Er führt uns auf eine falsche Fährte. Und Amerika? Macht es vielleicht wie Salinger: zeigt eher den Körper als die Seele ... Ich wehre mich gegen die Idee, diese Überlegungen kämen nur vom Bier. Ich halte sie für das Ergebnis einer langen, metaphysischen Suche.

## NUR IM DUNKELN DENKT DER SCHWARZE WIRKLICH NACH

Du brauchst einen langen Atem, Alter. Das Gute ist, sobald du durch die Ozonschicht bist und den freien Raum erreichst, hast du ausgesorgt. Von da an läuft alles von selbst. Die Frauen kommen auf dich zu. Von sich aus. Ohne dass du sie begehrst. Aber bevor du diese Stufe erreichst, wirst du enorm hart schuften müssen! Immer wieder zeigt sich ein ziemlich schwieriger Knoten und du meinst, den wirst du nie aufkriegen. Gerade dann musst du dich mit aller Geduld wappnen und ihn ganz langsam, Äderchen für Äderchen, aufdröseln. Dann hast du es allerdings immer noch nicht geschafft. Ein weiterer, noch schwierigerer Knoten stellt sich ein und du brauchst noch mehr Geduld und so bist du über sechzig, bevor du alle Knoten gelöst hast, und musst zugeben, dass du gefickt bist. Alles auswischen, bitte. Noch mal von vorne, Bruder. Du musst einfach aufhören daran zu denken und es tritt von selbst ein, wie ein ununterbrochener Orgasmus. Einfach geil! Du stehst eines Morgens auf und fängst an, wie ein Verrückter den kurzen Roman zu schreiben, den die ganze Welt voll Ungeduld erwartet hat. Du sagst dir: „Das ist nicht wahr, das kann nicht so leicht sein, irgendwas stimmt nicht mit mir. Ich bin nicht ganz ich selbst. Wer ist der kleine Witzbold in mir, der mir diesen üblen Streich spielt?" Trotzdem geht es weiter und du tippst wie ein Verrückter. Du hast keinen Hunger, keinen Durst, nicht mal Lust zu vögeln. Du bist schlicht in einem anderen Zustand und überzeugt, wenn du jetzt aufhörst, kommt das nie wieder. Deshalb machst du weiter. Du weißt nicht mehr genau, was du schreibst, aber du spürst, es geht über deine Kräfte, es ist noch jemand anderes im Zimmer, gleich hinter dir. Der Hauch des Bösen in deinem Nacken. Am Ende senkst du den Kopf und murmelst etwas dir völlig Unverständliches. Du bist besessen, Alter. Das Böse wohnt in dir. Leider passiert so etwas nie im normalen Leben. Jedenfalls nicht in meinem. Du irrst dich, Alter, das ist schon vorgekommen. Bei wem? Schau dich um. Nein, nicht aus dem Fenster. Auf dein kleines Bücherregal. Genau, *Der kleine Prinz*. Was! Gerade mal fünfzig Schreibmaschinenseiten. Und hopp! Für die Ewigkeit! Mir nichts dir nichts. Nur um die Amerikaner zu ärgern, mit ihren dicken Wälzern von nicht unter 600 eng bedruckten Schreibmaschinenseiten. Jede Seite vollgestopft mit genauen Angaben über die Figuren (was sie essen, trinken, anhaben und wo sie hingehen, auch der Name der Bar, wo sie was trinken, dazu der Name des Getränks, mit dem Rezept für den Cocktail et cetera). Auf diese Weise schafft man 600 Seiten in weniger als einem Monat. Warum keine 10 000 Seiten? Es ist nie genug, bis die ganze Erde damit zugemüllt ist. Diese Leute haben nichts zu sagen und um das auszudrücken, brauchen sie drei Bände. Und das Publikum? Mein Herr, das Publikum ist beeindruckt von dem Gewicht (fünf Kilo) und kauft sich den Wälzer mit gut verpacktem Quark, ohne auf die Qualität zu achten: „Geben Sie mir noch zwei dazu, Madame, auch den dicken, der sich klammheimlich hinter dem Michener versteckt, nein nein, auf keinen Fall Stephen King, den kann ich wirklich nicht ausstehen. Offenbar lässt er seine Bücher von Außerirdischen schreiben, seine Neger kommen vom Mars. Das habe ich in *World News* gelesen. Wenn er aber diese dicken Bücher selbst schreibt, tut er das eindeutig zu oft, das gefällt mir nicht. Dahinter muss sich etwas verbergen, irgendein Laster, wissen Sie, der Typ schreibt so schnell, kaum habe ich eines von ihm angefangen, kommt bereits ein neues heraus. Finden Sie das normal? Nein, ich nehme noch eins von Irving, ich mag Bären und hoffe, dass in dem wieder einer vorkommt ... Für heute ist es genug, wissen Sie, es ist ein langes Wochenende und wir fahren alle nach Disneyland ..." Dabei hat jeder von diesen Typen,

Bruder, ich meine Irving, Michener und King (ich lasse absichtlich die unter den Tisch fallen, die unlesbar und unbekannt sind) einen Abschluss von einer der ältesten amerikanischen Universitäten. Sie sind es gewohnt, schwer zu schuften, detailreiche Studien anzufertigen, ausufernde Aufsätze zu verfassen, das passt auch gut zu dem Stil ihrer Kleidung, wie sie tanzen, sich lieben ... Dieser Glaube ... dieses Durchhaltevermögen ... dieser Sinn für das Arbeiten mit langem Atem ... dieser schlechte Atem ... All das brauchen sie, um Tonnen von Papier mit sinnentleerten Wörtern vollzuschreiben. Eine Geschichte ohne Inhalt und Perspektive. Währenddessen liegt *Der kleine Prinz* da, schläft stehend im Regal, wartet geduldig wie ein braves Kind auf die künftigen Jahrhunderte. Was für eine süße Rache wäre es, so etwas gegen diese Umweltverschmutzer zu Papier zu bringen, etwas so Sanftes, so Rundes, so Reines wie dieses Meisterwerk von Saint-Exupéry und sich vom Erlös einen Jaguar zu kaufen. Wenn der Heilige Geist existiert, wäre jetzt der Moment, in dem er sich zeigen müsste. Es ist seine letzte Chance.
Warum rege ich mich derart auf? Was soll ich denn sonst tun, während ich im Dunkeln liege unter dem offenen Fenster und diesem riesigen amerikanischen Himmel?

## DIE ABREISE

Ich glaube, es ist Zeit für die Abreise. Ich hole die alte braune Ledertasche hervor, stopfe ein paar T-Shirts, drei Jeans, Unterwäsche, ein Paar Tennisschuhe, zwei Paar Sandalen, einen Elektrorasierer, einen billigen Fotoapparat, Trockenfrüchte, Seife, eine Zahnbürste, Zahnpasta, ein paar Bücher (Dostojewski, Naipaul, Salinger, Kerouac und vor allem Walt Whitman), Stifte, einen Anspitzer und ein Dutzend bei Pilon gekaufte Hefte hinein.
Mit dieser Ausrüstung habe ich vor, die Durchquerung Amerikas zu unternehmen.

## UNTER WASSER

Am Busbahnhof traf ich Bouba, in der Nähe der Greyhounds, die viele Ziele in den USA ansteuern. Bouba ist mein alter Gefährte in guten, vor allem aber schlechten Tagen. Der einzige Mensch, mit dem ich Stunden verbringen kann, ohne zu reden. Bei Bouba brauche ich keine Worte. Sein Inneres erfasst alles. Ich glaube, es gibt niemanden, der freier ist als Bouba. Er macht einfach genau das, was er will. Er schläft zu jeder Tageszeit, isst was er will, kleidet sich, wie er will. Seine Gedanken sind wirklich frei. Oft ändert er seine Meinung mitten im Satz. Ich hatte ihn seit drei Wochen nicht gesehen. Mitunter verschwindet er einfach spurlos.

„Ja“, sagte er, „ich gehe wieder unter Wasser.“

„Für wie lange?“

„Ich weiß nicht.“

„Verstehe.“

„Ich habe Lust zu verschwinden … Und du?“

„Ich mache eine Reportage. Ich muss durch die ganzen Vereinigten Staaten reisen.“

„Verstehe“, sagte er mit einem dünnen Lächeln.

Eine Pause.

„Hast du eine Adresse?“, fragte ich.

„Nein … ich muss los …“

Bouba von hinten. Die junge Frau, die ich gerade in einer Bar getroffen hatte, ist von diesem Bouba bereits schwer beeindruckt. Schon ist er weg und wieder hängt an meinem Arm eine leblose Frau. Er hat es noch nicht einmal bemerkt.

# II. TEIL
# DIE REISE

## EIN REISEGEFÄHRTE

Abends schlüpfe ich in mein Hotelbett (ein Day's Inn in der Nähe der Autobahn), darauf liegt aufgeschlagen wie eine Generalstabskarte das großartige Buch von Walt Whitman: *Leaves of Grass**. Gerade bin ich mitten in der Nacht aufgewacht und weiß nicht, wo ich bin. Vollkommen verloren in dieser mir so fremden Banalität.
*Oh nimm meine Hand, Walt Whitman!*
Er schreibt Worte, die ich gerne an ihn richten würde. Das tut er, damit ich nicht meine, ich bäte ihn um Hilfe. Ich möchte nur seine Gegenwart in diesem Zimmer. Was suche ich hier? Was geschieht mit mir? Was hat dieses Spiel für einen Sinn? Ich weiß es nicht. Da schenkt mir Whitman diese überzeugende Betrachtung der Zeit. Einfach so, aus Großmut. Wie stets hat er den Preis von seinem Geschenk entfernt.

*Voll Leben jetzt, greifbar, sichtbar,*
*Vierzig Jahre alt im dreiundzwanzigsten Jahr der Staaten,*
*Sende ich einem, der ein Jahrhundert oder viele Jahrhunderte später lebt,*
*Sende ich dir diese Gedichte, und suche dich.*
*Wenn du sie liest, bin ich, der sichtbar war, unsichtbar geworden,*
*Du bist es nun, der, greifbar, sichtbar, meine Gedichte lebendig macht, und der mich sucht.***

* Walt Whitman: *Leaves of Grass,* Ed. S. Bradley u. H. W. Blodgett, Norton Critical Edition, London & NY 1973.

** Walt Whitman: *Grashalme,* a. a. O. S. 191.

## DIE FAHRT IN DEN SÜDEN

Gestern Abend bin ich in den Greyhoundbus gestiegen. Wir fuhren die ganze Nacht. Ich las ein wenig. Schließlich hat der Bus in einer winzigen Stadt in den Südstaaten angehalten, die den Namen einer europäischen Hauptstadt (Rom, Paris oder Berlin) hat.
Ich werfe einen Blick aus dem Fenster. Die Tankstelle erfasst einen großen Bereich mit ihrer seltsam farblosen Beleuchtung. Ein Hund heult durch die Nacht. Diese Szene kenne ich aus schlechten deutschen expressionistischen Filmen. Dies muss Berlin, USA, sein. Plötzlich geht die Bustür auf. Der Fahrer hat dafür einen Hebel neben dem Lenkrad. Alles stürzt nach draußen, um sich die Beine zu vertreten. Ich bleibe auf meinem Sitz, blättere in dem Buch von Naipaul (*In den alten Sklavenstaaten*), das ich schon seit einiger Zeit mitschleppe. Meine Meinung zu Naipaul ist gespalten. Ich halte ihn für einen Meister der ruhigen, gediegenen, ausgewogenen Prosa, durchaus mit dem Feuerchen der Ironie, das er zwischen den Zeilen der Erzählung unterhält, und gleichzeitig kann ich mich gegen das Gas der Langeweile nicht wehren, die seine bedeutungsschwangeren Sätze unaufhörlich abgeben. Um ihn zu lesen, braucht man manchmal eine Gasmaske.
Nach einer halben Stunde sind sie wieder zurück, ich höre etwas erfrischte Körper, endende Gespräche, etwas lebhaftere Schritte. Die Herde ist wieder im Stall. Der Fahrer hat zehn neue Fahrgäste aufgenommen, die er hier und dort platziert. In dieser Finsternis bringt das recht viel Bewegung mit sich. Außer der grell erleuchteten Tankstelle liegt der Ort in tiefschwarzer Nacht. Mit Mühe erkenne ich ein paar Häuser mit einem schwachen Lichtschein. Die Leute schlafen bei eingeschaltetem Fernseher. Der Fahrer weist einem jungen Mädchen den freien Platz neben mir zu. Auf dem Rückweg nach vorn schickt er mir ein Augenzwinkern. Sie verstaut in aller Ruhe ihren Koffer unter dem Sitz. Ich schaue ihr dabei zu. Sie lächelt mich an, während sie ein Buch aus ihrer Tasche holt. Einen dieser entsetzlichen Bestseller. Nach dem Titelbild zu schließen handelt es sich ein weiteres Mal um eine dieser Südstaaten-

Romanzen. Wenn man *Vom Winde verweht* gelesen hat, kennt man sie alle. Ich greife wieder zu meinem Heft und beginne mit ein paar raschen Notizen. Der Bus, die Nacht. Der Süden. Ich denke an Styron, der die schrecklichen Südstaaten von Amerika recht gut verteidigt hat. Styron ist aufrichtig und ein bewundernswerter Autor. Ich respektiere seine Angst. Ich denke auch an Faulkner. Er träumt immer noch von der Farm seiner Vorväter. Von der gesegneten Zeit der Sklaverei im guten alten Süden. Der arme Faulkner ist in dieser Zeit stecken geblieben. Schwarze, die auf den Baumwollfeldern schwitzen. Ich sehe Baldwins Zorn. Ich kann Baldwin verstehen. Baldwin gegen Faulkner. Dieser Faulkner meinte, die Schwarzen sollten sich weiter in Geduld üben, um die angeschlagene Psyche der Weißen aus dem Süden nicht noch mehr aufzuwühlen. Baldwin dagegen spürte, dass alles direkt vor den Augen dieses unbekümmerten Amerika explodieren würde. Faulkner und Baldwin, Auge in Auge. Der große Autor des Südens, Nobelpreisträger, Gentleman-Farmer mit seinen ungehobelten Manieren, daneben dieses geniale Bürschchen aus Harlem. Faulkner ist ein großartiger Schriftsteller, aber er konnte sich nicht in die Haut eines Schwarzen aus dem Süden versetzen. Er blieb blind gegenüber dem allergrößten Skandal: der Sklaverei. Blind, taub und stumm. Amerikas größter Dichter. Wir alle haben unsere Grenzen. Baldwin ist der junge Prophet, der die Apokalypse vorhersagt. Das nächste Mal kommt das Feuer. Was empfinde ich dabei, neben einem Mädchen aus dem Süden zu sitzen? Nur die Ruhe, wir sind schließlich nicht in Südafrika. Ich mag Leute nicht leiden, die außer sich geraten, wenn von der kleinsten rassistischen Geste die Rede ist, oder denen bei jedem Provinzdiktator gleich Hitler einfällt. Immer mit Maß, Bruder. Genau in diesem Moment spricht meine Nachbarin mich an. Sie möchte wissen, ob es mich stören würde, ihr meinen Platz am Fenster zu überlassen. Sie hat ein bisschen Platzangst. Was soll ich von so einem empfindlichen jungen Mädchen halten? Dazu muss man nur die Schwarzen aus dem Süden befragen. Da ist dieses nette, unpässliche Mädchen, es hat sicher sympathische Eltern, aufmerksame Freunde, warmherzige Nachbarn (nach der guten alten Sitte der Südstaaten). Alle gehen jeden Sonntag zur Kirche, mühen sich für eine Wohltätigkeitseinrichtung, arbeiten ehrenamtlich in einem Krankenhaus, Waisenhaus oder Hospiz. Ich bin ehrlich überzeugt, im Süden leben sehr viele Heilige. Doch was läuft schief? Wie ist es möglich, dass die gleichen Leute Mitglied im Ku-Klux-Klan sind, demonstrativ den Gedenktag von Martin Luther King nicht feiern, die Integration der Schwarzen in den Schulen bekämpfen (das ist noch nicht so lange her, Bruder) und die Flucht ergreifen, sobald eine anständige schwarze Familie in ihre Nachbarschaft zieht? Natürlich lässt es sich aus der Historie erklären, zusammengesetzt aus einer Vielzahl von kleinen, individuellen Geschichten, die sich in ihren großen Strom ergießen wie Bäche ... Die Mehrheit der Leute in den Südstaaten sind keine Rassisten und doch ist der Süden weiterhin zutiefst rassistisch. Wie soll man das verstehen? Ein rassistisches Land, wo keiner Rassist ist, das ist für mich ein bleibendes Mysterium. Wenn ich jemanden aus den Südstaaten begegne, ist es mir schlicht unmöglich, in ihm ein Individuum wie jedes andere zu sehen. Die Geschichte läuft jedes Mal im Zeitraffer vor mir ab. Diese Übung finde ich ermüdend. Was bringt es, immer an diese Dinge zu denken? Nichts wird dadurch besser, dass ich mir böses Blut mache. Ich schlafe ein wenig. Ich kann in jeder beliebigen Situation schlafen und sogar träumen. Eine echte Gabe, Bruder. Ich erwache, als der Bus in einer Stadt hält, die genauso aussieht wie die vorige und wahrscheinlich ähnlich wie die folgende. Die Menge stürzt sich wieder aus dem Bus hinaus, giert erneut nach frischer Luft. Noch eine grell erleuchtete Tankstelle. Der Hintergrund für einen Albtraum. Millers Albtraum, nur klimatisiert. Ich rühre mich wieder nicht von meinem Sitz. Die amerikanischen Kleinstädte bekommen mir nicht. Jedes Mal dieselbe dumme Frage: Wie ist es möglich, dass jemand freiwillig in diesem Loch lebt? Doch in Afrika oder Südamerika drängt sich mir die Frage nie auf. Diese kleinen Städte in Amerika sind geruch- und farblos, es fehlen sogar die Krankheitserreger (außer die der Dummheit). Die Kleinstädte sind ein einziger an mich gerichteter Vorwurf. Sie sagen: „In einer Viertelstunde fahren

Sie wieder weg und ich weiß, Sie kommen nie wieder." Wie recht sie haben! Genau das bricht mir das Herz. In Amerika besuche ich nur die Großstädte. Ich kann einfach nicht akzeptieren, dass Leute nicht den geringsten Anspruch haben. Was die Intellektuellen von Harvard *Americana* nennen, löst bei mir Brechreiz aus. Nur bei Erskine Caldwell kann man dafür ein gewisses Interesse aufbringen. Aber Erskine Caldwell ist nicht unbedarft, sein Universum ist weder folkloristisch noch touristisch. Schau an, sie steigt zusammen mit den anderen aus. Der Bus ist mit einem Schlag leer. Sie ist streng gekleidet, aber ein geübtes Auge (also meines, Bruder) könnte leicht ihren Körper unter dem geblümten Kleid erraten. Ein an strenge Regeln gewöhnter Körper. Der Körper einer jungen WASP, deren Inneres vom schlimmsten Ungeziefer zerfressen ist: der sexuellen Heuchelei. Ich stelle mir vor, wie sie im gemischten Chor singt (im Süden bezeichnet „gemischt" die Mischung der Rassen). Fast augenblicklich wird mein Glied steif. Die Menge steigt wieder ein. Kaum zehn Minuten, um sich die Beine zu vertreten und ein völlig belangloses Gespräch zu beginnen. Die Leute setzen sich. Ihr Platz bleibt leer. Der Autobus braust durch die Nacht bis zur nächsten schäbigen Kleinstadt der Südstaaten. Ich nehme das Buch von Naipaul wieder auf und schlafe nach etwa zehn Sätzen ein.

## AM KALTEN BÜFETT

Wir stellten uns in einer Reihe auf vor dem kalten Büfett in einer Kleinstadt des Mittleren Westens (ich hatte nicht auf den Namen geachtet, obwohl das Ortsschild groß und breit mitten in ein hübsches Blumenbeet gepflanzt war). Vor mir eine junge Studentin von der Universität Chicago (das las ich auf ihrem T-Shirt). Ihr Nacken schüchterte mich ein. Sie war gut einen Kopf größer als ich. Schultern einer Wasserpolospielerin. Muskeln, die offenbar ganz ihrem Willen gehorchten. Riesige feste Brüste wie zwei Basketballbälle (wie trifft man bei ihr in den Korb? Ganz schön

gefährlich). Ich suchte an ihr etwas Weibliches im landläufigen Sinne. Wie ein Fenster mit einem Zugang zu ihr. Aber eine junge amerikanische Studentin war ziemlich das Gegenteil einer Geisha. Eine andere Spezies. Wenn ich es wagte, sie auch nur zu streifen, würde sie mich mühelos zu Boden strecken mit ihrer breiten Rückhand. Wie sprach man ein solches Mastodon an? Vielleicht auf die einfachste Art der Welt.
„Guten Tag ..."
Langes Schweigen. Ich wartete geduldig. Endlich wandte sie sich sehr langsam zu mir um und schaute mir direkt in die Augen. Bisher dachte ich ganz naiv, ein „Guten Tag" sei die harmloseste Äußerung in einer Sprache. Ein unschuldiger Wunsch, dazu klar eingegrenzt in der Zeit. Ich wünschte ihr keine gute Woche und auch kein gutes Jahr. Dieser Gruß war weltweit üblich. Meine Stimme ohne jede Spur von Aggressivität. Ich hatte die Krallen eingezogen, bevor ich sie ansprach. Sie schaute mich fragend an, ich sollte wiederholen, was ich gerade gesagt hatte. Für meinen Geschmack wurde das viel zu ernst. Wie sollte ich ein einfaches Guten Tag wiederholen, ohne blöde dazustehen? Allmählich fühlte ich mich lächerlich. Dann sah ich ihr eckiges Kinn. Dagegen kam ich nicht an.
„Ich habe Ihnen nur Guten Tag gesagt ..."
Plötzlich hellte sich ihr Gesicht auf. Buchstäblich. Was für ein strahlendes Lächeln! Ich hatte einen errötenden Teenager in einem Riesenkörper vor mir. Sie stotterte:
„Ggguten Tag ..."
Sie neigte mir unwillkürlich ihren Busen entgegen (mein Gott!), hielt sich aber im letzten Moment zurück und gab mir die Hand.
„Ich heiße Andrea Parker. Ich komme aus Georgia, studiere aber in Ann Arbor. Gerade fahre ich zu meiner Tante nach Muskogee in Oklahoma. Ich liebe dieses Restaurant. Sie haben einen guten Russischen Salat. Und das Hühnchen ist einfach köstlich. Ich darf nicht zu viel davon essen. Am Anfang versuche ich mich immer zu zügeln, aber es schmeckt so gut, dass ich mich wieder gehen lasse. Danach muss ich mindestens eine Woche Diät machen. Die ganze Zeit denke ich nur an das nächste Mal. Ich bin kein Vielfraß, aber

es schmeckt wirklich zu gut. Du wirst es sehen ... Bist du zum ersten Mal hier?"
Sie schenkte mir ihr offenes Lächeln. Kräftige, hellgelbe Zähne.
„Hier in dieser Stadt oder hier in diesem Restaurant?"
Sie lachte.
„Ok, in diesem Restaurant, nicht in der Stadt."
„Es gehört also zu einer Kette?"
Heftiges Nicken.
„Ja."
„Und es schmeckt wirklich überall gleich?"
Sie brüllte fast: „Genau!"
„Ich dachte, jeder Koch hat eine eigene Weise zu kochen, die Gewürze zu mischen, unterschiedliche Garzeiten, deshalb schmeckt das Gericht anders, je nach dem Temperament des Kochs. Und die es mögen, stellen Vergleiche an."
Auf meinen Einwand reagierte sie begeistert:
„Hier ist es genauso, nur übernimmt die Kette diese Rolle ... Siehst du, wir mussten nicht zu lange warten. Ich führe dich ein. Fangen wir mit dem Russischen Salat an?"
„Einverstanden."
Sie drehte sich plötzlich nach mir um.
„Woher kommst du?"
„Das ist ein bisschen kompliziert ..."
Ein stechender Blick.
„In welcher Stadt bist du in den Bus gestiegen?", fragte sie mit ihrem warmen Lächeln.
Obwohl die Amerikaner in einem Land leben, das Leute aus aller Welt besuchen, fällt es ihnen immer noch schwer zu verstehen, dass man die Frage nach dem Woher, die ihnen so einfach erscheint, nicht ohne Zögern beantwortet. Jeder, den sie auf ihrem Staatsgebiet treffen, kann für sie nur ein Amerikaner sein, außer den Japanern, die an der Kamera um ihren Hals erkennbar sind. Das Land ist so riesig, außerdem würde es in ihren Augen jeder Mensch verdienen, Amerikaner zu sein. Nicht etwa aus einer Arroganz heraus, die man ihnen zu Unrecht unterstellt, sondern

eher aus Bescheidenheit: in ihren Augen gehört dieses Land nicht dem, der zuerst da ist. Sie sind, glaube ich, die Einzigen, die einem zugestehen, Amerikaner zu sein, selbst wenn man kein Wort der Landessprache kennt. (Ist ein Franzose vorstellbar, der kein Französisch kann?) Die amerikanische Studentin wollte also wissen, aus welcher Stadt ich kam. In Europa ist das anders, dort musst du die Frage: „Woher kommen Sie?“ übersetzen in „Zu welcher Rasse gehören Sie?“, während es in Afrika eher bedeutet: „Zu welchem Clan oder Stamm gehören Sie?“

„Ich bin in Montréal in den Bus gestiegen.“

Das wollte sie wissen. Diese harmlose Frage erfordert so viele komplizierte Überlegungen, dass ich hinterher immer müde bin.

„Montréal! Ich war noch nie dort, aber meine beste Freundin Pat ist letzten Sommer zum Jazzfestival hingefahren. Sie war völlig begeistert. Willst du noch etwas mehr Salat? Du kannst so viel nehmen, wie du willst.“

Das ist die letzte Erfindung Amerikas, um die Armen schneller loszuwerden: Sie mit schlechtem Essen zu mästen, bis sie platzen. Früher ernährten sich die Armen von den Krümeln, die von dem Tisch der Reichen fielen. Man aß nicht genug, aber die Lebensmittel waren von guter Qualität. Die Ernährungswissenschaftler bemerkten, dass gewisse Krankheiten die Armen nicht trafen, eben weil sie weniger Fett aßen als die Reichen. Aber seitdem dieser glatte Trennstrich zwischen dem Fraß der Armen und der Ernährung der Reichen gezogen wurde (ein deutlicher Unterschied in der Qualität), hat sich die Lage dramatisch verändert. Die Armen essen viel mehr (das schlechte Essen ist billiger, der Genuß liegt in der Quantität) und viel mehr Fett. Sie bevorzugen inzwischen fette Speisen.

„Es ist schwer, sich bei diesen guten Sachen zurückzuhalten“, äußerte sie mit einem zerknirschten Lächeln.

Je mehr man isst, desto abhängiger wird man von dieser Ernährung. Ich glaube, es ist die gefährlichste Droge unserer Zeit (Kokain ist verboten; Alkohol gerade noch erlaubt; als Raucher wirst du verfolgt).

„Ich habe einen Trick“, flüsterte sie mir zu, „ich lade mir ganz viel auf den Teller und das widersteht mir so sehr, dass ich am Ende nur wenig esse. Früher nahm ich ein klein wenig, holte dann aber noch drei- oder viermal Nachschlag. Das ergab eine richtig große Portion. Seit einiger Zeit merke ich, dass es mir genügt den vollen Teller anzusehen. Vielleicht wird man davon auch dick.“
„Tja, ich glaube, mein Bus fährt gleich ab.“
Diesmal warf sie sich mir in die Arme. Aufprall der Brüste. Welcher Schwung! Ich wünschte ihr einen Mann, der seine ganze Zeit ihr widmen konnte. Jemanden, der es wirklich nicht eilig hatte. Ich könnte Tage verbringen, sie leise seufzen zu hören. Eine Psalmodie. Diese Besessenheit vom Essen mit Sex beruhigen.

## KLEINE POLITISCHE GESCHICHTE DES KÖRPERS

Der genaue Moment, an dem diese Veränderung eintrat, ist schwer einzuschätzen, aber er gehört bestimmt zu den wichtigsten Daten der Menschheitsgeschichte. Denn nie zuvor hat der Magere den Dicken mit einem solchen Vorsprung besiegt. Natürlich bildet sich darin ein uralter Kampf ab. Der Magere gegen den Dicken. Im Vergleich zu seinen Verheerungen ist das jüngste Gefecht der Nichtraucher gegen die Raucher, obwohl es so viel Medienaufmerksamkeit genießt, nur ein müder Scherz. Seit Anbeginn der Zeiten kämpft der Magere gegen den Dicken. Jahrhundertelang stand der Magere für den Menschen, der nicht genug Nahrung hat. Der Dicke hingegen symbolisierte das Wohlleben, den Reichtum, das Glück. Im Römischen Reich regierte der Dickwanst. Die römischen Senatoren gaben für alle Zeiten die männliche Körperform vor. Sie konnte sich unter der Toga ungehindert entfalten. Doch kehrte Amerika jüngst die Verhältnisse dieses Kampfs einfach um. Man ist nicht mehr mager, weil die Nahrung fehlt, sondern weil es einem gelingt, die tierischen Begierden zu zügeln. Der Magere hat Geist, der Dicke nur einen Körper. Das Gewicht hält ihn am Boden, während der Magere in die höheren Sphären des Denkens schwebt. Hollywood gegen das schwarze Ghetto. In Hollywood gilt jede Frau mit einer Größe über 36 als dick. Wenn Sie im Ghetto ohne Schwierigkeiten durch die Tür des örtlichen McDonald's passen, gelten Sie als mager. Im Sinne der ausgleichenden Gerechtigkeit hat die Menschheit stets davon geträumt, dass irgendwann jeder satt wird. Jetzt bricht bei diesem Gedanken Panik aus, weil Amerika diese neue Massenvernichtungswaffe erfunden hat: eine Ernährung, die tötet.

## SEIFENOPER

Sie saß neben mir im Bus. Ihr Gesicht wirkte ziemlich asiatisch, aber ich war mir nicht sicher. Sie hatte nicht die besondere Art, sich zu bewegen, wie die Chinesinnen (vielleicht war sie Vietnamesin?). Ach ja, sie konnte auch Kubanerin oder Jamaikanerin sein. Wie der kubanische Maler Wifredo Lam. Es ist immer überraschend, einer Frau mit asiatischen Gesichtszügen und einer karibischen Gestik zu begegnen. Aber jetzt bewegte sie sich nicht mehr. Sie hatte die Augen geschlossen und hörte bestimmt Musik auf ihrem Walkman. Der Bus folgte weiter seiner Route. Ich holte meinen Whitman heraus wie andere ihren Revolver. Sie werden es nicht glauben, kaum hatte ich ihn aufgeschlagen, traf ich auf folgendes Gedicht:

*Fremdling, der du vorbeigehst! du weißt nicht, wie sehnsüchtig ich nach dir blicke,*
*Du musst der sein, den ich suchte, oder die, die ich suchte*
*(es kommt mir wie aus einem Traum).*

Vielleicht phantasierte ich, aber ich hatte den Eindruck, Walt Whitman beschrieb jede Etappe meiner Reise. Er reiste also mit. Gleich neben mir. Meine Begleitung. Was für ein Reisegefährte! Die Frau hatte eben die Augen geöffnet. Sie schaltete ihren Walkman aus und lächelte mich an.

„Mögen Sie Musik?"
„Nein", sagte sie mit melodischer Stimme, „ich habe eine Fernsehsendung gehört ..."
„Ach so ..."
Sie lächelte.
„Eine Seifenoper ... Ich kann sie im Radio hören, wenn ich nicht zuhause bin."
„Was ist eine Seifenoper?"
Sie lachte.
„Wollen Sie das wirklich wissen? Das ist eine Fernsehsendung mit Fortsetzungen, die tagsüber ausgestrahlt wird, damit sich Hausfrauen wie ich nicht zu sehr langweilen. Es gibt täglich mehrere davon. Ich verfolge diese Serie seit 1965, als ich in die Vereinigten Staaten kam."
Sie bemerkte meine Überraschung.
„Das ist eine ganze Weile, was? Anfangs interessierte ich mich nicht dafür. Ich studierte an der Universität Pharmazie. Man muss sich bei diesem Fach sehr auf das Studium konzentrieren. Ich suchte etwas zur Entspannung, war aber zu schüchtern, mich in Abenteuer zu stürzen. Ich ging fast nie aus. Eines Tages kam eine Freundin zu mir. Während wir uns unterhielten, wurde sie immer angespannter. Ich fragte mich, was wohl los sei. Irgendwann bat sie mich, fernsehen zu dürfen. Mir war ihre Besessenheit fremd. Ich schaute nur Nachrichten, um die Bilder zu sehen, zur Information las ich die *New York Times*. Die Sendung fing gerade an. Das ist schon so lange her, aber ich sehe es noch vor mir. Meine Freundin setzte sich im Schneidersitz auf den Fußboden und schaute sich die Serie so gebannt an, wie ich es selten gesehen habe, außer bei Forschern in der Biologie."
„Und als Sie das mit ihr zusammen sahen ..."
„Aber nein", entgegnete sie lachend, „es gefiel mir überhaupt nicht. Ich fand, das passte nicht zu einer Studentin an der Universität. Damals war ich sehr streng. Ich hatte Kitschromane nie gemocht. Das alles lag mir fern. Aber ich sagte nichts, es ist nicht meine Art,

Bemerkungen über die Vorlieben anderer Leute zu machen. Doch es gefiel mir nicht ..."

„Wie kam es also dazu, dass sich das änderte ...?"

„An einem Tag, als ich sehr deprimiert war", sagte sie mit einem angedeuteten Lächeln, „schaltete ich den Fernseher ein und da lief die gleiche Serie. Da ich sie mit meiner Freundin einmal gesehen hatte, kamen mir die Figuren schon ein wenig bekannt vor, etwa wie wenn man Leuten im Aufzug begegnet ist, aber nicht mehr. Wissen Sie, die Wirkung ist wie bei Heroin. Als Apothekerin kenne ich mich aus in Drogen- und Suchtfragen. Ich habe wirklich den Eindruck, sie mixen diese Geschichten so zusammen, dass die Zuschauer völlig abhängig werden. Und wie bei Heroin braucht man nur einmal zu probieren und schon ist man süchtig. Ich schaue diese Serie seit über dreißig Jahren. Die Geschichten wiederholen sich: Ehebruch, Eifersucht, Verrat, Begehren, Hochzeit, Verlobung, Trennung ... Jeden Tag. Und wenn ich nicht zuhause bin, höre ich sie auf dem Walkman. Ich weiß bis ins kleinste Detail, was bei diesen Leuten passiert. In diesem Land sind wir alle zu Voyeuren geworden."

„Es ist die legale Droge!"

Ein trauriges Lächeln.

„Unbedingt, Sie haben recht, und dazu bekommt sie noch viel Unterstützung. Sie wird speziell zusammengebraut für Hausfrauen wie mich oder für Rentnerinnen. Hier schauen sich alle Frauen die Seifenopern an: Reiche wie Arme, Intellektuelle wie Analphabetinnen. Natürlich würden das manche nie zugeben, aber Sie brauchen nur Ihre Meinung über eine der Figuren zu äußern, zum Beispiel über Erica, und jede Frau beteiligt sich leidenschaftlich an der Diskussion."

„Und man kann diese Serien überall schauen."

„Überall ... Auch im Supermarkt. Deshalb stehen überall in diesem Land Fernseher. Die Frauen erledigen die Einkäufe, sie sind in den Geschäften unterwegs. Daher werden überall Fernseher aufgestellt. Ich erzähle Ihnen eine Geschichte: Beim Krieg gegen den Irak dachte der Präsident der Vereinigten Staaten, diese Nachricht habe

eine gewisse Bedeutung, na und da ließ er die Seifenopern für die offizielle Durchsage unterbrechen, dass wir gerade in einen Krieg eingetreten waren. Stellen Sie sich vor, die Fernsehgesellschaften haben nie so viele aufgebrachte Anrufe von Vorstadthausfrauen erhalten wie an diesem Tag. Bush hatte dem Irak den Krieg erklärt, die amerikanischen Frauen erklärten Bush den Krieg. Woher nahm er das Recht, ihre Lieblingssendung zu unterbrechen?"
„Im Grunde verteidigte jeder sein Terrain. Man darf Amerika bei seiner Seifenoper nicht stören: Es ist das Terrain der Frauen. Daran darf man nicht rühren. Der Krieg ist Männersache. Die Gefühle sind Frauensache."
Ein helles Mädchenlachen.
„Ganz genau so ist es ..."
Sie warf einen Blick auf ihre Armbanduhr und schaltete eilig den Walkman wieder ein, dazu schenkte sie mir ein verschmitztes Lächeln.

## DIE SCHÖNEN KLEINEN UNIVERSITÄTEN

Junge Amerikaner haben keine Angst davor, wegzuziehen (häufig weit entfernt von ihrem Wohnort), um an einer Universität zu studieren. Ihre einzige Chance, dieses riesige Land kennenzulernen. Man sieht, wie sie mit ihrem Rucksack aufbrechen. Mom und Dad begleiten sie zum Bahnhof. Häufig besucht die Mutter die Tochter, um ihr bei der Einrichtung des Zimmers behilflich zu sein. Dad erkundigt sich, ob es dort eine gute Football-Mannschaft gibt. Mom sucht, wo sich das nächstgelegene Krankenhaus, der Supermarkt oder die Apotheke befindet. Während ihres Besuchs untersucht Mom hektisch alle Schränke in dem winzigen Zimmer. Dad hat schnell einen anderen Vater auf dem Korridor entdeckt, mit dem er mal wieder die Chancen der Football-Mannschaft in diesem Jahr diskutieren kann. Das gilt vor allem für die kleinen Universitäten des Mittleren Westens. Der Bus fuhr gerade an der Hillsdale Universität vorbei, mit ihrer makellosen Fassade. Eine

Festung der protestantischen Moral. Im Jahr 1844 erbaut, ist sie eine der ältesten amerikanischen Universitäten und sehr stolz auf ihre liberale Vergangenheit. Tatsächlich hat Hillsdale schon lange vor dem Sezessionskrieg Frauen und Schwarze aufgenommen. Aber als die Regierung allen Universitäten, die von der Bundesregierung Geld bekamen, eine Quote für Schwarze und Frauen vorschrieb, zog sich Hillsdale merkwürdigerweise plötzlich von allen staatlich geförderten Programmen zurück. Wieder mal der Stolz der WASP*. Eine Universität zu unterhalten, und sei sie noch so klein, kostet ein Vermögen. Es erforderte einen jungen, energischen, charismatischen und gutaussehenden Mann (noch so einen Klon von JFK), um genügend Geld zu sammeln, damit Hillsdale seinen Rang halten konnte. Da erschien George Roche, der 35-Jährige setzte sich gegen 130 Kandidaten durch, die in einem heftigen Wettstreit alle Präsident der Hillsdale Universität werden wollten. Er drängte alle beiseite, und zwar auf seine Art (ein starker Cocktail aus Grobheit, Verführung und Hinterlist). Krasser ausgedrückt: ein Faustschlag gefolgt von einer Streicheleinheit. Er kommt so gut an, dass die Verwaltung ihm einen wunderschönen silbermetallic Porsche schenkt und ein Jahreseinkommen von über einer halben Million Dollar einräumt. Mit seinem dynamischen Vorgehen bringt er der Universität jährlich 325 Millionen Dollar (allein durch Fundraising) ein. In kürzester Zeit wird die kleine verschlafene Universität zu einem der aktivsten intellektuellen Zentren der USA. Zwar ist sie immer noch ziemlich konservativ, aber die Geschäftsführung bemüht sich, bisweilen Intellektuelle von nationaler Bedeutung einzuladen. Und die sind nicht alle konservativ. Diese Neuerungen tragen auch ihre Früchte. Von überall aus den Vereinigten Staaten strömen Studenten nach Hillsdale, obwohl die Universität nicht die angesehenste dieser Größe ist. Sie wird sogar „Harvard des Mittleren Westens" genannt. Schnell sind auch die Bonzen der republikanischen Partei auf diesen jungen Universitätspräsidenten aufmerksam geworden, der sich dem Zug

* Sie lassen sich vom Staat nichts vorschreiben; Anm. B. T.

der Zeit nicht anpassen will. Reagan gefällt diese Politik des *radical academic* an George Roche. Die Bildung ist das Wichtigste. Hillsdale möchte starke, selbstbewusste, aufrechte junge Menschen formen. Diese selbstgewählte Mission der Leitung von Hillsdale trifft genau das Herz der amerikanischen Familien, die der ungebremste Liberalismus in Columbia, Yale, Princton und Harvard abgeschreckt hat. Sie sehen in den kleinen Universitäten von menschlichem Maßstab (Hillsdale hat man in einer halben Stunde umrundet) die Lösung. Eine junge Idealistin von siebzehn Jahren namens Lissa Jackson fühlt sich von der jansenistischen Philosophie angezogen. Zuvor hatte sie an dem Modellversuch in den USA teilgenommen (*Flint School*), wo auf einem Schiff unterrichtet wurde. Das Gefühl, sich außerhalb der Welt zu befinden (unter dem sternenübersäten Himmel auf hoher See), kam den romantischen Vorstellungen dieser jungen Protestantinnen entgegen. Dazu gehört auch die Lektüre von Ayn Rand, einer Lehrmeisterin der amerikanischen Rechten. In ihren Romanen wie in ihren Essays verbreitet sie eine explosive Mischung von extremer Aggressivität, zwanghaftem Egoismus und wildwüchsigem Kapitalismus. Ihr Hauptwerk, *Atlas Shrugged*, ein dicker Klotz von 1000 Seiten, ist bis heute die Bibel der jungen amerikanischen Konservativen. Für Ayn Rand (sie war sehr früh vor dem Stalinismus in die USA geflohen) ist das Ideal der Frau, den herausragenden Mann zu finden, dem sie blind dienen kann. Man muss sich diese jungen Mädchen aus den reichen Familien in der Provinz auf der Suche vorstellen, nicht nach einem Ehemann wie ihre Mütter, sondern nach einem Mann mit einer Sendung. Lissa Jackson fand recht schnell den Richtigen: George Roche. Da er schon verheiratet war, ehelicht sie seinen Sohn George IV, den alle nur IV nennen. Aber IV ist nicht wie sein Vater, in dem gleichen Maß wie George Roche herrisch und charismatisch ist, ist sein Sohn schüchtern und in sich gekehrt. Lissa will von IV nichts wissen, George Roche ist der Mann ihres Lebens. Sie sagt es häufig, sogar in Anwesenheit ihres Ehemanns, und die Gäste sind peinlich berührt. Lissa widmet ihre gesamte Energie dem Erfolg von Hillsdale und opfert sich ganz für George

Roche auf. Sie wird nach kurzer Zeit seine Geliebte und ab diesem Moment versucht sie, möglichst viel Raum einzunehmen (gleichzeitig nimmt sie an Körpergewicht zu), indem sie June Roche, Georges Gattin, buchstäblich in den Hintergrund drängt. Zu ihrer Entschuldigung ist vorzubringen, dass sie eine harte Arbeiterin ist, die alles im Blick hat. Wenn einflussreiche Männer an der Universität Vorträge halten, steht sie an der Tür zum Saal und versorgt die Studenten mit klugen Fragen, um diese Mächtigen zu beeindrucken, damit sie die frohe Botschaft von Hillsdale als dem neuen intellektuellen Mekka von Amerika weiterverbreiten. Lissa kümmert sich um das intellektuelle Niveau der Universität und der Zeitung, um das Fundraising (ein Großteil ihrer Arbeit) ebenso wie um den gesamten Verwaltungskram und tut dies, ohne dass ihr je ein Fehler unterläuft. Eine gute Schülerin von Ayn Rand. George Roche hat nun mehr Zeit zu verreisen, gewisse ehrenvolle Ämter in der Regierung Reagan zu übernehmen oder ganze Nachmittage lang mit Größen der Republikanischen Partei über die moralische Zukunft der Jugend zu diskutieren. Die Drecksarbeit bleibt Lissa überlassen. Über die Jahre wird Roche strenger, sein Ton wird zunehmend moralisierend. Egal wer sein Büro betritt, er muss sich eine Predigt anhören. Roche ist nicht mehr der „progressive Konservative", wie er früher behauptete, sondern immer mehr ein alter Langweiler. Lissa beginnt hinter den Kulissen zu toben. Sie verlangt Rechenschaft von ihm. Es geht nicht mehr um die Universität oder die Moral, sondern um die intime Beziehung eines Mannes zu einer Frau, die er seit Jahren ausnutzt. Mit dem Rücken zur Wand, erklärt er sich bereit, seine Frau zu verlassen. June Roche berichtet, wie er eines Morgens in die Küche gekommen sei und verkündet habe, er lasse sich scheiden. Zwei Stunden später lagen die Scheidungspapiere auf dem Tisch. Natürlich an einem Samstag. Samstags findet man auf einem Campus niemanden, mit dem man reden kann, und auch keinen Anwalt. June leidet, doch nun ist endlich Lissas Zeit gekommen. Man würde erwarten, George lässt sich scheiden, um seine Mätresse zu heiraten, aber das wäre zu einfach. Dazu ist George zu macchiavellistisch. Am Ende lässt er die Katze aus dem Sack: Er will eine Frau heiraten, die keiner aus seiner Umgebung kennt. Dabei ist Hillsdale wie eine große Familie. Diesmal bricht Lissa zusammen, sie fährt zur Schwester nach Los Angeles, um ihre Wunden zu lecken, und hinterlässt einen ergreifenden Abschiedsbrief. Doch später kehrt Lissa zurück, um bei der Hochzeit von George Roche mit seiner neuen Frau zugegen zu sein. Warum? Weil George Roche sie darum gebeten hat. Stoff für eine gute Seifenoper. Man hatte gesehen, wie eine völlig gebrochene Lissa zu ihrer Schwester fuhr, schon ist sie wieder zurück, heiter und mit einem Funkeln in den Augen. Was geht hier vor? Es wird gemunkelt, George verlässt seine neue Frau. Eine strahlende Lissa läuft im Sturmschritt über den Campus. Doch es ist noch nicht so weit. Bei George muss man auf alles gefasst sein. Eines Abends hat George einen Diabetesanfall. Sein Sohn besucht ihn im Krankenhaus. Bei seiner Rückkehr erzählt er seiner Frau treuherzig, dass sein Vater wieder mit seiner Frau zusammen ist. Jetzt rastet Lissa aus. Diesen langen Schrei des Schmerzes und der Verzweiflung hatte sie über Jahre unterdrückt. Nichts und niemand kann sie zurückhalten, auch nicht ihr großer Meister George Roche. Sie zwingt IV, mit ihr ins Krankenhaus zurückzukehren, dort stellt sie sich erstmals gegen George. In brutaler Offenheit enthüllt sie ihrem Ehemann und Georges Roches Frau, dass sie seit neunzehn Jahren dessen Mätresse ist. Obwohl Lissa ihre große Zuneigung für ihren Schwiegervater stets öffentlich gezeigt hatte, schlägt die Nachricht wie eine Bombe ein. Von diesem Augenblick an bewegt sich alles rasch auf ein Ende zu: Lissas Selbstmord. In ihrem hübschen Einfamilienhaus in der Mitte des Campus jagt sich diese intelligente Frau eine Kugel in den Kopf. Und der mächtige und mysteriöse George Roche wird zum Rücktritt gezwungen. June Roche, seine erste Frau, sagt dazu: „Lissas Selbstmord war ein Akt der Wut und der Rache. Es war ihre einzige Möglichkeit, sich bei ihm Gehör zu verschaffen."

Wenn man durch diese kleinen Städte der *Americana* fährt, mit ihren hochangesehenen kleinen Universitäten (Amherst, Swarthmore, Carleton), kann man sich gar nicht vorstellen, was hinter der efeuumrankten Fassade dieser roten Backsteingebäude, dem Symbol der angelsächsischen intellektuellen Respektabilität, vorgeht. Der Kampf der Egos treibt idealistisch Gesinnte im besten Fall in die Depression wie Holden Caulfield, die Hauptfigur aus Salingers *Der Fänger im Roggen*, und im schlechtesten in den Selbstmord wie Lissa Jackson.

## EIN MANN IN WUT

Als dieser Mann auf mich zukam, dachte ich nicht daran, ihm in die Augen zu blicken. Vielleicht hätte ich dort gleich das seltsame Leuchten entdeckt, an dem Menschen mit einer Mission leicht zu erkennen sind. Solche Leute trifft man in den USA häufig an, bei ihm hatte ich es nicht erwartet, vor allem war ich nicht auf eine Auseinandersetzung in dieser Form gefasst. Zu gut gekleidet für einen Bettler, er ist auch kein Zeuge Jehovas (ihm fehlte ihr Markenzeichen, eine Mischung aus Höflichkeit und Aggressivität). Sah eher aus wie ein Manager, der infolge eines plötzlichen Konjunkturknicks gerade entlassen wurde.
„Guten Tag."
„Guten Tag."
„Kann ich Ihnen etwas zeigen?"
„Nein danke, ich will nichts kaufen ..."
Er schreckte zurück, als hätte ich ihn zu ohrfeigen versucht.
„Aber ich will Ihnen doch nichts verkaufen."
„Wenn das so ist ..."
„Ich will Ihnen nur etwas zeigen, wenn Sie bereit sind, mich nachhause zu begleiten."
Ich zögerte einen Moment. Es ist äußerst selten, dass ein Weißer einen Schwarzen, den er auf der Straße getroffen hat, zu sich einlädt. Es ist dann entweder ein Obdachloser, ein Erleuchteter oder ein Perverser. Auf alle Fälle einer, der nichts zu verlieren hat. Genau wie ich nichts zu gewinnen habe. Aber ich war ja gerade unterwegs, um Leute kennenzulernen. Ich nahm meine Tasche und folgte ihm.

Er wohnte nicht weit entfernt, in einem gepflegten Gebäude drei Straßenecken weiter. Wir nahmen den Aufzug. Er öffnete die Tür zu seiner Wohnung mit elegantem Schwung, um mir den Vortritt zu lassen. Ein großes Durcheinander.
„Machen Sie es sich bequem. Ich lasse Sie kurz allein, ich habe ein kleines Problem mit der Prostata. Ich muss oft auf die Toilette, aber ich bin gleich wieder bei Ihnen."
In meinem ganzen Leben hatte ich noch nie so viele Papiere gesehen. (Bücher, Zeitungen, Magazine, Berichte, Akten, Forschungsarbeiten). Darauf überall Korrekturen, Erläuterungen, Kommentare. In einer Ecke, wie Tempelwächter (vom Fußboden bis zur Decke), Enzyklopädien und Grammatiken.
„Achten Sie nicht auf die Unordnung. Möchten Sie Kaffee?"
„Eine Tasse nehme ich gerne ..."
Er drehte sich mit einem Lächeln zu mir um.
„Ich trinke nur Kaffee. Davon werde ich natürlich zuweilen ein bisschen nervös."
Was wollte er damit sagen? Und vor allem, was passierte, wenn er „ein bisschen nervös" wurde? Ich sah zu, wie er sorgfältig den Kaffee zubereitete und nebenbei immer wieder rasch ein paar Wörter auf eine dicke Ausgabe der *New York Times* kritzelte. Endlich war der Kaffee fertig. Er goss mir eine Tasse ein. Sehr gut.
„Ich habe ein Problem", sagte er im Aufstehen. Es war soweit.
„Ich kann nicht anders, bei Fehlern in der Rechtschreibung oder in der Grammatik kriege ich jedes Mal einen Anfall."
Ich hätte es mir denken können. Im Umfeld der Universitäten trifft man häufig auf Professoren, die den Verstand verloren haben, wegen einer schönen, aber durchtriebenen Studentin, weil sie einen Preis nicht bekommen haben, ein Kollege ihnen vorgezogen wurde oder, und das ist am häufigsten, weil sie nach jahrelanger Überlastung in eine tiefe Depression gefallen sind. Die Universität ist wie eine Farm, auf der Gehirne gezüchtet werden. Einige zerbrechen daran. Doch sie dürfen weiter in der Nähe und noch eine Weile in der Wohnung aus ihrer produktiven Zeit bleiben, denn bei diesen etwas wirren Leuten kann man nie sicher sein. Anscheinend ist mal

einer von ihnen wieder zu sich gekommen und hat am Ende den Nobelpreis geholt.

„Ich muss Ihnen sagen, allein in der *New York Times* finde ich täglich um die dreißig Fehler, am Sonntag sind es manchmal sogar fünfzig ..."

„Da haben Sie viel zu tun."

Er schien einen Moment zu überlegen.

„Nein, ich habe das absolute Auge."

„Ach so", sagte ich, ohne zu wissen, was er damit meinte.

„Manche Leute, zumeist Musiker, haben das absolute Gehör. Ich habe das absolute Auge. Ich brauche nur einen einzigen Blick auf einen Zeitungsartikel zu werfen und schon weiß ich, wie viele Fehler er enthält."

„Kleine Versehen in der Zeitung, das gehört dazu ..."

Er schlug seine Stirn gegen die Wand.

„Fehler. Es sind keine kleinen Versehen. Echte Fehler. Diese Leute haben überhaupt kein Gewissen. Sie sind keine Menschen. Wie kannst du so was einer Sprache antun, die jeden Tag deinen Geist ernährt! Ihr Geist ist verschmutzt. Und wenn man ihnen die Nase in ihre eigene Scheiße steckt, spielen sie das schnell herunter. Immer kleine Versehen. Wie kann man täglich so viele Fehler machen, ohne sich um Besserung zu bemühen? Schauen Sie her ..."

Er lief durch das Zimmer, versetzte Berge von Zeitungen. Hielt mir alles unter die Nase. Man hatte wirklich den Eindruck, dass die Journalisten in jedem Satz einen Fehler machten.

„Dabei beschäftige ich mich nur mit den besten Zeitungen, die Kolumnen zur Grammatik bringen, aber auch in denen finde ich Fehler ..."

Er klang verzweifelt. Er lud mir Ausgaben der *New York Times*, des *Times Literary Supplement*, des angesehenen Magazins *New Yorker* auf den Schoß. Alle Seiten waren mit Korrekturen übersät.

„Ich schicke sie ihnen mit ausführlichen Erklärungen zurück. Zu Beginn haben sie es berichtigt, aber seit zwei oder drei Jahren tun sie das fast nicht mehr."

„Vielleicht wehren sie sich auf diese Weise gegen Ihre Korrekturen?"
Er wurde blass.
„Aber nein, das käme mir ja entgegen … Es ist ihnen einfach egal …"
„Heutzutage hat man weniger Respekt vor gewissen klassischen Ansprüchen."
„Sie haben mich nicht verstanden, ich hasse die klassische Sprache, ich mag das Lebendige. Doch ich kann die Einstellung dieser Leute nicht verstehen. Was ist ihr Plan? Sabotage an der englischen Sprache?"
Er setzte sich kurz hin und trank schweigend ein paar Schlucke Kaffee.
„Ich will Ihnen etwas zeigen … Kommen Sie …"
Ich folgte ihm ins Schlafzimmer. Es war noch schlimmer als im Wohnzimmer. Nur mit Mühe konnte ich unter den Tonnen von Zeitungen das Bett ausmachen. Er öffnete einen großen Schrank und holte ein schönes funkelnagelneues Gewehr heraus.
„Wenn es sein muss, werde ich die englische Sprache auf diese Weise verteidigen …"
Er schaute mich an. Ich senkte den Blick.
„Das wollte ich Ihnen zeigen", sagte er lächelnd.

## DER SAXOPHONSPIELER UND DAS JUNGE MÄDCHEN

Ein Reporter für die Lokalnachrichten bei der *Chicago Tribune* nahm mich mit auf seine Tour. Wir fuhren den ganzen Tag Krankenwagen und Feuerwehrautos bei ihren Noteinsätzen hinterher. Zum Schluss hielten wir an einem McDonald's, um einen Hamburger zu essen.
„Schon seit zwanzig Jahren ernähre ich mich schlecht", bemerkte er dazu, „ich stelle mir lieber nicht vor, was im Inneren meines Körpers los ist …"
„Man darf nicht daran denken", sagte ich.

Als er wieder durch den dichten Nachmittagsverkehr steuerte, erzählte er mir:
„Die *Tribune* beschäftigt Schwarze, aber immer nur für die überfahrenen Hunde. Natürlich gibt es einen Token im Aufsichtsrat. Sie brauchen immer einen, der sich verkauft, als Alibi ..."
„Seltsam, ich sehe das anders ... Der Typ im Aufsichtsrat hat sicher sehr viel gearbeitet, um dort hinzukommen."
„Er sitzt nur drin für das gute Gewissen der Weißen."
„Oje, diese Auffassungen habe ich schon tausendmal gehört. Warum stellt man jeden Schwarzen in Amerika in Frage, wenn er einen leitenden Posten hat? Glaubst du, das sei bei den Weißen anders, sie hätten alle zu Recht ihre Stellung? Der eine sitzt da, weil sein Vater ein großer Hecht ist, der andere, weil er sich mit der Tochter vom Boss verlobt hat, wieder ein anderer ist ein Waschlappen und lässt alles mit sich machen und schließlich ist da eine Frau, nur weil sie die schönsten Beine nördlich des Rio Grande hat, ja doch! So läuft das immer noch ... Aber wenn es ein Schwarzer schafft, der häufig auch noch kompetent ist, holen wir die große Artillerie heraus. Er hat sich kaufen lassen. Er hat seine Rasse verraten. Und die Schwarzen haben keine Ruhe, bis er stürzt ..."
Langes Schweigen. Der Wagen kam nur langsam voran. Der Verkehr um fünf Uhr nachmittags.
„Du hast Recht, das so zu sehen. Uns fehlt die nötige Distanz, um die verschiedenen Argumente zu sortieren."
„Das müsstet ihr aber tun, denn davon hängt euer psychisches Gleichgewicht ab."
Wir kamen in ein Viertel mit einigem Baumbestand. In Amerika zeigt der Baum an, wo man sich befindet. Zumeist werden die Viertel durch die Eisenbahnlinie voneinander getrennt. Das Viertel der Reichen hat immer viele Bäume. Die Viertel der Armen sind nur mit Strommasten und Tankstellen bepflanzt. Das Viertel der Mittelschicht liegt dazwischen. Jim wohnte ganz am Ende einer Straße mit Häusern, die alle gleich aussahen, davor stand jeweils ein von der Sonne versengter Baum. Wir stiegen aus. Ein etwa achtzehnjähriges Mädchen stand vor der Tür. Sie war groß, hatte ein offenes

Lächeln und riesige Augen, die ihr etwas Verträumtes gaben. Die beiden umarmten sich, als hätten sie sich mindestens ein Jahr nicht gesehen. Ganz offensichtlich liebten sie einander sehr.
„Jennifer, meine Tochter“, stellte Jim sie stolz vor.
Ich lächelte. Sie errötete.
„Das darf nicht sein! Wie konntest du mir das antun!“, zischte sie ihren Vater an.
„Wir haben vorhin nur kurz einen Hamburger gegessen, mehr nicht.“
„Ich hatte doch gesagt, dass ich was koche ... Du machst nur, was dir einfällt ...“
„Aber Jenny, ich bin immer noch hungrig. Ich habe einen Hamburger gegessen, weil ich es nicht mehr aushielt. Ich kann nicht so wenig essen wie du.“
„Du bemühst dich kein bisschen“, tadelte sie ihn, während sie vor uns das Haus betrat.
Erst jetzt bemerkte ich, wie gut gebaut sie war (schlank, langgliedrig, mit dem Gang einer Tänzerin). Jim drehte sich mit einem Augenzwinkern zu mir um.
„Ich habe sie allein großgezogen. Meine Frau hat mich verlassen, als Jenny drei Jahre alt war. Jetzt hat sie es übernommen, sich um mich zu kümmern, aber sie ist zu streng ...“
„Ich muss streng sein“, wandte sie lächelnd ein, „denn sonst gibt es kein Halten ... Keine Grenze. Man muss jeden Tag auf ihn aufpassen. Es hat mich drei Jahre eines täglichen Kampfs gekostet, bis er mit dem Rauchen aufgehört hat.“
„Keine Hamburger, keine Zigaretten, bei der Zeitung ernte ich schon schiefe Blicke, verstehst du ...“
„Sie werden wegen dir nicht nachts aufstehen müssen, wenn du alt und krank bist ...“
„Das kommt sowieso nicht in Frage ... du wirst dich um deinen Mann und deine Kinder kümmern.“
„Ich werde immer bei meinem allerliebsten Papa bleiben, er ist für mich der Einzige“, bekannte sie mit einem fröhlichen Lachen.
Sie umarmten sich wieder. Ich vermute, es ist eine gut eingespielte

Szene, die sie Besuchern vorführen. Doch zeigte sie nur ihre tiefen Gefühle füreinander.
„Essen Sie mit uns?“, fragte sie mich.
„Nein. Ich darf nicht.“
„Warum?“
Ihre Stimme erinnerte mich seltsam an Jackie Kennedy (ich gehöre zu den ganz wenigen, die sie immer noch Jackie Kennedy nennen, trotz ihrer Heirat mit dem griechischen Reeder, dessen Namen ich vergessen möchte.)
„Ich mache eine drakonische Diät.“
Alle lachten. Sie deckte den Tisch und wir aßen unbeschwert. Plötzlich klingelte das Telefon. Die Tochter warf dem Vater einen leidenden Blick zu. Die beiden würden sich trennen müssen, bevor es zu einer Scheidung kam. Das ist immer so, wenn ein Vater allein mit einer erwachsenen Tochter zusammenlebt. Jim zögerte, bevor er abnahm. Natürlich war es die Zeitung, sie schickte ihn zu einer Demonstration. Die Lkw-Fahrer waren gerade dabei, das Zentrum von Chicago zu blockieren, weil die Polizei von Connecticut sie seit drei Monaten schikanierte. Jim musste hinfahren.
„Iss du in Ruhe auf ... Es dauert bestimmt nicht lange. Ich hätte es auch am Telefon erledigen können, aber bei der *Tribune* müssen wir persönlichen Einsatz zeigen.“
Ich hörte, wie der Wagen wegfuhr. Er brauchte neue Reifen.
„Möchten Sie nicht etwas trinken? Ich habe Grand Marnier.“
„Gerne.“
Sie schenkte mir ein. Ich schlürfte langsam den Likör. Sie lächelte mir im Halbdunkel des Wohnzimmers zu. Man hatte hier den Eindruck, im Schutz vor der Hektik zu sein, die im Stadtzentrum herrschte.
„Sprechen Sie Französisch?“
„Ja“, antwortete ich.
Ein wunderbares Lächeln. Sie sollte zum Film gehen. Sie hatte so viel natürlichen Charme.
„Haben Sie in Frankreich studiert?“

„Nein, ich bin in Haiti geboren, dort spricht man Kreolisch und Französisch."
„Ich weiß."
„Jetzt lebe ich in Montréal."
„Ach!"
Montréal war hier offenbar sehr beliebt.
„Es ist wunderbar, Französisch zu können, nicht wahr? Es ist schon lange mein Traum", sie war ganz aufgeregt.
Dann wurde ihr Gesicht traurig.
„Meine Mutter sprach Französisch. Sie war aus Chicoutimi. Das ist in der Provinz Quebec. Ich möchte dir was erzählen ..."
Ihre dunklen Augen rührten etwas in mir an.
„Es ist nicht wahr, dass meine Mutter meinen Vater verlassen hat. Sie starb bei einem Unfall mit dem Auto. Mein Vater benutzt es nur als Argument, um nie wieder zu heiraten."
„Das verstehe ich nicht ..."
„Er hat mir erklärt, wenn die Leute wüssten, dass seine Frau gestorben ist, würden sie ihn ständig bedrängen, er solle wieder heiraten."
„Warum hat er das nie gewollt?"
Mit einem Wink bedeutete sie mir, ihr zu folgen. Ich betrat ein Zimmer voller Fotos von einem jungen schwarzen Musiker und einer wunderschönen jungen Frau, die genauso aussah wie Jenny.
„Sie haben sich in Chicoutimi kennengelernt. Mein Vater sagt, er sei der erste Schwarze gewesen, der je einen Fuß in diese Stadt gesetzt hat."
In den Adern der Schwarzen Nordamerikas fließt das Blut von Christoph Kolumbus. Der Mythos des Entdeckers. Der größte Traum jedes Schwarzen von hier ist, eine kleine, völlig weiße Stadt im Schnee zu entdecken und sie als Erster zu betreten.
„Meine Mutter hat ihn gesehen", erzählte sie weiter, „und sie ist buchstäblich in Ohnmacht gefallen. Ich habe es in ihrem Tagebuch gelesen. Sie war bei der Arbeit, als sie sah, wie er die Straße überquerte und in das Restaurant gleich neben ihrem Büro ging. Zum Glück war niemand im Raum an jenem Morgen, als sie in Ohn-

macht fiel. Sobald sie zu sich gekommen war, ging sie in das Restaurant, um einen Kaffee zu trinken. Er wurde auf sie aufmerksam, da wäre sie beinah wieder umgekippt. Sie haben sofort geheiratet. Die Eltern meiner Mutter waren offenbar außergewöhnliche Leute, heute leben sie nicht mehr. Mein Vater wollte anfangs keine Kinder, er war zu eifersüchtig. Er wollte ihre ganze Aufmerksamkeit für sich. Sie aber bestand darauf, sie wollte ein Kind. Nach ihrem Tod hängte er die Musik an den Nagel, meinetwegen strengte er sich an bei der Arbeitssuche und fand sie bei der *Chicago Tribune*."
„Aber warum erzählt er, sie habe ihn verlassen?"
Ich bin hartnäckig, nicht wahr? Das ist meine Art. Wenn ich etwas zwischen den Zähnen habe, lasse ich es nicht mehr los.
„Die Leute sind mitfühlender und verstehen, dass er das nicht noch einmal erleben will. Sonst wollen sie ihn alle wieder verkuppeln."
„Und Sie, wie geht es Ihnen damit?"
Sie schwieg einen Moment.
„Wenn ich Französisch lernen möchte, dann wegen meines Vaters. Es ist die Sprache der Frau seines Lebens."
In diesem Augenblick wurde mir klar, dass es für eine neue Frau wirklich sehr schwierig werden würde, in dieses Trio einzubrechen. So ist es häufig: Man lernt jemanden kennen, der unauffällig wirkt, aber sobald man etwas an der Oberfläche kratzt, hat man es mit einem griechischen Mythos zu tun.

# III. TEIL
# AMERICANA

## UNTERWEGS

Seltsam, noch kein Schwarzer hat Amerika von einem Ende zum anderen bereist, wie es Walt Whitman und Jack Kerouac, jeder auf seine Art, unternommen haben. Auch für sie war es nicht einfach. Daher frage ich wieder, warum es keinem Schwarzen gelungen ist, das Land in seiner Gesamtheit zu erfassen. Ist es eine letzte Folge der Sklaverei? Die Sklaven hatten nur die Möglichkeit, das Land zu entdecken, wenn sie beispielsweise einem grausamen Herrn zu entkommen suchten. Die Route dieser Flüchtlinge unterschied sich in ihrer Zeiteinteilung und in ihrem Verlauf (sie mussten vor allem die Städte meiden) vollkommen von der eines Touristen. Ein weiterer Grund ist, dass zwar die Universitäten der Weißen (die Rassentrennung in den USA ist abgeschafft, daher ist hier die Rede von Universitäten, die mehrheitlich von Weißen Studenten besucht werden) über das gesamte Land verstreut sind, während die Universitäten der Schwarzen sich hauptsächlich in ein paar Großstädten befinden. Der junge weiße Amerikaner kann überall hingehen, während sich ein junger Schwarzer nie an einen Ort trauen würde, zu dem noch kein Pionier den Weg vorgebahnt hat. Auch die Schwarze Literatur beschränkt sich, übrigens genau wie die Schwarze Bevölkerung, auf die Ghettos der großen Städte (Richard Wright, Chester Himes, James Baldwin haben alle ein städtisches Amerika voll Gewalt dargestellt). Kerouac hat als Einziger dieses Land ganz bereist. Aus diesem Grund wurde sein erster Roman *On the road* zu einem Kultbuch. Dieses Buch gehört genauso zum modernen Amerika wie der Hamburger oder Coca Cola. Dennoch war auch das keine leichte Partie. Für die erste Version des Romans, die Kerouac auf eine lange Papierrolle getippt hatte, bekam er von den Verlagen nur viele Ablehnungen, bis Malcolm

Cowley ihn endlich, aber nur mit einigen Änderungen, annahm. Diese Korrekturen griffen tief in die Struktur des Textes ein. Ginsberg heulte auf. Nach seiner Ansicht hat Cowley den Roman seiner ganzen Wildheit beraubt. Denn das Originalmanuskript hatte die Form einer Spirale, die Kerouac Sprünge in alle Richtungen erlaubte. Cowley hat das Raubtier gezähmt und Kerouacs verstörendes Irrlichtern am Ende in eine Flasche gesperrt. Gerade habe ich den Roman noch einmal gelesen und kann mir nicht vorstellen, in welcher Weise er noch verrückter sein könnte, jedenfalls ist das Krasse, der direkte Zugriff auf das Leben, durchaus erhalten geblieben. Zugleich ist es mir unbegreiflich, dass die Verlage die Qualität dieses Romans, der 1957 publiziert wurde, nicht sofort erkannten. Dafür feierte ihn Gilbert Millstein in der *New York Times* gleich bei seinem Erscheinen. Und die Freunde (Ginsberg, der Hysteriker, und Burroughs, der Phlegmatiker) ließen die Champagnerkorken knallen. Es war der Triumph eines Buchs und gleichzeitig eines Lebensstils. Denn Kerouac hatte damit seine Freunde porträtiert (vor allem Neal Cassidy, der das Vorbild für die Hauptfigur Dean Moriarty abgab).

Kerouac on the road. Mit seinen endlosen Sätzen, seinem Himalaya der Einzelheiten, seiner Direktheit, seiner pausenlosen Bewegung (Kerouac filmt Amerika mit der Schulterkamera) kündigte dieser Roman eine neue literarische Perspektive an. Große Aufregung bei den jungen Amerikanern der Fünfzigerjahre, die endlich eine Möglichkeit entdecken, sich aus der eisigen Umklammerung T.S. Eliots zu befreien. Insgeheim ist das Ziel dieser Landschaftsbeschreibungen nichts anderes als eine geschickte Offenlegung ihrer eigenen Ängste. Gewiss, Hemingway hatte das in seinen ersten Kurzgeschichten bereits getan. Aber die spielten sich in der Natur ab. Kerouac entdeckte die Stadt. So wird die Landschaft komplett. Amerika erkannte dadurch erst jetzt, dass zwischen dem weiten Raum, den Wüsten, den Sümpfen, den Wolkenkratzern, der Flora, der Fauna und ihnen selbst eine enge Verbindung bestand. In der Beziehung der Amerikaner zu ihrer Landschaft liegt eine große Melancholie. Ihre Städte sind so neu, dass in ihnen die Erinnerung an das flache Land noch lebendig ist. Kerouac findet, was die Verbindung zwischen der Stadt und dem Land herstellt: der Amischlitten. Ein riesiger Raum. Dazu die Geschwindigkeit. Wenn man sehr schnell fährt, sieht man die Landschaft vorüberfliegen (die Farben verwischen sich etwas zu sehr, als wäre alles Aquarellmalerei), aber fährt man zu schnell, kommt man scheinbar nicht von der Stelle. Geschwindigkeit im Stillstand. Zudem scheint der amerikanische Raum den Fluchtversuch jedes Mal zu schlucken. Endlos auf der Flucht. Truman Capote sagte einmal im Fernsehen, Kerouac habe nicht geschrieben, sondern getippt („It's typing, not writing.") Ich glaube, die Beobachtung stimmt, aber in einem anderen Sinn. Die Schreibmaschine sollte einen neuen Stil bringen, der dem amerikanischen Leben näher kam. Die feinsinnigen, komplizierten Romane von Henry James waren offenkundig daran gescheitert, das wilde Herz dieser Neuen Welt auszudrücken. Der Maschine kam in dem neuen Leben eine Bedeutung zu. In gewissem Sinn hatte die Maschine Amerika zur Macht verholfen. Daher war es nur natürlich, dass eine Maschine auch einen neuen Stil schuf. Der Schlitten (besser noch der char, wie man in Quebec sagt) hält erst an, wenn der Tank leer ist. Ebenso wie Kerouacs Roman erst endete, als die lange Papierrolle voll war, auf die der junge Autor drei Wochen lang wie ein Verrückter getippt hatte. Aber Kerouac spielte niemandem etwas vor, das verkannten seine Kumpel (Ginsberg und Burroughs), er passte nicht zur Beatnik-Bewegung, er hasste die kleinen Linken wie Abbie Hoffman. Kerouac war ganz einfach ein guter alter Yankee. Entsetzt darüber, dass sie aus ihm einen Anführer der Beatniks machen wollten, setzte sich der ehemalige Pfadfinder schnell nach Orlando ab (der Stadt Disneys), zu seiner Großmutter. Dort begann er mit dem Widerruf all seiner früheren Glaubensauffassungen (er erinnert ein wenig an Gogol in seinen letzten Jahren) und zerstörte mit dem Alkohol systematisch sein gutes Aussehen. (Kerouac hatte einen schönen, athletischen Körper, ein eckiges Kinn und einen stolzen Blick, er hätte den Marlboro Man der amerikanischen Literatur abgegeben, wenn Hemingway diesen Titel nicht bereits besetzt hätte.) Und unter dem strengen Blick seiner Großmutter beendete er seine Tage in einer kitschbeladenen Wohnung in Orlando. Heute ist es unmöglich, durch Amerika zu fahren, ohne wenigstens einmal an den guten alten Jack zu denken.

## DAS AMERIKANISCHE IDYLL

Wenn man heute durch die kleinen amerikanischen Städte fährt, wird einem klar, dass sich seit Norman Rockwell nichts verändert hat. Manche meinen sogar seit Mark Twain. Doch bleiben wir bei Norman Rockwell, dem Maler der kindlichen Freuden im ländlichen Amerika. Mit seinem ansprechenden und klaren Stil (er wollte schon immer alle erfreuen) hat Rockwell wie kein Anderer das Amerika nach der Großen Depression gemalt, bis zu den ersten Demonstrationen der Black Panthers. Es war in jener entlegenen Zeit, wo eine wichtige Zeitung wie die *Saturday Evening Post* mit dem Bild eines Künstlers auf der Titelseite die wichtigsten Momente eines Jahres darstellte (den Wandel der Jahreszeiten, die historischen Ereignisse, die religiösen Feste). Und Rockwell löste genau ein, was von ihm erwartet wurde (nach Updike ging er sogar noch etwas darüber hinaus). Mehr als 320 Titelseiten. Der Großteil seiner Bilder erzählt vom Leben in den amerikanischen Kleinstädten (er war in New York geboren, hatte aber seinen Sinn für das einfache Leben in dem Städtchen Mamaronek entwickelt, wo er einen Teil seiner Kindheit verbrachte). Als Künstler sparte Rockwell das Soziale so sehr aus, dass man sich bei der Betrachtung seiner Bilder fragt, ob er wusste, dass es um ihn herum auch Schwarze Menschen gab. Die gleiche Frage stellte sich später bei Woody Allen und der Mehrzahl seiner Filme. Dass die Schwarzen ausgerechnet in einer Landschaft wie Manhattan fehlen (wo die schwarze Bevölkerung prägend ist) wirkt unerträglich. Ich habe mich immer gefragt, wie es Woody Allen anstellt, in Manhattan Straßenszenen ohne einen einzigen Schwarzen zu drehen. (Tatsächlich tauchen sie in seinen letzten Filmen immer häufiger auf.

Möchte er sein Publikum erweitern oder hat er inzwischen entdeckt, dass durch das Fehlen dieser Energie manche seiner Filme anämisch wirken? Verstehen Sie mich recht, hier spricht ein alter Woody-Allen-Fan). Rockwell hatte entschieden, sein Universum so zu malen und das ist sein unverbrüchliches Recht. In der kleinen Welt von Rockwell (den blühenden Kleinstädten) ist alles in Ordnung. Schlecht sieht es nur in den Großstädten aus, sie sind schmutzig und verdorben. Die Idee der moralischen Sauberkeit findet sich auch bei J. D. Salinger. Die städtische Welt ist schmutzig. Die drei passen zusammen: Rockwell, Salinger und Allen. Sie haben das emotionale Territorium Amerikas abgesteckt. Abgeschottet. Ein beschränktes Universum. Für Allen fängt schon jenseits der Brooklyn Bridge die unbekannte Welt an. Salinger reiste etwas mehr als die anderen, aber mit so vielen Vorsichtsmaßnahmen, dass er nichts davon hatte. Rockwell kam erst in Bewegung (sein Geist öffnete sich langsam für andere Menschen außer seinen direkten Nachbarn), als Ende der Sechzigerjahre die Bombe (Sex, Rasse und Rock 'n' Roll) direkt vor seinen Augen platzte. Mit den explosiven Demonstrationen der Schwarzen, die ganz Amerika in Brand steckten und den armen Rockwell einen Moment erstarren ließen. Er musste zusehen, wie sein Universum unterging. Amerika stand in Flammen. Rockwell entdeckte im Fernsehen eine Welt neu, die er eigentlich zu kennen glaubte. Die netten, menschlichen, rechtschaffenen Leute seiner Americana waren in Wirklichkeit egoistische, rassistische und intolerante Monster. Was für ein Schock! Seine Nachbarn waren Rassisten und dazu bereit, andere Kinder am Besuch der Schule ihrer eigenen Kinder zu hindern, nur unter dem Vorwand, dass sie nicht die gleiche Hautfarbe hatten. Rockwell ist außer sich. Erschüttert über die eigene Blindheit. Seine erste Arbeit für das *Look Magazine* ist ein Schuss vor den Bug seines geliebten Amerika. Das Amerika der mustergültigen Kleinstädte. Dieses Bild ist nach wie vor sehr klar gezeichnet. Er benutzte ein Foto als Vorlage, das schon um die Welt gegangen war. Vier Polizeibeamte begleiten ein kleines Mädchen von neun Jahren in die Schule, damit es nicht von einer wütenden Menge gelyncht wird, nachdem das Oberste Gericht der Vereinigten Staaten gerade die Rassentrennung in den Schulen für illegal erklärt hat. Rockwell kennt die zum Töten bereite Menge genau. Jeden Einzelnen von ihnen. Es sind dieselben, die er für die *Saturday Evening Post* fünfzig Jahre lang so sorgfältig bei allen Tätigkeiten des täglichen Lebens abgebildet hat. Es ist die Bevölkerung der Kleinstädte: das Versprechen Amerikas. Die Großstädte sind verdorben, aber die echten Amerikaner leben in den Kleinstädten harmonisch zusammen. Das Credo der Fünfzigerjahre. Und Rockwell hatte es vorgebetet. Aber alles hat sich plötzlich so brutal verändert. Rockwell beginnt, die „neuen Kinder in der Nachbarschaft" darzustellen (die Schwarzen, die in Viertel ziehen, die früher ausschließlich von Weißen bewohnt waren). 1968 malt er für *Look* ein Bild mit dem Titel *The Right to know* (Das Recht zu wissen). Darauf ist alles festgehalten. Das Volk kommt, um vom Staat Rechenschaft einzufordern. Allerdings geht der Staat vom Volke aus. Ein weiterer Versuch, das Ganze zu verschleiern, aber die Absicht ist erkannt. In Wahrheit wissen es die Leute und haben es immer gewusst (das gleiche Argument wird in Europa häufig von denen angeführt, die ihre Verantwortung für die Verbrechen der Nazis herunterspielen wollen: Wir haben es nicht gewusst). Sie selbst haben dieses Gebäude der Heuchelei entworfen, errichtet und aufrechterhalten, das jetzt über ihnen zusammenbricht. Es ist anzuerkennen, dass Rockwell sofort aufgewacht ist und versucht hat, mit der ganzen Kraft seiner pädagogischen Gabe – seine Striche sind so deutlich, so einfach, so einsichtig, man kommt nicht daran vorbei – dem tiefen Amerika klarzumachen, dass diese Blindheit aufhören und dass es sich öffnen muss, solange es noch möglich ist. Er war der Einzige, der das konnte, und er hat es getan.

## DAS VALLEY GIRL

Bauchfreies Top, enganliegende Jeans und mexikanische Ohrringe. So springt sie barfuß in ihren roten Pick-up und brettert hinunter in die Stadt, mit locker 160 Stundenkilometern über die Landstraßen. Das Radio spielt einen alten Countrysong von Loretta Lynn (*I'm a Coal Miner's Daughter*) und sie singt aus vollem Halse mit. Sie braust zu Publix (ein Supermarkt) und kommt mit acht Kästen Bier, einem Dutzend wirklich dicker Steaks, mehreren Packungen Hähnchenschlegel, Chips, einer Tonne Erdnüsse, Kisten mit Coca Cola und einer großen Flasche Whisky (Johny Walker) wieder heraus. Es ist Freitag. Sie gibt bei einer Freundin ein Barbecue zur Geburtstagsfeier ihres Verlobten. Ihre Freunde (sehr viel mehr Frauen als Männer) werden später mit dem Salat und dem Nachtisch eintreffen. Sie werden die ganze Nacht Essen und Trinken. Manche werden auch Schwimmen gehen. Selbstverständlich nackt. Das *Valley girl* mag es natürlich. In ihrer Welt ist alles erlaubt außer eines: Denken. Willst du in diesen Club aufgenommen werden, darf bei dir nicht die geringste gedankliche Regung spürbar sein. Nichts, was das Gehirn beanspruchen könnte. Und das zieht sie durch bis zum Ende. Das *Valley girl* arbeitet, isst, trinkt, vögelt, feiert und stirbt, wie ich vermute, bei einem Autounfall. Genauso steht es im *Wichita Herald* von heute Morgen. Sie fuhren von einer Fete zurück, es war drei Uhr morgens, als der rote Pick-up ohne ersichtlichen Grund ins Schleudern geriet und frontal auf einen Lkw prallte, der auf der anderen Spur entgegenkam. Die Fahrerin überlebte den Unfall nicht. Die übrigen Fahrgäste liegen in lebensbedrohlichem Zustand im Krankenhaus.

## PARIS LIEGT NICHT IMMER IN TEXAS

Ich ging durch die Straßen von Kirskville im nördlichen Missouri, als ich den eigentümlichen Akzent von Jacques Brel hörte, der Mathildes Rückkehr besang. *Mathilde est revenue.* Die Tür stand offen. Da ich niemanden erschrecken wollte, ging ich auf Zehenspitzen hinein. Ein bescheidenes Haus. Einfach eingerichtet. Im hinteren Teil des Raums saß ein junges Mädchen und las.
„Entschuldigen Sie", sagte ich auf Französisch.

Sie sprang auf.
„Sprechen Sie Französisch?"
„Ja", antwortete ich.
„Wie bin ich froh, mal ein wenig Französisch sprechen zu können. In dieser Kleinstadt kommt das so selten vor. Nur die Bibliothekarin kann Französisch, aber sie erzählt so dummes Zeug, dass ich bald keine Lust mehr hatte. Keiner kann sich vorstellen, was man dafür tun muss, nur um die Musik der französischen Sprache zu hören. Man muss die größten Idioten ertragen."
Ich lachte. Sie hatte dieselbe Stimme und denselben Akzent wie Danielle Darrieux.
„Sie erinnern mich ein wenig an eine französische Schauspielerin …"
Sie klatschte fröhlich in die Hände.
„Danielle Darrieux. Das höre ich oft. Ich habe mit ihren Filmen Französisch gelernt. Nur wenn ich Französisch spreche, habe ich diese Stimme und diesen Akzent. Ach, ich mag die Musik dieser Sprache so sehr. Es ist die schönste der Welt. Die Leute halten mich für verrückt."
„Waren Sie schon mal in Frankreich?"
„Nein", sagte sie und lächelte verlegen. „Ich habe nicht viel Geld, aber ich plane, nächstes Jahr hinzufahren."
Sie fügte mit Nachdruck hinzu:
„Bevor ich sterbe, muss ich Paris gesehen haben, die Oper, Montmartre, Odéon, Notre Dame, den Louvre und sogar Pigalle …"
Sie setzte ihre Liste tanzend fort.
„Und all die Frauen in Kleidern von Yves Saint Laurent, die im Tour d'Argent speisen. Stimmt es, dass Paul Bocuse der größte Koch der Welt ist?"
Ich lächelte.
„Entschuldigen Sie, ich bin wie beschwipst, ich treffe nicht jeden Tag in Kirksville jemanden, der die französische Kultur schätzt wie Sie … Sind Sie im Centre Pompidou gewesen? Ich komme Ihnen vielleicht altmodisch vor, aber diese Architektur erschreckt mich ein wenig. Und die Pyramide im Hof des Louvre, waren Sie in

Frankreich, als es diese große Debatte gab, ob sie gebaut werden sollte? Damals war ich dagegen, aber heute bin ich dafür ..."
„Wie alle Franzosen ..."
Sie trat aufgeregt von einem Fuß auf den anderen.
„Sie wissen gar nicht, was für ein großes Kompliment Sie mir machen ... Ich glaube, Frankreich ist der Gipfel der Zivilisation. Nie zuvor haben die Menschen das erreicht, eine echte Verfeinerung. Nicht nur zur Show wie hier. Mein Gott! War für ein großer Tag! Mögen Sie lieber Brel, Brassens oder Ferré? Ich glaube, man muss wählen. Ich bin für Brel."
„Warum?"
„Er ist der Zerbrechlichste. Brassens braucht mich nicht. Vor Ferré habe ich manchmal Angst, wenn er schreit. Brel ist der Schatten deines Hundes. Der Schatten deines Schattens. Kein Amerikaner könnte je so etwas ausdrücken. Sie sind zu grob. Ihr Ideal ist die Familie Kennedy. Eine Bande von Banausen und auch noch stolz darauf. Was wären sie ohne Jackie? Die Kennedys stehen für das, was ich auf der Welt am meisten hasse. Leider sind sie auf so schreckliche, so entsetzliche Weise gestorben, dass sie zu Helden gemacht wurden ... Das sind unsere Helden, die Kennedys ... Doch wechseln wir das Thema, reden wir über Paris."
„Es ist seltsam, Sie träumen von Frankreich, wie manche Franzosen, die ich traf, von Amerika träumen."
Sie platzte heraus: „Das ist nicht möglich! Kein Franzose kann von Amerika träumen. Hier gibt es nichts, wovon man träumen könnte. Hier zählt nur das Geld. Was gibt es also zu träumen, wenn man an Amerika denkt?"
„Nun, zunächst einmal von Amerika."
Sie verzog skeptisch den Mund: „Was soll das heißen?"
„Amerika, das ist die Weite des Raums in der Vorstellung eines Europäers, der an kleine, übervölkerte Städte gewöhnt ist. Dort träumen sie von dem unbegrenzten Raum, den Indianern, dem riesigen Campus der Universitäten, von dem nicht endenden Wahnsinn New Yorks ..."

„An dem allem finde ich nichts, was mich träumen ließe ... Nichts von dem, was Sie sagen, ist für mich so viel wert wie ein Abendkleid von Yves Saint Laurent oder ein Parfüm von Guerlain."
„Schon möglich, aber nicht alle Französinnen tragen Kleider von Yves Saint Laurent ..."
Ein stechender Blick von ihr.
„Klar, das ist Luxus ... Das ist nichts für alle Tage ..."
„Ich bin oft in Frankreich, aber ich habe wohl noch nie eine Frau mit einem echten Modellkleid getroffen, wie man sie in den Zeitschriften findet."
Schweigen.
„Aber es muss Leute geben, die sie tragen, sonst ..."
Schweigen.
„Mag sein. Aber sie sind nicht unbedingt Französinnen. Die sind einfacher, natürlicher ... Sie essen nicht oft in Spitzenlokalen, doch ihre häusliche Küche ist ebenfalls vorzüglich, sie trinken viel Wein, aber nicht unbedingt aus den teuren Lagen, sie gehen nicht sehr oft ins Theater und dann am liebsten in Boulevardkomödien ..."
„Ja und?
„Nach meiner Meinung ist das alles ein Traumschiff ..."
„Und Idiotinnen wie ich sind eingestiegen ..."
„Nein, zum einen ist es ja nicht völlig falsch. Die Verfeinerung gibt es im täglichen Leben. Zumindest finden sich dort noch Spuren davon. Außerdem haben Sie als Träumerin immer recht. Sie leben eigentlich im gleichen Traum wie die Franzosen. Auch die würden gerne in einem Land mit Louvre, Brel und Proust leben, aber auch ihr Alltag sieht anders aus. Sie müssen schließlich ihr Geld verdienen. Ich habe noch nie einen Franzosen getroffen, der zugibt, nicht den ganzen Proust gelesen zu haben. Alle haben sie Proust gelesen, dabei sind die Auflagen seiner Bücher nicht übertrieben hoch. Doch Sie leben inmitten von allem, was Frankreich an Schönem hervorgebracht hat. Das ist doch wunderbar!"
„Sie meinen Paris?"
„Ich wiederhole es immer: Paris ist keine Stadt, es ist ein Diamant. Der große Diamant der Welt."

„Wenn ich Sie richtig verstehe, sind die Vorstellungen, die man von Frankreich hat, besser als das Land selbst."
„Man kann auch sagen, Frankreich exportiert seine Luxuswaren und verbraucht die gewöhnlichen selbst. Wie die Bauern: Sie verkaufen ihr bestes Gemüse und behalten den Rest."
„Und die Amerikaner?"
„Machen es umgekehrt."
„Wie das?"
„Amerika verbraucht seine Luxusgüter (und die besten Produkte der anderen Länder) und exportiert den Ausschuss. Daher ist man immer ein wenig freudig überrascht, wenn man hier ankommt. Man hält die Amerikaner für etwas unwissender, als sie in Wirklichkeit sind."
„In Kirksville ist das anders ... Am Ende ist Amerika für Sie, Monsieur, was Frankreich für mich ist, ein schöner Traum."

## DER WALD DER FÄHNCHEN

Lange Zeit rätselte ich, was dieser Wald der kleinen Fähnchen zu bedeuten hatte, die Amerikaner unentwegt schwenken, wobei ihnen immer dieses Lächeln ins Gesicht getackert ist. Wollten sie damit der Welt zeigen, dass sie immer noch die Stärksten sind? War es die einfältige Demonstration des Triumphs? Das Glück, die Ersten zu sein? Die gesunde Freude über einen verdienten Erfolg? In Wirklichkeit bedeutet es für mich eher das Gegenteil. Man darf nicht vergessen, die Vereinigten Staaten sind ein Land von riesigen Ausmaßen und seine Landbevölkerung gehört zu den am wenigsten gebildeten des Planeten. Selbst ihre Folklore ist beschränkt (Cowboys, Truthahn, Halloween, ein paar Tänze). Um die in den Kleinstädten herrschende Mentalität zu verstehen, genügen immer noch die Bilder von Norman Rockwell. Auch ist zu bedenken, dass die beliebteste Figur in den Cartoons (also der populären Kultur) ein Verlierer ist: Charlie Brown. Das Leben dreht sich immer noch um die Kirche, den Sportplatz, die Schule und den General

Store. Sie werden mir entgegenhalten, das sei überall so. Ja, aber Amerika will etwas Besonderes sein. Die Leute, die in einer so abgeschotteten Welt leben, wobei sie die meiste Zeit Washington und die Bundesregierung verfluchen, würden sich niemals vorstellen, sie könnten irgendeinen Einfluss auf das Leben der anderen Bewohner des Planeten ausüben. Ihr System ist so ausgerichtet, dass sie nicht über die Grenzen der nächsten Stadt hinausblicken. Die ferne Welt jenseits der Eisenbahnlinie existiert für sie nicht. Die Idee von Europa, Afrika, Asien ist ihnen unbegreiflicher, als es Amerika für die Zeitgenossen von Christoph Kolumbus war. Das Universum existiert nur für sehr kleine Länder und ehemalige Kolonialstaaten (die Dritte Welt und Europa). Die Weltmacht von heute wählt die Borniertheit (etwa besitzen nur sehr wenige Amerikaner einen Pass). Jede Verfeinerung führt für sie geradewegs in die Dekadenz. Also wacht Amerika jeden Morgen auf und ist heilfroh, dass es noch da ist. Und schwenkt ein kleines Fähnchen. Der geringste Schlag könnte tödlich sein. Manche Länder können weiterleben, nachdem ihr Traum zerstört ist. Die Vereinigten Staaten nicht. Und das wissen die Amerikaner. Nur die Goldmedaille zählt. So ist ihr mentales System gebaut. Aus diesem Grund probieren sie gerade etwas ganz Neues aus: Krieg zu führen ohne Opfer für die eigene Seite. Jeder an der Front gefallene Soldat kündigt die mögliche (oder kommende) Niederlage an. Amerika sitzt in der eigenen Falle. Da ist etwa die fünfzigjährige, makellos geschminkte Frau, die wild mit ihrem Fähnchen wedelt, aber an ihrem starren Lächeln ist der Zweifel erkennbar. Ihr krampfhaftes Lächeln (das Lächeln drückt alles aus) gibt mir einen Stich ins Herz. Die Amerikaner schlafen mit dem Gedanken, dass irgendwann einmal einer es wagt, das wird bestimmt ein Wahnsinniger sein, sie beim Wort zu nehmen. Mit einem Angriff auf das amerikanische Territorium. Und das wäre, das wissen sie im tiefsten Inneren, der Anfang vom Ende. Ein Moment, der alles auslöscht, was vorher war. Denn, wie ein amerikanischer Spruch sagt (der fast in jedem Büro des Landes hängt), es ist nicht möglich, zweimal den ersten Eindruck zu machen.

# IV. TEIL
# WARUM?

## WARUM BRAUCHT EIN SCHWARZER SCHRIFTSTELLER EINEN STANDPUNKT?

Noch davor stellt sich die Frage: Braucht ein Schwarzer Schriftsteller eine Farbe? Als Schriftsteller muss ich mich ständig mit Fragen dieser Art auseinandersetzen. Überall. In der U-Bahn, im Restaurant (der Schweinehund isst auch noch!), auf dem Weg zum Stadium, wenn ich mir ein Spiel ansehen will, im Taxi.
Der Taxifahrer war ein Nigerianer. Das teilte er mir sofort mit. Seit zwanzig Jahren hatte er sein Land nicht wiedergesehen. Er erzählte mir, dass er in seinem Inneren Afrikaner geblieben ist. Auch in seinem Äußeren. Damit spielte er auf seine Hautfarbe an. Er war nicht schwarz, sondern dunkelblau, mit rituellen Hautritzungen an den Wangen und hinter den Ohren. Er erklärte mir, die Kolonialisten hätten Afrika in die heutigen Staaten aufgeteilt. Er war natürlich dagegen. Er sagte von sich aus, dass er Nigerianer sei, weil die Leute ihn immer fragten, woher er genau stammte. Die Leute waren so dumm. Anfangs erklärte er noch jedem, dass es in Afrika nur ein Volk gebe und die Bezeichnung „Schwarzafrika" nicht nur doppelt gemoppelt, sondern zudem eine gefährliche politische Dummheit sei, eine Infamie und weitere Sauerei, die die Westler erfunden hätten, um unter den Afrikanern Zweifel zu säen. In Afrika existierte die Farbe nicht. Wenn alle dieselbe Farbe hätten, machte die Hautfarbe keinen Unterschied. Und Südafrika? Über Südafrika sprach er nicht, weil ihn das zu sehr aufregte. Er konnte über dieses Thema nicht reden, ohne in eine schwarze Wut zu verfallen, bis zur Weißglut. Er lachte über sein Wortspiel. Einmal hatte er einen Fahrgast mitgenommen, der sich für die Apartheid aussprach. Da hatte er sich umgedreht und ihm mit der Faust in die

Fresse geschlagen. Der Typ verklagte ihn und er war einen Monat arbeitslos. Aber er bereute es nicht. Der Richter hatte ihm gesagt, er sei hier in Amerika, in einer Demokratie, wo jeder das Recht auf eine eigene Meinung habe. Da hatte er dem Richter erwidert, der Typ sei einfach ein Rassistenschwein und anschließend weiter im Gerichtssaal herumgebrüllt, bis man ihn zu einem Monat verknackte und hinauswarf, mit der strengen Warnung, das nächste Mal werde ihm die Taxilizenz entzogen. Sein Anwalt hatte ihm hinterher erklärt, ohne diesen großen Aufstand wäre er mit einer einwöchigen Strafe davongekommen. Aber auch das bereute er nicht. Inzwischen hütete er sich davor, dieses Thema im Gespräch mit dem Kunden anzuschneiden. Wenn ein Typ in sein Taxi stieg und irgendeine rassistische Bemerkung machte, habe er sich nicht mehr im Griff. So war das eben! Wenn man seine Arbeit verlor, fand man immer eine neue. Mit seiner Würde hatte man dagegen alles verloren. „Würde kannst du nicht auf dem Markt kaufen", fügte er lachend hinzu (ein trockenes Lachen). „Wenn man hier arbeitet wie ein Tier, heißt das noch nicht, dass man kein Mensch mehr ist. Ich bin ein Schwarzer und bin stolz darauf." Seit ich eingestiegen war, hatte er ununterbrochen geredet und sich dabei kaum zu mir umgedreht. Der Mann schien seine Geschichte jedem zu erzählen. Welche Miene der Kunde machte, spielte dabei nicht die geringste Rolle. Am Ende drehte er sich um und erkannte mich. Kurz leuchtete Erstaunen in seinen Augen auf.
„Ich habe dein Buch gelesen."
Der Ton war schroff. Vorsicht, wenn ein Taxifahrer mit dir über dein Buch spricht. Meistens hat er es während der Fahrt gelesen. Dazu eignet sich am besten eines mit lauter kurzen Kapiteln und vielen Dialogen. Die Sorte Bücher, die ich selbst gern lese.
„Kann ich dir eine Frage stellen?"
„Klar."
„Warum hast du dieses Buch geschrieben?"
Die Frage kam aus seinem Mund geschossen und das Projektil traf mich mitten auf der Stirn. Ich hatte sie nicht erwartet. Wenn ein Buch in den Läden ausliegt, ist es da. Die Leute können es mögen

oder nicht. Doch ich blieb ruhig. Ich war das schon gewöhnt. Er tat, als schaute er auf die Straße vor sich. Ich spürte, wie er seine Ohren in meine Richtung spitzte. Der Mann war gespannt, was ich sagen würde.
„Willst du lieber nicht antworten? ... Das würde ich sogar verstehen."
Was würde er verstehen? Alle Schwarzen in diesem verflixten Land denken, jedes Niesen von ihnen sei eine Bombe, die Amerika zerstören muss.
„Was ist mit dem Buch?", fragte ich fast schüchtern.
Meine Frage hatte ihn ziemlich überrascht. Ich sah es. Sein Hals zitterte ein wenig. Plötzlich drehte er sich zu mir um. Der Wagen fuhr fast auf den Bordstein.
„Es ist das Buch eines Verräters!"
Er schlug mit den flachen Händen auf das Lenkrad. Sein rechter Fuß drückte das Gaspedal ganz durch. Auf dem Armaturenbrett war es 2 Uhr 49.
„Manchmal kann ich verstehen, dass du diesen Mist geschrieben hast, um Geld zu verdienen. Es ist schwer. Ich weiß. Sogar sehr schwer. Es wird einem nichts geschenkt, außer man ist bereit, seine Seele zu verkaufen. Dafür gibt es immer einen Abnehmer."
„In meinem Fall", entgegnete ich, „brauche ich keinen Abnehmer. Es läuft gut."
„Genau. Du hast dich prima ins System integriert."
„Das kann man auch anders sehen", sagte ich.
Er drehte sich heftig um. Diesem Typ sollte man besser nicht widersprechen.
„Was!"
„Alle Schriftsteller sind auf die eine oder andere Weise Verräter."
„Hör auf, abgestandenen Blödsinn zu verzapfen", blaffte er.
„Damit meine ich, alle haben es schwer. Der Wettbewerb ist schonungslos. Wie im Taxigeschäft. Doch ihr braucht immerhin eine Lizenz ... Für die Schriftstellerei wird gar nichts verlangt, das kann jeder werden."

Der Vergleich mit dem Taxi schien in ihm etwas angesprochen zu haben. In seinem rechten Mundwinkel zeigte sich ganz kurz ein Lächeln.
„Das war früher", warf er hin.
„Wann früher?"
„Heute kann jeder eine Lizenz kaufen ... Taxifahren ist kein Beruf mehr."
Ich schaute mich um. Sein Wagen war auffallend sauber. Überall hatte er Fotos von Marcus Garvey, Martin Luther King, Patrice Lumumba, Charlemagne Péralte und den ganzen Führern der Dritten Welt angepinnt. Sein Taxi war eine fahrende Geschichtslektion.
„Trotzdem", redete er kopfschüttelnd weiter, „das ist noch kein Grund, seine Rasse zu verraten."
„Wenn man kein Genie ist, zieht nur Striptease die Käuferinnen an."
Er spuckte durch die geöffnete Fahrertür aus, dabei drückte er weiter aufs Gas. Ich sollte mir vor Angst in die Hose scheißen. Die Polizei war nie da, wenn man sie brauchte.
„Sag das nochmal", sagte er hämisch, „ich bin kein Intellektueller, ich verstehe dein hochgestochenes Gerede nicht."
Ich kenne keinen einzigen Taxifahrer aus der Dritten Welt, der nicht ein Intellektueller wäre. Man steigt ins Taxi und sie legen sofort mit einer Diskussion über Senghor oder Césaire los.
„Ok, ich schreibe wegen des Machtgewinns, um mich so mächtig zu fühlen wie du, wenn du fährst wie ein Irrer. Bei mir ist es genau das Gleiche. Es ist ein Kräftemessen und ich muss gewinnen. Dafür bin ich zu allem bereit."
Er schien betroffen zu sein. Ich hatte ihn mit seinen eigenen Waffen angegriffen. Sein Ding war die Gewalt. Die einzige Sprache, die er verstand. Sein Gesichtsausdruck wurde ein klein wenig milder. Mit bloßem Auge kaum zu erkennen.
„Warum stellst du dich nicht auf die Seite des Lesers?"
„Der Leser ist nicht dein Freund. Das ist eine Illusion. Er würde selbst gern sein Leben erzählen. Er hat auch eine Geschichte, die er

der ganzen Welt zubrüllen möchte. Damit er fünf oder sechs Stunden im Zimmer eingesperrt bleibt und sich deine anhört, musst du ihn schon mit dem ersten Satz am Haken haben."
„Aber warum stellst du diese ganze Energie nicht in den Dienst deiner Rasse?"
„Weil es dem Wesen der Literatur widerspricht."
„Wieso?"
„Man schreibt nicht auf Bestellung."
„Du sagst mir ins Gesicht, du hast keine Lust, dein Volk zu verteidigen, das man jahrhundertelang erniedrigt hat?"
„Das wird niemals gute Literatur sein."
„Afrika hat eine so reiche Vergangenheit, dass es die Aufgabe von Schriftstellern wie dir ist, sie im Rest der Welt bekannt zu machen."
„Ich bin aber ein Schriftsteller der Gegenwart. Ich versuche, die Spuren der Vergangenheit in der Gegenwart aufzuspüren. Du magst Recht haben, es gibt bestimmt andere Schwarze, die den Reichtum unserer Rasse herausstellen können, aber das bin nicht ich. Ich eigne mich nicht dafür. Ich interessiere mich nur für den Absturz, die Dekadenz, die Frustration, die Bitterkeit, die Galle, eben was die Menschen antreibt."
„Sag lieber, du willst Geld verdienen."
„Wie alle. Literatur ist mein Beruf, ich will davon leben. Warum stellt man Ingenieuren, Ärzten und Rechtsanwälten nie diese Frage? Ich sage dir: Ich schreibe, um bekannt zu werden und die Privilegien zu genießen, die berühmten Leuten vorbehalten sind. Ich schreibe vor allem, um die jungen Mädchen zu kriegen, die früher so unerreichbar waren."
Das Taxi fuhr durch die Nacht. Keine Antwort. An der Schläfe des Fahrers pochte eine lange Ader. Er dachte nach.
„Warum kannst du diese Dinge nicht miteinander vereinbaren? … Geld verdienen und eine Hommage an dein Volk schreiben, verstehst du, was ich meine …"
„Diese Dinge lassen sich nicht vereinbaren. Das Geschäft und die gute Gesinnung."
„Andere haben es geschafft", grinste er.

„Du sprichst von Wole Soyinka, dem Nobelpreisträger."
„Unter anderem."
So sind die Schwarzen. Sie kennen den Namen jeder Schwarzen Frau und jedes Schwarzen Mannes, die auf dem Planeten einen Stein verschoben haben.
„Hör zu", sagte ich ganz ruhig, „ich habe nicht das Talent von Wole Soyinka. Er ist ein Autor, der in die Schulbücher kommt. Ich hingegen will von den Leuten gelesen werden, die mich nicht leiden können. Wenn du ein Pferd schlägst, wird es dich vielleicht nicht mögen, aber solange du in der Gegend bist, wird es dich nicht aus den Augen lassen. Verstehst du?"
Er nickte. Dann platzte es plötzlich aus ihm heraus. Der Kerl gab wirklich keine Ruhe.
„Aber warum beutest du immer noch die Klischees über die Schwarzen aus?"
„Das ist eine Mine im Tagebau. Jeder kann sich bedienen."
„Du beutest sie aus ..."
„Wie jeder andere auch. Was macht denn der Schriftsteller? Er frisst zuerst die eigenen Leute."
„Wärst du gern ein Weißer Schriftsteller?"
„Überhaupt nicht, und zwar nicht aus rassischen Gründen. In unserer Zeit ist es einfacher, ein Schwarzer Schriftsteller zu sein. Die Leute sind eher geneigt, uns zuzuhören als einem Weißen Schriftsteller gleichen Kalibers. Wir bringen etwas Neues zur Sprache. Die Leser haben langsam das Liebesdreieck satt (der Ehemann, die Frau, der Liebhaber). Sie sind zu Verrenkungen bereit, wenn sie dadurch andere Geschichten zu hören kriegen. Wir können sogar die alte Leier mit dem Ehebruch wieder auflegen. Es reicht, dass der Liebhaber oder der Ehemann schwarz ist, um alles ins Kippen zu bringen. In dieser Hinsicht hängt die Vorherrschaft des Westens an einem seidenen Faden. Irgendwann werden wir das berühmte ‚Es war einmal' vom Thron stoßen, aber mit starken Texten und nicht mit Gejammer über die Rasse."
„Wenn du Amerika so sehr hasst, warum gehst du dann nicht weg?"

„Weil ich das gleiche Recht wie alle anderen habe, hier zu sein. Ich habe dafür teuer bezahlt. Im Übrigen will ich nicht den Untergang Amerikas, ich will einfach nur meinen Teil vom Kuchen. Nicht die Krümel. Doch ich bin zuversichtlich."

Zum ersten Mal musste er lachen, ein schönes Lachen, anfangs ein bisschen nervös, am Höhepunkt etwas schrill, um dann in einen fröhlichen, tiefen, lebhaften Ton abzusteigen. Ein Lachen aus dem Bauch.

„Es ist sehr einfach", sagte ich zu ihm und damit auch zu den übrigen Millionen Schwarzer Menschen, „warum muss ich euch lieben? Ihr liebt mich nicht. Ich muss euch nicht lieben, nur weil ihr schwarz seid. Ihr Schwarzen wollt mir als erste an den Kragen."

Er drehte sich mit einem ernsten Blick nach mir um, als hätte er plötzlich etwas kapiert.

„Ach so ... Du hast gerade eine schwierige Phase. Du wirst sehen, das wird besser ..."

Er war die Sorte Nervenbündel, die sich beruhigt, sobald der andere laut wird.

„Was wird besser?", fragte ich, entgeistert über seinen Sinneswandel.

„Na ja", antwortete er verlegen, „... Menschlichkeit, Brüderlichkeit ... Wir Schwarzen können nicht wirklich hassen ... Uns fehlt das Chromosom des Hasses ..."

Mehr konnte er nicht geben. Das Taxi hielt an der Bordsteinkante. Ich zahlte und stieg aus. Ein neuer Kunde trat an meine Stelle. Ein Weißer. Der Nigerianer hatte seinen Refrain schon wieder angestimmt.

„Ich bin Afrikaner, genauer gesagt, ich komme aus Niger. Wenn Sie meine Ansicht wissen wollen, alle Schwarzen sind Afrikaner. Wir sind alle Nachkommen des ersten Schwarzen Mannes und der ersten Schwarzen Frau, die Weißen hingegen ..."

Das Taxi machte einen U-Turn und fuhr zurück in den Norden der Stadt.

## WARUM MUSS EIN SCHWARZER SCHRIFTSTELLER IMMER ÜBER SEX SCHREIBEN?

In einer Bar ist immer ein Typ, der gleich auf dich zukommt, gewöhnlich mit dem Mann hinter der Theke befreundet ist und sich meist als erstklassige Nervensäge herausstellt.
„Wollen Sie was trinken?"
Wenn man Ihnen das nächste Mal diese Frage stellt, antworten Sie mit Nein. Und bleiben Sie standhaft.
„Nein."
„Ich lade Sie ein."
„Nein, ich will nichts trinken."
„Machen Sie mir die Freude."
„Also gut ..."
Ich hatte keinen Grund, mich einladen zu lassen. Ich hatte genug Geld, um mein Getränk selbst zu bezahlen. Der Typ gefiel mir nicht. Und ich hatte keine Lust etwas zu trinken.
„Was möchten Sie?"
„Na ... einen Cognac."
„Einen Cognac", schrie er laut dem Barmann zu, der direkt vor mir hinter der Theke stand.
Der Barmann nahm die Bestellung etwas blasiert entgegen und ging eine angestaubte Flasche holen.
Der Typ drehte sich plötzlich zu mir um. Mir fällt auf, dass sich die Leute zurzeit immer plötzlich zu mir umdrehen.
„Mögen Sie keinen Champagner? Mir scheint, ich hätte das irgendwo gelesen."
„Niemand hat mich je dazu befragt."
„Hörst du Harry (ein Name für einen Barmann, oder?), wir nehmen die Bestellung zurück, bringen Sie lieber eine Flasche Champagner!", rief er mit einer fetten Lache.
Typisch. So verhält sich ein Mann, der gerade die vernünftige Entscheidung getroffen hat, sich umzubringen. Der klassische Verlauf. Er hat sich von seiner Frau getrennt. Sie will das Sorgerecht für die Kinder und ihm nicht einmal regelmäßige Besuche erlauben. Und

heute hat sie vor Gericht gewonnen. Das will er mit einer blutigen Nacht feiern. Eine perfekte Bargeschichte.
„Champagner!", brüllte er dem Barmann zu, als wollte er ihm die Nachricht seines baldigen Todes verkünden.
Der Barmann war ein leicht gebeugter Mann von siebenundfünfzig Jahren, mit einem etwas engen Anzug und einer roten Fliege, seine Gesten waren bedächtig, aber präzise. Alles lief für ihn wie geschmiert. Den Hilfeschrei hatte er nicht gehört. Diese Schreie der Seele kannte er nur zu gut. Vielleicht hatte auch niemand geschrien. Meine Ohren sind zur Zeit überempfindlich. Ich höre ständig Schreie. Vielleicht war das alles nur Routine. Das menschliche Leid. Doch ich kann mich an die Schreie der Menschen nicht gewöhnen. Vielleicht zog der Typ auch jeden Donnerstag diese Show ab (mit dem Champagner), um Frauen anzulocken.
„Bringen Sie noch drei Gläser und noch eine Flasche, Harry, ... Harry, haben Sie gehört, noch drei Gläser und noch eine von deinen guten Flaschen ... Harry ist ein Schatz!", endete er brüllend.

*

Der Typ trommelte ein wenig auf die Theke, um Harry anzutreiben, der unbeirrbar im gleichen Schneckentempo weitermachte.
Eine der Frauen warf ein:
„Nein, nur zwei Gläser, Harry ... denn mir bekommt der Champagner nicht, Bob."
Das Gesicht von Bob (so hieß er, Sie hätten es ohnehin erraten, so ein Typ kann nur Bob heißen) verfinsterte sich für einen winzigen Moment. Jemand weigerte sich, vor dem Gott Champagner niederzuknien. Er bedeutete frisches, flüssiges Geld. Perlendes Geld. Der argentinische Schriftsteller Borges behauptet, Champagner sei weniger ein Getränk als eine Art zu feiern. Etwas Exklusives, um bei den Banausen in jeder Bar irgendeines Kaffs dieser Welt Eindruck zu schinden. Haben Sie schon einmal Champagner in einer Bar von Shanghai, Abidjan oder Wien bestellt? Der Erfolg ist gewiss. Wie wenn ein Rocksänger in einer kleinen Stadt in Texas

sein T-Shirt auszieht. Inzwischen hatte ich Zeit, heimlich Bobs Gesicht zu betrachten und meinem Hirn einzuprägen: länglicher Kopf, Pferdegesicht, aufgedunsene, von winzigen roten Äderchen durchzogene Lider. Dieser Mann hatte keineswegs vor, sich umzubringen, aus dem einfachen Grund, weil er schon tot war.
„Wollen Sie was trinken?“, fragte ich die Frau, die mir schlagartig sympathisch war, weil sie den Champagner abgelehnt hatte.
„Ja, wenn es auch ein Glas Perrier und ein Aspirin sein darf.“
„Was ist mit Ihnen?“
„Ich habe eine schlimme Migräne … Aber keine Sorge, ich habe Migräne seit dem Alter von neun Jahren … Ich kenne das schon.“
Verrückt, ich habe mich immer zu Frauen hingezogen gefühlt, die unter Migräne leiden. Sie sind meist dünn, intelligent und voll Angst. Intellektuelle also.

*

Der Barmann kam mit einer neuen Flasche Champagner. Bei diesem Bob hatte ich mich getäuscht (mit der Selbstmordgeschichte), er interessierte sich nur für die beiden ziemlich gut aussehenden Frauen, wenn einem ihre Art gefällt (groß, blond, schlank). Frauen vom Donnerstagabend, eben. Er schenkte den Champagner mit der Sorglosigkeit dessen ein, der eine Angel in ein überfülltes Aquarium hält. Leute kamen in die Bar. Andere gingen. Es wurde getrunken. Wie es eben in einer Bar in Amerika am Donnerstagabend zugeht.
„Was suchen Sie in einer solchen Bar“, fragte mich die Migränekranke.
„Ein Glas trinken, das scheint mir ein triftiger Grund.“
„Diese Bar passt nicht zu Ihnen …“
„Was Sie nicht alles wissen“, sagte ich, eher überrascht.
Bob legte ihr seinen linken Arm um die Schulter, während er sich weiter mit den beiden anderen Frauen unterhielt. Echt cool, der Kerl. Sie schob in aller Ruhe seinen Arm weg.
„Sie haben vergessen, dass Champagner mir nicht bekommt“, sagte sie zu Bob und schaute ihm dabei direkt in die Augen.

Bob hielt ihrem Blick ein paar Sekunden stand, dann rückte er einen halben Meter von ihr ab. Damit gestand er ein, dass er keinerlei Anrecht auf sie hatte. Wir konnten unser Gespräch also ungestört fortsetzen.
„Ich möchte Ihnen eine Frage stellen."
„Nur zu."
„Ich habe Ihr Buch gelesen."
Da bin ich immer auf das Schlimmste gefasst.
„Und?"
„Es ist mir ein bisschen peinlich, weil ich nicht möchte, dass Sie das falsch verstehen ... Na ja, ich springe ins kalte Wasser." Sie atmete tief ein. „Warum schreiben Sie in Ihrem Buch nur über Sex?"
Sie berührte ihre Schläfe. Die typische Geste von Leuten, die unter Migräne leiden.
„Genau gesagt, schreibe ich von der Explosivität der sexuellen Beziehung zwischen einem Schwarzen Mann und einer Weißen Frau."
„Meinen Sie, das sei immer so?"
„Was heißt ‚so'?"
Ihr Lächeln war sehr zurückhaltend, es wäre mir fast entgangen. Von einer niederschmetternden Ironie.
„Natürlich", antwortete ich, ebenfalls lächelnd, „gibt es Ausnahmen."
„Aber Sie vermitteln den Eindruck, dass es immer um Sex geht."
„Und um Macht ... haben Sie nicht den Eindruck?"
„Nicht immer. Mein Freund ist Afrikaner. Und ich versichere Ihnen, zwischen uns läuft das anders ab ..."
„Was läuft zwischen Ihnen ab?"
Sie schwieg eine Weile.
„Jedenfalls dreht es sich nicht um Sex."
„Um was dann?"
„Ich weiß nicht, was Sie das angeht", versetzte sie und fuhr bereits ihre Krallen aus.
„Sie werden zugeben, dass das nicht häufig ist, eine große Blonde und ein großer Schwarzer, die sich platonisch lieben."

„Ich habe nichts von platonisch gesagt“, fauchte sie. „… Wenn Sie so vorgehen bei Ihren Recherchen …“
„Wissen Sie, man sollte Sex nicht verachten …“
„Und Gefühle? Sind sie nichts wert? Aus diesem Grund habe ich Ihr Buch so gehasst. Ich glaube, in zwischenmenschlichen Beziehungen ist immer ein wenig Gefühl im Spiel. Sie scheinen das zu vergessen. Wir bestehen nicht nur aus Geschlechtsorganen. In jeder Situation ist da für mich immer dieses Leuchten.“
„Ich verstehe Sie, aber daran kann ich als Schriftsteller nicht rühren. Es liegt außerhalb meiner Reichweite. Warum erzählen Sie nicht Ihre Geschichte als Ausgleich zu meiner Version? Ich erzähle die kannibalische Geschichte des Schwarzen, der nach weißem Fleisch giert und Sie die des gefühlvollen Schwarzen …“
„Das ist so Ihre Art, sich über alles lustig zu machen … Das ist nicht in Ordnung, wissen Sie …(Pause) Er hat es versucht …“
„Wer?“
„Mein Freund. Kein Verlag hat sein Buch gewollt.“
„Vielleicht war es schlecht … Ich weiß nicht, zu gefällig …“
Ihre Miene verschloss sich.
„Ich meine eher, Ihre Geschichten werden akzeptiert, weil sie beruhigend sind. Ihre Romane geben den Weißen recht, die denken, der Schwarze sei ein wandelnder Penis.“
„Das ist nicht so falsch.“
„Wann hören Sie endlich auf zu provozieren und lassen heraus, was Sie zu sagen haben? … Sie werden den Schmerz nicht lange zurückhalten können, den ich bei Ihnen spüre.“
„Eine Katholikin! … mit diesem sicheren Gefühl für den Schmerz! Ich kann Ihnen sagen, ich will die Leute nicht provozieren. Damit erreicht man nichts. Mein Vorgehen ist viel einfacher. Ich beobachte sie. Und analysiere. Ich analysiere ihre Klischees über Sexualität. Die Sexualität zwischen Schwarz und Weiß ist ganz einfach ein gutes Thema, wenn man das mag … Anfangs wollte ich ganz simpel die Klischees zertrümmern … Aber das war so naiv! Ich kam bald zu der Schlussfolgerung, die mir schreckliche Angst eingejagt hat: Die meisten Klischees über die sexuelle Beziehung zwischen

dem Schwarzen und der Weißen sind wahr. An dieser Geschichte stimmt alles. Zuerst hatte ich Angst. Dann besann ich mich wieder darauf, meinen Lesern Rechenschaft über das abzulegen, was ich bei meiner Recherche herausgefunden hatte. Ich bin ein Schriftsteller. Der beschreibt die menschlichen Beziehungen."

„Wenn Ihnen das reicht."

Der Barmann brachte ihr endlich das Aspirin. Sie hatte sich die ganze Zeit die Schläfen massiert. Sehr elegant, trotz der Schmerzen. Das gelingt beileibe nicht jedem, das kann ich Ihnen versichern.

„Ich habe Ihr Buch so gehasst … Sie können sich nicht vorstellen, wie sehr …"

„Sie haben es gelesen. Das ist das Entscheidende."

Sie schloss langsam die Augen.

„Ich hatte Ibrahim gerade getroffen. Davor hatte ich nie so starke und reine Gefühle gekannt. Ich betete ihn an. Übrigens bis heute. Und peng! kommt Ihr Buch. Ich musste alles tun, dass mein Vater es nicht zu Gesicht bekam. Im Fernsehen, im Radio, in der Presse war von nichts anderem die Rede. Ich war die ganze Zeit beschäftigt, die Kritiken ihres Buchs auszuschneiden, den Fernseher abzuschalten, wenn ich merkte, dass sie auf das Thema kamen … Ich war echt am Rande eines Nervenzusammenbruchs."

„Warum? Sind Ihre Leute Rassisten?"

„Nein, aber ich fand, was mir mit Ibrahim passierte, ging nur uns beide an. Ich wollte mich vor meinem Vater nicht rechtfertigen müssen … Schon gar nicht auf der Grundlage Ihres Buches … Und ich wollte auf keinen Fall, dass meine Mutter mich für eine der Weißen Frauen hielt, von denen in Ihrem Buch die Rede ist. Frauen, die nur mit Schwarzen Männern schlafen können. … Ich fühlte mich von Ihrem Buch wie beschmutzt. … Entschuldigen Sie, dass ich so mit Ihnen spreche, ich habe sehr darunter gelitten, verstehen Sie?"

Ihre Miene war furchtbar ernst und angespannt.

„Warum haben Sie alles auf sich bezogen? Das verstehe ich nicht …"

„Diese vielen Geschichten von Sex … Irgendwann wird unterstellt, dass Weiße Frauen nur mit Schwarzen zusammen sind, weil kein Weißer etwas von ihnen will … Das finde ich wirklich beleidigend für die Frau."
„Übrigens auch für den Schwarzen … Es ist eine Beleidigung, aber die Realität. Nachdem man die ganze Nacht getanzt, getrunken, geraucht und sich berauscht hat, wacht man am Morgen in dieser Realität auf."
„Und die Liebe?"
„Sie kommen immer wieder darauf zurück. Wie ich schon sagte, dazu fehlt mir die Saite. Liebe ist ein Gefühl für die Menschen gleicher Rasse, gleicher Klasse, gleicher Religion … Fast hätte ich gesagt, gleichen Geschlechts. Vielleicht liegt darin das Geheimnis echter Liebe … Eine Angelegenheit unter Gleichen …"
„Was reden Sie da! Das ist ja schlimmer als Apartheid!"
„Liebe braucht keine Rechtfertigung, das Auge und die Liebe fallen auf eine bestimmte Person. … Nur der Sex überschreitet Grenzen."
„Ich weigere mich, das zu akzeptieren", entgegnete sie wütend.
„Jeder hat seine eigene Wahrheit … Alles, was ich weiß ist, dass ich mir als Schriftsteller Liebe nicht leisten kann. Ein Beispiel: Wenn ich einen Roman schreibe, der eine Liebesgeschichte zwischen einem Schwarzen und einer Weißen erzählt, kauft ihn keiner! … Oder aber, sie fassen ihn falsch auf."
„Wieso?"
„Wenn ich schreibe, die beiden besuchen die Eltern des Mädchens, das natürlich weiß ist, wartet der Leser geduldig auf den Moment, wenn sie sich gegenübertreten, und wenn es nicht zum Eklat kommt, fühlt er sich betrogen. Überall sind Fallen aufgestellt. Die geringste Bemerkung („Mama, warum hast du nicht die weißen Teller gedeckt?") und es geht los. Das Buch wäre völlig unlesbar, denn jeder würde es anders verstehen, je nach Rasse, Klasse oder Religion."
„Sie müssen mich entschuldigen, aber ich kann diese zynische Betrachtung der Dinge nicht hinnehmen. Es schneidet mir die Luft ab."

„Ich gebe mir viel Mühe, Ihnen begreiflich zu machen, dass es nicht an mir liegt, wenn die Verhältnisse so schlecht sind, dass es aber meine Aufgabe ist, genau das zu beschreiben."
„Man meint, es macht Ihnen Spaß."
„Es heißt, man soll seine Arbeit lieben.
„Ist es möglich, dass ein Schwarzer Schriftsteller irgendwann über etwas anderes schreiben kann als über Sex?"
„Ja, dann, wenn er kein Schwarzer Schriftsteller mehr ist."

## WARUM BEVORZUGEN SCHWARZE SCHRIFTSTELLER BLONDINEN?

Das junge Mädchen neben mir an der Theke der Bar legte das Magazin weg, in dem sie seit einiger Zeit eher zerstreut geblättert hatte. In dieser Bar verkehrten debütierende Fernsehsternchen, aufsteigende Schriftsteller und magersüchtige Models. Die jungen Frauen in Amerika hungern sich künstlich zu Tode. Das Problem ist, wer auf dem Bild (egal ob Fernsehen oder Foto) schlank aussehen will, muss mager sein.
Das Mädchen steckte die Zeitschrift ruhig in eine große rote Tasche, die zu ihren Füßen lag. Dann ließ sie sich langsam vom Hocker gleiten. Ich sah zu, wie sie Richtung Toilette ging, mit gesenktem Kopf wie jemand, der unbemerkt bleiben will. Doch sie verlor nichts von ihrer Sinnlichkeit. Jede Bewegung ihres Körpers sandte sie aus wie eine Energie. Wie ein kaum gebändigter Elan. Je mehr sie unbemerkt bleiben wollte, umso mehr zog sie die gierigen Blicke der Männer auf sich. Die der Frauen ebenfalls. Auf diesen hundert Metern zwischen dem Hocker und der Toilette spielt sich ihr Leben ab. Mein Blut schnellt mit aller Macht in Richtung der entsprechenden Organe. Der letzte Anblick, bevor die Tür hinter ihr zufällt. Ihr Rücken in weißem Satin. Dann nichts mehr. Wir wissen alle, sie ist da. Hinter der Tür. Eine Zeit, die in unserem Leben nicht zählt. Wie lange? Vielleicht eine halbe Stunde. Da kam sie wieder, perfekt geschminkt. Sie hatte das nicht gebraucht,

um uns in größte Verwirrung zu stürzen. Seit wann löscht man eine Feuersbrunst mit einem Flammenwerfer? Sie setzte sich auf denselben Hocker und schlug diesmal die Beine sehr weit oben, am Beinansatz, übereinander (was im öffentlichen Raum verboten sein müsste, genau wie das Tragen einer Waffe). Sie zündete eine Zigarette an. Jetzt war sie bereit für den Krieg der Geschlechter. Dieser Krieg hat sehr viel mehr Opfer gefordert als alle übrigen zusammengenommen. Ich vergaß zu erwähnen, sie war eine echte Blondine mit endlos langen Beinen und dem Hauch eines verächtlichen Lächelns um die Mundwinkel. Die Blondine. Der alte Traum, unvergessen trotz des Kampfs der Feministinnen während der letzten fünfzehn Jahre, die alles darauf angelegt hatten, sie aus den Köpfen (oder eher noch den Körpern) der Männer zu löschen. In Amerika war die Blondine dem tödlichsten Beschuss ausgesetzt. Aber Amerika hatte sie auch zum Mythos erhoben. In Norwegen oder Schweden, wo die meisten Frauen blonde Haare haben, ist das Bild der Blonden als Göttin nicht so verbreitet. Die Blondine ist eine rein amerikanische Erfindung. Wie der Schwarze. Heute kann man sagen, sie hat die schlimmsten Stürme überstanden (die fürchterlichen Siebziger- und Achtzigerjahre), ohne ein goldenes Härchen zu verlieren. Die Blondine ist wieder zurück. So strahlend wie entstehender Sauerstoff. Die Zukunft wartet nur auf sie. Sie wird sie mit niemandem teilen müssen. Ich beobachtete die blonde Frau neben mir sehr aufmerksam. Ich wollte sehen, wie sie vorging. Ich wollte herausfinden, wie die großartigste Traummaschine funktionierte, die der amerikanische Mann erfunden hat.

*

In diesem Augenblick konzentrierte sie ihre Aktivität auf ihre Tasche, die sie ständig durchwühlte, als hoffte sie darin eine Ölquelle oder eine Goldmine zu entdecken, dann auf die Bestellung eines komplizierten Cocktails bei dem Barmann, der sich mit solchen Lebensfragen schon lange auskannte, schließlich auf das kurzfristige Projekt eines weiteren Gangs zur Toilette. Warum, fragte sich der bereits harpunierte Fisch, zweimal die Toilette innerhalb einer Viertelstunde? Altbekannte Strategie, Bruder. Bewegung. Sie unterbrach jäh die detaillierte Anweisung für ihren Cocktail und lief erneut zur Toilette. Nachdem sie sich beim ersten Mal auf diesen hundert Metern viel Zeit gelassen hatte, versuchte sie jetzt den olympischen Rekord von Carl Lewis zu erreichen. Ein Blitz, der uns blendete. Dunkelrote Gesichter. Der Orgasmus kam unerwartet. Mein Geist blieb bei ihr. Gewöhnlich betrete ich keine Damentoilette. Aber es kommt vor, dass ich ihnen im Geiste folge. Was machen sie hinter der kleinen Tür? Sind sie immer noch Göttinnen? Ist eine Blondine auch beim Pissen sexy? Tun sie es wie alle Frauen? Macht es die gefärbte Blondine wie die echte? Oder wenn nicht, worin liegt der Unterschied? Gehen die Blondinen auf die Toilette, um durchzuatmen oder nur, um sich unseren Blicken zu entziehen? Ich stellte mir vor, wie sie mitten in dem Örtchen stand, an die Decke starrte und ab und zu flüchtig einen Blick auf ihre innere Uhr warf. Sun Tsu zitiert in seinem Traktat *Der Kriegskanon* den alten Cao Cao: „Rennt voran ins Nichts, stürzt euch in die Leere, umgeht die Verteidigungen, trefft den Feind, wo er es nicht erwartet."* Niemand konnte so oft zur Toilette gehen. Nur die Blondinen. Die Blondine ist ein besonderes Wesen. Erster Grundsatz: Sie weiß es. Zweiter Grundsatz: Wenn du das weißt, weißt du alles, Bruder. Ich beschäftige mich so eingehend mit ihr, weil sie eines der machtvollsten Phantasmen Amerikas ist. Etwas tief aus unseren wildesten Träumen. Dieses Objekt der Begierde hat auch eine große Nähe zum Licht. Das Licht scheint sie von innen her zu erleuchten. Durch die transparente Haut. Ein Duft nach Kuhmilch. Das zieht die Schwarzen an (der Milchgeruch). Ich schätze, dass ich an dieser Art Frauen (blond, lange schlanke Beine und ein leicht verächtliches Lächeln) in meinem Leben per-

* Meister Suns Kriegskanon. Übersetzt und kommentiert von Harro von Senger, Stuttgart (Reclam) 2011. Diese Stelle wurde nach dem französischen Original übersetzt, da die beiden Übersetzungen aus dem Chinesischen stark von einander abweichen. Anm. B. T.

sönlich gescheitert bin. Ich habe nicht nur diese Schlacht verloren, ich wurde außerdem bis in meine Identität hinein gedemütigt. Immer noch der gute alte Cao Cao: „Von diesem Gebiet ist der Rückzug unmöglich." Sie haben mich fast zwanzig Jahre lang buchstäblich übersehen. Mit ihrer Art, in meine Richtung zu kucken, ohne mich je wahrzunehmen. Ich hatte den Eindruck, eine glatte weiße Wand zu sein. Ohne jede Unebenheit, an der das Auge hängen bleiben könnte. In einem Wort, du existierst nicht. Woher nehmen sie die Fähigkeit zu dieser abgrundtiefen Verachtung? Die Blondine wirkt nie nervös. Hat kein dringendes Bedürfnis. Sie begehrt nicht. Sie wird begehrt. Ihre Miene ist ruhig. Kein Tick. Auch keinerlei Gefühl am Grund ihrer Pupillen. Sie ist die blonde Kriegerin. Bei diesem erbarmungslosen Spiel kann man nur verlieren, es sei denn, man hat eine große Tasche in Reichweite und die Möglichkeit, so oft auf die Toilette zu gehen, wie die Operation es erfordert. Was bleibt mir als Waffe gegen diese geborene Strategin? Fast nichts. Aber ich spiele auch nicht auf diesem Niveau. Ihre Liga übersteigt meine Fähigkeiten. Sehr grob ausgedrückt: Die langbeinige Blondine mit dem verächtlichen Lächeln (ich rede nicht von den dummen Gänsen) hat mir immer Angst eingejagt. Ich schaute sie an, das reichte mir zum Vergnügen. Ich wohnte ihrem Theater der Grausamkeit bei. Sie zuckte mit keinem Wimpernhärchen und doch entstand wie zufällig um sie herum ein Ballett. Eine Choreographie nur mit Männern, die sich alle ähnelten. Im Hintergrund der Bühne: die vor Hass glitzernden Augen der versetzten Frauen. Das heißt, Bruder, Amerika ist (im Norden) streng aufgeteilt in echte und gefärbte Blondinen. Marilyn war eine gefärbte. Madonna ebenfalls. Daraus ergibt sich schon der Stand der Dinge. Die beiden machtvollsten Phantasmen nach dem Zweiten Weltkrieg waren beide gefärbte Blondinen. Was ist mit den echten? Oh Schwäche der Schwarzen. Wenn die Blondine allein schon eine Bombe ist, was ist dann die Begegnung des Schwarzen mit der Blondine? Eine explodierende Bombe. Der Weiße tobt vor Wut. Es trifft ihn mitten ins Herz. In den Kern seines kollektiven Gedächtnisses. Der Schwarze und die Blondine. Die Blonde stellt die weißer-als-weiße Frau dar. Der Schwarze und die Blonde als Paar sind zu machtvoll. Der Unterlegene und die Frau des Überlegenen. Ein seltenes Paar. Seltener als ein blauer Diamant. Die beiden Enden des Spektrums. Das Licht und die Finsternis. Absolute Komplementarität.

*

Da war sie (meine Nachbarin) wieder zurück. Ihr Blick glitt an mir hinunter, kehrte um und blieb hängen. Sie hatte mich gesehen. Ihre überhebliche Miene brach in sich zusammen. Unendlich langsam. Alle Nuancen des Lichts abwärts. Am Ende deutete sich ein Lächeln an, das nicht mehr verächtlich war.
„Kennen wir uns von irgendwoher?"
„Weiß nicht."
„Ach ich weiß!", sie brüllte es fast.
Sie hielt sich den Bauch vor Lachen. Ich schaute zu, wie sie zu ihrer Tasche hinuntertauchte, ohne dass ihr Hintern ganz vom Hocker glitt. Streckte mir ihren Po frech entgegen. Dann hatte sie wieder das Magazin und blätterte ungeduldig, um am Ende einen Artikel mit meinem Foto zu finden. Darauf saß ich auf einer Bank im Carré Saint-Louis, mit meiner alten Remington 22 auf den Knien. Sie zeigte mir das Magazin. Wortlos. Wie viele Worte ist das Foto in einem großen amerikanischen Magazin wert? Es hatte ihr die Sprache verschlagen. Sie hielt nur töricht das Foto in der Hand, von dem Mann, der gerade neben ihr saß. Die Reporterin hatte mich für das Interview zuhause besucht. Ich hatte einen ganzen Tag mit ihr und einem sehr coolen Fotografen vom Typ San Francisco (nackter Oberkörper, Jeans und Sandalen) verbracht. Er war offenbar total scharf auf mich. Aber ich war total scharf auf die Reporterin . Ich verliebe mich leicht in Frauen mit Macht. Sie war nicht blond, aber sie arbeitete für ein wichtiges Frauenmagazin. Sie machte ihren Job gut. Meiner war es, sie irgendwie in mein Bett zu kriegen. Der Fotograf umschwirrte uns wie eine Tse-Tse-Fliege. Sie nahm mich viele Stunden auf (sechs TDK-Kas-

setten). Er schoss Hunderte Fotos. Alles für diesen kurzen Artikel von kaum einer viertel Seite. Nachdem die Sache im Kasten war, hatte ich nichts mehr von ihnen gehört. Und jetzt war mein Foto in einem auflagenstarken Magazin und diese Blondine, die noch vor kaum einer Minute unerreichbar war, ließ mich nicht mehr aus den Augen. Amerika hatte wieder einmal auf seine sehr eigene Art zugeschlagen. Nur der Erfolg in Amerika ist ein echter Erfolg. Ich fragte mich, wie viele Blondinen auf der Welt ich aufreißen könnte, nur dank dieser kleinen Abbildung in einem amerikanischen Magazin? Das war schwindelerregend. Mir war tatsächlich schwindlig. Jetzt verstand ich, warum die amerikanischen Magazine so viel Zeit brauchten, bis sie ihre Artikel herausbrachten. Jede Woche hatte ich diese Zeitschrift durchgeblättert, um nach meinem Foto zu suchen. Jedes Mal wieder nichts! Immer das Foto von einem anderen. Herrgott, wie viele junge Schriftsteller wollten auf diesem Planeten groß herauskommen? Sie strömten aus der ganzen Welt herbei und wollten alle in Amerika Erfolg haben. Wie ich diese Konkurrenten hasste! Jetzt endlich, Seite 36, rechts oben: Der Bericht der Reporterin, die mich vor einer Ewigkeit interviewt hatte. Ich hatte mir schon gesagt, das dreckige Amerika hatte wieder einmal, wie stets, die Dritte Welt an der Nase herumgeführt. Amerika hielt sich für den Nabel der Welt, deshalb hasste ich es so sehr. Das Schlimmste daran: Amerika war der Nabel der Welt. Doch dieses eine Mal klatschte ich Beifall. Was hatte die kleine Blonde für eine Bedeutung, angesichts der Tatsache, dass mein Foto momentan über die ganze Welt verbreitet wurde? Eben in diesem Augenblick. Ich weiß nicht, was für Sie die ganze Welt bedeutet. Für mich ist es die einzige Möglichkeit, um meiner Folklore in Taschenformat zu entrinnen. Konkret hieß das, wenn ich jetzt in einen Flieger stieg, um etwa nach Wien zu fliegen, ein europäisches Kaff, das ich noch nicht kannte, na Bruder, da bestand eine gute Chance, dass ich auf eine Blondine traf (grinsen Sie nicht: Sogar in Schwarzafrika gibt es Blondinen), die mich auf einen Blick erkannte und sofort bereit war, sich mir hinzugeben.

Ja doch. Das ist Amerika, Bruder. Und dieses Mal war Amerika auf meiner Seite. Für wie lange? Das war eine andere Geschichte.
„Sie sind das also?“, fragte mich das junge Mädchen zu meiner Rechten mit leicht brüchiger Stimme. „Ja.“
War das nach Ihrer Meinung knapp genug?
„Warum bevorzugen Schwarze Schriftsteller Blondinen?“
So lautete der Titel des Artikels über mich. Es ging immer um Rasse und Sex. Um diese explosive Mischung. Amerika liebte dieses Gericht. Von mir kriegten sie davon, so viel sie bezahlen konnten.
„Ich weiß nicht, warum ... (ich tat bescheiden) vielleicht weil Gegensätze sich anziehen ...“
„So haben Sie hier aber nicht geantwortet“, entgegnete sie mit einem Lächeln, das Blondinen nur den Gewinnern schenken.
„Offenbar kennen Sie meine Antwort schon ...“
Ein leises Lächeln, das sich von dem vorigen unterschied. Über wie viele Nuancen verfügte sie?
„Woher wissen Sie, dass sich Blondinen zu Schwarzen hingezogen fühlen?“
Sie stellte die Frage ohne eine Spur Ironie.
„Das sind pure Farben.“
Sie warf mir einen eiskalten Blick zu. Die junge Blondine aus dem puritanischen Amerika feuerte ihre letzten Geschosse ab. Ich rührte mich nicht. Ich beobachtete bereits mein ganzes Leben lang die verächtlichen Blondinen. Sie waren sozusagen meine Spezialität. Jetzt wusste ich genau, wie man vorgehen musste. Die wichtigste Regel: Nie den ersten Schritt tun. Ich saß am längeren Hebel und würde unter keinen Umständen nachgeben. Sie sollte den Gesprächsstoff liefern. Ihre Augen waren erfüllt von Nacht und Grauen. So was hatte sie noch nicht oft erlebt. Sie musste schnell lernen, wenn sie in diesem Dschungel überleben wollte, wo sie nun die Beute war. Es ist gut, wenn die Ordnung ab und zu über den Haufen geworfen wird. Es genügte also ein kurzer Artikel (aber mit Foto) in einem auflagenstarken Magazin, um alles zu ändern. Ich hatte bisher diese verdummenden Frauenmagazine so verachtet. Gehirnwaschmaschinen. Ich hatte bisher die leicht beschränkten

Frauen verachtet, immer mit ihrer Nase in diesen Hochglanzmagazinen, die nach tausend Parfüms rochen wie eine Nutte aus Shanghai. Sie enthielten diese Fotos von kraft- und saftlosen Models ohne einen Krankheitskeim. Jetzt interessierte ich mich dafür, wie hoch die Auflage war. Nur vier Millionen! Ich hätte gedacht, dass diese Dinger mindestens 12 Millionen Auflage machten. Rechnen wir aus. Unter diesen vier Millionen Leserinnen (die Zahl ließ sich leicht verdrei- oder vervierfachen) waren mindestens eine Million Blondinen (davon natürlich drei Viertel gefärbte), etwas über 200 000 wussten jetzt von meiner Existenz. Doch blieb noch eine kleine Sorge. Gab es dieses Magazin auch auf Chinesisch? Weil zwei bis drei Millionen Chinesinnen würde ich nicht verachten, selbst wenn kaum eine blond wäre. An die Reporterin, die mich interviewt hatte, konnte ich mich nicht erinnern. Nicht mehr als eine Brücke zum Ruhm. Je weiter du die jüdisch-christliche Leiter hinaufstiegst, kamen dir die unten Gebliebenen plötzlich so klein vor. Vielleicht war das ihre echte Größe. Noch gestern kam eine Frau dir schön und unerreichbar vor, schon heute erschien sie dir farb- und sinnlos, wie ein nicht angeschlossener Kühlschrank. Wie konnte man an so einem Entlein etwas finden? Wann würde ich endlich sagen können: Seht her, sie ist es, die ich schon immer wollte und die ich wirklich will? Gleichzeitig hast du wahnsinnige Angst vor diesem Moment. Denn du spürst, gleich dahinter lauert der Tod. Der Tod des Begehrens, kurz gefolgt vom letzten Ende. Aber bis dahin war der Marsch noch so weit! Der Marsch der Lebenden. Es gibt nur zwei Lager, Bruder: die noch lebendig sind und die schon tot daliegen.

*

Ich schaute vor mich hin. Die Kellnerin war gerade gestolpert. Aber sie lächelte weiter. Wie machten es diese Leute, weiter zu lächeln, während das Rad der Zeit sie überrollte? Lächeln unter Schmerzen? Das falsche Lächeln der Serviererin war nichts als der armselige Triumph eines falschen Lebensstils. Hören Sie mir nicht

zu, es geht immer so weiter. In meinem Kopf spielen sich ständig unzählige Dinge ab. Ein echtes Sammelsurium. Es kommt vor, dass ich mit jemandem spreche und gleichzeitig auf etwas ganz anderes achte. In diesem Moment schaute ich der dünnen Spinne zu, die sich an dem prachtvollen, perversen Plakat von Prince – *„Diamond and Pearls“* – herabließ und belauschte gleichzeitig das Gespräch der beiden jungen Mädchen hinter mir, die sich ziemlich angeregt über Madonna unterhielten … Für mich gab es kein Halten. Mein Geist vagabundierte ständig. Das alles, um die einzige Sache zu vermeiden, die wirklich zählte: dass ich noch keine Zeile geschrieben hatte, seit ich berühmt war. Ich wollte nicht mal daran denken. Und tat alles dafür, dass keiner etwas von meinem Problem ahnte.
„Welche Folgen hat es für Sie, bekannt zu sein?“
„Keine.“
„Wirklich?“
„Ganz ehrlich.“
Das war die Schwachstelle, ich durfte mich nicht mehr beklagen. Alle Welt hielt mich für reich, berühmt und glücklich.

*

„Ich komme mir komisch vor.“
„Ach … (ich wandte mich meiner Nachbarin zu). Und warum?“
Ein kleines verlegenes Lachen. Sie wühlte in ihrer Tasche.
„Ich weiß nicht … Weil ich neben Ihnen sitze. Finden Sie das dumm?“
Ich schüttelte den Kopf, mit einem geheuchelten Lächeln.
„Ich bin sicher, das passiert Ihnen nicht zum ersten Mal.“
„Was? Was passiert mir?“
„Dass eine Frau so mit Ihnen spricht.“
„Wie?“
„Seien Sie ehrlich, Sie machen sich doch über mich lustig? … Haben Sie mich wirklich nicht verstanden?“
Natürlich hatte ich sie schon länger verstanden. Ich wollte, dass sie ihre eigene Medizin ein wenig auskostete. Man ist es so gewohnt,

Jäger zu sein, dass man nicht mehr weiß, was im Kopf des Wilds vor sich geht. Der Jäger übersieht immer, dass auch er beobachtet, verfolgt, durchleuchtet wird. Dem Jäger geht es um seinen Hunger. Dem Wild um sein Leben. Natürlich verbindet sie etwas.
„Sie sagen nichts."
Schweigen.
„Vielleicht langweile ich Sie?", sagte sie ein wenig ratlos.
Noch längeres Schweigen.
Ich schaute auf ihr ernstes, sehr angespanntes Profil. Sie wartete auf eine Antwort, auf eine Geste von mir. Ich könnte sie zerdrücken wie eine Wanze. Ohne jedes Mitleid. Wie ich es ein dutzendmal bei ihr (oder ihren Schwestern) gesehen hatte. Am selben Abend. Aber ihre Offenheit und plötzliche Naivität hatten mich berührt. Das hatte etwas Erfrischendes. Ich hatte nicht mehr ein heißes Phantasiegebilde vor mir, sondern ein armes Mädchen, das sich selbst leider zu schön, zu blond, zu groß, zu alles fand. Und genau das verzieh man ihr nicht. Ein unglückliches Mädchen, das in die Stadt gezogen war, um mit dem, was ihr der Herrgott geschenkt hatte, ihr Geld zu verdienen. Die Männer hatten es sofort gemerkt und es ihr ungeschminkt gesagt. Und in null Komma nichts war sie die Kriegsverbrecherin geworden, die keine Gefangenen macht. Und heute stand sie im gegnerischen Feuer. So war das Leben.

*

Sie rollte ein winziges Stückchen Brot zwischen ihren Fingern. Ihr Blick schweifte in die Ferne. Ihre Stimme war etwas unbeteiligt, sie klang tiefer und noch immer angespannt. Als kam sie von einer Anderen.
„Heute Morgen hieß es in meinem Horoskop, mich erwarte eine wichtige Begegnung. Doch den ganzen Tag passierte nichts. Ich hatte nicht vor, abends wegzugehen, denn morgen ist ein Fototermin. Aber ich hatte das Gefühl, ich musste trotzdem was unternehmen. Ich zog mich in aller Eile an und kam her. Als hätte mich jemand im Rücken genau an diesen Ort geschoben. Zuerst trank

ich ein Glas oder zwei. Ich hatte nebenan das Magazin gekauft, das mache ich sonst nie. Ich lese so was eigentlich meist, während ich geschminkt werde. Oder sehr spät abends, vor dem Einschlafen. Also hier bin ich, bestelle was, schlage das Magazin auf und raten Sie, auf welchen Artikel ich als Erstes stoße? Ich fand den Titel so witzig. Ich begann das Interview zu lesen. Ich mag es, wie du dich ausdrückst. Du nimmst kein Blatt vor den Mund, darf ich dich duzen? ... Aber man spürt dahinter irgendwo eine Zärtlichkeit, oder? ... Ich packte das Magazin wieder in die Tasche. Und begann über dich nachzudenken. Es ist komisch, ich habe an dich gedacht und gleich darauf an mich. Du ziehst dich in dem Interview so sehr aus, dass man es dir gleichtun möchte. Alles erscheint einfach. Man kann ohnehin nichts verbergen. Man hat den Eindruck, auf diese Art schafft man alles."

Das Schweigen war verheißungsvoll.

„Ich habe mich vorhin gefragt, was ich hier soll, mit all diesen Typen, die nur daran denken, mich flachzulegen."

Ich gehörte dazu.

„Viele Erinnerungen, vieles, was ich verdrängt hatte, kam wieder hoch. Das ist überhaupt nicht meine Art, glaub mir. Ich schaue selten zurück. Es schmerzt zu sehr. Ohne zu wissen warum, dachte ich ständig über diese Dinge nach, wirklich intime Dinge (ein offenes Lachen), ich sagte mir, dass ich mich gerne mit dir unterhalten würde ... In einem echten Gespräch, bei dem nicht jeder dauernd überlegt, wie er den anderen vögeln kann, verstehst du?"

Schade. Ich dachte nur ständig an ihren Po in diesem knappen Kleid.

„Die Frau schreibt in ihrem Artikel, du hättest während des Interviews die ganze Zeit gelacht. Ich glaube, sie hat etwas nicht ganz verstanden, ich weiß nicht ... Vielleicht rede ich gerade Blödsinn, aber eine Eingebung sagt mir, dass du eher traurig bist, wirklich traurig, noch trauriger als ich, und das will was heißen (sie lächelte), denn ich kann an einer Hand abzählen, wie oft ich glücklich war seit meiner Geburt. Das zu lesen, was du sagst, tut mir erstaunlich gut. Du hast keine Ahnung ... Es ist dir peinlich, dass ich so mit dir spreche, entschuldige ... Mir ist, als fiele ein Gewicht von mir ab. O nein, ich will dich nicht zu sehr mit meinen Problemen langweilen, aber du bist der Einzige, mit dem ich darüber reden kann. Gewöhnlich nehmen die Männer Reißaus, sobald man etwas ein wenig Intimes zu erzählen beginnt. Weißt du, in meinem Beruf hat man nicht oft die Gelegenheit, offen mit jemandem zu sprechen, schon gar nicht mit einem Mann (ein bitteres Lachen). Sobald man sich zeigt, wie man ist, wird man uninteressant. Rede ich zu viel? Du musst es mir sagen. Meine Mutter behauptet, das vertreibt die Männer. Vor allem Männer, die man halten möchte (trauriges Lächeln). Bei den anderen kann man sich aufführen, wie man will, sie bleiben. Pech gehabt, was! Offenbar muss man sich mit einem Geheimnis umgeben, um den Mann zu halten, aber das ist nicht leicht, wenn man so ist wie ich. Ich sollte mal eine Pause einlegen, damit du ein Wort einwerfen kannst ... Seltsam, es ist keine halbe Stunde her, da sagte ich mir, ich würde alles geben, um dir zuzuhören. Jetzt habe ich dich direkt vor mir und ich rede ununterbrochen. Beurteile mich nicht zu streng ... Das Komische ist, ich kann wirklich nicht aufhören. Es ist wie ein Juckreiz, es hat mir so sehr gefehlt. Die Leute denken nur ans Vögeln, dabei ist Reden für mich viel intimer. Zu den meisten Männern, mit denen man vögelt, das kommt bei mir auch vor (sanftes Lächeln), hat man nicht mal Lust, zwei Worte zu sagen. Wenn ich Jemanden Interessanten treffe wie dich, mit dem ich wirklich Lust habe zu reden, das sollte ich dir wohl nicht erzählen, habe ich danach selten Lust zu vögeln, ich fühle mich dann irgendwie ausgeleert ... Es ist stärker als ich. Verstehst du, reden ist für mich, als hätten wir uns vor allen Leuten geliebt (sie errötete bis über die Ohren ...). Ich sollte dir das alles nicht erzählen, aber ich vertraue dir. Jetzt rede ich wirklich zu viel ... Ich bin nicht immer so, ich habe sogar den Spitznamen die Stumme. Du musst mich stoppen, wenn du mich auch nur ein bisschen wertschätzt."

Genau das habe ich getan. Ich bin zur Toilette gegangen, um durchzuatmen und mir die ganze teuflische Angelegenheit zu überlegen. Ich hatte keinen Zugriff mehr auf mein Leben. Mein reales Leben.

Ich setzte mich auf die Toilettenschüssel und ohne Vorwarnung überfiel mich eine schreckliche Depression. Mein ganzer Körper tat mir plötzlich weh. Die Knochen. Die Nieren. Der Rücken. Als hätte man mich durch einen Fleischwolf gedreht. Ich fühlte mich allein in dieser amerikanischen Nacht. Das ist das Allerschlimmste, was einem zustoßen kann. Einsamkeit ist die natürliche Folge der Lebensweise in Amerika.

## WARUM SCHREIBEN SIE?

Kunta, der mir den Tipp mit der Reportage gegeben hatte (ich nenne ihn so nach der Figur in *Roots* von Alex Haley), kam in das Zimmer, wo ich seit einer oder zwei Stunden arbeitete. Es war unerträglich heiß. Ich saß da mit nacktem Oberkörper und schwitzte.
„Im Kühlschrank ist Bier", sagte ich zu ihm.
„Was machst du?"
„Ich tippe auf der Schreibmaschine."
Meine Notizbücher lagen verstreut auf dem Tisch.
„Das sehe ich. Dein Ding über Amerika?"
„Ich schreibe ein bisschen meine Notizen zusammen."
Er zog sich mit einem Schluck die halbe Flasche rein, rückte einen Stuhl heran und las eine Weile in meinen Notizen.
„Ein bisschen überholt, deine Geschichte mit der Blondine … Das alles …"
„Wieso?"
„So halt …"
„Was gerade in Mode ist, interessiert mich nicht. Ich suche mir Dinge heraus, die scheinbar überholt sind. Wenn über etwas nicht mehr geredet wird, meint man, es existiert nicht mehr. Die amerikanische Gesellschaft hat sich seit den Fünfzigerjahren nicht sehr verändert. Es herrschen immer noch die gleichen Mythen. Und die Blondine gehört zu den wichtigsten Mythen Amerikas.
„Seit damals ist aber einiges passiert …"
„Zum Beispiel?"

„Weiß nich … Kennedy, der Feminismus, Martin Luther King, die sexuelle Revolution …"
„Das alles betraf gerade mal 0,006 Prozent der Bevölkerung. Das heißt, die Auswirkungen sind gleich null."
„Aber alle Leute, die ich kenne, sind geschieden."
„Alle Leute, die du kennst, das sind keine 300 Menschen. Hier geht es aber um 300 Millionen."
„Na und?"
„Amerika ist groß."
„Was hast du also jetzt vor, großer Häuptling?"
„Ich werde das Land weiter bereisen und frei alles aufschreiben, was ich sehe, und nicht das, was ich sehen soll."

## DIE FRAGE DER HERKUNFT

In einem Flieger Richtung Miami. Ich schlief. Träumte komische Sachen ohne Hand und Fuß. Im letzten dieser Träume schlief ich mit einer jungen Frau, die mir am Flughafen von Los Angeles aufgefallen war, konnte aber nicht zum Höhepunkt kommen. Mein Unterleib schmerzte so, dass ich aufwachte. Ich musste ganz dringend pissen. Ich störte meinen schlafenden Nachbarn. Sein Lächeln war verkrampft. Ich ging die Reihen entlang zur Toilette. Eine lange Warteschlange. Ein Mann kam und stellte sich neben mich. Wir schauten uns eine Weile an. Dann fragte er plötzlich und schonungslos:
„Wo kommen Sie her?", sein Englisch hatte einen starken französischen Akzent.
Ein Amerikaner würde dies nie als erste Frage stellen. Er würde eher wissen wollen, was Sie über Magic Johnsons Erklärung denken. Der weiße Amerikaner glaubt, ein Schwarzer habe immer Informationen aus erster Hand über jeden beliebigen anderen Schwarzen. Der Franzose will eher die Herkunft wissen.
„Von meinem Sitz 17B."
„Ich meinte nicht Ihren Sitz …"

„Aus Los Angeles. Ich bin dort eingestiegen wie alle auf diesem Flug."

Um uns herum begann man auf unser Gespräch aufmerksam zu werden und der Typ sich zu fragen, ob ich ihn auf die Schippe nehmen wollte. Mich hatte die Unverfrorenheit seiner Frage geärgert.

„Ich möchte wissen, aus welchem Land Sie kommen", setzte er wieder an, diesmal in einem herrischen Ton.

Den Leuten in der Schlange wurde es peinlich.

„Fehlt einer Ihrer Sklaven?", antwortete ich schließlich.

Eine junge Frau, die in meiner Nähe saß, lachte schallend. Es ist nichts Schlimmes daran, das Herkunftsland einer Person wissen zu wollen. Manche versetzt es in Träume, und sie haben eine Geschichte, die sie bei der Heimkehr ihrer Frau erzählen können. Etwa, dass sie im Flugzeug eine nette Zeit mit einem Senegalesen, Polen, Tschader oder Madegassen verbracht hätten. Das verstehe ich alles, denn die Faszination ferner Länder ist ja der Grund, weshalb wir so viel verreisen. Aber ich glaube, es gibt eine bestimmte Art, wie man diese Frage stellen sollte. Beispielsweise sollte man erst einmal ein wenig Bekanntschaft schließen mit dem Mann oder der Frau, deren Herkunft man wissen möchte, denn womöglich mag man nicht jedem Dahergelaufenen so viel über sich mitteilen. Oder noch schlimmer, vielleicht ist man es leid, auf eine Frage zu antworten, die man schon oft genug beantwortet hat. Manche sind nur bereit, solche Angaben bei der Polizei, dem Zoll, oder bei den zuständigen Behörden zu machen, wenn sie einreisen oder eine Arbeit suchen. Wenn Sie nicht für diese staatlichen Institutionen arbeiten, seien Sie besser vorsichtig. Etwa so: „Guten Tag, wie geht es Ihnen? Und die Gesundheit? Ist die Familie wohlauf? Sind Ihre Kinder gut in der Schule? Ich freue mich sehr über unsere Begegnung, ach und wo kommen Sie eigentlich her? Aus Benin, Senegal, Haiti, Zaire, Mali oder Guinea? Irgendwann wird Ihr Gegenüber finden, Sie haben sich genügend bemüht, und Ihnen die Frage gerne beantworten.

„Aus Mali ... Und Sie?"

Zeigen Sie sich bei dieser Frage nicht überrascht. Denn auch Sie haben eine Herkunft und auch Sie sind exotisch und verbreiten dieses Parfüm des Abenteuers für die Anderen. Es ist eine üble Beleidigung, wenn bei der Gegenfrage nach der Herkunft der Gefragte Sie anschaut, als müsste auf seiner Stirn geschrieben stehen, dass er Franzose, Amerikaner, Engländer oder Deutscher ist. Letztendlich, dass er ein Weißer ist. Der Schwarze stammt von einem Ort. Der Weiße von einer Rasse.

## REISE MIT EINEM SÜDAMERIKANISCHEN EHEPAAR

In einem kleinen Flieger zwischen Key West und Fort Lauderdale saß ich neben einem netten Paar aus Südamerika. Die Frau hielt ein Baby, dem sie unauffällig hin und wieder die Brust gab. So etwas sieht man heutzutage leider immer seltener. Ich betrachtete die Hände des Ehemanns: Er arbeitete hart. Gutes Zeichen. Der Mann lächelte mir zuweilen mit dem flüchtigen, aber warmen Lächeln der einfachen Leute zu. Die Frau kümmerte sich aufmerksam um ihr in ein blaues Tuch gewickeltes Baby.
„Er schläft gut“, sagte ich zu dem Mann.
Er lächelte mich an. Er sprach wohl kein Englisch. Ich ließ es dabei bewenden und kehrte zu dem stets optimistischen Gesang von Walt Whitman zurück.

*Immer unser altes Feuillage!*
*Immer die grüne Halbinsel, Florida – immer das reiche Delta Louisianas – immer die Baumwollfelder von Alabama und Texas …*[*]

* Übersetzt nach dem englischen Original, „Evening – me in my room – the setting sun / The setting sun shining in my open window, showing the / swarm of flies, suspended, balancing in the air in the centre / of the room, darting athwart, up and down, / casting swift shadows in specks on the opposite wall where the shine is.“ Walt Whitman, *Leaves of Grass,* a. a. O. S. 171. Diese und die folgende Stelle aus *Our old Feuillage* sind in den deutschen Ausgaben von Walt Whitman nicht enthalten. Anm. B. T.

Dieser Whitman trifft es stets genau.
„Kaffee?"
Die Stewardess hatte mich angesprochen. Doch ich war weit weg, in den Baumwollfeldern von Alabama.
„Nein, ich vertrage Kaffee nicht mehr. Haben Sie Tee?"
„Selbstverständlich", antwortete sie mit einem breiten Lächeln.
Ich hielt ihr meine Tasse hin. Die Stewardess schenkte mir Tee ein, da löste sich plötzlich der Deckel von der Kanne und der ganze heiße Tee ergoss sich über das Baby. Der Schrei der Stewardess. Die Gesichter der Eheleute. Mir blieb die Luft weg.
„Das ist nicht schlimm", sagte die Mutter sofort.
Das entsetzte Gesicht der Stewardess, als sie zur Pilotenkabine lief. Ich verstand nicht, was vor sich ging. Mein Herz raste. Der Mann blieb ungerührt. Die Augen der Frau wie ein Tier in der Falle. Was war nur los? Die Stewardess kam in Begleitung des Kopiloten zurück.
Ich erfuhr den Ausgang der Angelegenheit erst aus dem *Sun Sentinel* (der Zeitung von Broward County) am folgenden Tag. Es war ein totes Baby. Sie hatten es aufgeschnitten, um in seinem Bauch Kokainpäckchen zu verstecken.
Ein Kofferbaby.

## DER TOD IN PALM BEACH

Auf dem Flughafen von Fort Lauderdale bat mich ein Mann um eine Gefälligkeit.
„Ich muss dringend nach New York ... Könnten Sie dieses Päckchen meiner Mutter bringen? Meine Eltern wohnen in Palm Beach. Die Adresse steht drauf. Wenn Sie kein Auto haben, zahle ich das Taxi, oder ich gebe Ihnen mindestens Geld für das Benzin ..."
„Keinesfalls."
Er ließ nicht locker. Ich lehnte ab.
„Sie tun mir wirklich einen großen Gefallen. Ich weiß nicht, wie ich Ihnen danken soll ... Kann ich in New York etwas für Sie tun?"

„Nein“, antwortete ich mit einem Lächeln.
„Dann hier, nehmen Sie meine Adresse, wenn Sie mal nach New York kommen, rufen Sie an, dann gehen wir einen trinken … Meine Wohnung steht Ihnen jederzeit zur Verfügung … Sie nehmen eine große Last von mir. …“
„Ach“, sagte ich lachend.
Er atmete tief ein.
„Klar, ich könnte das Päckchen selbst hinbringen, aber ich kann meine Eltern unmöglich in Palm Beach besuchen. Schon als Kind hasste ich Friedhöfe. Und Palm Beach ist für mich noch schlimmer. Ein Friedhof der Lebenden. Als ich das letzte Mal dort war, hatte ich anschließend eine Woche die Kotzerei. Mir sind Tote lieber.“
„Sind Ihre Eltern gebrechlich?“
„Nein. Es geht ihnen sehr gut. Aber Palm Beach … Sie müssen entschuldigen.“
Er rannte zur Toilette.
Zwei Tage später fuhr ich nach Palm Beach, um das Päckchen bei den Eltern abzuliefern. Hübsches Haus in einem gepflegten Garten. Ich klingelte. Eine gut geschminkte Dame öffnete mir mit einem strahlenden Lächeln.
„Aber kommen Sie doch herein … Sacha schickt Sie also … Liebling, Sacha hat dir dein Gras geschickt. Jedes Mal, wenn mein Sohn nach Polen reist, bringt er seinem Vater ein Päckchen Gras mit. Es stammt von dem Fußballplatz, auf dem mein Mann als Kind gekickt hat. Mein Mann sagt, es sei der Geruch seiner Kindheit. Phhh, es riecht genau wie unser Rasen.“
Diese Frau hatte eine erstaunlich junge Stimme. Ich konnte ihr Alter nicht einschätzen, aber sie hatte sich die Stimme aus der Jugend bewahrt.
„Keinesfalls“, sagte ein Mann, der in einem der Zimmer saß, die hinten an den Flur grenzten.
„Liebling, willst du nicht den Freund deines Sohnes begrüßen …“
Sie wandte sich mir zu: „Er kommt sicher nicht. Eines Tages hat er sich in den Sessel gesetzt und ist nicht mehr aufgestanden, nicht

einmal, um seinen Sohn zu begrüßen ... Kennen Sie Sacha schon lange?"
„Wir haben uns am Flughafen getroffen."
Sie berührte mich mit einem verschmitzten Lächeln am Arm.
„Das hatte ich mir gedacht ... Jedes Mal, wenn er uns besucht hat, wird er hinterher krank. Finden Sie, dass wir so sehr nach Tod riechen? ... Na, ich merke, dass ich Sie mit meinem Gerede erschrecke ... Möchten Sie ein Glas Saft?"
„Sehr gerne ..."
„Sie sind wirklich der Erste, der etwas von uns annimmt ... Wo kommen Sie her?"
„Aus Haiti", sagte ich auf Anhieb.
„Jetzt verstehe ich ... Dieses Land hat eine Todeskultur."
„Sie sprechen vom Voodoo?", fragte ich mit einem Lächeln.
„Oh nein, eher von einer Art Philosophie ... Sie liegt in Ihrer Haltung zum Leben. Ich hatte eine große Freundin, Lavinia Williams, eine Tänzerin, sie verbrachte ihr ganzes Leben in Haiti. Einmal habe ich sie nach den Grund gefragt, und sie hat ganz einfach geantwortet, weil man in Haiti nicht stirbt. Sie schien vollkommen überzeugt davon. Haben Sie dort keine Angst vor dem Tod?"
„Ich nicht ..."
Sie lachte.
„Möchten Sie nicht ein Weilchen bleiben?"
„Ich habe viel Zeit ..."
„Schau Liebling! Der Freund deines Sohnes bringt mich so zum Lachen. Schon lange habe ich nicht mehr so gelacht ... Können Sie mir erklären, warum die Leute so viel Angst vor dem Tod haben?"
„Vielleicht wissen sie etwas ..."
„Seltsam, was Sie da sagen ... Gewöhnlich gilt eher das Gegenteil. Man sagt, sie haben Angst, weil sie über den Tod nichts wissen. Im Grunde sei es die Angst vor dem Unbekannten ... Und Sie behaupten, es sei, weil sie etwas wissen ... Können Sie das ein wenig erklären?"
„Ich weiß nicht, ich habe das nur so geraten ..."
Sie schaute mir eine Weile direkt in die Augen.

„Genau das hatte ich mir gedacht … Sie hören auf Ihre Eingebungen. Aber ich rede zu viel."
„Keineswegs. Dieses Gespräch ist zauberhaft …"
Sie nickte bedächtig.
„Vergil ist ebenfalls zauberhaft … Haben Sie Vergil gelesen?"
„Nein."
„Er ist mein Lieblingsschriftsteller. Das erste Mal las ich ihn mit zwölf. Und gestern bin ich 88 geworden. Mein Mann ist 92. Wollen Sie wissen, was er mir zum Geburtstag geschenkt hat? Einen Strauß mit Wiesenblumen. Unser kleiner Nachbar hat sie für ihn gepflückt. Er ist acht. Er sagt, mein Mann sei sein bester Freund. Sie lachen immer zusammen. Wissen Sie, warum unser Sohn uns nicht mehr besuchen kann? Weil wir den Geruch verloren haben …"
„Welchen Geruch?"
„Den Geruch des Ehrgeizes. Seit dreißig Jahren wohnen wir in diesem Haus und wollen nichts anderes mehr. Nur noch leben. Wir riechen nicht mehr nach Mensch. Das macht Sacha krank. Er arbeitet an der Wall Street. Na ja, New York ist sicher eine Stadt, die nach Mensch riecht. Und mein Mann sagt, er kann New York nicht mehr riechen, weil es nach Mensch stinkt, es ist also gegenseitig … Wenn man nicht mehr nach Mensch riecht, riecht man nach Tod …"
„Dann riecht der Tod nach Wiesenblumen …"
Sie lächelte.
„Danke … Und auch vielen Dank, dass sie nicht spucken mussten."
Die Sonne war schon halb in der Bucht versunken, als ich von ihnen wegging. Ich lief noch eine Weile am Strand entlang.

## NICHT ALLE BLONDINEN SIND KUBANERINNEN

Ich hatte den Artikel eines gewissen Rafaël García im *El Nuevo Herald* (der spanischen, um nicht zu sagen kubanischen Ausgabe des *Miami Herald*) gelesen. Er schrieb, als junger schwarzer Student habe er große Schwierigkeiten, sich der kubanischen Gemeinde

von Miami zugehörig zu fühlen, die sich als eindeutig weiß definierte. Ich wollte ihn über diesen Punkt befragen. Wir hatten uns im La Cubanita, einem Restaurant in Little Havana, verabredet.
„Ich verstehe nicht ganz, was du in diesem Artikel ausdrücken wolltest."
Er grinste.
„Mein Verhalten ist wohl typisch kubanisch ... Wir denken und reden, als wüsste der Rest der Welt schon genügend über unsere Probleme Bescheid, um uns zu verstehen."
„Das betrifft nicht nur die Kubaner. So verhält sich jede Gemeinschaft, die zu sehr auf sich bezogen ist. Bei deinen Nachbarn in Little Haiti ist es das gleiche."
„Mist, ich hatte gedacht, wir wären wenigstens in diesem Punkt etwas Besonderes."
In dem Restaurant herrschte eine warmherzige Atmosphäre. Die Kellnerinnen bedienten mit einem Lächeln und nannten jeden „Darling". Wenn ein weiterer Kunde hereinkam, wurde er mit Jubel und Beifall begrüßt, wie bei einer Familienfeier.
„Offenbar fühlst du dich hier sehr wohl, Rafaël."
„Klar, ich bin ja Kubaner. Ich habe kein Problem mit der Community. Es ist meine Kultur."
„Wo liegt dann genau dein Problem?"
Er holte lange und tief Luft.
„Bei uns wird auch von dir verlangt, dass du in der Öffentlichkeit nie ein Thema anschneidest, das uns spalten könnte."
„Im *Nuevo Herald* hast du aber kein Blatt vor den Mund genommen."
„Das hat mir mit meiner Familie viele Schwierigkeiten eingebracht. Mein Vater hat mich quasi verstoßen. Unter Castro war er im Gefängnis. Er ist bereit, alles zu schlucken, solange es gegen Castro geht."
„Dein Artikel war keineswegs Pro-Castro."
„Nein, aber nach seiner Meinung war er nicht radikal genug gegen ihn. Er hat zu mir gesagt: ‚Wenn du ein Problem mit der Community hast, sag es mir, aber bring das nie an die Öffentlichkeit.' Sein

Ding ist Kuba. Und Kuba ist für ihn Privatsache. Doch ich bin in den USA geboren. Für mich werden die Amerikaner nie die Anderen sein. Ich werde das nie vor meinem Vater sagen, er würde es als persönliche Niederlage empfinden, aber ich bin mehr Amerikaner als Kubaner. Leider hat keiner Verständnis für die Schwierigkeiten der Söhne und Töchter, die nicht im Land ihrer Eltern geboren sind. Manchmal meine ich, eine kubanische Familie hätte mich gekidnappt. Ich war noch nie in Kuba und kenne Castro nicht. Aber an jedem Tag meines Lebens war mindestens hundertmal von Kuba und Castro die Rede. Manchmal denke ich, ich werde verrückt."

„Nach deinem Artikel zu schließen, gibt es in der kubanischen Gemeinde heftigen Rassismus."

„Das ist nicht das Schlimmste ... Dieser Rassismus ist nicht neu und man kann damit umgehen.

Die Kellnerin schenkte uns ein funkelndes Lächeln. Diese Energie!

„Ich habe nicht viel Zeit", sagte Rafaël zu ihr, „ ... was ist das Tagesgericht?"

„Hühnchen in Soße, weißer Reis, schwarze Bohnen, sonst haben wir auch Fisch ..."

„Nein, ich nehme Hühnchen", erwiderte Rafaël.

„Für mich dasselbe."

Wieder ein strahlendes Lächeln. Himmel! Wie machte sie das?

„Du warst gerade dabei, den Rassismus in den Griff zu kriegen."

Er grinste.

„Der Rassist erkennt den Anderen für minderwertig an, aber immerhin erkennt er ihn an. Aber hier ist das nicht so. Die kubanische Community liegt seit gut vierzig Jahren im Clinch mit Castro. Außerdem haben die Kubaner von Miami gemerkt, dass den Schwarzen in dieser Gesellschaft jede Erfolgschance verwehrt wird. Deshalb betreiben sie seit vielen Jahren diese Kampagne, um als Weiße anerkannt zu werden Dies erklärt das Verschwinden der kubanischen Schwarzen."

„Ein Genozid?"

„Nein, Ausrottung durch Magie. Ein Verbrechen ohne Leichen. Die wichtigste politische Kraft der Kubaner in den USA, die National Foundation, spricht von Kuba als einem Land von 10 Millionen Weißen. Da die Bevölkerung 10 Millionen zählt, sind folglich alle Kubaner weiß."

„Und die Schwarzen?"

„Das ist der Clinch mit Castro. Er vertritt natürlich die Gegenposition. Er möchte den Amerikanern weismachen, Kuba sei ein Land hauptsächlich von Schwarzen. Er wertschätzt wieder unsere afrikanischen Wurzeln. In Haiti spielt der Voodoo heute eine beneidenswerte Rolle. Doch Kuba ist ein kommunistisches Land, es werden ausschließlich die Schwarzen vorgeschickt, um es auf der internationalen Bühne zu vertreten. Die Sportler, Musiker, Schriftsteller, Legionäre, sie alle stellen Kuba als eine Nation mit einer großen Mehrheit von Schwarzen und einer kleinen Minderheit von Weißen dar. Dagegen sind im Land selbst die Schlüsselpositionen nach wie vor fast ausschließlich von Weißen besetzt. So sieht Castros Strategie aus, um die Bemühungen der Kubaner von Miami zu hintertreiben, endgültig den Status einer weißen Community zu erlangen.

„Warum verschwenden die Kubaner von Miami so viel Energie in diesem Sumpf, dabei hat sich ihre Community in Nordamerika doch hervorragend etabliert?"

„Eben weil der Erfolg nicht so weitreichend ist, wie man glauben könnte ... Er gilt für den wirtschaftlichen, nicht aber für den gesellschaftlichen Bereich. Der amerikanische Weiße verweigert dem Kubaner weiterhin den Status eines Weißen. Im Staat Florida wurden die Kubaner früher als *Hispanics* geführt. Heute werden die Weißen in Florida als *white non-Hispanics* bezeichnet. Und die Kubaner als *white Hispanics.* Es gibt eine gewisse Verbesserung, aber nur unter vielen Mühen. Und das ist noch nicht zu Ende. Die kubanischen Unternehmer geben immer noch Millionen von Dollars aus, um die Bezeichnung *Hispanics* wegzubekommen, damit die Kubaner irgendwann als *whites* durchgehen."

„Meinst du, es kann gelingen?"

„Die WASP wollen sich in dieser Frage nicht bewegen. Es wäre das erste Mal, dass eine schwarze Community offiziell zu einer weißen erklärt würde. Mental in diese Richtung zu gehen, ist für die Amerikaner schwer vorstellbar. Das Kind eines Weißen mit einer Schwarzen Frau ist zwangsläufig ein Schwarzer, aber auch auf der anderen Seite könnte das Kind eines Schwarzen mit einer Weißen niemals ein Weißer sein. Die zwingende Schlussfolgerung: Man wird als Weißer geboren, man kann es nicht werden."

„Warum eigentlich?"

„Das ist zunächst eine ökonomische Frage. Je weniger Leute da sind, desto größer sind die Stücke des Kuchens."

„Ich habe den Eindruck, neunzig Prozent der Kubanerinnen von Little Havana sind blond ..."

Er hielt sich den Bauch vor Lachen. Die Leute drehten die Köpfe nach uns um.

„Ich weiß", sagte er, „es ist erschütternd."

„Aber was bezweckt Castro, wenn er die Kubaner in Florida nicht als Weiße durchgehen lassen will? Den Schutz der Schwarzen Kubaner?"

„Nein, das hat mit den Schwarzen nichts zu tun. Er setzt nur seinen Kampf gegen die ehemaligen Herren von Kuba fort, die heute in Miami leben und einst die großen Zuckerfabriken besaßen. Er hat sie damals, als er an die Macht kam, enteignet und sie versuchen mit allen Mitteln, über die sie in den USA verfügen, Castro zu ruinieren, selbst wenn sie dafür ganz Kuba ruinieren müssen. Es ist der alte Kampf zwischen zwei Lagern der weißen Minderheit in Kuba: Kommunisten gegen Kapitalisten. Und das kubanische Volk zahlt die Zeche. Die reichen Kubaner in Miami finanzieren ihre mächtige Lobby mit zig Millionen Dollar, damit Washington dieses höllische Embargo gegen Kuba aufrechterhält. Castro seinerseits achtet auf seine Gesundheit, hält streng Diät, hört auf zu Rauchen, um fit zu bleiben und sie alle zu überleben. Castro kennt alle die alten reichen Kubaner noch persönlich. Sie haben in Havanna mit ihm die Privatschulen besucht. Die Jahre vergehen, man wird etwas älter, allen geht das auf die Nerven. Castro weiß selbst, dass seine

Langlebigkeit ihre Grenzen hat. Seine Nachfolge ist nicht geregelt. Natürlich, sein Bruder Raúl ..."

„Rafaël, ich habe wirklich keine Lust, in die Einzelheiten der kubanischen Innenpolitik einzusteigen. Als Haitianer kenne ich diese Art Diskussionen nur zur Genüge."

„Verstehe", sagte er lachend, „dann komme ich direkt zur Sache. Castro will auf keinen Fall, dass die kubanische Community im weißen Amerika aufgeht, unter gar keinen Umständen."

„Auch nicht im Hinblick auf die Rasse?"

„Gerade die Rasse ist sein Problem. In den Vereinigten Staaten schafft die Rasse die besten Beziehungen. Der amerikanische Normalbürger darf nicht denken, dass es in der Karibik ein weißes Land gibt. Castro wird den Kubanern in Miami dieses Geschenk nicht machen."

„Ganz schön kompliziert ... Lässt es sich so zusammenfassen: Die Kubaner in Miami geben an, sie seien Weiße, und Castro hält dagegen, Kuba sei ein Land hauptsächlich von Schwarzen?"

„Genau."

„Jedenfalls gibt es hier reichlich Blondinen. Bekommen sie eine Prämie, wenn sie sich die Haare färben?"

Er lachte.

„Nein, ich denke nicht, das machen sie von sich aus."

„Eigentlich ungerecht über blonde Kubanerinnen zu lachen, denn es gibt nicht mehr gefärbte Blondinen unter ihnen als bei den Amerikanerinnen. Und wenn man die Zusammensetzung der Bevölkerung betrachtet, ist der Anteil der Schwarzen auf Kuba nicht höher als in den USA, und doch bezeichnet Amerika sich als weißes Land ..."

„Ja, das ist ungerecht", schloss Rafaël, „aber es ist eine Ungerechtigkeit, über die ich mich nie beklagen werde."

# V. TEIL
# WIE?
# (RÜCKBLENDE)

## WIE FINDET EIN SCHWARZER SCHRIFTSTELLER DURCH DIESEN DSCHUNGEL?

Ich sitze in einem Park und denke über alles nach. Zum Beispiel, worüber ich jetzt schreiben soll.
„Über mich."
„Was?"
„Über mich."
Ich drehe mich um. Da steht eine junge schwarze Frau. Auffällig rot geschminkte Lippen, rote Fingernägel, feste Brüste. Ein hübsches, schön verpacktes Bündel Verlangen, gebändigt von einem eisernen Willen. Die Sorte, die nicht loslassen wird, was sie bereits zwischen den Zähnen hat. Weiße Zähne übrigens, aber das ist ein Klischee.
„Entschuldige, ich verstehe wirklich nicht."
„Dabei ist es sehr einfach. Du bist ein Schriftsteller auf der Suche nach einem Thema. Das Thema bin ich."
„Warum sollte ich über dich schreiben?"
„Ich finde, die weiße Frau nimmt bei dir zu viel Platz ein."
„Du hast keinen Grund, sie um diesen Platz zu beneiden, das kannst du mir glauben."
„Schreib gut oder schlecht über mich, tu es einfach, und vor allem, buchstabiere meinen Namen richtig, wie sie sagen."
„Wie heißt du denn?"
„Erzulie."
„Du weißt schon, dass das der Name einer furchtbaren Voodoo-Göttin ist."
„Natürlich … und ich kann ebenso blutrünstig sein wie sie."
„Ich nehme an, du bist gewöhnt zu erreichen, was du willst."

Sie lächelt. Aber nur kurz. Der linke Mundwinkel hat sich kaum bewegt.

„Angenommen, ich schreibe über dich ... Dann musst du wissen, bei mir ist weder Oxfam noch die Caritas ... Alle Schläge sind erlaubt und werden ausgeteilt ... Bist du wirklich mit jeder Behandlung einverstanden?“

„Ich kann zwar nicht schreiben, aber ich weiß, worum es in einem Buch geht. Ich mag das Gefällige überhaupt nicht ... Wenn ein Buch nicht ehrlich ist, dann schmeiß ich es einfach weg.“

„Du verstehst also das Problem.“

„Ich bin ja nicht bescheuert ... Vielleicht wirke ich ein wenig jung ...“

„Warum willst du unbedingt in einem Buch vorkommen, wenn du vorher schon weißt, dass man dich zerstückeln wird?“

„Ich will bekannt werden. Nicht mehr. Wie jeder.“

„Nicht jeder ist bekannt.“

„Wer nicht bekannt ist, existiert nicht.“

Eine Pause.

„Ist das so ...“

„Vor allem in meinem Beruf. Ich habe drei Hauptfehler: Ich bin schwarz, ich bin eine Frau und ich bin unbekannt.“

„Du bist sexy.“

„Oh, die Kerle wissen, dass sie das umsonst haben können. Wenn nicht von mir, dann von einer anderen. Sie sind nicht mehr bereit, dir dafür etwas zu geben, Sex ist keinen Sou mehr wert. Sie sind sowieso alle schwul. Von der Seite ist also nichts zu erwarten.“

„Warum gerade ich?“

„Mir stinkt es zu sehen, wie die schwarzen Schriftsteller immer nur Werbung für weiße Frauen machen. Auch die weißen Schriftsteller schreiben nur über die Weiße. Wenn jetzt auch noch die schwarzen Schriftsteller damit anfangen, ausschließlich über Weiße Frauen zu schreiben, kommen wir nie voran.“

„Ich möchte dich beschützen.“

„Geh und lass dich in den Arsch ficken.“

„Vielleicht bist du kein gutes Thema ...“

„Wieso?"
„Wenn ein weißer Schriftsteller über dich und seine Phantasien schreibt, wirkt das ziemlich kolonialistisch ..."
„Hm."
„Und wenn ein schwarzer Schriftsteller über dich schreibt, ist das ziemlich Ghetto."
„Wenn die weißen Schriftsteller über weiße Frauen schreiben, wie das zu hundert Prozent der Fall ist, was ergibt das? Inzest wahrscheinlich."
„Hör mal ..."
„Red nicht so mit mir, du erinnerst mich an meinen Vater, und das ist überhaupt kein Kompliment ..."
„Du lässt einem keine Chance."
„Im Gegenteil, ich rede offen mit dir und es ist mir scheißegal, ob dir das gefällt oder nicht ..."
„Ich meine damit, dass man nur völlig frei über jemanden schreiben kann, wenn er in einer unterlegenen Position ist."
„Himmel, wie kompliziert du bist! Redest du immer so?"
„Also gut, ich will es dir erklären."
„Nimm bloß keine Rücksicht ... Behandle mich gleich wie eine Schwachsinnige."
„Ich meine, ein Schwarzer Schriftsteller kann in der Regel seine heftigsten Phantasien über die weiße Frau beschreiben, ohne einen allzu großen Skandal auszulösen, ganz einfach weil die Weiße auf der jüdisch-christlichen Leiter gesellschaftlich über ihm steht. Sobald man die Macht hat, seine Phantasien auszuleben, wird es schwieriger, sie auszudrücken."
„Glaubst du wirklich an diese Ammenmärchen? Drücken sich nach deiner Ansicht die Machos nicht aus? In den Zeitungen, den Filmen, im Fernsehen reden doch nur sie. Für mich ist es ganz einfach, die Männer denken nur daran, die Frauen flachzulegen, ob sie nun schwarz, rot, weiß, gelb, reich, arm, groß oder klein, schön oder hässlich, katholisch, protestantisch oder muslimisch sind, gesund oder behindert ... Das weiß ich sicher."
Sie scheint bereit, es mit der ganzen Welt aufzunehmen.

„Weißt du, nicht alle Männer denken nur an die Frauen …"
Sie lacht plötzlich schallend. Ein natürliches, körperliches Lachen. Das Lachen einer ehrlichen Frau.
„Da hast du recht. Ein Punkt für dich. Nicht alle Männer träumen nur von den Frauen."
„Und im Leben geht es nicht nur um Sex."
„Es geht nur um Sex", versichert sie entschieden.
Beide Lager haben nun alles vorgebracht, was sie zu sagen hatten.
„Ich will, dass du mich in dein Buch aufnimmst."
„Da sind wir wieder am Ausgangspunkt … Und ich glaube weiterhin, wenn ein schwarzer Schriftsteller das Porträt einer schwarzen Frau zeichnet, fehlt der Kontrast. Warum gehst du nicht zu einem weißen Schriftsteller?"
„Ich will bei dir anfangen."
„Warum nicht bei einer Frau? Weißt du, es gibt auch Frauen, die schreiben."
„Das interessiert mich nicht."
„Eine Frau wird dich aber viel besser verstehen."
„Die Frauen schreiben nur gut, wenn es um die Männer geht."
„Dieser Satz stammt aber nicht von mir."
„Und du bist auch nicht der Ansicht. Ich meine damit, sie liegen im Streit mit den Männern, über sie zu schreiben, macht sie wütend und dadurch werden sie gut."
„Ich glaube, die Frauen kennen die Männer besser als sich selbst, aus dem einfachen Grund, weil sie die meiste Zeit mit ihnen verbringen."
„Du redest um den heißen Brei herum. In einem deiner Bücher vorzukommen, ist das zu viel verlangt?"
„Hast du nie von der künstlerischen Freiheit gehört?"
„Du willst wissen, was ich von der künstlerischen Freiheit halte? … Du hast ein Buch geschrieben, um bekannt zu werden. Ich will genau das gleiche wie du … Aus den gleichen Gründen will ich in dein nächstes Buch. Es ist mir egal, was du über mich schreibst, und ganz ehrlich, ich glaube nicht, dass ich dein Buch überhaupt lesen werde … Wenn du nicht bekannt wärst, wäre ich nicht zu dir

gekommen, um dir das alles zu erzählen. Mehr will ich nicht von dir. Bye."
Sie geht zu einer Gruppe Musiker hinüber, die am Eingang des Parks spielen. Ich schaue ihr eine Weile zu. Sie hält ihr Gesicht in die Sonne. Dann kommt sie entschlossenen Schritts zu mir zurück.
„Was kostet es dich schon, mich in dein Buch aufzunehmen? ... Ich habe das Zeug dazu, du weißt nicht, was in mir steckt."

## WIE KANN EIN EHRLICHER SCHWARZER SCHRIFTSTELLER UNTER SOLCHEN UMSTÄNDEN ARBEITEN?

Ich treffe heute meinen Verleger. Er erwartet mich in seinem Büro, um mich in ein Restaurant ganz in der Nähe des Verlags mitzunehmen. Er wählt immer ein kleines, nicht zu teures, ruhiges Lokal. Er trinkt Wein, ich trinke Bier. Wir essen in Ruhe, reden von diesem und jenem. Ich liebe Foie gras, er Kalbfleisch. Beim Käse fragt er mich ängstlich:
„Arbeitest du gerade an etwas?"
„Ein bisschen."
„Ach ja?"
„Nur so was Kleines ..."
„Ein Roman?"
Das magische Wort.
„Wenn man so will ... Ich würde es nicht Roman nennen."
„Aber doch keine Lyrik?"
„Keine Angst, auch kein Theaterstück ...."
„Ich habe keine Angst. Du schreibst, wozu du Lust hast."
„Hauptsache, es ist ein Roman."
„Hauptsache, du schreibst."
Jetzt wird die Stimmung angespannt, denn er ist so gut wie sicher, dass ich nichts schreibe.
„Schreibst du wirklich?"
„Notizen."
„Ach so", sagt er ein wenig müde.

Der Kellner fragt uns, ob wir Dessert wollen. Für mich Vanilleeis, für ihn eine Crème Caramel.
Wir essen schweigend.
Er legt los: „Ich erinnere mich an dich als einen von der Literatur begeisterten jungen Mann. Damals konntest du stundenlang von Malraux, Baldwin, Borges reden ... Liest du noch?"
„Ein bisschen."
„Du solltest ein Buch über die Schriftsteller schreiben, die du liebst. Etwas Einfaches. Nur warum du sie liebst."
„Es gibt so viele Bücher, die ich schreiben sollte."
„Warum fasst du das gleich so auf? ... Ich mache dir nie Druck. ... Es war nur so eine Idee."
„Ich weiß. Das hatte ich nur zu mir selbst gesagt."
Ich konzentriere mich auf das Dessert. Ich habe keine Lust, in der Wunde zu stochern.
„Damals warst du schüchterner."
„Wann?"
„Als du mir dein erstes Manuskript gebracht hast."
„Da habe ich mich gut verstellt."
„In deinen Augen war so ein Feuer."
„Du verwechselst mich mit einer deiner jungen Romanautorinnen."
„Hör auf mit dem Zynismus."
„Es liegt am Erfolg, mein Freund."
„Dennoch habe ich nicht den Eindruck, dass du dich verändert hast ... Ich glaube, du hast noch etwas zu sagen."
„Das sagt jetzt der Verleger."
„Wer denn sonst?"
„Der Freund."
„Was würde der Freund anderes sagen als der Verleger?"
„Dass ich nicht unbedingt ein neues Buch schreiben muss, dass es immer am besten ist, seinen Neigungen zu folgen, ohne Eile, ohne Stress, und dass es im Leben noch etwas anderes gibt außer Bücher ..."
„Das wäre feige von mir."

„Aber das würde ich jetzt gerne hören."
„Wenn ich dir das sage, wirst du denken, ich glaube nicht mehr an dein Talent."
„Talent, was ist das? Alle reden davon, als wäre es Gott weiß was!"
„Es hat dich aus der Fabrik geholt."
„Manchmal frage ich mich tatsächlich, ob ich nicht besser dort geblieben wäre."
„Das hast du früher nie gesagt."
„Entschuldige ..."
Der Kellner bringt die Rechnung und schiebt sie unter einem kleinen Teller dem Verleger zu. Wir sind zwei Erwachsene, die zusammen essen, warum gibt er ihm die Rechnung? Mir fällt auf, wenn ich mit einem Weißen esse, kriegt jedes Mal er die Rechnung. In den Augen des Kellners entspricht der Schwarze der Frau. Für eine Weiße muss das eine schlimme Kränkung sein. Wenn eine Weiße und ein Schwarzer im Restaurant sind, wer bekommt dann die Rechnung? Die Weiße, Bruder. Der Schwarze ist bestenfalls ein Zuhälter. Die Gleichung ist einfach. Der Weiße zahlt für die Weiße. Die Weiße zahlt für den Schwarzen. Der Schwarze führt die Schwarze Frau nie aus. Wann endlich werden alle Schwarzen Frauen der Welt sich zusammentun, um diese Ordnung der Dinge über den Haufen zu werfen? Vielleicht hat das ja schon begonnen. In Amerika hat die Schwarze Frau Angst, dem Schwarzen wehzutun, der eben vom Weißen einen Fußtritt bekommen hat. Das hält das Ganze noch auf. Denn alle wissen, wenn sich in Amerika etwas ändern wird, dann kommt es von der Schwarzen Frau. Auf ihr ruht das soziale Gefüge. Ich glaube, ich bin reif dafür, ein Buch über die Situation der Schwarzen Frauen in Amerika zu schreiben. Eine Schwarze Frau aus der Sicht eines Schwarzen Schriftstellers. Ich probiere das mal an meinem Verleger aus.
„Ich habe was Kleines über die Schwarze Frau angefangen ... Ich halte das für ein kniffliges Thema."
„Was sagst du?"
Er raucht schon aus den Ohren.

„Man wagt kaum, über die Weiße Frau zu schreiben, stell dir dann erst die Schwarze vor. Sie ist die Königin aller Opfer. Noch mehr Opfer und du bist tot."

„Und du siehst das so?", fragt er mich ängstlich.

„Eisenhart."

„Eisenhart?"

„Ja. Keine Schonung. Bei diesem Thema hast du alle gegen dich."

„Es sollten aber doch ein paar Leser übrig bleiben."

Wir lachen beide wie Komplizen, die gerade einen Waggon mit Melonen ausgeraubt haben.

„Hast du schon angefangen?"

„Ja ... Etwa dreißig Seiten. Eine junge Schwarze Frau will unbedingt, dass ich etwas über sie schreibe."

„Na jaaa ... Alle wollen, dass ein Schriftsteller ihre Geschichte aufschreibt."

„Ihr ist das völlig egal ... Sie will nicht mal das Buch lesen."

„Ach, das sagt sie jetzt. Aber sobald das Buch erschienen ist, wird sie dich als Erste verklagen."

„Du denkst also, das sei kein gutes Thema?"

„Ich denke gar nichts", sagt der Verleger plötzlich sehr vorsichtig geworden, „ich mache meine üblichen Einwände. Du musst es wissen. Gib mir deine Entwürfe zu lesen."

„Die sind noch nicht so weit. Ich möchte sicher sein, dass es was bringt."

Ich habe den Eindruck, das Interesse meines Verlegers ist in diesem Moment abgestürzt. Er hat immerhin einige Minuten gebraucht, um zu merken, dass ich von diesem imaginären Buch noch keine Zeile geschrieben habe. Der Verleger nimmt die Rechnung. Er wollte hören, was es Neues gibt. Jetzt weiß er, dass die Situation unverändert ist. Ich habe einen leichten Magenkrampf. Vielleicht die Foie gras.

Vor der Tür gibt der Verleger mir einen letzten Rat: „Ich sollte dir das nicht sagen, aber selbst deine Feinde meinen, es sei Zeit, dass du ein neues Buch schreibst."

## WORIN ZEIGT SICH BERÜHMTHEIT?

Ich war kurz in der Librairie du Square, gleich an der Ecke, um mir ein paar Zeitschriften zu kaufen, und saß seit einer guten halben Stunde auf der Terrasse des Café Cherrier in der Sonne. Ich tat nichts. Ich dachte an nichts. Ich blätterte zerstreut in einem Frauenmagazin. Mein Foto war immer noch drin. Den ganzen Monat. Das gehörte zu dem Vergnügen, wenn du in einem Monatsmagazin warst. Im Moment war ich berühmt und der restliche Planet ärgerte sich. Auch alle, die mir nicht einmal einen Blick gegönnt hatten (außer dir, Mann aus der Auvergne), als ich früher in dem kleinen versifften Zimmer im dritten Stock der Rue Saint-Denis Nummer 3670 hungerte. Genau gegenüber vom Café Cherrier, wo ich jetzt saß und auf die schöne junge Theaterschauspielerin wartete, die derzeit in einem Stück von Musset am Theatre du Nouveau-Monde Triumphe feierte. In jenem schäbigen Zimmer hatte ich meinen ersten Roman geschrieben. Nun redeten alle mit mir nur noch über dieses Buch. Auch wenn ich das beste Werk unserer Zeit schriebe, sie würden wohl weiter nur von diesem Buch reden. Der polnische Schriftsteller Jerzy Kosiński war gerade gestorben und die *Times* sah in ihm immer noch den Autor von *Der bemalte Vogel**, seinem ersten Roman, den er vor über dreißig Jahren veröffentlicht hatte. Vielleicht hätte er mit dem Schreiben aufhören können, doch er schrieb weiter. Für die anderen blieb er dennoch der Autor jenes ersten Buchs, das er im Fieber der Unschuld verfasst hatte. Vielleicht hatte ihn das umgebracht. Weil man ihn beim Erscheinen jedes neuen unweigerlich an das erste Buch erinnerte. García Marquez behauptete, er habe jedes seiner Bücher geschrieben, um *Hundert Jahre Einsamkeit* zu ersticken. Man beachte den Unterschied im Vorgehen. Konsiński beging Selbstmord, indem er seinen Kopf in eine Plastiktüte steckte, während Márquez lieber seinen Roman fertig schrieb. Ein Südamerikaner würde sich wegen

* *Der bemalte Vogel.* Aus dem Amerikanischen übersetzt von Herbert Roch. Arche, Zürich 1965 u. 2011.

eines Buchs nicht umbringen. Wenn man mich so reden hört, könnte man meinen, ich hätte gerade eine leichte Depression. Keineswegs. Warum sage ich: „Keineswegs?" Es kann heißen, dass ich glücklich bin, dass das Leben mich verwöhnt, dass ich mich über alles freue, was mir geschieht, dass es gut läuft, weil ich erreicht habe, was ich wollte: Ich war berühmt und die Mädchen fielen mir nackt in die Arme. War ich wirklich glücklich? Ich muss mich beobachten. Genau das bedeutet Schreiben. Es heißt, sich überwachen. Es gibt Leute, die schreiben, um glücklich zu werden. Es gibt Bücher, die glücklich machen. Aber es gibt keine glücklichen Schriftsteller. Alle, die das Gegenteil behaupten, sind Lügner. Angefangen bei mir selbst. Man schreibt, weil man einen Mangel verspürt. Ein Loch. Damals fehlte mir alles. Der Wein, das Essen, das Lachen sorgloser junger Mädchen, das Geld für die Miete, die langen und freien Gespräche in der Bar, ohne an die Rechnung zu denken. Aus diesem Grund gab es so viel Wein (wenn auch schlechten), sorglose junge Mädchen und Lachen in jenem verflixten ersten Roman. Um das zu verstehen, muss man nur die haitianischen Gemälde betrachten. Die Gärten sehen immer aus wie der Garten Eden. Die Früchte sind immer zu schön. Die Fische zu dick. Das Lächeln der Kinder ist zu strahlend. Es ist das geträumte Land im Gegensatz zum wirklichen. Es war irre, zehn Jahre zuvor hatte ich begonnen, meinen ersten Roman zu schreiben, genau hier gegenüber, in jener überhitzten Bruchbude, die ich damals mit Bouba, dem alten Affen, teilte. Die Achtzigerjahre hatten die Welt noch nicht verändert. Reagan war gerade erst an die Macht gekommen in einem Amerika, das noch groggy war vom Vietnamkrieg, der blutigen Schlacht um die Bürgerrechte, dem Mord an Kennedy, dem Watergate-Skandal und dem Sturz Nixons. Das war mitten im Sommer und ich mitten im Elend. Ich kannte niemanden und niemand kannte mich. Ich war erst vor kurzem in Nordamerika angelangt. Und ich wusste nicht, was ich mit meinem Leben anfangen sollte. Vielleicht gar nichts. Vielleicht war nichts anzufangen mit dem Feuer, das in mir brannte. Nichts mit dem wilden Verlangen, etwas zu sagen. Liebe Leute, hütet euch vor dem hungrigen jungen

Mann mit der Schreibmaschine unter dem Arm! Ich schrieb mit wilder Wut morgens, mittags und abends. Wegen des Hauswarts (ein richtiger Schweinehund) durfte ich nachts nicht schreiben. Ich hatte meinen kleinen Tisch ans Fenster gerückt, vor diese Welt, die es zu erobern galt. Die Sätze schossen heraus wie Projektile. Ich verschanzte mich in diesem Unterschlupf, um besser auf den Feind zu zielen. Die Leute, die in luxuriösen Karossen vorbeifuhren, die jung-dynamischen Manager, die nach einem guten Restaurant suchten, oder die bildschönen Blondinen, die mich noch nicht wahrnahmen. Diese Gesellschaft hatte die Tür vor meiner Nase zugeknallt. Doch ich schrieb nicht, um die Welt zu verändern. Ich wollte einfach in einer anderen Welt ankommen. Keiner weiß, wie viel Wut sich in einem hungrigen Bauch aufstauen kann. Der Mann, der durch sein Fenster die Welt betrachtet, schmiedet ein schreckliches Komplott gegen die Gesellschaft. Ich wollte mit der Welt, so wie sie war, abrechnen. Auf der Gegenseite stand Reagan, der alles für die Reichen tat. Doch die waren unersättlich. Er hatte vor, den Armen noch das letzte Stückchen Brot aus dem Mund zu reißen, um es den Reichen zu geben. Ich begann also einen Clinch mit Reagan. Das führte zu einer der schmerzlichsten Niederlagen meines Lebens. Nun war Reagan weg oder vielleicht tot, ich wusste es nicht, aber die Reichen saßen noch besser im Sattel als je zuvor. Sogar meine Situation hatte sich, um ehrlich zu sein, etwas verbessert. Wenn ich ein Kapitel fertig hatte, war ich früher die Rue Saint-Denis auf und ab gegangen. Die grausamste Straße von Montréal. Ich hatte zugesehen, wie die Leute hinter den Fenstern der Restaurants Tonnen von Essen verschlangen. Die sorglosen jungen Leute haben die scheußliche Angewohnheit, ihre Zigarette auf einem nicht leergegessenen Teller auszudrücken. Wie ein Messer in einer Wunde. Wenn ich sie so beobachtete, schwor ich mir damals, eines Tages würde ich auf die Seite der Reichen wechseln wie Alice ins Wunderland. Wie fühlt man sich dabei, Alter? Darauf werde ich später antworten. In Ordnung, komm nochmal vorbei, denn jetzt warte ich auf eine umwerfende Theaterschauspielerin (groß, lange schwarze Haare, sinnlicher Mund), die mit mir einen

Salade Niçoise essen wird. Also verzieh dich. Als Erstes ist darauf hinzuweisen, sie spielt im Theater, sie ist nicht so ein Sternchen. Das heißt, ich spreche nicht vom vulgären Kino und diesen Pappmaché-Sternchen, deren Brüste mit Silikon aufgeblasen sind. Wenn du eine Schauspielerin am Theater bewunderst (auch körperlich), kannst du sie nach der Vorstellung in ihrer Garderobe besuchen. Das ist wie der sofortige Lotteriegewinn. Dagegen erfährst du beim Kino Monate später, dass der wundervolle Körper von Julia Roberts, der dich in *Pretty Woman* halb verrückt gemacht hatte, gar nicht ihr eigener war. Das einzige Problem beim Theater war, dass die Schauspielerinnen mir weniger zugänglich erschienen (in dem Punkt, der uns interessiert) als die Filmsternchen. Das hat Tradition. Während meines jahrelangen Umherirrens durch die versifften und die sonnigen Zimmer dieser Stadt hatte ich so viel davon geträumt, dass ich am Ende den einzigen Grund vergaß (wir vergessen immer, was zu tief in uns wohnt), weshalb ich diesen ersten Roman geschrieben hatte. Nämlich, um mit einer schönen jungen Theaterschauspielerin auf einer Caféterrasse zu sitzen, gegen zwei Uhr an irgendeinem Nachmittag im Sommer. Welcher Luxus! Und mit ihr zu plaudern über, na, zum Beispiel Claudel. Seine malerische, sinnliche Mystik. Wie zauberhaft Vergil war! Das Feuer der ersten Werke von Musset. Aber der Dichter des Sommers (des ewigen Sommers des Lebens), des Begehrens und der blutroten Liebe von Carmen war Garcia Lorca. Federico musste man im Sommer lesen. Der Kellner kam und fragte, ob ich was trinke. Noch nicht. Ich erwarte jemanden. Nein, sie hat sich nicht verspätet. Ich war zu früh. Das war die Wahrheit. Ich bin bei meinen Rendezvous immer früher da. Ich mag nicht, wenn man mich ankommen sieht. Und ich warte ruhig ab wie die Apostel, die das schon gewohnt waren, auf die Auferstehung Christi gewartet haben müssen. Ich sah die Leute vorübergehen. Im Park gegenüber kam ein Mann mit einem jungen Tiger und viele Leute umringten ihn. Das Polizeiauto bremste ab. Der Kellner kam ein zweites Mal. Er war nicht besorgt, weil ich seit dem Morgen nichts gegessen hatte (er konnte es nicht wissen). Was ihn antrieb, war das Trinkgeld. Ich konnte ihn gut verstehen. Ich verstand auch seine Verärgerung. Aber ich konnte nichts für ihn tun. Wohltätigkeit gehörte nicht in meine Abteilung. Ich verstand auch die Arroganz der Kellner, vor allem in den pseudo-intellektuellen Cafés. Da bei ihnen ständig Schriftsteller, Fernsehstars, bekannte Journalisten ein- und ausgingen, hielten sie sich am Ende für prominente Kellner und verachteten dich, wenn dein Name nicht am künstlichen Firmament des Cafés strahlte, in dem die Sternchen verkehrten. Berühmt zu sein hieß, dass dein Foto an der Wand zwischen Marilyn und Madonna hing. Dem entsprach ein guter Platz auf der Terrasse, während zwanzig Hinterwäldler noch vor der Türe warteten. Natürlich erreichte man diesen Platz nicht mit einem Schlag. Auch nicht mit einem Schlag auf den Tisch. Wenn man vergaß zu zahlen (kann passieren), rannte nicht einmal jemand hinter dir her! Der Kellner warf mir einen kurzen Blick zu. Genau da traf sie ein, bildschön in ihrem Sommerkleid. Verrückt, wie kurz man heute die Kleider schneidert. Sie ging langsam zu mir herüber im Licht des frühen Nachmittags. Ich erwartete sie ebenso ruhig wie ein Dampfkochtopf. Nur nicht meine Ungeduld zeigen. Vergiss nicht, Alter, in weniger als vierzig Sekunden ist sie an deinem Tisch. Das hieß, in einer Ewigkeit.

## WIE GELINGT EIN RÜCKBLICK OHNE NOSTALGIE?

Sie war gegangen. Sie hatte einen Termin mit ihrem neuen Regisseur (einem echten Schizo). Ich überquerte die Straße, um mir meine alte Wohnung in der Rue Saint-Denis Nummer 3670 wieder mal anzusehen. Immer noch keine Klingel. Ich klopfte an der Eingangstür. Ein junger Mann öffnete. Der neue Hauswart. Er erzählte mir, der frühere, ein Grieche, sei in sein Dorf zurückgekehrt. Das war ein seltsamer Mensch gewesen. Alle möglichen Transaktionen (Drogen, Prostitution) waren zu jeder Nachtzeit gestattet ... aber ich durfte nach 22 Uhr keine Zeile mehr tippen. Dieser Hauswart verstand nicht, was Schreiben für einen Sinn haben sollte. In einem

normalen Wohnhaus hätte ich das Verbot eingesehen, doch in diesem Rattenloch, wo keine richtige Familie wohnte! Hier gab es nur Nutten, Tänzerinnen, barbusige Serviererinnen und Zuhälter. Die ganze nächtliche Menagerie dieses Rotlichtviertels. Leute, die nie vor Mittag schlafen gingen und nie vor Mitternacht aufstanden.
„Ich will keinen Lärm."
„Das stört doch niemanden."
„Manche Leute schlafen."
Was meinte er, wo er war? Im Ritz-Carlton?
„Ich arbeite, Monsieur Zorba."
Er konnte es nicht leiden, wenn man ihn so nannte.
„Ich habe Ihnen gesagt, ich will keinen Lärm."
„Das ist meine Arbeit."
„Wenn Sie so viel arbeiten, zahlen Sie mir die zwei Monatsmieten, die Sie mir schulden."
Der Depp! Immer das letzte Wort. Er behandelte mich wie einen Hund, weil ich keine Drogen verkaufte, keine Mädchen hatte, die für mich auf den Strich gingen, und die Polizei noch nie etwas von mir wollte. In seiner Vorstellungswelt konnte einer, der nichts mit der Polizei zu tun hatte, nur ein Spitzel sein. Doch was mich zu Tode ärgerte, dieser Idiot wusste nicht einmal, dass ich wegen des Buchs, das er mich nicht schreiben lassen wollte, berühmt geworden war. Ich war berühmt und er wusste nichts davon. So ging das immer. Man tat etwas aus Rache, aber der, den sie treffen sollte, war entweder schon tot oder weggezogen. Natürlich redete ich mit Journalisten ganz anders. Denen erzählte ich, dass ich mit meinem Schreiben bestimmte Wahrheiten ausdrücken wollte, die tief in einem Winkel meiner Seele verborgen lagen. Aber eigentlich hatte ich dieses kleine Buch zu einem guten Teil geschrieben, um dem griechischen Hauswart und den vielen Drogenhändlern das Maul zu stopfen, die mich anschauten, als wäre ich weniger wert als eine schwarze Mücke. Heute entdeckte ich die Fotos dieser Typen in der Sensationspresse. Den einen hatte man aus dem Fluss gefischt, den anderen unter einem Müllhaufen herausgezogen. Diesem alten Deppen von Hauswart wünschte ich, dass er in einem verseuch-

ten griechischen Dorf am Sumpffieber zugrunde gehen sollte. Er war jemand, der mich wirklich nicht ausstehen konnte. Er war nie bereit gewesen, die versiffte Matratze auszutauschen, auf der ich schlief. Seine Dummheit, seine krasse Unwissenheit, und vor allem, dass dieser engstirnige, hässliche und verblödete Mann es sich leisten konnte, mich zu verachten, das alles hatte mich angetrieben, meinen Weg durch die Finsternis fortzusetzen, obwohl ich am Ende nicht den kleinsten Lichtschimmer wahrnehmen konnte. Sein Blick enthielt die ständige, furchterregende, erbarmungslose Kritik an meinem ganzen Lebenssinn. Er traf mich in meinem Wesenskern. War ich etwa kein Mensch? Seine Art, an mir vorbeizugehen, mich sogar zu streifen, ohne mich eines Blickes zu würdigen. Dem musste ich entgegentreten. Doch war er als Feind nicht zu unterschätzen. Sein festes Vertrauen in eine derart beschränkte und abgeschottete Vorstellungswelt jagte mir Angst ein. „Wenn dieser Kerl recht hätte?", fragte ich mich manchmal am Morgen. „Vielleicht habe ich gar kein Talent." Doch ihm ging es nicht um Talent, ihm ging es um etwas Ererbtes. Er zweifelte an, das ich ein Mensch sei. Für ihn war ich ein räudiger Hund. Punktum. Nicht der geringste Zweifel. Das wusste er sicher. Offenbar wartete er jedes Mal, wenn wir uns begegneten, dass ich zu kläffen anfing. Das war es. Es war ein ernsthafter Anreiz für mich, zu schreiben. Ich schrieb, um zu beweisen, dass ich kein Hund war. Das ist mein voller Ernst. Heute war ich ein bekannter Schriftsteller und er pflanzte irgendwo in Griechenland seine Tomaten. Er wusste also nicht, dass ich berühmt war. Wenn er zufällig an mich dachte, war ich immer noch ein Hund.

## WIE HATTE ALLES ANGEFANGEN?

Alles fing an jenem Tag um die Mittagszeit an. Ich lag gerade auf der versifften Matratze und schaute fern, als dieses Mädchen ankam. Ich hatte die Tür offen stehen lassen. Ich sah, wie sie vorsichtig eintrat. Sie war schon zwei- oder dreimal zusammen mit einer anderen bei mir gewesen, einer Langen, die unaufhörlich Camel-Zigaretten rauchte. Das Mädchen ging sofort zum Kühlschrank, um sich ein Bier zu holen. Kein Bier da. Auch keine Zwiebeln, Karotten, Milch, Kaffee, Salat, nicht einmal eine Flasche Wasser und auch sonst nichts. Der Kühlschrank war angeschlossen, aber leer. Seine ganze Mechanik lief ohne ersichtlichen Grund. Sie zog eine schreckliche Grimasse, die mich aus einem langen Schlaf aufweckte. Dem langen Schlaf der Deprimiertheit, der fast schon zehn Jahre währte. Seit mehreren Tagen hatte ich mich nicht gerührt. Wie soll ich es beschreiben? Wie beschreibt man den Stillstand in einem Buch? Sehr schwierig, Alter. In einem Buch kann das sehr charmant wirken, während es in der Wirklichkeit grauenhaft ist. Das ist die gemeine Lüge der Literatur, die bei mir schon immer Brechreiz auslöste. Wie Tage ohne Brot beschreiben, in denen einfach gar nichts los ist? Kann man über die Öde schreiben, und wenn einem dies gelingt, übt man dann nicht Verrat an dieser scheußlichen Leere? Ich lag auf dem versifften Bett und schaute in den Himmel. Ich ließ den Dingen ihren Lauf und sie liefen alle auf ein riesiges Loch namens Neurose zu. Doch die abfällige und zugleich echt mitleidige Grimasse dieses Mädchens völlig ohne Plan weckte mich auf. Ausgerechnet sie. Was hatte ihre Grimasse also zu bedeuten? Sie war der Tropfen, der endlich das Fass der endlosen Erniedrigungen zum Überlaufen brachte. Es war Zeit aufzustehen. Aber wie konnte mir das nach einer derart langen Ruhelage gelingen? Durch die Sehnsucht nach dem aufrechten Gang. An diesem Mittag stand ich also auf und schloss mich wieder der Herde der Zweibeiner an. Und noch am gleichen Abend ging ich in die Bar an der Avenue du Parc etwas trinken. Immer dieselben Visagen. Dieselben Kerle baggerten dieselben Frauen an, tranken die gleichen Getränke und erzählten vor allem immer noch die gleichen blöden Witze. Solche, die einem für immer die Lust nehmen, sich morgens zu erheben. Manchmal neige ich zu der Auffassung, dass aus irgendeinem Bett aufzustehen der erste Fehler ist. Adam, Cham, Jenny, Charlie, die üblichen Verdächtigen. Du gehst auf Weltreise und diese Typen werden bei deiner Rückkehr immer noch da sein und dir den gleichen Schwachsinn erzählen. Etwa so: Charlie hat wieder Cham die Frau ausgespannt und Adam schreibt immer noch an dem Roman über uns alle hier. Kurzum, ich war noch deprimierter als zuvor. Also auf dem Weg der Besserung. Ich war noch nicht so weit, mich der nächtlichen Dummheit zu stellen. Ich setzte mich allein nach hinten an einen Tisch. Fast im Dunkeln. Ich trank in aller Ruhe ein Bier, als diese Frau ankam. Sie rückte einen Stuhl heran und drängte sich mir auf. Dazu war sie noch besoffen. Schlimmer als besoffen, wenn das möglich ist. Sie lallte völlig unverständliches Zeug. Am Ende bekam ich heraus, sie wollte ein Bier. Und mir eine Frage stellen. Ich hatte plötzlich Angst, sie wollte mit mir schlafen. Denn das lehne ich nie ab. Aus Prinzip. Für mich eine Sache des Anstands. Aber sie wollte mich wirklich etwas fragen. Doch zuerst ein Bier, sonst ... Was sonst? Ich sah nicht, womit sie mir drohen konnte. Also welche Frage? Nicht ohne Bier! Ich gab der Kellnerin einen Wink. Na los, die Frage! Sie wollte wissen, was die Schwarzen Männer (komische Ausdrucksweise) über sie sagten, wenn sie nicht da war. Wegen einer so bescheuerten Frage hatte sie mich dermaßen genervt! Ich gab ihr eine ziemlich unverschämte Antwort und sie zog torkelnd ab. Solche Abende hatte mir Amerika zu jener Zeit zu bieten. Erst als ich wieder in meiner Bude war und mich im Dunkeln und in der Stille, vor allem aber ohne persönliche Betroffenheit, fragte: Was sagen die Schwarzen über Weiße Frauen, wenn sie nicht im Raum sind? Damals wollte ich schon seit einer Weile ein Buch schreiben. Eines, das die Fragen stellte, mit denen ich mich gerne auseinandersetzen wollte. Fragen, die andere Autoren aus irgendwelchen Gründen immer vermieden. Die schmutzigen Fragen. Nicht die Sorte Fragen, die man in den Salons diskutierte. Fragen, die nur Säuferinnen stellten. So beschließt ein Mann plötzlich, den Stier bei den Hörnern zu packen. Viele denken, es genügt ein Blatt Papier und ein Stift, um ein Buch zu schreiben. Ich glaube, man braucht auch eine gute Frage. Diese Frage schien mir jedenfalls gut geeignet. Nicht zu kompliziert, dazu recht schonungslos. Nur zwei starke Figuren: der Schwarze und die Weiße. Und zwischen den beiden stand die Frage. Die Frage wurde von der Weißen gestellt, während sie gar nicht auf der Bühne war. Was sagt der Schwarze über mich, wenn ich nicht da bin? Eine Frau wollte wissen, was man über sie dachte. Eine berechtigte Fragestellung. In ihrem Kern steckte ein Geheimnis. Etwas sollte enthüllt werden. Von ganzer Seele bin ich dieser jungen Betrunkenen dankbar, dass sie mir an jenem Abend die Frage schenkte, die mein Leben verändern sollte. Ich bedanke mich bei ihr, bin aber trotzdem nicht bereit, mein Geld mit ihr zu teilen. Die Leute strengen immer gleich Prozesse an. Würde ich eine ähnliche Erklärung in New York abgeben, wage ich mir nicht vorzustellen, wie viele junge Alkoholikerinnen am nächsten Morgen mit ihrem Anwalt bei mir aufkreuzen würden, um mindestens zehn Prozent meiner Einkünfte zu verlangen. Eine gute Frage ist sicher so viel wert wie ein Buch, aber Mädchen, ihr dürft es trotzdem nicht übertreiben. Ich verlasse dieses knifflige Thema ... Mein Anwalt und mein Steuerberater fuchteln schon ganz verzweifelt, damit ich dieses Gespräch sofort abbreche, das so große rechtliche Folgen haben kann. Man muss außerdem stets vermeiden, Literatur und Geld zu vermischen. Welches Gewicht hat das Geld im Werk von Proust? Hätte er ohne Geld diese endlose asthmatische Suche nach der verlorenen Zeit zu Ende bringen können? Zeit ist Geld. Die verlorene Zeit ist verlorenes Geld. Außer der Proustschen, die seinen Verleger Gallimard zu Reichtum verholfen hat. Für mich ist das Geld ein Segen und ich suche seine Nähe. Ich meine nicht die Nähe der Reichen, mit denen Truman Capote kostbare Zeit verloren hat (mein lieber Truman, nicht jeder ist Proust). Ich meine die Nähe des reinen Geldes. Des Geldes an sich. Die Banknoten und selbstverständlich auch die klingende und springende Münze. In einem sehr heißen Sommer ist die beste Zuflucht nicht eine Kirche, wie manche meinen, sondern die Bank. Die Klimaanlage ist sanfter und du hörst nicht die endlose Klage der Verzweifelten, die unablässig den Rosenkranz ihres Elends herunterbeten. Für einen Armen gibt es nichts Unangenehmeres als andere Arme. Du hast den Eindruck, mit Gott nicht allein zu sein. Am Ende hat Gottes Großzügigkeit doch Grenzen. Treiben wir

Ihn etwa in den Ruin? Suchen Sie lieber eine Bank auf, stellen Sie sich in die Schlange und gehen kurz vor der Kasse wieder nach draußen. Natürlich kann man das nicht oft in derselben Bank wiederholen. Aber heute gibt es mehr Banken als Kirchen. Halleluja!

# VI. TEIL
# DREI AMERIKANISCHE PAARE

## MODERN LOVE

Ben liebt Dara. Dara ist verrückt nach Ben. Beide sind sechzehn und wohnen an der Upper East Side von Manhattan. Kinder von Reichen. Sind Reiche zur Liebe fähig? Bens Freunde sind der Ansicht, wenn es Dara nicht gäbe, wäre Ben nicht mehr am Leben. Ben hält kein Jahr an derselben Schule durch und er kokst. Seine Eltern haben ihn nach Cascade in eine Entzugsklinik gebracht, die im Jahr 60 000 Dollar kostet. In diesem Milieu ist das Standard. Dara ist eine gute Schülerin mit hervorragenden Noten. Aber sie langweilt sich. Als Ben sie kennenlernte, warnten ihn seine Freunde: Dara geht mit jedem ins Bett. Aus diesem Grund wollte Ben anfangs nicht mit ihr schlafen, was Dara in den Wahnsinn trieb. Sie will immer, was sie nicht kriegen soll. Sie verfolgt Ben in alle schicken Restaurants. Ben verbringt die meiste Zeit auf der Toilette des Lokals und zieht sich Linien mit Koks rein. Dara bestellt immer nur Spargel, isst aber nichts davon. So hält sie ihre Linie. Die meisten Freunde von Dara und auch von Ben sind magersüchtig. Sie führen Krieg gegen das Fett. Dara möchte Schulsprecherin werden. Dazu muss man intelligent (das ist sie), sexy (sie trägt Gucci und Prada, was sehr hilft) und vor allem schlank sein. In ihrem Milieu ist schlank eher mager. Dara hat hübsche Beine, die sie gerne zeigt. Um es abzukürzen, die beiden haben sich seit ihrer ersten Begegnung geliebt. Schon eine Ewigkeit, das heißt, fast sechs Monate.

Bens Freunde (Mike und James) hingegen sind nicht reich. Ben zahlt ihnen die Drinks. Mike findet, es hat sich etwas verändert. Früher schämten sich die Sprösslinge der Reichen und kleideten sich wie die Armen. Doch Ben trägt ausschließlich Designerklamotten. Er hat eine weiße Jeans für 1000 Dollar und lässt sich wie Dara die Haare bei Elizabeth Arden auf der Fifth Avenue schneiden. Es ist cool, mit solchen Kids befreundet zu sein. Auf den ersten Blick erscheinen sie unbeschwert. Aber wenn man genauer hinschaut, sind sie es nicht wirklich. Zum Beispiel ist Ben eifersüchtig auf Dara. Auf ihre Vergangenheit. Da gab es einen Typen namens Max, der mit Dara nur gespielt hat, er war einer dieser Verführer, darauf spezialisiert, blutjungen Mädchen den Kopf zu verdrehen. Max war einiges älter als Dara. Ben würde ihn am liebsten umbringen. Dara verabscheut Max mit allen Kräften, ein Zeichen, dass sie ihn noch im Kopf hat. Dara muss nur seinen Namen aussprechen, und der Abend ist verdorben. Ben wird dann sofort sauer. Dara gelingt es nicht immer, ihn zu beruhigen. Auch Mike, Bens Freund, hat in Puerto Rico schon mit Dara geschlafen. Ben behauptet, das sei ihm schnuppe, das sei gewesen, bevor er Dara kannte. Nur Max, der ärgert ihn. Auch Dara hasst diesen Typen. Ben will, dass Dara ihn völlig vergisst. Denn für Ben ist Hass ein noch verwirrenderes Gefühl als Liebe. Hass hinterlässt im Herzen sehr deutliche Spuren. In der Clique von Ben und Dara haben sich fast alle getrennt. Es ist wie eine Epidemie. Mike hat mit seiner Freundin Schluss gemacht. Auch zwischen Shauna und Matt ist Schluss. Sie küssen sich noch, schlafen manchmal miteinander, gehen essen, bis einer von ihnen sich in jemand anderen verliebt. Sie alle sind Herdentiere. Mike und James, Bens Freunde, behandeln die Mädchen schlecht. Nach Mikes Ansicht mögen sie das. Mike und James gehen auf Parties, um Mädchen aufzureißen. Mike behauptet, das ginge so (ein Fingerschnippen). Früher schloss Ben sich ihnen an. Wegen Dara jetzt nicht mehr. Wenn sie nicht da ist, verbringt Ben seine Zeit mit ihr am Telefon. „Ein ernster Fall", sagt James. Die Ansage auf Bens Mobilbox lautet: „Hier ist Dara, die Freundin von Ben. Sie können eine Nachricht hinterlassen." Dara kennt auch Bens PIN. „Ein sehr ernster Fall", bekräftigt Mike. James warnt Ben, bloß nicht alles auf eine Karte zu setzen. Das ist ihm selbst passiert. Jetzt hat ihn seine Freundin verlassen und er friert die ganze Zeit. Auch Dara hat es erlebt. Sie hat Ben aus einem undurchschaubaren Grund verlassen. Angeblich, weil Ben eine

Bemerkung über ihre merkwürdige Beziehung zu ihrem Vater hatte fallen lassen. Nachdem Ben gegangen war, fühlte sie sich seltsam traurig und leicht zugleich. Leicht wie ein trauriger Vogel. Dann kam die Leere. Zwei Tage wusste sie nicht wohin mit sich. Sie traf ihre beste Freundin Eva wieder, aber das half nichts. Sie erzählte Eva, sie könne Ben nicht verzeihen. Die Beziehung zum Vater ist in diesem Milieu oft ungewöhnlich eng. Die Eltern sind meist geschieden. Übrigens verachtet Ben seinen eigenen Vater. Er haut nur dessen Geld auf den Kopf. Darüber tauschen sie sich aus. Über die Rechnungen. Ben hatte also etwas über Daras Vater gesagt. Daraufhin hatte Dara Ben verlassen. Dara und Eva sind in eine Bar gegangen. Es war Daras Idee. Sie sagte zu Eva: „Heute Abend habe ich Lust, mich zu betrinken." Dort ist auch ein Mädchen namens Mia. Mia ist verrückt nach Ben. Sie sitzt nicht sehr weit von Dara entfernt und erzählt einer anderen, dass sie auf Ben wartet. Dara hat plötzlich Bauchschmerzen. Sie rennt auf die Toilette und muss sich übergeben. Später, wieder zu Hause, versucht sie Ben auf seinem Handy zu erreichen. Als er antwortet, wirkt er verlegen. Sie ist sicher, dass er mit Mia zusammen ist. „Wo bist du?", fragt Dara mit angsterfüllter Stimme. „Ist jemand bei dir? Was machst du?" Sie gerät in Panik, geht zu Ben nach Hause und versöhnt sich mit ihm. Mia hat nie eine Rolle gespielt. Mike sagt, er verstehe es nicht, die beiden streiten ununterbrochen und doch könne einer ohne den anderen nicht leben. Jeden Abend ist es das Gleiche. Ben und Dara streiten. Ben und Dara trennen sich. Ben und Dara versöhnen sich. Das Interessante an dieser Geschichte: Auf den ersten Blick sehen die Leute nur verwöhnte Kids, die ein Luxusleben führen. Eine *„jeunesse dorée"* eben. Das Bild stimmt und doch ist Dara für Ben wichtiger als alles, sie hält ihn vom Selbstmord ab. Wenn man Dara fragt, was sie mit Ben verbindet, sagt sie: das Kokain.

## BILLY UND DUKE: LIEBSTHABER

Meine Tochter hat mir mit neun Jahren am Valentinstag einmal diesen wundervollen Titel geschenkt. Sie flüsterte mir ins Ohr, da ich nicht ihr Liebster sein konnte, aber auch viel mehr war als ein Freund, war ich eben ihr Liebsthaber (französisch: amireux).
Billy war das glatte Gegenteil von Duke. Duke war sehr groß, herrisch und ein ziemlicher Frauenheld. Wie Marian Logan, die Frau seines Arztes, sagte: „Alle wissen, dass Duke Millionen Frauen hat."
Billy war ein kleiner, quirliger, urwitziger, homosexueller junger Mann. Dennoch bildeten die beiden ein echtes Paar. Sie teilten häufig das Hotelzimmer, manchmal auch das Bett. Nach Bekunden der Sängerin (und Schauspielerin) Lena Horne sind sie so weit gegangen, wie Männer gehen können, ohne dass es zum Äußersten kommt. Duke war in Billy verliebt und Billy offensichtlich verrückt nach Duke. Dieses Wunder hatte die Musik möglich gemacht. Duke Ellington, der vielleicht größte Jazzkomponist des 20. Jahrhunderts (*Mood Indigo, Solitude, Sophisticated Lady* oder *Creole Rhapsody*) fiel mit vierzig gerade nichts mehr ein, als er Billy Strayhorn kennenlernte, einen jungen Komponisten aus Pittsburgh. Billy war auf der Flucht vor der Provinzialität der dortigen Gesellschaft, die ihn wegen seiner Hautfarbe und seiner sexuellen Neigung ausgrenzte. Mit seinem Stück *Lush Life* galt er mit dreiundzwanzig als Wunderkind, das eine neuartige Verbindung von klassischer Musik und Jazz zum Erfolg führen wollte. Er hatte bereits einige interessante Musikstücke in diese Richtung komponiert. Es war genau das, worauf Duke gewartet hatte. Ein neuer Impuls. Und er fand noch viel mehr: einen Seelenverwandten. Alle bestätigen es einhellig, in der Musikgeschichte findet sich keine zweite derart intensive Beziehung. Wenn sie eine Aufnahme vorbereiteten, konnten Duke und Billy vierundzwanzig Stunden ohne Unterbrechung Seite an Seite arbeiten. Wer zuerst schlafen ging, weckte am Morgen den anderen auf. Wenn Billy erwachte, ging er an den Tisch und arbeitete weiter, ohne überprüfen zu müssen, was Duke in der Zwischenzeit verändert hatte. Und Duke hielt es genauso. Wenn

Duke zufällig mal alleine wegfuhr, verbrachte er die ganze Nacht am Telefon mit Billy, die beiden unterhielten sich, komponierten und träumten zusammen. Aus dieser Zusammenarbeit entstanden Klassiker wie *Take the A train* und viele andere (*Day Dream, The Star-Crossed Lovers, Beggar's Holiday*). Diese begann gleich nach ihrer Begegnung im Jahr 1938 (Duke lud Billy sofort ein, zu ihm in seine Wohnung nach Harlem, in die Edgecombe Avenue zu ziehen) und endete erst mit Billys Tod an dieser Dreckskrankheit Speiseröhrenkrebs. Wieder nach Lena Horne, einem alten Flirt von Duke und Bills einziger Vertrauter: „Duke war sein ganzes Leben jung geblieben, seine Musik beweist es, weder er noch seine Musik hatten eine einzige Falte, bis zu Billys Tod." Mercer, Dukes Sohn, glaubt, Billy sei der einzige Mensch gewesen, dem sein Vater die Tür zu seinem Inneren öffnete, wogegen er sie allen anderen, auch seinem Sohn und seinem Hausarzt, vor der Nase zuschlug. Duke war offenbar der verschlossenste Mensch auf Erden. Außer für Billy. Dabei ist es erstaunlich und anrührend zugleich, dass Duke nie ausrechnen wollte, wie groß Billys Anteil an seinem Werk war. Den Leuten, die ihre enge Zusammenarbeit merkwürdig fanden, antwortete er, ihm sei es nicht möglich abzugrenzen, wo Billys Beitrag anfing und sein eigener aufhörte: „Er war nicht mein sogenanntes Alter Ego. Billy Strayhorn war meine rechte Hand, meine linke Hand, meine Augen am Hinterkopf, mein Geist hatte ihn besetzt und sein Geist wohnte in mir." Bei Billys Tod, mit einundfünzig Jahren, fiel der damals achtundsechzigjährige Duke in tiefe Trauer („*Everyman prays in his own language*", sagte er dazu), verbrachte die meiste Zeit mit seinem Gebetbuch und einem Foto von Billy als Lesezeichen.

## MUTTER UND SOHN

Der Fernseher stand hoch oben auf einem Regal über den Gästen. Nur das Bild, kein Ton. Es lief die Sendung *60 Minutes*, das angesehenste amerikanische Nachrichtenmagazin. Ich konnte nur ein

Stück vom Rücken des Reporters sehen, der ein Paar interviewte. Eine etwa fünfzigjährige Frau in einem hellblauen Kostüm, leicht ergraut, aber immer noch schön. Sie sitzt neben einem jungen Mann vom Typ Harvard-Student. Ab und zu halten sie Händchen. Es ist die Frau, die spricht (mit ernstem Gesicht, strenger Brille, sehr gediegen). Der junge Mann sieht sie mit einem feinen Lächeln auf eine Art an, dass man meint, das ist alles, was er kann. Wegen einer gewissen Melancholie in seinem Gesichtsausdruck würde ich ihn nicht als *golden boy* bezeichnen. Plötzlich wendet sich die Frau ihm zu und ihr Gesicht leuchtet auf. In diesem Moment sieht sie aus wie höchstens fünfundvierzig. Sie ist durch die Liebe wie verwandelt. Der junge Mann ist nach meiner Einschätzung nicht älter als zweiundzwanzig. Paare dieser Art werden immer häufiger. Ich beobachte, dass Frauen, die sehr jung von einem Mann verführt wurden, selbst später dieses Muster wiederholen. Da sie mit zwanzig von einem 50-Jährigen verführt wurden, versuchen sie mit fünfzig einen 20-Jährigen zu verführen. Ausgleichende Gerechtigkeit. Man weiß, in solchen Beziehungen spielt Geld eine gewisse Rolle. Aber diese beiden standen sich offenbar näher als gewöhnliche Paare. Es lag etwas in der Luft, wie man sagt. Ein Gast hinter mir erkannte sie.

„Das sind die beiden Mörder."

Ich drehte mich zu ihm um. Ein Mann mit einer Kappe, wohl ein Bauarbeiter, beendete gerade sein Mittagessen.

„Wer sind die Mörder?"

Er zeigte mit seinem kräftigen Finger auf den Fernseher.

„Die beiden."

„Wirklich?"

„Sie haben eine Menge Leute umgelegt ... Mutter und Sohn. Sie hat dem Jungen das beigebracht. Diese Frau ist echt intelligent. Sie hat alles ausgeheckt. So steht es in der Zeitung."

Er erhob sich, zahlte und ging. Ich angelte mir die Zeitung von seinem Tisch. Auf der ersten Seite prangte ein großes Foto von dem Paar. Sie heißt Sante Kimes und der Sohn Kenny. Aber sie wechselt die Namen wie ihre Bluse. Die beiden haben bereits vier oder fünf Menschen umgebracht. Ihr Motiv: Geld. Ihr letzter Coup galt einer sehr reichen, exzentrischen, in Manhattan sehr bekannten Witwe namens Irène Sylverman. Dazu fällt mir ein Ratschlag an Mörder auf der Suche nach einem Opfer ein: die reichen exzentrischen Witwen wegen ihres unberechenbaren Verhaltens lieber zu meiden. Aber Sante Kimes hat vor niemandem Angst. Nichts kann sie von ihren Plänen abhalten. Zudem war es, abgesehen von ein paar Kleinigkeiten, ein perfektes Verbrechen. Die beiden waren erstrangige Profis, auch wenn sie nun wegen einer Dummheit geschnappt wurden. Den grünen Cadillac, den sie sich in Miami kauften, hatten sie mit einem ungedeckten Scheck bezahlt. Die Polizei durchsuchte das Auto und fand Blut (einen Tropfen) und ein Haar, beides stammte angeblich von Frau Sylverman. So steht es in der *Daily News*. Den Ermittlern fiel es nicht schwer, die Blutspur zurückzuverfolgen, sie war breit wie ein Fluss. Diese Sorte Geschichten ist natürlich das tägliche Brot eines Sensationsblatts wie dem *National Enquirer*. Die Boulevardzeitung schickte ihre klügsten Spürhunde auf die Fährte des „Mörderpärchens". Woher stammte diese Frau? Aus einem kaputten Kaff in Oklahoma. Der Vater kam aus Neu Delhi (Indien) und die Mutter war eine katholische Irin. Eine Kindheit im Elend. Der Vater verließ recht bald die eheliche Wohnung. Um nicht zu verhungern, musste die Mutter von Sante Kimes sich prostituieren. Ebenso die Tochter, ein wenig später, mit etwa zwölf Jahren. Eines Tages wurde die Kleine in einem Laden von einer Verkäuferin entdeckt. Anschließend adoptierte sie deren Schwester und so kam sie in die solide, recht wohlhabende Familie Chambers. Der Vater hatte als Colonel im Pentagon gearbeitet. Sante Chambers (so hieß sie jetzt) war wie eine Prinzessin gekleidet, wenn sie in die Schule ging. Durch ihre lebhafte und witzige Art war sie bei den anderen Kindern sehr beliebt. Als gute Schülerin erwarb sie sich auch das Vertrauen der Lehrer. Einige versichern heute allerdings, sie sei ziemlich herrschsüchtig gewesen und man durfte ihr nicht widersprechen. Andere meinen sogar, sie versuchte schon damals andere zu manipulieren. Doch eines war klar, Sante Chambers war bei weitem das angesehenste und intelligenteste Mädchen in der Klasse. Kurz nach der High School heiratete sie einen Mann, der ihr nicht das Wasser reichen konnte und den sie sofort sitzen ließ. Heute fragt man sich nach den Gründen für diese überstürzte Heirat, wo sie doch offenbar unsterblich in einen anderen verliebt war, der außerdem in jeder Hinsicht viel attraktiver erschien. Gleich nach der Scheidung verließ sie die Stadt und kehrte erst Jahre später zurück, um ihre erste Liebe zu heiraten. Sante war ständig unterwegs, wechselte gerne die Stadt und die Lebensweise. Ihre Unrast war krankhaft. Bei diesem Vagabundieren traf sie dann irgendwann den reichen Unternehmer Kenneth Kimes, den sie verführte und einen Monat später heiratete. Mit ihm bekam sie einen Sohn, eben jenen merkwürdigen Kenny, den wir im Fernsehen an ihrer Seite sahen. Für Sante drehte sich fortan alles nur noch um ihren Sohn, was die Beziehung zu ihrem Ehemann belastete. Kenny durfte nicht in die Schule gehen und er durfte keine Freunde haben. Kein Kind aus der Nachbarschaft war gut genug für ihn. Sie erzählte jedem, ihr Sohn sei ein solches Genie, dass die Spezialisten empfahlen, er solle besser keinen Kontakt zu Kindern mit einem geringeren IQ haben. Als Kenny später ein gutaussehender Jugendlicher war, verjagte Sante die Mädchen, die sich ihm näherten, mit Schimpftiraden. Für sie war jede Frau eine Nutte. Mit siebzehn konnte Kenny ein wenig durchatmen, denn seine Mutter musste wegen eines Kaufhausdiebstahls fünf Jahre ins Gefängnis. Sie verbüßte aber nur drei davon, da sie das gesamte Personal des Gefängnisses auf ihre Seite ziehen konnte. Nach ihrer Rückkehr begann Kenny sich auffällig zu verhalten. Nach Angaben des Ehepaars, bei dem Kenny untergebracht war, begann er plötzlich mit kleinen Delikten und hing mit Kriminellen herum. Dies ging nicht lange. Sante hatte ihn im Blick. Kenny gehörte ihr. Sie wollte ihn zum Partner ihrer Verbrechen machen. In der Zwischenzeit starb Kenneth, der Vater, und hinterließ Sante und dem Sohn nichts, so dass sie völlig mittellos dastanden. Kenneth hatte sein Testament verfasst, lange bevor er Sante kennenlernte, und hatte es trotz ihrer eindringlichen Bitten nie geändert. Sante verbarg vor der übrigen Familie zwei Jahre lang, dass Kenneth gestorben war. In dieser Zeit verschleuderte sie das Vermögen. Das muss man anerkennen. Es ist nicht leicht, den Tod eines reichen Mannes vor einer Familie zu verheimlichen, die nur darauf gewartet hat. Erst nachdem das riesige Vermögen von Kenneth bis auf den letzten Dollar ausgegeben war, zog das Duo von Mutter und Sohn los. Es begann eine lange Irrfahrt. Sie fielen überall auf. Die Mutter, leichtlebig, freundlich, mit tiefer warmherziger Stimme, und der elegante, kultivierte Sohn. Der perfekte Schwiegersohn, wäre er nicht schon so gut wie verheiratet gewesen und zwar mit der eigenen Mutter. Sie schliefen immer in einem Bett, aber keiner konnte behaupten, sie hätten miteinander geschlafen. Natürlich beharren die Boulevardblätter (allen voran der *National Enquirer*) auf der etwas inzestuösen Seite ihrer Beziehung. Eine kriminelle Mutter, die mit ihrem Sohn schläft: Mit einem solchen Titel erzielt man hohe Auflagen. Wie dem auch sei, in einem sind sich die Zeugen einig: Sie hatten eine sehr merkwürdige Beziehung. Das war nicht das normale Verhältnis zwischen Mutter und Sohn. Sie waren ein echtes Paar. Und wie bei jedem Paar kam es vor, dass sie sich ausgiebig anschrien. Kenny, dieser junge Mann von erlesensten Manieren, zögerte nicht, seine Mutter vor anderen als dreckige Hure zu beschimpfen. Und die Mutter schlug zurück. Aber schon am nächsten Morgen waren sie wieder unzertrennlich. Niemand brachte sie auseinander, auch nicht Kenneth, der Vater, der sein Kind sehr liebte oder die Pflegeeltern. Mit ihnen verlebte Kenny unbeschwerte Zeiten. Aber die Mutter holte ihn immer wieder ab. Kenny konnte dem Ruf der Ferne nicht widerstehen. Und so setzte das Pärchen seine Blutspur quer durch Amerika fort. Bis zu jenem Nachmittag in Manhattan, als die beiden wegen eines ungedeckten Schecks verhaftet wurden.

Die letzte Szene: Sie saßen im Gerichtssaal auf der Anklagebank. Zwischen ihnen ein Anwalt. Dieser erhob sich und sofort flüsterte der Sohn der Mutter etwas zu. Der Justizangestellte brüllte, sie dürften nicht miteinander sprechen. Aber es betraf nicht den Prozess. Die Mutter schenkte ihrem Sohn ein wunderschönes Lächeln, dann strich sie die Strähne zurück, die ihr in die Stirn hing. Kenny hatte es immer gesagt: „Meine Mutter ist eine sehr intelligente, aber auch sehr schöne Frau." Er achtete darauf, dass sie es blieb.

# VII. TEIL
# DAS MATERIELLE LEBEN

## WIE KOMMT MAN SOFORT ZUM ERFOLG?

„Durch mich!“
Ich drehte mich um.
„Oh nein ... Nicht schon wieder du!“
Sie war es wirklich, Erzulie. Die schwarze Göttin mit den roten Augen. Die Frau, die unbedingt in mein Buch wollte.
„Du suchst jemanden, der dir hilft, den Erfolg auszuhalten, nicht wahr?“
„Woher weißt du das?“
„Ich weiß alles über dich ... Hier bin ich. Wir könnten den Erfolg teilen, weißt du.“
Sie heiterte mich immer auf mit ihrer direkten Art.
„Wieso du?“
„Der Erfolg trifft dich unerwartet. Du kannst nichts dagegen tun. Man kann nicht nur ein bisschen davon nehmen und den Rest auf dem Tisch lassen.“
„Einen Krümel hätte ich schon gern.“
„Es gibt keine Krümel. Man muss den Kuchen alleine aufessen oder es gibt keinen Kuchen.“
„Was kann ich da machen?“
„Aushalten oder abhauen.“
„Und du?“
„Ich weiß nicht ... Aber ich kann dir helfen.“
Sie zeigte dabei ein schelmisches Lächeln (sieh an!). Wir gingen weiter die Straße hinunter in Richtung Innenstadt.
„Ich kann Erfolg haben, wann ich will“, sagte sie und lief ein wenig schneller.

Der Himmel war grau, aber die Straßen waren belebt. Ich ging so in Gedanken versunken, dass ich Erzulie nicht beachtete. Wie sollte man diesem Monster standhalten, das einen ebenso grausam auffraß wie der Misserfolg?
„Ich kann gleich jetzt Erfolg haben, wenn ich das will", fuhr sie in energischem Ton fort.
Mit dem Schreiben aufhören? ... Nein, Alter, es ist eine Illusion zu glauben, man könne vor dem Erfolg fliehen. Je mehr du ihm entkommen willst, desto schneller holt er dich ein. Er kann dir sogar bis in den Tod folgen. Schau dir Picasso an. Du kannst den Erfolg nicht mal vererben. Schau dir Picassos Kinder an. Der Erfolg schlägt blindwütig zu bei Männern, Frauen, Tieren und Pflanzen. Der Löwe ist erfolgreich, während man den Regenwurm verachtet. Die Rose weiß nicht mehr, wie sie vor diesem überwältigenden Ruhm fliehen soll, der dazu führt, dass man ihr ständig den Schwanz abschneidet. Au wei! Die uns lieben, wollen sie uns etwa den Schwanz abschneiden? Wer sind sie? Alle, die es wurmt, keinen Erfolg zu haben. Das sind wirklich viele Menschen, glaub mir. Dabei rede ich gar nicht von mir. Ein Erfolg als Schriftsteller ist kein echter Erfolg. Dazu muss das Buch gekauft und gelesen werden. Das ist für den heutigen Menschen zu schwierig, wo er kostenlos einen Rockmusiker im Radio hören kann oder einen Schauspieler im TV sehen kann, ohne sich zu ruinieren und ohne allzu großen geistigen Aufwand. Den Erfolg bei den Massen, den echten, kenne ich nicht. Du kommst irgendwohin und sofort wenden sich alle Blicke dir zu. Du setzt dich in ein Restaurant zum Essen und merkst, dass die übrigen Gäste im gleichen Rhythmus kauen wie du. Eine grausige Synchronisation. Als wäre in dem Restaurant nur eine einzige Person. Hundertmal du. Beim Erfolg, Bruder, wird das Ich eines Einzelnen so stark, dass es die anderen Ichs, die es umgeben, zur Kapitulation zwingt. In diesem Moment würde ein Mann sein Leben ohne Zögern für deines eintauschen. Das ist gegen die Natur. Nicht verwunderlich also, dass dieser Mann nach einer gewissen Zeit Mordgedanken hat. Er will den

Liebling der Götter umbringen. Dich. Warum schauten mich jetzt alle so an? Ich war nur ein Schriftsteller.
„Siehst du, ich hatte es dir gesagt."
„Wovon redest du?"
Ich wandte mich Erzulie zu. Sie hatte ihr Top geöffnet. Ihre Brüste stachen gefährlich nach vorn. Zwei Pistolen, die in Mannshöhe unablässig in die Menge zielten.
„Bist du wahnsinnig geworden?"
„Das nennt man den sofortigen Erfolg."
Sie fing an zu lachen. Dieses lange Gelächter kam aus ihrem Mund wie das farbige Band einer Möbiusschleife.
„Wie du siehst, brauchst du mich nicht zum Erfolg."
„Das ist was anderes."
„Wo liegt der Unterschied?"
„Dieser Erfolg dauert nicht lange."
„Der andere auch nicht."
„Ich muss nur mein Top wieder zuknöpfen."
„Lass es offen."
„Wenn ich es offen lasse, schaut in ein oder zwei Stunden niemand mehr auf meine Brüste."
„Mich verwundert deine Bescheidenheit."
„Ich stelle nicht zum ersten Mal meine Brüste zur Schau."
„Dann zeig ihnen was anderes."
„Ich möchte Erfolg haben, selbst wenn ich nicht da bin. Ich möchte sie zum Träumen bringen."
„Das ist etwas schwieriger."
„Nicht, wenn du mir hilfst ..."
„Erfolg wird einem nicht geschenkt. Man muss sich dazu eignen."
„Ich weiß aber", sagte sie trotzig, „dass ich für den Erfolg gemacht bin. Ich kriege ihn."
Wir kamen an dem Riesenplakat von Madonna vorbei, auf dem sie einen Arm nach oben reckt, diesen unverschämten Zug um den Mund und das kleine Holzkreuz zwischen den Brüsten hat. Metallische Brüste. Madonna. *The material girl* trat vom 12. bis

zum 15. des Monats im Stadium auf. Jedes Mal, wenn Madonna in die Stadt kam, grenzte der Erfolgswahn bei den Mädchen zwischen sechzehn und zwanzig an Hysterie. Erzulie hatte das Plakat keines Blicks gewürdigt, aber ich sah das gefährliche Leuchten in ihren Augenwinkeln.

## DAS ORGANISIERTE VERBRECHEN

Ich wartete auf einer Bank in einem hübschen Park auf einen Rathausangestellten. Es war ein blühendes Viertel mit vielen Kindern. Die Familien kamen zumeist aus der Karibik. Hier wohnten jungdynamische Angestellte in mittlerer Position, die begeistert die jüdisch-christliche Gesellschaftsleiter erklimmen wollten, denn sie glaubten an die praktisch unbegrenzten Aufstiegsmöglichkeiten in Amerika. Sie waren dennoch vorsichtig, denn als Einwanderer trugen sie stets eine nicht verheilende Wunde in sich (das vorherige Scheitern), die sie in der Abenddämmerung melancholisch werden ließ. Trotzdem war eine neue, jugendliche, angriffslustige Energie zu spüren.

Der Mann, mit dem ich verabredet war, kam auf mich zu, eine junge Führungskraft mit einem breiten Lächeln. Aufgepasst, so ein Typ würde dir sogar deine Gefängnisstrafe mit einem Lächeln verkünden. Einfach, weil sie selbst nicht mehr wissen, dass sie lächeln. Sie haben in ihrem Leben noch nie eine wirklich schlechte Nachricht bekommen. Das Schicksal hat ihnen noch nie das Gesicht in die eigene Scheiße gedrückt.

Er gab mir kraftvoll die Hand.

„Entschuldigen Sie, ich konnte mich nicht früher freimachen ... Im Büro war der Teufel los. Ein Bauunternehmer war da und mein Chef konnte die Akte nicht finden."

„Kein Problem ... Ich habe die Zeit genutzt, um mich umzusehen. Dies ist wirklich ein schönes Viertel."

„Eben darüber wollte ich mit Ihnen sprechen."

„Ach so ..."

„Früher war es ein weißes Arbeiterviertel. Kinderreiche Familien. Die Leute waren nicht unbedingt böswillig, aber engstirnig. Vor einigen Jahren kamen dann junge Schwarze Familien aus der Karibik an ..."
„Ja, mir ist aufgefallen, dass in dieser Gegend Kreolisch gesprochen wird."
„Genau ... Kaum dass sie da waren, sind die Weißen weggezogen, zuerst vereinzelt, dann massenhaft. Wie dumm von ihnen. Da sie ihre Häuser schnell verkauften, haben sie natürlich Geld verloren. Wenn sie geblieben wären, hätten sie nur gewonnen."
„Was hätten sie gewonnen?"
Er warf mir einen erstaunten Blick zu. Ich muss immer grinsen, wenn Weiße die Schwarzen mit Zähnen und Klauen verteidigen, denn ich frage mich, wie weit sie mit ihrer Sympathie gehen würden. Würde dieser Mann es zum Beispiel gutheißen, dass seine Schwester mit einem Schwarzen geht? Man wird mir antworten, das sei etwas anderes, wichtig seien die politischen Ansichten eines Menschen und nicht seine persönlichen Gefühle. Wir haben gesehen, wohin das führt, wenn man die politischen Meinungen immer von den Gefühlen trennt. Aber es lässt sich auch das Gegenteil vertreten. Ich stelle mir einfach immer diese Fragen, wenn ich derartige Reden höre. Ich bin von der Aufrichtigkeit dieses Mannes überzeugt, aber in meinem Kopf hat diese kleine rote Warnlampe aufgeleuchtet und ich konnte schließlich nicht so tun, als würde ich sie nicht wahrnehmen.
„Die Schwarzen sind sehr viel ehrgeiziger im guten Sinne, viel besser ausgebildet, viel kultivierter als sie ... Diese Leute machen Sport, um ihre Figur zu halten, ihre Gesundheitsvorsorge kostet den Staat also weniger, sie gehen ins Museum, nehmen ihre Kinder ins Programmkino mit ..."
„Woher wollen Sie das wissen?"
Er schwieg eine Weile.
„Weil ich in einer dieser Arbeiterfamilien aufgewachsen bin und mein bester Freund ein Haitianer war. Sein Vater verdiente weniger als meiner, aber bei ihm zuhause fühlte ich mich wohl. Sein Vater

las die ganze Zeit, während mein Vater nie ein Buch in die Hand nahm. Mein Freund führte mit seinem Vater immer interessante Gespräche über alle möglichen Themen, während meiner nur den Mund aufmachte, um mir etwas zu verbieten. Ich verließ angewidert das Haus."

„Ganz einfach, mit seinem Gehalt war dein Vater nur ein gut bezahlter Arbeiter, während der Vater deines Freundes in seiner Heimat ein Minister hätte werden können. Hier wird man nach seinem Einkommen eingestuft. In der Karibik zählt der Name. Auch in der Karibik können bei weitem nicht alle lesen. Die dortige Gesellschaft ist brutal, die Analphabetenrate sehr hoch ..."

„Verstehe ... Dennoch hätte ich meinen Vater so gerne einmal mit einem Buch angetroffen. Er war auf der High School, er konnte lesen, hatte aber keine Verwendung dafür. Bei euch können es nur zehn Prozent, aber dafür lesen sie gerne, manche sogar in Latein, das habe ich mit eigenen Augen gesehen, als der Vater meines Freunds das Buch, in dem er gerade las, auf dem Sessel liegen ließ. Ich habe nachgeschaut. Es war in Latein! Und mein Vater blickte auf diese Leute herab, was für eine unbegreifliche Geringschätzung ... In diesem Land haben wir sicher einen guten Prozentsatz von Lesekundigen, die aber nicht lesen, das kommt aufs Gleiche heraus ..."

Er war außer sich. Ich erkannte den ruhigen jungen Mann, der mir kurz zuvor die Hand geschüttelt hatte, kaum wieder.

„Wie ist es mit Ihnen, lesen Sie?"

„Ja, viel. Aber als Kind wünschte ich mir, dass mein Vater las. (Pause) Na ja, ich habe Ihnen erzählt, dass diese Dummköpfe weggelaufen sind, anstatt ihren Kindern die Chance eines Umgangs mit kultivierten Menschen zu geben. Bei meinem Freund habe ich viel darüber erfahren, was eine feudalistische Gesellschaft ist, über die ägyptische Kultur, den Nationalsozialismus, das waren die Themen, über die beim Essen diskutiert wurde, und das in einer Arbeiterfamilie. Verstehen Sie, diese Leute hätten wir dafür bezahlen müssen, dass sie unsere Nachbarn sind."

„Weswegen wollten Sie mich eigentlich sprechen?"

„Gut. Heute, in diesem Moment, wird ein Verbrechen gegen dieses Viertel begangen … In Wirklichkeit ein Verbrechen gegen die ganze Stadt und gegen die Kultur …"
Er gab keine Ruhe.
„Wie ist es dazu gekommen?"
Während er neben mir herging, fuhr er sich immer wieder nervös durch die Haare. Mit einem Ruck wandte er sich mir zu, sein Gesicht war zornesrot.
„Sehen Sie die Straßen um diesen Park? Der Verkehr soll hier so geleitet werden, dass die Autos bequem um den Park herumfahren können. Dafür wird man in einem anderen, schlechter gestellten und viel ärmeren Viertel einen kleinen ungepflegten Park vom Verkehr abschneiden, der von Fixern, Nutten und Zuhältern besucht wird."
„Ich verstehe noch nicht ganz."
„Na ja, ohne Kunden kein Geschäft. Der Kunde kommt mit dem Auto, er fährt um den Park herum, das gibt ihm Zeit, die Ware zu begutachten, ob das Drogen oder Nutten sind. Wenn er nicht herumfahren kann, geht er woanders hin. Ohne Kunden gibt es keine Nutten und ohne Nutten keine Drogen. Eine ganz einfache Rechnung. Und das wird heute Morgen unterschrieben."
„Das Todesurteil für dieses Viertel …"
„Bestimmt. In weniger als sechs Wochen wird dieser Park zum neuen Zentrum der Prostitution."
„Wozu das Ganze?"
„Sie wollen die jetzigen Bewohner vertreiben. Danach wird das Viertel von Hausbesetzern übernommen, die es in weniger als acht Monaten herunterwirtschaften und in eineinhalb Jahren ist es nicht mehr wiederzuerkennen. Jetzt kommen unsere Baulöwen und nehmen das gute Geschäft zu Schleuderpreisen mit. Dann bauen sie hier Luxuswohnungen. Leute aus den verschiedenen Behörden streichen zehn Prozent vom Gesamtprojekt ein, als Schmiergeld ist das sehr viel, aber ich kann Ihnen versichern, es lohnt sich trotzdem."
„Warum erzählen Sie das ausgerechnet mir?"

„Ich weiß nicht … Ich musste mit jemandem darüber reden."
„Sie müssten mit der Polizei darüber reden."
„Die Polizei. Sie kann gegen mächtige Unternehmer nichts ausrichten. Außerdem bestimmt das Rathaus über die Polizei."
„Und die Presse?"
„Es wurde kein Gesetz gebrochen … So was nennt man ein perfektes Verbrechen."
„Wer kann etwas dagegen tun?"
„Die Bevölkerung … Nur sie … Ich kann so was nicht einfach hinnehmen."
„Mir scheint, diese Art Verbrechen ist in Großstädten gang und gäbe. Warum setzen Sie sich so für dieses Viertel ein?"
Eine längere Pause.
„Weil ich nicht will, dass die Leute, die am Samstagabend Hockey kucken, jedesmal gegen die gewinnen, die Latein lesen."
„Ich mag Hockey."
„Ich auch ab und zu … Sie haben wohl noch nie gesehen, wie eine ganze Stadt vor dem Fernseher sitzt, wenn ein Hockeyspiel läuft. Ich freue mich bei dem Gedanken, dass gleichzeitig jemand irgendwo in derselben Stadt gerade einen Text von Vergil zu entziffern versucht."
„Ist das nicht etwas snobistisch?"
„Schlimmer ist, so zu tun, als ob man Hockey mag, wenn man das Spiel in Wirklichkeit nicht ausstehen kann.
„Sie müssen entschuldigen, ich muss zum Zug …"
Ich ging. Ich verstand seinen Kampf, aber es war nicht meiner. Es kommt so manches Mal vor, dass man sich von einer Sache betroffen fühlt, ohne sich dafür engagieren zu wollen. Und Latein hat mich immer furchtbar gelangweilt.

## J. P.

Das war J. P., der schmale Junge mit dem traurigen Lächeln. Er wohnte in Beaver, einem sehr kleinen Städtchen, Altersdurchschnitt siebzig. Dort lag alles um einen einzigen Platz: der General Store, das Möbelgeschäft, der McDonald's, die Apotheke, die Polizeistation. Und hinter dem Hotel ein riesiger Friedhof. Die alten Leute sah man immer auf dem Pfad um den kleinen See herum joggen. Man meinte, sie wollten bei guter Gesundheit auf den Friedhof kommen. Wenn sie schon an Krebs oder einem Herzstillstand starben, sollten wenigstens die übrigen Gliedmaßen noch funktionstüchtig sein. Ein bisschen wie die Autos aus den Fünfzigerjahren, die man auch noch in Beaver sah. Was sollte man mit fünfzehn in einer Stadt wie Beaver anfangen, wenn man eine Mutter von fünfunddreißig hatte, die noch hübsch war, und seinen Vater noch nie gesehen hat? Die meisten der Kids, die heute im unendlichen Universum des Cyberspace unterwegs sind, haben einmal angefangen wie J. P. Er machte seine ersten Schritte in die Cyberwelt in der Unterstufe. Genau wie der Papst von diesen jungen Leuten, Bill Gates. Bill Gates ist immer noch der reichste Mann der Welt. Geld interessierte J. P. nicht. Wozu auch? Er verbrachte seine Zeit vor seinen Computern, überall im Haus stand einer. Seiner Mutter Debbie gefiel das nicht, sie fand dieses Universum zu gefährlich. Man kann diese ungebildete Frau verstehen, sie war in Beaver geboren und nie herausgekommen, genau wie ihr Sohn. Doch eines Morgens musste die Mutter erfahren, dass ihr Sohn, der ebenfalls in Beaver geboren war und den Ort nie verlassen hatte, mit dem halben Planeten korrespondierte. Mit Russen, Chinesen, Deutschen, Vietnamesen, einem Senegalesen, Polen und vielen Italienern. J. P. hatte die Möglichkeiten der Informatik ganz zufällig entdeckt. Davor hatte er den Computer ohne Ziel und Zweck benutzt, wie alle Kids seines Alters. Aber eines Morgens in der siebten Klasse warf ihm sein Lehrer Bob Davis vor, er sei in den Computer der NASA eingebrochen (ein Staatsverbrechen). Was war die NASA? J. P. wusste nicht einmal das. Außerdem war J. P. zu dem Zeitpunkt, als der Rechtsbruch passierte, im Englischunterricht. Der Englischlehrer konnte das bestätigen. Was war also geschehen? Am Ende stellte sich heraus, dass ein russischer Hacker sich des Schulcomputers bedient hatte, um in das einbruchssichere System der NASA einzudringen. Das faszinierte J. P. Das Gerät, vor dem er so viel Zeit verbracht hatte, bot offenbar ungeahnte Möglichkeiten. Ihm wurde klar, dass damit plötzlich Beaver näher an Moskau lag als an Washington. Vor seinen staunenden Augen eröffnete sich eine ganze Welt. J. P. wurde ein Hacker und bald darauf ein Cracker. Das ist ein Hacker, der völlig in der Illegalität arbeitet. Wie der legendäre Kevin Mitnick, der das FBI zwei Jahre lang zum Narren hielt. Oder Kevin Poulsen, der einen Porsche im Wert von 50 000 Dollar gewann, indem er die Telefonanlage einer Radiostation so lahmlegte, dass nur sein Anruf durchkam. In weniger als zwei Jahren war J. P. der Beste in dem Spiel. Er hatte in dieser zugleich künstlichen und wirklichen Welt inzwischen seit längerem einen Namen. Seine Mutter erfuhr das rein zufällig. Er hatte gerade einem Mann namens Chamäleon einen üblen Streich gespielt. Chamäleon machte gemeinsame Sache mit dem mysteriösen Khaled Ibrahim. Dieser wiederum arbeitete mit einer indischen Terrorgruppe namens Harkat-ul-Ansar zusammen, die in Verbindung zu einem gewissen Osama Bin Laden stand. Es ging darum, dass Ibrahim eine Überweisung von 1000 Dollar an Chamäleon getätigt hatte, um dafür Software der Marke DISA zu kaufen. Chamäleon hatte das Geld für einen neuen Super Nintendo und ein paar Geschenke für seine Schwester ausgegeben. J. P. hatte von der Sache Wind bekommen und wollte zeigen, dass man mit ihm rechnen musste (wie im Wilden Westens sah J. P. sich als *Billy the Kid*), daher machte er sich auf die Suche nach Chamäleon. Er fand ihn in Neu Delhi (wir bewegen uns noch immer im Cyberspace). J. P. hielt Ibrahim für einen von diesen Pädophilen, die Kids mit Nintendos anlocken. Voll Stolz gab er das an einen Typen vom FBI weiter. Am nächsten Morgen stand ein FBI-Agent an Ibrahims Bett. Seine Mutter kam nackt aus dem Badezimmer, um ihren neunzehnjährigen Sohn mit einem Revolver an der Schläfe und dessen kleine Schwester mit Handschellen auf dem Sofa vorzufinden. J. P. stellte stolz diese Großtat auf seine Webseite. Daraufhin bedrohte Ibrahim ihn mit dem Tod. In Angst und Schrecken rannte J. P. in die Küche und beschwerte sich bei seiner Mutter: „Mama, da ist ein Typ, der heißt Ibrahim und lebt in Neu Delhi, er hat gerade 1000 Dollar auf meinen Kopf ausgesetzt." Auf diese Weise erfuhr Debbie, was ihr Sohn im Keller des Hauses trieb. Das FBI heuerte J. P. an. Seine Fähigkeiten waren in einer wichtigen Angelegenheit gefragt. Es ging um einen Cracker, einen gewissen Maxus. Dem war kürzlich ein ziemlicher Coup gelungen, nicht was das Geld (Jeder weiß, dass Geld gar nicht existiert), sondern was die Kühnheit anbetraf. Er war in das System von CD Universe eingedrungen und hatte die Kreditkartendaten von 300 000 Kunden geklaut. Er wollte sie für 100 000 Dollar an die Firma zurückerstatten, andernfalls würde er sie im Internet meistbietend versteigern. Eine irre Nachricht. Auf der ersten Seite der *New York Times*. Die Firma ließ sich Zeit mit dem Angebot. Daher stellte Maxus am Weihnachtstag die 300 000 Kreditkarten zur Versteigerung auf eine Webseite. Ein paar Sekunden später gingen dutzende Menschen überall auf der Welt online, um sie zu kaufen. Die FBI-Agenten sahen dabei nur zu. Keiner konnte etwas tun. Außer J. P. Es war keine Frage der materiellen Ausstattung, sonst hätten sie Maxus längst erwischt (das FBI hatte sich soeben für 60 Millionen Dollar Hochleistungsgeräte angeschafft). J. P. wandte noch immer eine gute alte Jagdmethode an („Ich untersuche nicht die Waffe, sondern die Psychologie dessen, der den Finger am Abzug hat", sagte er.) In diesem Universum darf man es vor allem nicht eilig haben. Der Erste, der die Geduld verliert, wird geschnappt. J. P. suchte bei denen, die regelmäßig mit gestohlenen Kreditkarten handelten. Davon gab es eine Menge. Er musste sie sortieren. Da kommt es auf den Instinkt an. Und der erste Schritt ist entscheidend. Diese Welt war unüberschaubar groß. Wenn man sich einmal im Korridor irrte, fand man möglicherweise nicht mehr zurück. J. P. wählte drei Hacker, auf die er sein Augenmerk richtete, sorgfältig aus. Einer davon hieß Little Buddha. Er folgte ihm fast zwei Stunden lang in seine Chatrooms (eine Art Wohnzimmer, wo man sich unterhält, einkauft, verkauft und verführt). Dabei fand er heraus, dass der Typ Kanadier, fast dreißig war, einen alten Packard Bell Computer besaß und schon länger mit derselben Frau zusammen lebte. Irgendwann kontaktierte J. P. Little Buddha und fing von seinem alten Computer an, als würden sie sich schon ewig kennen. Am Ende kam er auf die Kreditkarten. Er wollte gerne welche kaufen. Er brauchte eine echte Adresse, an die er die Überweisung schicken konnte, um die Kreditkarten zu bezahlen. Das war die Schwachstelle bei diesen Operationen, denn mit einer Adresse konnte die Polizei den Handel zurückverfolgen. Little Buddha gab seine Adresse nicht preis, aber er deutete J. P. gegenüber an, er solle sich mit einem Studenten namens California in Verbindung setzen. Um California anzuschreiben, änderte J. P. seine Identität. Er benutzte einen sogenannten „besten Freund" (eine fiktive Person, durch die man Fragen stellen kann, ohne zu viel Misstrauen zu erregen. Das Gegenüber darf auf keinen Fall wissen, dass es sich um einen Strohmann handelt). Er stellte sich als Neuling in der Kreditkartenbranche vor und behauptete naiv, die Russen dominierten diesen Markt. Um das zu klären, leitete California ihn an einen gewissen Dagger weiter. Dagger war ein alter Fuchs und nicht leicht zu täuschen. J. P. verbrachte ein ganzes Wochenende damit, eine echte Adresse zu finden, um die Kreditkarten zu bezahlen. Sobald er das Thema berührte, machten sich seine Gesprächspartner aus dem Staub. Aber Montagnachmittag hatte J. P. zwei „beste Freunde" erfunden, die sich im gleichen Chatroom mit Dagger unterhielten. Dieses Vorgehen verlangte zwei Computer und zwei Tastaturen, denn J. P. musste mit sich selbst und gleichzeitig mit dem Hacker chatten. Bis dahin hatte J. P. den Namen Maxus noch nicht erwähnt, der weiterhin seine 300 000 Kreditkarten im Internet feilbot. J. P. fragte Dagger mitten im Gespräch, ob er ihm ein paar russische Wörter von Maxus' Webseite übersetzen könne. Da überrascht Dagger J. P. mit der Antwort, er kenne den rechten Arm von Maxus, einen gewissen Diagnoz. J. P. machte Diagnoz am nächsten Tag gegen zwei Uhr morgens ausfindig. Diagnoz zeigte sich ausgesprochen offenherzig, da er sich außerhalb der Reichweite der US-Behörden wusste. Diagnoz war bereit, fünfzig Kreditkarten für 500 Dollar das Stück zu verkaufen und gab die Adresse einer Western-Union-Bank in Sankt Petersburg, Russland, an. Diese führte zu einem gewissen Jewgenij Fedorow. Das FBI bestätigte J. P. die Informationen und dass er auf der richtigen Fährte zu den gestohlenen Karten von CD Universe sei. Erst nachdem J. P. all diese Informationen gesammelt hatte, fühlte er sich bereit, Maxus zu stellen. Er schickte ihm eine Mail, in der er von seinem Gespräch mit Diagnoz berichtete und den Wunsch äußerte, noch mehr Karten zu kaufen. Nach dem Austausch einiger Mails schloss J. P. ein gutes Geschäft mit Maxus ab, nämlich 1000 Karten für 1000 Dollar. Da er ihm jetzt vertraute, gab Maxus ihm seine Kontonummer bei der Hansabanka in Riga, Lettland, an. Dadurch gelang es J. P., den obersten Spieler, einen gewissen Maxim Ivankov zu entlarven. Trotz alledem konnte das FBI der Person von Maxus nicht habhaft werden, da dieser einfach vom Bildschirm verschwand. Nach seiner Großtat war J. P. für das FBI ein Held (er wurde zu Vorträgen vor seinen Angestellten geladen) und zugleich der größte Feind der jungen Hacker im Cyberspace.

## WÜNSCH DIR WAS

Er war groß, hatte einen roten Hals (ein Redneck), einen kahlrasierten Schädel. Die Arme waren von Tätowierungen bedeckt. Er saß in meiner Nähe vor einem Berg Fritten. Ich schaute ihn von der Seite an. Dieser Sorte Typen blickte man besser nicht ins Gesicht. Ich sah wie seine Schultern zuckten, als ob er in sich hineinlachte. Dann stand er, ohne den Teller leerzuessen, abrupt auf und ging an mir vorbei. Sein Gesicht war tränenüberströmt. Es ist ein Schock, ein solches Monster in Tränen aufgelöst zu erleben. Was hatte so tiefe Gefühlsregungen in diesem „Killer" erwecken können? Der Tod seiner Mutter? Plötzlich aufkommende Schuldgefühle? Der Anblick einer geliebten Frau, die bei einer Schießerei getötet worden war? Morgens habe ich immer eine blühende Phantasie. All die Filme im Fernsehen. Die Zeitung lag noch aufgeschlagen auf dem Tisch. Das Foto eines kleinen Mädchens in der Rubrik mit den Todesanzeigen. Divine Uwimana Jackson ist mit vier Jahren an einer schweren Form von Hirntumor (Glioblastom) gestorben. Nachdem man im Jahr zuvor die Krankheit bei ihr diagnostiziert hatte, wurden ihr drei Wünsche erfüllt: ein Besuch in Disney World, Ballettstunden und der Besuch einer Schule. Die Stiftung „Wünsch dir was“ hatte das im letzten August alles ermöglicht. Auf diese Weise kam Divine das erste Mal in das Magic Kingdom. Dort verbrachte sie die ganze Zeit damit, die Kleine Meerjungfrau zu suchen, von allen Zeichentrickfilmen ihre Lieblingsfigur. Sie durfte sich sogar mit ihr fotografieren lassen. Ab September besuchte Divine den Unterricht an der Conchita Espinosa Academy, wo alle sie liebten. Norma Miller, ihre Lehrerin, sagte der Zeitung, die Kleine habe einen außergewöhnlichen Wortschatz und liebe Musik über alles. Ihre Energie sei ansteckend, wenn Divine losprustete, breche die ganze Klasse in Gelächter aus. Sie ist wirklich ein Engel, schloss Norma Miller. An dieser Schule begann sie auch mit Ballettstunden, ihrem dritten Wunsch. Vor acht Tagen verschlechterte sich ihr Gesundheitszustand. Ihre Mutter brachte sie ins Baptistenhospital und drei Tage später war sie tot. Ein kleines Foto links neben dem Nachruf zeigte das strahlende Lächeln eines kleinen Schwarzen Mädchens. Warum erwähne ich die Hautfarbe? Wegen des starken Kontrasts: Schau dir das kleine Schwarze Mädchen an, das dieses tätowierte Monster bis ins Innerste aufgewühlt hatte. Amerika ist ein Koloss, der sich nur von der Milch des Märchens ernährt. Die Organisation „Wünsch dir was“ fährt durch die Lande und bittet Kinder wie Divine, sich etwas zu wünschen, genau wie im Märchen. Es sind fast immer dieselben Wünsche und Disney World stets an der Spitze. Der Tod eines kleinen Mädchens als kostenlose Werbung für Disney.

## DAS GELD

Es ist ein Irrtum zu glauben, das Geld öffne in den USA alle Türen. In *Der große Gatsby* hat uns Fitzgerald davon schon einen Eindruck vermittelt, aber der ist zu romantisch, um bei diesem Thema vollkommen glaubwürdig zu sein. Ich wähle mir lieber Truman Capote zum Zeugen. Auch Truman Capote ist in gewisser Weise ein Romantiker, mit seiner Besessenheit vom Reichtum, aber Capote hat noch eine Seite, die Fitzgerald fehlte, den Sinn für Klatsch.
In der *New York Times* hatte ich gerade über den Sturz von Gayfryd und Saul Steinberg, dem reichsten Ehepaar von New York, gelesen. Ich saß in einem etwas dunklen Winkel einer edlen Bar in Manhattan, als ein kleinwüchsiger Mann mit einem sehr großen Hut eintrat. Ich hatte ihn nur auf Fotos gesehen, aber Truman Capote ist immer wiederzuerkennen, vor allem für mich als Bewunderer seines Buchs *Erhörte Gebete*, das von der anerkannten Kritik zerrissen wurde (John Updike beschimpfte Capote in der *New York Review of Books* als schmutzige Klatschbase) und mit dem er sich alle Beziehungen zur Upper East Side von Manhattan verscherzt hatte. Truman verkehrte also schon länger nicht mehr mit den Reichen, schätzungsweise seitdem die erste Story dieses berühmten Werks im *New Yorker* erschienen war. Ich brauchte Truman Capote zur Einschätzung eines wichtigen Ereignisses: den Absturz des Ehepaars Steinberg. Schon davor hatte Truman gewisse Schwierigkeiten mit dem jüdischen literarischen Establishment. Er war wie üblich in ein Fettnäpfchen getreten, als er betonte, die amerikanische Literatur werde nicht nur von jüdischen Schriftstellern hervorgebracht, auch wenn keiner das Talent von Philip Roth, Saul Bellow, Bernard Malamud leugnen könne. Die Juden sind wie die Schwarzen, sie vergessen niemals die kleinste tendenziöse Bemerkung gegen sie. Ebenso wie Norman Mailer die Schwarzen nicht fürchtete, hatte Truman Capote keine Angst vor den Juden. Zu Trumans Entlastung kann man vorbringen, dass er keine Gruppe verschonte, daher bezeichnete ihn die mondäne Dame Nan Kempner auch als *The Tiny Terror*: Er schonte weder die Juden noch die

Reichen noch die Schwarzen („Unter ihnen gibt es außer Baldwin keinen echten Schriftsteller und außer Malcolm X keinen Politiker von Format"), die Homosexuellen (er gehörte selbst zu ihnen, was ihn aber nicht daran hinderte, sie übelst zu beschimpfen), die Frauen (er liebte Marilyn Monroe aus anderen Gründen als ihrem Sexappeal, was *the ultimate blonde* entzückend fand) ... Alle bekamen ihr Fett ab.
Ich: „Also wirklich Truman, du scheinst nicht viele Menschen zu lieben."
Er lachte.
Truman: „Ich bin, glaube ich, der Einzige in Amerika, der die Frauen der Reichen liebt, denn so sehr man die Reichen fürchtet, für die Frauen dieser mächtigen Männer haben alle nur Verachtung übrig ..."
Ich: „Mir scheint ..."
Truman: „Vergiss die Bedenken und merk dir einfach, dass man die Frauen der Reichen verachtet ..."
Ich: „Warum ist das so?"
Truman: „Aus dem gleichen Grund, warum ich sie liebe. Sie haben das Vermögen nicht verdient, das sie ausgeben ... Sie lassen sich jeden Tag maniküren, tragen elegante Kleidung, von der allerdings ein Stück das Jahresgehalt eines Mannes aus der Mittelklasse kostet ... Die Leute haben keine Vorstellung, wie reich die Reichen sind. Der Durchschnittsbürger meint, eine Summe, die 50 Millionen übersteigt, könne er sich gar nicht vorstellen und hört auf zu zählen. Eine Frau hingegen kommt da noch um einiges weiter ..."
Ich: „Was willst du damit sagen, Truman?"
Er warf einen kurzen Blick auf die Zeitung mit dem Sturz der Steinbergs.
Truman: „Zum Beispiel die Steinbergs ..."
Ich: „Genau darauf wollte ich hinaus ..."
Truman: „In der ganzen Angelegenheit hat Gayfryd immer klaren Kopf bewahrt. Alle reden von Saul Steinberg, aber im Vergleich zu seiner Frau ist der Mann ein Niemand. Gayfryd hat die interessantere Geschichte. Zuerst war sie nicht mehr als eine arme kleine

Kellnerin in einem Restaurant. Sie kommt aus einem kleinen Kaff in der Nähe von Vancouver, einem echten Loch namens Nanaimo. Kennst du Nanaimo? Ich kenne niemanden, der dieses Nest kennt. Ihr Vater arbeitete im Büro der örtlichen Telefongesellschaft und ihre Mutter buk den ganzen Tag zuhause das Brot. Anständige Leute. Ich konnte die anständigen Leute der Kleinstädte noch nie ausstehen, sie sind schlimmer als Serienmörder. Und mit Serienmördern kenne ich mich als einziger amerikanischer Schriftsteller wirklich aus. Norman Mailer ist erst seit kurzem auf das Thema gekommen ..."
(Herrgott!, sagte ich mir, mach dass er nicht wieder anfängt, über Mailer herzuziehen. Truman ist immer bestens informiert, aber er kann einem mit seinen vielen Obsessionen den Nerv töten. Ich muss aufpassen, dass er nicht meint, ich wollte ihn zu irgendwas drängen. Der Typ ist echt verhaltensgestört.)
Truman: „Natürlich blieb sie dort nicht hängen ... Eine Frau wie Gayfryd krepiert nicht in einem solchen Loch. Sie ging an die Universität von British Columbia, dort blieb sie aber auch nicht lange. Sie heiratete ziemlich schnell einen Hinterwäldler namens McLean, einen Stahlbauingenieur, der nahm sie mit nach Südafrika ... Ich glaube, ich werde was trinken ..."
Ich: „Was nimmst du, Truman?"
Truman: „Whisky, einen doppelten."
Ich musste ihm einen Whisky holen gehen (ich hatte große Angst, dass er es sich anders überlegte und weg wäre, wenn ich zurückkam. Offenbar war er noch schwerer zu halten als Marilyn. Das soll nicht den Eindruck erwecken, ich hätte schon mal mit Marilyn Monroe geredet, aber ich habe das wunderbare Gespräch gelesen, das Truman mit ihr geführt hat. Truman veröffentlichte es unter dem hinreißenden Titel *Ein wunderschönes Kind* in seinem Erzählband *Musik für Chamäleons*).
Truman: „Dieser McLean war die Sorte Hinterwäldler, die ihren Frauen sagen: ‚Heute ist dein Geburtstag, Schatz, und da wir gerade in der Stadt sind, kannst du dir ja eine Glückwunschkarte kaufen.' Das Paar kommt nach New Orleans, Gayfryd findet Arbeit in

einem Restaurant. Dort angelt sie ihren ersten dicken Fisch, einen reichen Gast namens Norman Johnson. Natürlich war Johnson viel älter, ebenfalls verheiratet und hatte drei Kinder. Aber er betete sie an. Er ließ sich sofort scheiden. Sie ebenfalls, aber damit es schnell geht, ließ sie sich in der Dominikanischen Republik scheiden. Einen Monat später wollten die beiden in New Orleans heiraten. Leider erkennt der Staat Louisiana die Scheidungen aus der Dominikanischen Republik nicht an. Macht nichts, dann müssen sie mit der Hochzeit eben etwas warten. Die Johnsons kauften sich in New Orleans das größte Haus, eine Villa im Renaissance-Stil, ziemlich neureich das alles. Gayfryd ließ es vollständig umbauen, um dann die Schlossherrin zu spielen. Die Steinbergs stellten ihr Haus der Stadt für offizielle Empfänge, Ballettabende oder klassische Konzerte zur Verfügung. Sie hofften in einen Club aufgenommen zu werden, der sie nicht in seinen Reihen wollte. Hast du den Roman von Fitzgerald gelesen?"

Ich: „Ich kenne Jay Gatsbys Tragödie."

Truman: „Es war genau das Gleiche. Die beiden Turteltauben ließen sich von der Aristokratie in New Orleans hereinlegen. Diese Leute reichten an Gayfryd nicht heran, aber Norman träumte so sehr davon, in die dortige gute Gesellschaft aufgenommen zu werden. Norman war zwar reich, aber er blieb ein Hinterwäldler ..."

Ich: „Was geschah dann?"

Truman: „Die Steuerbehörde übernahm ihren Part. Norman hatte 7 Millionen Steuerschulden. Ich kannte seinen Anwalt, er hieß Martzell. Er erinnert sich noch an den Abend, als er Norman mitteilte, dass er ins Gefängnis musste. Die beiden wollten gerade zu einem Maskenball ausgehen, während der Anwalt also Norman die ziemlich unangenehme Situation erklärte, schnürte Gayfryd diesem seelenruhig weiter die Stiefel zu. Äußerst kaltblütig, diese Frau."

Ich: „Sie war ja auch nicht mit Gefängnis bedroht ..."

Truman: „Ja, aber sie riskierte ihren Ruf und ein Vermögen, das in gewisser Weise auch ihr gehörte ... Alle reichen Frauen, die ich je kannte, selbst die schlimmsten Kriminellen, hatten sich das Geld, das sie ausgaben, reichlich verdient. Zumal Norman manisch-depressiv war und schon versucht hatte, sich das Leben zu nehmen. Eines Abends kamen sie von einer Party, Norman war am Steuer. Da hätte er um ein Haar den Wagen in eine Schlucht gelenkt. Mit diesen Zeitgenossen zusammenzuleben ist nicht einfach, das kann ich dir sagen … Tja, Saul Steinberg hat Gayfryd bei einem Essen in New York kennengelernt und war sofort verrückt nach ihr. Norman war zu vierzehn Monaten Gefängnis verurteilt. Gayfryd reichte Ende Februar die Scheidung ein, im Juli zog sie zu Steinberg in sein Haus an der Park Avenue. Und am 22. Dezember, nur ein paar Stunden, nachdem ihre Scheidung von Norman verkündet war, heiratete sie Saul. Der Anwalt hatte Norman lange vor dem festgesetzten Termin aus dem Gefängnis freibekommen, aber Gayfryd war schon ausgeflogen. Einige Zeit später ist Norman dann aus dem Fenster seines Hotels gesprungen."

Ich: „Wie ging es mit Gayfryd und Saul weiter?"

Truman: „Saul war ein echter Reicher, aber es wäre zu langwierig zu erzählen, wie er zu seinem Vermögen kam. Im Versicherungsgeschäft, natürlich. Er kaufte jeweils große Firmen, die gerade abstürzten. Dieser Mann hatte einen genialen Riecher für alles, was mit Geld zusammenhängt. Er kam schnell zu seinem Reichtum und schaffte es, dass seine gesamte Familie ebenfalls reich wurde. Diese Philosophie hat ihn übrigens auch in den Bankrott getrieben. Offenbar machen das nicht nur die Italiener so. Heute prozessiert seine eigene Mutter gegen ihn, weil er ihr angeblich Geld schuldet. Die einzige Person, die in dieser Geschichte Haltung bewahrte, war das kleine Mädchen aus Nanaimo, die ehemalige Kellnerin von New Orleans. Sie kümmerte sich um Saul nach seinem Herzinfarkt. Und ich erzähle dir noch etwas. Es war Saul, der diese ganze Geldverschwendung wollte, und zwar aus einem einfachen Grund: Trotz der Unsummen, die er nach links und rechts verteilte, wurde Saul Steinberg nicht in den Verwaltungsrat des *Metropolitan Museum* aufgenommen, obwohl er auch dem

Museum sehr viel gespendet hatte. Immer dasselbe Problem: die Anerkennung der Leute zu erringen, die einem den Zugang zu ihrer Privatsphäre verweigern. Im Vergleich zu dieser Ohrfeige erschien alles andere wertlos ... Trotz der märchenhaften Feste, die er für die Reichen von Manhattan gegeben hatte, trotz all der Gemälde von Rubens, den Silberwaren, trotz der ganzen Opulenz, hielt die Gesellschaft von New York einige Türen vor der Nase von Saul Steinberg verschlossen. Genau wie die feine Gesellschaft von New Orleans zuvor Norman Johnson abgelehnt hatte."
Ich: „Und jetzt?"
Truman: „Ich denke, Gayfryd wird wieder hochkommen, sie lässt sich niemals unterkriegen, bei Saul bin ich mir nicht so sicher."

## SO LANGE BEINE

Sie wollte nichts bestellen, aber der Kellner ließ sich nicht abwimmeln.
„Das ist hier die Regel, junge Dame, Sie müssen etwas nehmen."
Ich hatte bereits ein Club-Sandwich und ein Glas Wein bestellt.
„Dann nehme ich einen Grüntee", sagte sie.
„Sie müssen etwas von der Karte auswählen", er blieb eisern.
Ganz in der Nähe am Ocean Drive war eine Model-Agentur. Er war diese Mädchen gewohnt, die von einem Tee und einer halben Grapefruit leben. Ihm lag rein gar nichts an ihrer Gesundheit, aber sein Trinkgeld bemaß sich nach der Höhe der Rechnung.
„Ich habe keinen Hunger."
„Das verstehe ich, aber dies ist ein Restaurant."
Wir waren im News Café, in SoBe (South Beach), dem Art-Deco-Viertel von Miami.
„Es stört mich nicht, wenn Sie nicht aufessen ..."
Sie lächelte.
„Dann nehme ich eine Tonne Spaghetti."
„Wie bitte?"
„Ich möchte eine Tonne Spaghetti."

Der Kellner lief in die Küche. Um uns herum saßen die üblichen Gäste. Models, Schauspieler, Sänger, alle sehr jung. Sie gingen spät essen und beschlossen den Abend meist im Liquid oder im Risk.
„Gianni trinkt hier jeden Tag seinen Kaffee", flüsterte sie, als weihte sie mich in ein Geheimnis ein.
„Gianni?"
„Versace. Er isst hier zu Mittag. Ich habe das in einer Zeitung gelesen und seitdem komme ich öfters her. Ich habe ihn aber nur einmal gesehen."
„Hast du ihn angesprochen?"
„Du bist verrückt!", erwiderte sie.
„Was bringt es dir, ihn nur zu sehen?"
„Es gibt mir Kraft."
„Du hättest aufstehen, weiß nicht, zur Toilette gehen sollen, er hätte vielleicht deine Beine bemerkt ..."
Sie hatte wirklich endlos lange Beine, wie Amber Valetta oder Tina Turner.
„Ich habe daran gedacht, aber ich wäre nie bis zur Toilette gekommen. Meine Beine hätten mich nicht getragen. Stell dir doch vor, Versace sieht zu, wie ich durch den Raum gehe!"
Der Kellner kam mit einem riesigen Teller voll dampfender Spaghetti.
„Das ist aber viel, was?", bemerkte ich.
Sie lachte.
„Es ist nur, um die anderen zu ärgern. Sie werden sagen: ‚Schau dir die an, sie isst Tonnen von Spaghetti und bleibt trotzdem dünn.'"
Diese Äußerung gefiel mir gut.
„Mit solchen Beinen hast du sicher viel Erfolg ..."
„Ja, aber nicht bei den Leuten, an denen mir was liegt. Wahrscheinlich geht es allen so. Man bekommt nie das, was man will, im richtigen Moment, ebenso wenig wie den richtigen Mann. Ich weiß, ich werde etwas erreichen, aber zu spät. Jetzt müsste jemand in dieses Lokal kommen und rückwärts umfallen, wenn er mich sieht."
„Aber sie sehen dich doch alle an."

„Diese Trottel sind mir schnuppe … Mein Traummann ist einer, der etwas Außergewöhnliches schafft. Der einen ganz neuen Bereich erobert. Weißt du, wer für mich der Größte ist: Prince. Der ist ein echtes Genie. Aber ich glaube, ich werde nie den Leuten begegnen, die ich wirklich kennenlernen möchte."
„Geht es dir gut? Du kommst mir ein bisschen deprimiert vor."
„Ja, ich weiß, in diesem Beruf darf man nicht bitter wirken. Mein Agent sagt mir das ständig. Die Sache ist, ich habe mehr unbezahlte Rechnungen als abgeschlossene Verträge und auch keinen guten Agenten."
„Was ist in einer solchen Lage zu tun? Mit den richtigen Leuten ins Bett gehen?"
Sie machte eine abgeklärte Miene.
„Wer möchte schon mit einer verhungerten Frau schlafen, die nur Haut und Knochen ist? Das sind wir Models nämlich. Die Magie wirkt nur auf den Fotos in den Magazinen. Meine Freundinnen haben gar keine Gelegenheit einen Freund zu finden. Man muss früh schlafen gehen, darf nichts essen, nichts trinken, nicht zu lange auf den Empfängen bleiben, das könnte vulgär wirken … Das Einzige, was in diesem Milieu toleriert wird, ist Kokain, weil es den Appetit nimmt und zugleich aufputschend wirkt."
„Kate Moss sagt, sie trinke manchmal schon morgens vor acht Champagner, vor der ersten Schau."
„Möglich, aber Regel Nummer eins ist, glaube kein Wort von dem, was du in der Zeitung über ein Model liest. Häufig hat es der Agent geschrieben. Nur eine kleine Handvoll haben regelmäßig Arbeit und verdienen am Ende viel Geld, während die überwiegende Mehrheit vor sich hindümpeln und viel mehr ausgeben als sie verdienen."
„Ich höre heraus, dass es ein sehr harter Beruf ist …"
„Ja … Es herrscht eine höllische Konkurrenz, umso mehr, als sie auf nichts begründet ist. Wenn du hübsch bist, sagen sie dir, die hübschen Mädchen will keiner mehr, man braucht jetzt eher eine aparte Visage wie Rosie de Palma, wenn du ein schönes Lächeln hast, sind gerade die deprimierten Mädchen dran, wenn du hübsche Knos-

pen auf der Brust hast, sind ausnahmsweise große Titten gefragt, wenn du einen klassischen Mund hast, sind in dem Moment gerade Julia Roberts und Angelina Jolie aufgetaucht. Wie du siehst, es ist auf nichts begründet. Und außerdem musst du die meiste Zeit Männern gefallen, die sich nicht für Frauen interessieren."
„Ist das bei der Elite-Modelagentur auch so?"
„Auch dort tun sie nur als ob. Die Mädchen tun, als wären sie glücklich und die Männer tun, als interessierten sie sich für Frauen. Ich war einmal auf einer Swingerparty, wo niemand vögelte. Sie taten alle so, als trieben sie es mit einer anderen im Nebenzimmer."
Ich fragte mich, ob es sich nicht in allen Branchen so verhielt.
„Für uns ist es wirklich schwer, einen richtigen Mann zu finden."
„Bestimmt nicht hier ... Ist dieses Leben teuer?"
„Man muss immer in die Clubs gehen, die gerade in Mode sind, und die sind meist teuer. Ingrid Casares, die Freundin von Madonna, hat hier die Fäden in der Hand. Sie kennt jeden. Ich gehe öfter ins Liquid , ihren Club, und hoffe, dass sie mich einmal Donatella vorstellt, der Schwester von Gianni. Aber weil sie so viel geackert hat, um hier anzukommen, wird sie mir wohl nichts schenken."
„Warum macht man weiter?"
Schweigen.
„Wegen denen, die unten geblieben sind."
„Was willst du damit sagen?"
„Sie denken alle, ich hätte ein tolles Leben."
„Das genügt dir, um das hier durchzuhalten?"
„Hey! Übertreib mal nicht ... Es gibt noch weit schlimmere Berufe. Die High School war für mich fürchterlich. Keiner interessierte sich für mich. Meine Beine waren zu lang, mein Mund zu groß und ich war zu mager. Es ist immer noch so, aber jetzt verdiene ich damit mein Geld."
„Geht es dir jetzt besser?"
„Ich habe zwar keinen festen Freund, aber wenn ich mein großes Maul halte, erfährt das niemand. Und wenn ich es sage, nimmt es mir keiner ab."

„Du richtest dein Leben ganz nach der Anerkennung durch andere aus!"
„Und du?", erwidert sie schlagfertig. „Löst es bei dir nichts aus, wenn du das Begehren der anderen auf deiner Haut spürst? Fast wie Blutegel."
Schweigen.
„Es kommt von meinem Beruf. Wir beobachten uns die ganze Zeit durch die Augen der anderen. Ich frage mich manchmal, wie sie auf so einen Beruf gekommen sind. Du verdienst dein Brot nur, wenn man dich ansieht. Ich sollte weniger an alles denken, sonst ende ich noch in einer der Entzugskliniken von Betty Ford ..."
Sie blickte auf ihren Teller.
„Ich bin ein Abziehbild. Sogar beim Essen tue ich nur so als ob. Glaubst du, dass ich lebe?"

## MISS CLEO

Jonathan Goodwill hat soeben seine Arbeit verloren. Er ist Lagerarbeiter bei Firestone in Phoenix, Arizona. In letzter Zeit gab es auf den Straßen Probleme mit neuen Reifen. Plötzlich platzt der Reifen und der Wagen gerät ins Schleudern. Achtzehn Tote bis jetzt. Überall ist von nichts anderem die Rede. Es wird prozessiert. Firestone hat Millionen Reifen zurückrufen müssen. Die Arbeitnehmer haben im Fernsehen erstmals die Gesichter der echten Bosse von Firestone gesehen (dickbäuchige Männer in Ralph-Lauren-Hemden, die sich in der Hitze des Scheinwerferlichts den Schweiß von der Stirn wischten). Jeden Tag erfährt man von einem neuen Unfall. Es endet tödlich, wenn er auf der Autobahn passiert. Firestone bekam finanzielle Probleme. Ein paar Bosse mussten gehen. Es war klar, dabei würde es nicht bleiben. Auch die Kleinen würde es treffen. Jonathan Goodwill hatte seit Jahren mit Gewichtsproblemen zu kämpfen, aber keiner hatte es bemerkt. Er war immer freundlich, zuvorkommend, hatte einen Spruch für jeden. Bei Firestone war er sehr beliebt. Der Hinauswurf war dem

Chef scheinbar peinlicher als ihm selbst: „Meinen Sie, es macht mir Spaß, meinen besten Arbeitnehmer zu entlassen?“, hatte er ihm zugeraunt, als er ihm den Umschlag übergab. Es ging nach dem Anciennitätsprinzip. Die als Letzte eingestellt wurden, mussten als erste gehen. Jonathan arbeitete erst seit fünf Jahren bei Firestone, obwohl es allen vorkam wie eine Ewigkeit. Zuhause angelangt, brach er zusammen. Er hatte keine Freunde. In seinem Briefkasten sammelten sich nur Rechnungen, Reklame und Werbung für Kreditkarten, die man ihm jede Woche andrehen wollte (das hörte auf, sobald seine Entlassung bekannt wurde). Sein Telefon klingelte ständig, aber es waren nur Leute, die einem etwas am Telefon verkaufen wollten. Jonathan kaufte so viel er konnte, nur um diesen Haien zu gefallen. Mit dem Ergebnis, dass seine Wohnung vollgestopft war mit Sachen, die er nicht brauchte. Er wusste jetzt, dass Händler die Einzigen waren, die ein Lächeln für dich übrig hatten. Jonathan dachte bei sich, Amerika ist in zwei Gruppen aufgeteilt: auf der einen Seite die Verkäufer, auf der anderen die Käufer. Manche Menschen befanden sich in beiden Lagern. Er selbst beispielsweise war ein Verkäufer an seinem Arbeitsplatz bei Firestone, aber sobald er zu Hause ankam, wurde er zum Käufer und damit zur Beute der Händler. Das Telefon war nicht mehr da, um dich mit Freunden oder Verwandten zu verbinden (Jonathan hatte nur eine Tante, die in einer Kleinstadt nördlich von Prescott lebte, sie hatte sich immer gegen einen Telefonanschluss gewehrt), sondern mit einer Armee von Verkäufern, die dich manchmal bis mitten in der Nacht heimsuchten. Eines Abends, als er nicht schlafen konnte, verkündete ihm eine gewisse Miss Cleo im Fernsehen (eine wunderschöne Jamaikanerin mit einem unverschämt sinnlichen Mund), dass ihn eine strahlende Zukunft erwartete und all seine Probleme sich bald lösen würden. Für die Einzelheiten sollte er eine bestimmte Telefonnummer anrufen. Die ersten drei Minuten waren kostenlos. Jonathan eilte zum Telefon, rief an und hatte auch sofort jemanden in der Leitung. Leider war Miss Cleo nicht frei, aber man würde ihn mit einem Assistenten verbinden. Jonathan hatte keine Lust, mit einem Assistenten zu sprechen. Er

wollte warten, bis Miss Cleo Zeit hätte. Man gab ihm zu verstehen, das könne länger dauern. Machte nichts, er würde so lange warten wie nötig. Am Ende erklärte ihm jemand, Miss Cleo habe ihr Büro überstürzt verlassen und dringend nachhause fahren müssen. Ihre Tochter habe einen leichten Autounfall gehabt. Jonathan fragte sich sofort, warum Miss Cleo diesen Unfall nicht „vorausgesehen" hatte. Aber anscheinend ist es nicht möglich, die eigene Zukunft vorherzusagen. Jonathan zeigte Verständnis. Er würde morgen wieder anrufen. Und er tat es am nächsten, übernächsten und dem folgenden Tag. Bis die Telefonrechnung kam: 8039 Dollar. Jonathan konnte sich nicht erinnern, derart lange telefoniert zu haben. Es war schwer abzuschätzen, aber 8039 Dollar, das war völlig ausgeschlossen. Er hatte Miss Cleo nie erreicht. Einige Tage später sah er ihr Foto in der Zeitung. Man sprach von Betrug. Miss Cleo war nur die Fassade gewesen für das blühende Geschäft zweier Businessmen in Florida. Sie konnte gar nicht ans Telefon kommen, da sie nicht mal im Lande war. Sie hatte lediglich ihre schauspielerischen Talente für den kleinen Werbefilm eingebracht, um die Deppen mit ihrem großen sinnlichen Mund anzulocken.
„Man stelle sich vor", sprach Jonathan in das Halbdunkel seiner knallheißen Wohnung in Phoenix, „ich habe mich für eine Frau ruiniert, mit der ich nie ein Wort gewechselt habe."

## OPRAH GEGEN DAS RINDFLEISCH

Oprah – jeder nennt sie so, seitdem sie die weltweit berühmteste Persönlichkeit im Fernsehen ist – hat in ihrer täglichen Sendung einen Feldzug gestartet. Sie hat ohne Umschweife den Hamburger angeschuldigt (der Hamburger, die Jeans und Coca Cola bilden unangefochten das Trio der amerikanischen Populärkultur), die wichtigste Ursache für die Dickleibigkeit in den USA zu sein. Dazu ist zu bemerken, dass Oprah selbst seit Jahren mit Gewichtsproblemen zu kämpfen hat. Zu Anfang jeder Fernsehsaison kommt sie schön, schlank und selbstbewusst ins Studio und verkündet den

Zuschauern, dass sie eine neue Methode gefunden hat, um abzunehmen. Sofort tut es ganz Amerika ihr nach. Je weiter das Jahr voranschreitet, nimmt sie das ganze Gewicht, das sie über den Sommer verloren hatte, wieder zu und beendet das Jahr als Michelin-Männchen. Im nächsten Jahr ist es genauso. Wenn Oprah von Dickleibigkeit redet, ist sie also glaubwürdig. Ihr Argument wiegt schwer. Man hört auf sie, wenn sie ihren ehemaligen ständigen Begleiter anklagt, den Hamburger. Aber der Hamburger ist nichts anderes als Rindfleisch und Rindfleisch ist im nationalen Leben von großer Bedeutung. Die Viehzüchter kündigen einen Marsch auf die Fernsehstation an, wo Oprah arbeitet. Die Fleischwirtschaft ist in Aufruhr. Oprah hält über eine Woche lang an ihrer Aussage fest: Der Hamburger tötet Amerika. Nach zwölf Tagen zeigt sie die erste kleine Schwäche. Oprah entschuldigt sich öffentlich im Fernsehen. Die Viehzüchter aus Texas werfen mit schrillen Schreien ihre Hüte in die Luft. Oprah war nur der Frosch, der gegen den echten Ochsen nichts ausrichten konnte. *Where's the beef?* (wo bleibt das Fleisch) heißt in der Sprache der Cowboys: „Worin besteht die Substanz Ihres Vorschlags?" Oprah gab sich geschlagen, aber die Debatte über das Fett ist darum noch nicht beendet.

## COLA GEGEN PEPSI

Ich saß auf einer kleinen Bank in der Nähe eines Ladens, wo ich mir gerade eine Cola gekauft hatte. Ich hatte auf die klassische Frage geantwortet: Cola oder Pepsi? Der Verkäufer, ein junger Mann in den Zwanzigern, schaute mir direkt in die Augen, als hinge die Zukunft Amerikas von meiner Wahl ab. Immer mehr Leute weigern sich, in dieser Frage Stellung zu beziehen. Vor allem seit Coca Cola selbst eingeknickt ist. Der Generaldirektor von Pepsi erzählt, er sei mitten im Krieg zwischen den beiden Erfrischungsgetränken gerade in einem Flugzeug gesessen, als er davon hörte. Die Konkurrenz hatte den Handschuh geworfen. Coca Cola hatte sein berühmtes Geheimrezept aufgegeben und sich für ein noch süßeres Getränk entschieden, das weicher schmeckte, in einem Wort, Cola wurde zu Pepsi. Unfassbar! Die Nachricht verblüffte Amerika und anschließend den Rest der Welt. Tausende rannten in ihrer Verzweiflung in die Liquor Stores und kauften sich Kisten mit Cola, um sie in ihren Kellern zu lagern. Seit dem Tod Kennedys hatte keine andere Nachricht in den Vereinigten Staaten eine so große Wirkung gehabt. Ein Geschmack sollte aussterben, das nahmen die Leute todernst. Der Druck wurde so groß, dass die Coca-Cola-Kompanie verlautbaren ließ, sie würde den gewohnten Geschmack neben dem neuen weiter herstellen. Das wurde dann das Classic Coke. Pepsi hatte kurze Zeit geglaubt, das Geschäft in der Tasche und den Krieg endlich gewonnen zu haben, aber es kam anders. Coca Cola hat ganz einfach seinen Wettbewerbsvorteil zurückgewonnen. Pepsi sah sich nun zwei Gegnern gegenüber: dem Classic Coke und der neuen Geschmacksrichtung. Bald darauf gaben die Verbraucher zu verstehen, dass sie zwei Sorten Cola lächerlich fanden. (Die Amerikaner schätzen das Prinzip, nur eine Formel zu brauchen, das ist für sie sogar der Kern der Demokratie, während Europa mit seinen unendlichen Varianten und den vielen Abstufungen, etwa beim Wein, ihnen dekadent und elitär erscheint.) Die Kompanie kehrte daraufhin sang- und klanglos zur ursprünglichen Formel zurück. Der Krieg ging weiter. Himmel! Wir sind gerade noch einmal davongekommen.

## ÜBER DEN WEIN

Er hatte sich mit mir in einem kleinen Restaurant am Flughafen verabredet (im *La Caretta*). Ich bestellte einen Salat und ein Glas Rotwein, er einen Hamburger und eine Cola. Ken arbeitete für *Vibe*, das neue sehr angesagte Magazin für Schwarze, das *Ebony* alt aussehen ließ. *Ebony* behandelt nur Themen, die Schwarze betreffen. Schauspieler, Sportler, Richter, Bürgermeister, Musiker, Astronauten, alle sind in *Ebony* schwarz. Ich frage mich immer, wie ein Magazin, beispielsweise mit dem Titel *Ivory*, ankäme, das sich nur mit Weißen befassen würde (natürlich wird man einwenden, dass die meisten landesweiten Magazine den Schwarzen nur einen beschränkten Platz einräumen). Eigentlich unterscheidet sich *Vibe* gar nicht so sehr von *Ebony*. Der Stil ist ein bisschen jünger, mehr nicht.

„Wie geht es dir?", fragte mich Ken.

„Gut, und dir?"

„Es geht. Wie ich höre, reist du durch das Land?"

„Jaaa."

„Mit welchem Ziel?"

„Ich schreibe einen langen Artikel für ein Magazin."

„Sagst du mir, was du denkst?"

„Ich denke nicht, ich mache Notizen und ein paar Fotos."

„Du trinkst Wein?"

„Offensichtlich ..."

„Hast du schon mal in Europa gelebt?", fragte er mich in misstrauischem Ton.

„Ich war ein paarmal dort, und du?"

„Noch nie ... dort ist es anders als hier, was?"

„In manchen Dingen."

„Zum Beispiel?"

„Dieses Interview ..."

„Führen die Journalisten dort keine Interviews?"

„Doch, aber nicht so."

„Wie dann?"

„Sie sind intellektueller."

Daraufhin musste er eine Weile nachdenken.

„Das verstehe ich nicht."

„Sagen wir mal, die Frage ist oft länger als die Antwort."

Jetzt musste er so lachen, dass er sich vor Vergnügen auf die Schenkel schlug.

„Wie geht das denn?"

„Einfach indem der Journalist in die Frage schon den Ansatz einer Antwort einfließen lässt."

„Wenn er die Antworten schon weiß, warum vergeudet er seine Zeit mit dem Interview?"
„Und du, warum führst du dieses Interview?"
„Um herauszufinden, was für ein Typ du bist."
„In Europa wollen sie vor allem wissen, was du denkst."
„Wenn ich das Buch lese, werde ich herausfinden, was der Autor denkt. Ich interessiere mich mehr für die Details. Dinge, die uns dem anderen näherbringen."
In Europa sind sie besessen von der Originalität. Hier will man nicht aus der Gruppe heraustreten. Die Gruppe handelt für dich. Man darf sich nie zu weit von ihr entfernen.
„Dort drüben wirst du eher dazu gedrängt, die Unterschiede zu betonen."
„Warum denn?"
„Jedes Volk hat seinen eigenen Stil."
„Einfach so?"
„Ja."
Er schien wirklich erstaunt. Die Vorstellung wollte ihm nicht in den Kopf. Ich habe eine ähnliche Diskussion mit jungen Franzosen in Lyon geführt, sie konnten die Tatsache nicht begreifen, dass Amerikaner kulturellen Freuden in der Gruppe nicht viel abgewinnen (ihre puritanische Seite verbietet es ihnen, vor anderen Lust zu zeigen. Gäbe es keine Kinder, man würde kaum glauben, dass sie vögeln). Für einen Franzosen ist nichts dagegen einzuwenden, mit seinen Freunden über ein Buch zu diskutieren. Nach einem guten Film tauscht er seine Eindrücke gerne bei einem Glas Wein in einem Lokal mit anderen aus.
„Ich muss dir was gestehen", sagte er mit gesenkter Stimme."
„Ja."
„Ich mag keinen Wein. Ich finde, er ist das am meisten überschätzte Produkt auf der Welt. Ich verstehe nicht, warum es so viele Sorten von so einem schlechten Getränk geben muss. In den Vereinigten Staaten gibt es nur Cola oder Pepsi, du nimmst eines von beiden und wenn du beide nicht magst, kannst du immer noch Wasser trinken. Vielleicht bin ich ein ungehobelter Amerikaner, aber ich

finde, sie machen viel zu viel Getue um ihren Wein. Was mich am meisten ärgert ist, dass keiner es wagt, ihnen das zu sagen."

„Vielleicht hast du nur noch nie einen wirklich guten Wein probiert?"

„Ich hasse einfach die Vorstellung eines Getränks, das aus Trauben gewonnen wird."

Er schaute mich mit sehr ernster Miene an, dann brach er in schallendes Gelächter aus.

„Das wollte ich mal jemandem sagen. Ich glaube, ich habe dich genügend gelangweilt", sagte er, während er aufsprang.

„Hast du denn genug Stoff für einen Artikel?", fragte ich, plötzlich besorgt um ihn.

„Ach weißt du, es gibt keine große Sache. Der Teil mit dem Wein hat mir gut gefallen."

„Das ist dein Problem, ich liebe den Wein."

„Ach, Mist, fast hätte ich es vergessen. Kann ich ein Foto machen?"

„Klar", sagte ich und hielt ihm mein Weinglas entgegen.

Er schenkte mir ein breites Lächeln. Klick.

„Ich schicke dir die Zeitung. Keine große Sache, nur sechs oder sieben Zeilen. Mit dem Foto wird das super. Und übrigens, *fuck the wine*."

Er nahm sein Aufnahmegerät, steckte es in seine große Stofftasche und ging. Er wusste nicht, dass Manhattan der Ort auf der Welt war, wo man derzeit die größte Vielfalt an Weinen von guter Qualität kaufen konnte. Ich notierte in meinem Buch: Hüte dich vor der Meinung eines Amerikaners über Amerika.

# VIII. TEIL
# EIN PAAR REGELN, UM IN AMERIKA ZU ÜBERLEBEN

## LOGBUCH

Ich schreibe in mein Notizbuch:

## 1. IN DER U-BAHN VON NEW YORK

Eine junge Frau sieht mich die ganze Zeit an. Was tun? Ich kann sie nicht nach der Uhrzeit fragen, ich trage eine Uhr am Handgelenk. Ich kann mit ihr auch nicht über das Wetter sprechen, da man den Himmel nicht sieht. Jeglicher Versuch, sie ohne diese streng festgelegten Regeln anzusprechen, macht mich zu einem potentiellen Vergewaltiger. Die Bahn fährt weiter. Die junge Frau wirft mir kurze, intensiver werdende Blicke zu. Sie wartet offensichtlich auf ein Zeichen von mir. Sie liest, das ist eine Chance für mich. Herrgott mach, dass es Salinger ist. Über Salinger habe ich einiges auf Lager, außerdem kenne ich die luzide und zugleich krankhafte Sensibilität der Leserinnen von Salinger. Ach, es ist John Irving. Was kann man über den Kerl sagen? Vielleicht, dass er Honig mag. Ich kann schließlich diese junge Frau mit den munteren Augen nicht nach ihrem Sternzeichen fragen, wir sind nicht mehr in den Sechzigerjahren. Das machte man noch bis Mitte der Achtziger, aber die sind lange vorbei, Alter. Sie hat ihre Station erreicht. Sie wird aussteigen. Natürlich lässt sie sich Zeit, viel Zeit, sucht etwas in ihrer Tasche, schaut auf dem Boden nach und geht endlich. Ich sage mir, wenn sie sich nochmal nach mir umdreht, interessiert sie sich wirklich für mich. Andere steigen aus. Der Waggon füllt sich wieder. Neue Gerüche. Die Parfüms von Brooklyn und der Bronx mischen sich mit dem der Leute von Manhattan. Die Bahn ruckelt und fährt langsam los. Ich verliere alle Hoffnung. Mit einer jähen Bewegung dreht sie sich um und ihr Blick trifft mich mitten ins Herz. Ich kann nicht glauben, dass die westliche Zivilisation, die immerhin die Antibabypille, die Kontaktlinsen, das Handy, die Glühbirne, das Relativitätsprinzip und das Fastfood erfunden hat (alles für unsere persönliche Bequemlichkeit), unserem beschränkten Repertoire nicht noch einen oder zwei Sätze hinzufügen kann, die es einem ehrbaren Schriftsteller in der U-Bahn erlauben, ein junges Mädchen anzusprechen, ohne es zu sehr zu erschrecken. Ich kann nicht glauben, dass sich keiner für dieses Thema interessiert. Dieser kleine Satz könnte das Leben von Millionen verändern (die in der Öffentlichkeit nicht einfach jemanden ansprechen können). Ein kleiner Satz, außer der Frage nach der Uhrzeit, einer Bemerkung zum Wetter oder der Erkundigung nach ihrem Sternzeichen. Nach über 2000 Jahren einer angeblichen Zivilisation haben wir nicht mehr als diese drei Möglichkeiten (die Zeit, das Wetter und die Sternzeichen), um eine Unbekannte auf der Straße anzusprechen. Ein Armutszeugnis! Hinzu kommt, wenn eine Frau dir in der U-Bahn von New York in die Augen schaut, ist sie zumeist eine Polizistin, ein Transvestit oder eine Nutte. Du kannst wählen.

## 2. CHICAGO: EINKAUFSSTRASSE

Ich setzte mich auf eine Bank, um die Passanten zu beobachten. Am Samstagnachmittag wogt die Menge pausenlos die Straße hinauf und hinunter. Ich habe den Eindruck, es sind immer dieselben, die vor mir hin- und herziehen. Sie kehren am Ende um und kommen wieder zurück. Mit den gleichen erschöpften Gesichtern. Den gleichen verzerrten Mündern. Gewöhnlich besteht eine Menschenmenge aus zwölf verschiedenen Einzelpersonen, multipliziert mit hundert. Zwölf Typen. Die Frau mit zwei zu schweren Einkaufstaschen, die ihre Adern am Hals hervortreten lassen. Der Mann, der es eilig hat, aber kein Ziel. Das junge Mädchen, das gerade aus dem Kaufhaus kommt. Das Kind, das glücklich seine

Eiswaffel mit der Nase isst. Das Mädchen mit fast nackten Brüsten und einem Mund wie eine Wunde. Die Frau, die einen kleinen Jungen ohrfeigt, weil er nicht weiterlaufen will. Der junge Mann, der alle anrempelt, weil das Leben für ihn nicht schnell genug geht. Die 50-Jährige, die in Zeitlupe läuft aus Angst, ihr Makeup zu verwischen. Der Tourist, der alle und niemanden ansieht. Der Typ auf dem Fahrrad, der hasserfüllte Blicke auf sich zieht. Das Kind, das einfach anhält, um sich die Schuhe zu binden und die Mutter läuft weiter. Die Hand, die blind über alle erreichbaren Hintern streicht. Achtung vor dem Kerl, der die Menge zerteilt, Alter. Schau auf seine rechte Hand, er hat ein Messer.

## 3. DALLAS: EIN RESTAURANT

Ich setzte mich nach hinten. Wenn man allein ist, ist es sehr schwierig, in einem Restaurant einen guten Platz zu bekommen. Ich holte mein Notizbuch heraus und begann, ein paar Szenen aufzuschreiben. Porträts der Gäste. Gesprächsfetzen. Fingerübungen.
Zwei Weiße in Tweed-Jacketts kamen herein.
Einer von ihnen sagte: „Du betrittst den Speisesaal, denn das ist ja ein Restaurant, setzt dich an einen der Tische, der gedeckt ist, als hätte man schon länger auf dich gewartet, und sofort kommt jemand und ist dir zu Diensten, er fragt, was du bestellen willst. Du kannst ihm antworten, ohne ihn eines Blickes zu würdigen, oder ihm leicht ungeduldig zu verstehen geben, dass du ihm noch Bescheid geben wirst. Der Kellner entschuldigt sich und geht wieder an seinen Platz, um zu warten, bis du gnädigst etwas zu essen bestellst, du aber schaust in aller Ruhe in die Speisekarte und wenn du dich zur Bestellung bereit fühlst, winkst du ihm zu und er kommt im Eilschritt herbei. Du gibst die Bestellung auf, er notiert sie artig und wenn du es dir anders überlegst, streicht er durch, was er gekritzelt hat. Danach fragt er wieder artig, ob das alles ist. Du sagst ja und knurrst etwas Unverständliches. Ohne darauf einzugehen, läuft er sofort in die Küche und nach ein paar Minuten

kehrt er mit einem schön heißen Gericht zurück. Wenn es dir nicht schmeckt oder das Fleisch nicht durchgebraten ist, erklärst du ihm freundlich oder auch grob, je nach deiner Laune, dass es dir nicht passt. In beiden Fällen wird er sich entschuldigen und wieder in die Küche laufen, um etwas später mit einem Essen wiederzukommen, das diesmal nichts zu wünschen übrig lässt. Du schaust ihn mit einem durchdringenden Blick an und gibst ihm mit einer Kopfbewegung zu verstehen, es sei gut, er solle dich jetzt in Ruhe essen lassen. Er zieht sich zurück und kommt erst wieder, wenn er sicher ist, dass du wirklich fertig gegessen hast. Wünschen Sie ein Dessert? Da du nicht antwortest, schiebt er dir unauffällig die Rechnung unter den Aschenbecher, kehrt an seinen Platz zurück und wartet, bis du ihn gnädigst herbeirufst, um zu bezahlen. Am Ende bezahlst du und lässt ein Trinkgeld liegen, bevor du weggehst ..."

„Kommen wir zum Punkt", sagte der andere, nachdem er den langen Monolog geduldig angehört hatte.

„Findest du das Ganze nicht höchst merkwürdig?"

„Ich finde höchst merkwürdig, dass du jemanden zur Verfügung hast, der nur dich bedient ... Gewöhnlich ist ein Kellner nicht nur für einen Gast zuständig."

„Das ist eine Formsache. Darum geht es mir nicht. Findest du nicht höchst merkwürdig, dass ein völlig Unbekannter dir in dieser Weise zu Diensten ist, nur für ein paar Dollar ... Derselbe Mensch würde außerhalb der Arbeit nicht einmal ein Viertel dessen machen, was er soeben fast kostenlos für dich getan hat. Selbst für das Zehnfache, er würde es glatt ablehnen ..."

„Für eine einzige Person zu arbeiten, bedeutet Sklaverei, aber wenn man es für hundert tut, heißt das Arbeit. Der Kellner kann sich immerhin in einem anderen Restaurant ebenfalls bedienen lassen ..."

„Alles ist noch einzusehen, wenn es sich um Leute gleicher Herkunft, gleicher Religion, gleicher Rasse handelt ... Aber schau dir dieses Land an, hier beginnen Rassenkonflikte immer in Restaurants. Denn es ergibt keinen Sinn, dass eine weiße Kellnerin sich in

dieser Weise in den Dienst eines schwarzen Gastes begibt, obwohl sie sich ihm überlegen glaubt."
„Bist du etwa für Apartheid?"
„Wenigstens ist die frei von Heuchelei."
„Da irrst du dich."
Ich saß mit aufgeschlagenem Notizbuch nicht allzu weit entfernt und schrieb das interessante Gespräch mit.
„Es gibt keinen heuchlerischen Rassismus", sagte der blaue Tweed zum grauen Tweed, „es gibt nur Rassismus. Der Rassismus wird heuchlerisch, wenn ihm nichts anderes übrigbleibt. Das heißt, wenn die Verhaltensregeln und Gesetze ihn bekämpfen. Oder wenn die Opfer sich nicht weiter drangsalieren lassen wollen. Dann verhüllt der Rassismus sein Gesicht. Er trägt einen Schleier. Aber verschämten Rassismus gibt es nicht. Ganz einfach, wenn man sich schämt, ist man schon ein bisschen weniger rassistisch."
Der Schwarze Kellner kam ohne Eile.
„Möchten die Herren einen Aperitif?"
Zwei Gesichter wandten sich ihm artig zu.
„Ja", sagte der blaue Tweed.
„Na sicher", bekräftigte der graue Tweed.

## 4. BROOKLYN: DIE ZUKUNFT IN DER KISTE

Ich kannte Brooklyn, einen der fünf New Yorker Disktrikte (neben Manhattan, der Bronx, Queens und Staten Island), nicht sehr gut. Dort leben fast 300 000 Haitianer. Ich nahm mir ein wenig Zeit, seine großzügigen Wohnungen mit hohen Decken und seine von Bäumen gesäumten Straßen zu bewundern, aber ich erlebte vor allem das Brooklyn, wo die Menschen eng gedrängt wohnen wie in Kaninchenställen. Alle Wohnungen waren anscheinend mit riesigen Kisten vollgestellt. Wohin man sah, verschnürte Kartons. Berge von Gegenständen lagerten in einer staubigen Ecke. Ich wagte nie zu fragen, was diese großen Kisten enthielten. Später erfuhr ich es dann. Diese Kartons bargen Fliegengitter, Flaschen, Lexika, leere Plastiküten et cetera. Wertvolle, nützliche, gewöhnliche Dinge, die die Leute über Jahre, in Vorbereitung auf ihre Rückkehr nach Haiti für ihren Lebensabend gesammelt hatten. In diesen Kisten war die Einrichtung ganzer Wohnzimmer, Apotheken, Autoersatzteile, Singer-Nähmaschinen, Kleidung und sogar, wie man mir zuflüsterte, lange haltbare Lebensmittel (Zucker, Öl, Salz, Gewürze). Diese Tausenden von Kisten waren der Bauch von New York, aufgestapelt in einer Ecke. Das geträumte Land der alten Einwanderer. In jeder Gemeinde kommt dann eine Generation, die alles mit Füßen tritt. Die Kinder der jüngeren Generation warfen bedenkenlos die alten verstaubten Kisten auf den Müll. Großmütter, die sich gegen diese Säuberung wehrten, wurden bei dem Amt für Hygiene der Stadt angezeigt. So etwas geht nicht kampflos über die Bühne. Eine Putzschlacht. Erbarmungslos. Dann ist die letzte Kiste glücklich auf dem Müll. Es wird ausgekehrt. Die Fenster werden geöffnet. Wir sind schließlich nicht in Dakar, Bogotà, Manila, Palermo, Lhasa, Warschau, Tananarive, Port-au-Prince, Santo Domingo, Lissabon, sondern in Brooklyn (New York)! Henry Miller pflegte sich als 10-Jähriger seinen Freunden, die in anderen Vierteln lebten, so vorzustellen: „Ich bin Henry Miller, aus Brooklyn." Brooklyn existiert.

## 5. LOS ANGELES: EINE PARTY IN BEVERLY HILLS

Ich war von einem jungen afrikanischen Prinzen eingeladen worden, der gerade mit Madonna zusammenlebte. Madonna gab nicht häufig Cocktailempfänge zwischen fünf und sieben. Und noch seltener traf man Michael Jackson irgendwo. Die ganze Welt wollte mit Madonna sprechen. Madonna sprach nur mit Michael Jackson. Michael Jackson sprach nicht mal mit Gott. Er sprach nur mit Kindern, Tieren und geistig Zurückgebliebenen. Selig die Armen im Geiste, denn ihrer ist das Himmelreich. Das Himmelreich für Michael Jackson war Disney World. Der Abend begann wie

immer. Man sprach über die Verkaufszahlen von Platten, wer sich von wem hatte hereinlegen lassen, wer mit wem vögelte, wer wichtiger war als der andere, wer sich gerade einer Umwandlung seines Geschlechts, seiner Rasse, seiner Religion, seiner Nase, seiner Brüste, seines Gehirns, seines Geschmacks, seiner Gewohnheiten, seines Geliebten unterzog, kurz, alles was man tun konnte, um neue Emotionen zu erleben. So plauderten wir, bis Madonna eintraf, gefolgt vom afrikanischen Prinzen und Michael Jackson. Mir fiel auf: Madonna gab einen Cocktail von fünf bis sieben und erschien beinah als Letzte. Ich sage beinah, denn nach Michael Jackson kam niemand mehr irgendwohin. Madonna stellte den Prinzen allen Anwesenden vor. Michael Jackson fand ihn witzig und blieb ihm immer auf den Fersen. Der Cateringchef hatte Wunder gewirkt, aber niemand nahm von den Petit Fours. Außer dem Prinzen und mir. Der Cateringchef schenkte seine ganze Aufmerksamkeit dem Prinzen, der aß wie ein Schwein. Ich sagte ihm, er esse zu viel.
„Zu viel reicht nicht“, sagte er und lachte schallend.
Da kam Warren Beatty endlich mit einem sehr jungen Mädchen aus dem Badezimmer. Ich erfuhr, das war Drew Barrymore. Shirley McLane ging dicht an mir vorbei und ich hörte, wie einer sagte, ihr Guru habe sie soeben verlassen. Wieder dieses Lachen. Wer ist das, fragte ein Mann, der an einer Karotte knabberte. Der Prinz. Kennen Sie den neuen Liebhaber von Madonna noch nicht? Angeblich hatte sie ihn in einem kleinen Dorf in Nordafrika getroffen. Seine Großeltern waren die letzten Könige von Benin. Er wusste nicht mal, wer Michael Jackson war. In Amerika kannte er niemanden außer Madonna. Anscheinend war er großartig. Was er machte? Er war großartig, mehr nicht. Nur Madonna konnte sich an Ort und Stelle begeben, um den letzten echten afrikanischen Prinzen aufzulesen. Als Madonna ihn entdeckte, lag er gerade von Flöhen übersät in einer kleinen strohgedeckten Hütte im Sterben. Die erbauliche Geschichte von Madonna und dem afrikanischen Prinzen machte an jenem Abend die Runde. Madonna funkelte. Der Prinz stopfte sich voll. Michael Jackson stellte den Prinz seinem Affen vor. Sie erkannten sich wieder. Zwei alte Freunde aus

dem Busch. Ein Kommen und Gehen. Das Fest wurde langsam interessant. Aber Michael Jackson (er erschien immer zuletzt und ging zuerst), Madonna und der Prinz waren schon weg. Nachdem die königliche Familie nicht mehr anwesend war, stürzten sich die Untertanen mit Heißhunger auf die Platten mit Petit Fours, die sie zuvor anscheinend nicht beachtet hatten.
Ich habe den Prinzen danach nicht mehr getroffen. Die amerikanischen Zeitungen zeigten starkes Interesse an ihm. Das Fernsehen kam, um ihn im Schlaf zu filmen. Er schlafe wie nach einer Apokalypse, schrieb ein Journalist im *New Yorker.* Madonna bekundete Heiratsabsichten. Woody Allen sollte die Hochzeit filmen. Doch der lehnte ab. Keine Zeit wegen seines Scheidungsprozesses. Brian De Palma sagte zu. Sean Penn, Madonnas Exmann, kündigte im *Rolling Stone* an, er werde dem Prinzen die Fresse polieren. Spike Lee bekundete, der Prinz sei kein politisch korrekter Schwarzer („*Do the right thing, Prince*"). Warum Madonna und nicht Queen Latifa, fragte er im *Village Voice.* Queen Latifa nutzte die Gelegenheit, bekannt zu geben, sie sei sowieso lesbisch und darum, ob Prinz oder nicht, an Männern nicht interessiert. Die Journalisten riefen den Prinzen an. Shirley McLaine versuchte es zweimal. Der Prinz ging nicht ans Telefon. Warum? Er aß oder schlief. Schnarchte er? Das blieb streng geheim. Der *National Enquirer* behauptete, der Prinz sei in Wirklichkeit ein Weißer aus New Jersey, der sich die Haut eines Schwarzen habe machen lassen. Es sei der einzige Weg gewesen, schloss der Reporter in seinem Bericht, den dieser Fan gefunden hatte, um in Madonnas Bett zu landen. Zur technischen Frage: War das überhaupt möglich? Nach den Angaben des Reporters war es zwar sehr schwierig, aber durchaus machbar, vorausgesetzt man hatte das für eine so kostspielige Operation notwendige Geld und die erforderliche Entschlossenheit. Man musste einen kürzlich verstorbenen Hautspender finden und die Genehmigung der Familie einholen. Calvin Klein warf ein, das sei so leicht wie ein gut geschnittenes Kleidungsstück überzustreifen. Die Chirurgie wurde angeblich in New York im Untergeschoss eines luxuriösen Gebäudes durchgeführt. Nach einer Quelle, die anonym bleiben

wollte, operierte Dr. Mengele montags, mittwochs und samstags (nur vormittags). Viele Gerüchte gingen um. Ein Psychiater aus Yale meinte nach einer eingehenden Analyse der Zeichnungen des Prinzen, dass er geistig auf dem Niveau eines 5-Jährigen sei. In der *New York Times Review of Books* machte Norman Mailer in einem glänzenden, aber viel zu langen Artikel über das letzte Buch von Professor Leibovitz einen langen Exkurs, in dem er dem Psychiater aus Yale antwortete. Für Mailer genügte die geistige Reife eines 5-Jährigen bei weitem für jeden, der einmal Präsident der Vereinigten Staaten werden wollte. Ein weiteres Mal hatte das Schwarze Establishment nichts für den Humor von Norman Mailer übrig, der beeilte sich richtigzustellen, dass sein Angriff viel mehr gegen die letzten Präsidenten gerichtet war (Ford, Reagan, Bush), die nichts als unreife, verantwortungslose und grausame Kinder waren, dass man darin keinerlei Anspielung auf die geistige Reife von Schwarzen oder ihre Fähigkeit, das Land zu regieren, sehen durfte. Leider fügte Mailer noch hinzu, das alles sei doch so klar, dass selbst ein Kind das verstehen könne. Eine solche Äußerung ist nicht dazu angetan, auch nur einen kleinen Streit zwischen den Rassen in diesem empfindlichen Amerika zu schlichten. Ein fulminanter Text, der von zwölf hervorragenden Schwarzen Künstlern und Intellektuellen unterzeichnet wurde und in der *New York Times* erschien, trat die alte grässliche Rassendebatte wieder los. Hatten die Weißen das Recht, irgendetwas über die Schwarzen auszusagen? Im Guten oder im Schlechten. Die Antwort war eindeutig: NEIN. Niemals. Norman Mailer war dabei, seine Antwort zu verfassen, von der ein Großteil die Frage seiner künstlerischen Freiheit betraf (es erübrigt sich die Bemerkung, dass Mailer vor niemandem Angst hat), als das Gerücht aufkam, Madonna sei nicht mehr mit dem Prinzen zusammen. Da wandten sich alle Blicke dem neuen Liebhaber von Madonna zu: dem Dalai Lama. Was würde er nicht alles tun, um die Aufmerksamkeit auf sein unglückliches Volk zu lenken! Bemerkte mit einer Ironie, in die Mitleid gemischt war, ein Leitartikel in der *Los Angeles Times*. Und Madonna! Warf *Vanity Fair* ein, was würde sie nicht alles tun, um die Aufmerksamkeit auf sich zu lenken! Dafür würde Shirley MacLaine bestimmt einen großen hysterischen Anfall bekommen, ätzte die *Village Voice*, nach allem, was sie für den Dalai Lama getan hatte.

Vor kurzem traf ich den Prinzen in Brooklyn wieder, er hat mir alles berichtet. Er ist genauso sehr Prinz wie du und ich. Doch er kommt aus Port-au-Prince. Wer in Port-au-Prince geboren ist, muss ein Prinz sein. Er hatte die Sache drei Jahre lang vorbereitet, während er in einer Wäscherei an der Church Street arbeitete. Dort war ich ihm auch wiederbegegnet. In Amerika kehrt man immer an seine erste Arbeitsstelle zurück. Das darfst du nie vergessen, Bruder.

## 6. BOSTON: EINE NEUE DIÄT

Ich blieb die ganze Zeit im Hotel. Ein kleines privates Haus im Bostoner Stil. Der Mann über mir lebte seit fünfundzwanzig Jahren hier, wie man mir sagte. Ein ehemaliger Direktor der Universität von Harvard. Nun leitete er von seinem Bett aus den Club der ehemaligen Studenten (alte Männer, die Shakespeare persönlich gekannt hatten). Wenn man ihnen mit ihren Verschwörermienen auf der Treppe begegnete, meinte man, sie hätten gerade neue Sonette von William entdeckt oder gar den richtigen Namen von Marlowes Mörder herausgefunden. In Wirklichkeit gingen sie nur hinauf, um sich dort volllaufen zu lassen, nachdem sie den ganzen Nachmittag auf dem Campus herumgestreift waren. Ich glaube, eine Stadt wie Boston kann man gut beschreiben, ohne sein Zimmer zu verlassen. Ich ließ mir Tee bringen und verbrachte drei Tage damit, Walt Whitman zu lesen. Er war hier gewesen, in demselben Hotel, genau einhundertfünfzig Jahre vor mir (zumindest gibt er das an und was er sagt, zählt für mich unendlich viel mehr, als was er wirklich tat. Sein Traum ist nach meiner Ansicht viel stärker als meine Realität). Und ich stellte mit Erstaunen fest, dass er dieses Zimmer praktisch nicht verlassen hatte.

*A Boston Ballad (1854)*
*To get betimes to Boston town, I rose this morning early;*
*Here's a good place at the corner – I must stand and see the show.*
Unglaublich! Mir war schon aufgefallen, dass mir das mit engen Freunden häufig so geht. Wir empfinden in demselben Moment die gleichen Gefühle. Und Whitman ist ein Freund.
Ich stehe am Fenster und sehe („*I must stand and see the show*") wie das junge Mädchen eintrifft. Blauer Rock, weiße Bluse und eine knappe blaue Weste. Blau oder schwarz, die Sonne täuscht ein bisschen. Sie trägt keine Handtasche und keinen Schmuck. Nur ein kleines Silberkettchen. Ich wette, es ist das von einer Großmutter geerbte Familiensilber. Sicher stammen die Knöpfe an ihrer Jacke von einem Anzug ihres Großvaters. Eher beiläufig hält sie einen Strauß Wiesenblumen in der linken Hand. Ihr Schritt hingegen ist sehr bestimmt. Dieses Bild bot mir so viel, dass ich mir sagte, mehr gab es in Boston nicht zu sehen.
Es klopfte an der Tür.
„Ihr Tee, Sir."
Meine neue Diät: viel Tee, wenig Boston und zwei Zeilen Walt Whitman.

## 7. CONNECTICUT: DIE KÖNIGIN DES HEIMS

Alle Frauen in der amerikanischen Vorstadt heißen Martha. Ihre Königin ist Martha Stewart. Sie erfindet, entwickelt, produziert und verkauft alles, was sich eine Frau in der Vorstadt für ihr Zuhause erträumt. Mit einer Prise Spiritualität (eine Mixtur aus Mystik und Werbung, die sie Synergie nennt), die einem Teller von Martha das gewisse Etwas gibt. Ein Löffel von Martha ist viel mehr als ein Löffel. Eine Vase von Martha, „Ach! Eine Vase von ihr ..." Blumen von Martha. Ein Grill von Martha. Deko von Martha. Für die Frau in der amerikanischen Vorstadt ist Martha Stewart, was Walt Disney für ihre Kinder ist. Um Martha kreisen fünfzehn Planeten. Ihre Magazine *Martha's Living* und *Martha's Wedding* sowie ihre Spezialausgaben *Martha Stewart Baby* und *Martha Stewart Kids* haben zusammen eine Auflage von 10 Millionen. Hinzu kommen zwei Fernsehsendungen: *Martha Stewart Living* (sechs Tage die Woche auf Sendung, 9,6 Millionen Zuschauerinnen) und *From Martha's Kitchen* (zwei Kolumnen, die in 233 Zeitungen geschaltet werden), eine Radiosendung (auf 227 Sendern). Die Webseite marthastewart.com hat 1,7 Millionen Abonnentinnen. Der Online-Katalog *Martha by Martha* bietet über 3000 von ihr signierte Produkte an, hinzu kommen die Online-Shops marthasflowers und marthascards. Für die Hausrenovierung gibt es zwei Produktpaletten: Martha Stewart Everyday Colors (eine gewöhnliche Farbe, die 17 bis 20 Dollar pro Gallone kostet) und Martha's Fine Paints (zu etwa 90 Dollar die Gallone). Vor allem aber die 5000 Produkte, die Martha Stewart über die Supermarktkette Kmart vertreibt, bringen ihr jährlich 1,6 Milliarden Dollar ein. Der Name der Galaxie: *Omnimartha.* Abgesehen davon, dass sie das Recht hat, ihr Geschäft auszuweiten, stellt sich die Frage: Worin unterscheidet sie sich wirklich von einem südamerikanischen Diktator, der den gesamten wirtschaftlichen, sozialen, geistigen und politischen Raum seines Landes beherrschen will? Der wichtigste Unterschied besteht darin, dass man in Lateinamerika und Afrika nie zu einer derartigen wirtschaftlichen Macht gelangen könnte, ohne auch die politische Macht zu haben. In den Vereinigten Staaten braucht man das nicht. In diesen Zusammenhang gehört auch, dass beispielsweise Imelda Marcos überall auf der Welt ausgebuht wird, weil sie dreihundert Paar Schuhe hat, während Céline Dion das Zehnfache an Schuhen besitzt, ohne dass sich jemand daran stört. Man vermutet, dass Imelda Marcos diese Schuhe vom Geld des philippinischen Volkes, Céline Dion sie hingegen aus eigener Tasche bezahlt hat. Das stimmt sicher, doch warum gibt es keine Möglichkeit, dieses Problem anzusprechen, ohne dass es als Angriff auf den Kapitalismus aufgefasst wird?

## 8. FLUGHAFEN SAN FRANCISCO

Ich hatte den Mann am Flughafen von San Francisco getroffen, er war Jamaikaner. Er hatte sich mit einem Angestellten von *American Airlines* gestritten. Ich war ihm zu Hilfe geeilt. Er hieß Stanley und war ein Bauer (mit Strohhut und rotem Halstuch) aus dem Süden Jamaikas. Zunächst schien er mir verängstigt. Ich versuchte herauszufinden, worum es ging. Er hatte seinen Flug verpasst und wollte einen Platz in einem anderen Flieger, aber zusätzlich auch noch das Reiseziel ändern, das machte die Sache etwas komplizierter.

„Was möchten Sie?", fragte ich ihn betont ruhig.

„Ich wollte nach Kingston fliegen, aber jetzt will ich lieber nach London."

Ich begann ihm zu erklären, das sei unmöglich, man könne nicht einfach den Zielflughafen wechseln, aber er versicherte, er sei bereit, die Differenz zu bezahlen. Er wolle nur wissen, ob es noch einen Platz für den nächsten Flug nach London gebe, wann er abging und was ihn das kosten würde. Ich hatte doch einige Schwierigkeiten mit seinem Akzent, aber seine Körpersprache, seine Sprachticks, seine Art, beim Reden zu tänzeln, waren für mich leicht zu entziffern. Sein Englisch war sehr speziell, gespickt mit jamaikanischen Ausdrücken, außerdem fehlten ihm zwei Schneidezähne, so dass zwischendurch völlig unverständlich wurde, was er sagte. Ich bemerkte sofort, das war niemand, der sich abwimmeln ließ. Ich bat ihn um seinen Pass, der war bestempelt mit Visa aus etlichen Ländern. Dieser Mann reiste durch die ganze Welt, ohne eine Sprache zu kennen (abgesehen von seinem gebrochenen und lückenhaften Englisch), die international Gültigkeit hatte. Wie stellte er das an? Ich beschloss, ihn aus einigem Abstand zu beobachten. Der mit ihm befasste Angestellte wurde weggerufen. Ein anderer kam. Stanley versuchte nicht, mit ihm zu reden, er fing an, ihm sein Problem anhand einiger sehr einfacher Zeichen verständlich zu machen. Der andere antwortete zuerst verbal, verfiel dann ebenfalls in die Zeichensprache, stellte sich aber deutlich ungeschickter an als Stanley.

Nach einigen Missverständnissen (die Schuld lag weit mehr beim Angestellten als bei Stanley), über die sie lachen mussten, wurden sie sich am Ende einig. Was lässt sich daraus schließen? Stanley hatte vorsichtig seinen Gesprächspartner auf sein Terrain, die Zeichensprache, gelotst. Die Leute verlieren rasch die Geduld, wenn jemand Schwierigkeiten hat, sich auszudrücken. Doch verhält es sich anders, wenn dieser eine Ausdrucksweise wählt, die sie irgendwie an die Kindheit erinnert. Als Kinder haben wir alle versucht, uns mit unserem besten Freund in einer erfundenen Sprache zu verständigen. Stanley förderte solche Erinnerungen wieder zutage. Daher bekam das Gespräch etwas Spielerisches. Der Angestellte hatte nicht mehr den Eindruck zu arbeiten. Er freute sich jedes Mal, wenn er ein Zeichen verstanden hatte. Es machte Spaß. So tauchte er in Stanleys Universum ein. Stanley bereiste den Planeten mit einer stilisierten Zeichensprache, die er selbst erfunden hatte. Das war seine Domäne. Er konnte zum Beispiel sagen: Ich sollte eigentlich nach Jamaika fliegen, aber ich habe es mir anders überlegt und brauche ein Ticket nach London. Dies ist nicht gerade leicht, aber durchaus möglich in unserer immer komplexer und exklusiver werdenden Welt. Wer Stanley zu antworten versuchte, wurde plötzlich zu seinem Schüler. Anfangs achtete man nicht darauf, aber ganz allmählich merkte man, dass Stanley die Gangart bestimmte. Denn die Welt ist heute sehr schwer zu entziffern. Die vielen Sprachen, die einander überlagern. Die vielen Buchstaben auf allen Anzeigetafeln. Selbst für die Menschen, die flüssig lesen können, ist es manchmal unmöglich, gewisse Verkehrsschilder zu verstehen (wie häufig habe ich Universitätsprofessoren erlebt, die völlig hilflos waren, weil sie nicht wussten, ob sie an dieser Stelle parken durften, ohne einen Strafzettel zu riskieren). Der Planet ist mit allen möglichen (hör- und lesbaren) Informationen gemustert. Die geringste Ortsveränderung erfordert heutzutage ein enormes kulturelles Gepäck. Doch Stanley reiste unbeschwert: mit einer begrenzten Anzahl von Gesten, die ihm überall weiterhalfen.

## 9. MIAMI: DAS DROGENGELD

Ich besuchte Madame Siméon (die Adresse hatte mir jemand in Brooklyn gegeben) in Little Haiti, dem haitianischen Viertel von Miami, wo sie seit über vierzig Jahren lebte.

„Ich kenne hier jeden", rief sie mir ohne weitere Einführung zu. „Ich habe gesehen, wie sie einer nach dem anderen hier ankamen. Einige sind mit dem Boot, andere mit dem Flugzeug hier gelandet …"

„Keiner ist zu Fuß gekommen?", fragte ich.

Sie sah mich an, während sie ernsthaft über die Frage nachdachte.

„Ich bin sicher, wenn es möglich wäre, hätten sie es getan. Miami ist das Eingangstor. Sie kommen von überall: Kuba, Haiti, Nicaragua, Venezuela, Kolumbien und so weiter. In vierzig Jahren habe ich viele Sorten kennengelernt, Gauner und anständige Leute. Alle kommen, um die alte Siméon um Rat zu fragen."

„Sie sind nicht alt."

Sie lächelte mich an.

„Du weißt, wie man mit Frauen sprechen muss. Ich meinte nicht mein Alter. Schon mit zwölf kümmerte ich mich um die Angelegenheiten von allen. Und wer bist du?"

„Ich bin ein reisender Schriftsteller."

Sie lachte.

„Ich kenne Reisetauben und Reiseschriftsteller, aber reisende Schriftsteller kannte ich bisher nicht. Was ist das?", parodierte sie mich weiter. „Ist das ein Schriftsteller, der reist, oder ein Reisender, der schreibt?"

„Ganz ehrlich, Madame Siméon, ich kann Ihnen das nicht sagen."

„Hmm", bemerkte sie sehr ernst. „Und was willst du von mir?"

„Ehrlich gesagt, nichts. Man hat mir in New York Ihre Adresse gegeben. Jetzt bin ich hier. Ich erwarte nichts von Ihnen."

Sie schaute mir direkt in die Augen.

„Allmählich gefällst du mir. Setz dich doch. Ach! Heute habe ich keine Zeit, ich muss in die Kirche."

„Kann ich Sie begleiten?"
„Nein, mein Sohn ... Aber ich kann dir jemanden empfehlen, Désilorme Monestin ... Er ist ein großer Haitianer."
„Was macht er?"
„Das wirst du sehen, wenn du ihn triffst."
„Wann kann ich ihn treffen?"
„Du hast es plötzlich ganz schön eilig. ... Hast du keine Lust, noch ein wenig mit mir zu plaudern? Ich warte auf Leute, die mich zum Gottesdienst mitnehmen."
„Welche Religion?"
„Ich bin katholisch, aber heutzutage muss man für alles Shoppen gehen. Jede Religion hat ihr Gutes. Ich finde die katholische Kirche ein wenig langweilig. Die anderen klatschen wenigstens in die Hände, tanzen und ihre Pastoren sind so witzig. Natürlich wollen sie ständig Geld, es sind oft ausgefuchste Banditen, aber ich will mich nicht langweilen ... Wenn du Monestin sehen willst, er ist immer in der Buchhandlung Mapou, an der 2nd Avenue, nicht weit von der Kirche Notre Dame. Äußerst wissbegierig, der Mann! Jetzt gehe ich mich umziehen, ich glaube, sie sind gleich da ..."
Als ich den Buchladen betrat, war dort nur ein Kunde. Er schien sich in einem Lexikon verirrt zu haben.
„Herr Monestin?"
„Ja, das bin ich!"
„Ich würde Sie gerne sprechen ..."
„Oh, ein Sprichwort lautet: Der Haitianer wird dir vielleicht nichts zu essen anbieten, aber er wird dich immer zu einem Gespräch einladen."
Er lachte so laut, dass man ihn bestimmt bis ans Ende der Straße hörte.
„Madame Siméon hat mich zu Ihnen geschickt ..."
Sein Gesicht strahlte.
„Sie ist meine Patin ..."
Er nahm das Lexikon und wog es mit einem schiefen Lächeln in der Hand.
„Warum kriegen wir Haitianer so etwas nicht hin? ... Wir können

doch nicht das ganze Leben die Wörter der anderen benutzen?"
„Die Wörter", antwortete ich, „gehören niemandem. Sie gehören nur dem, der sie benutzt."
„Nein, das glaube ich nicht ... Ich habe die tropischen Früchte nachgeschlagen. Früchte, die aus Haiti kommen. Hey! Kein einziger Name, den ich kenne, ist da drin. Es sind doch Bäume, die wir selbst gepflanzt, selbst gewässert, selbst vor den Stürmen geschützt haben, nun, dann sollten wir ihnen auch unsere Namen geben, warum sind also die Namen, wie wir sie kennen, nicht in dem Lexikon? Warum findet man nicht: *mango, quénêpe, bérégène, mirliton, zabrico, cayimitte, cocoyé*?"
Er wandte sich mir zu und schaute mich streng an.
„Wissen Sie, ich liebe Bücher. Ich komme her, so oft ich kann, aber Ungerechtigkeit ertrage ich nicht, und das ist ungerecht."
Wir gingen zu seinem Wagen, den er vor dem Plattenladen Coupé Cloué abgestellt hatte. Ein alter Chevy 83. Er fuhr den Wagen, ohne jeden Versuch, die vielen tiefen Schlaglöcher auf unserer Strecke zu vermeiden. Ich meinte, an einer Safari teilzunehmen. Um eines der Löcher zu umfahren, hielten dagegen andere Autos geradewegs auf uns zu. Fast wie in Port-au-Prince. Wir kamen an einer großen Kirche vorbei, die grün und weiß angestrichen war, im Inneren sangen die Menschen und klatschten in die Hände. Sie machten einen Höllenlärm. Madame Siméon wurde da drin bestimmt nicht langweilig.
„Wissen Sie, Madame Siméon lebte schon hier, als ich nach Miami kam, vor fünfunddreißig Jahren. Damals gab es nicht so viele Haitianer wie heute. Man musste Stunden laufen, um einen zu treffen. Und wenn mir das passierte, brach ich in Tränen aus, ich weinte wie ein Kind. Diese Frau ist wie eine Mutter für mich. Wenn ich heute noch lebe, ist das ihr zu verdanken ... Ich hoffe, du hast noch nicht gegessen, denn ich will dir was zeigen."
Er nahm die North Miami Avenue und bog nach rechts ab. Beim Fahren schaute Monestin fast nicht auf die Straße, als plauderte er im Gehen mit mir. Manchmal musste er scharf bremsen und man meinte, er wollte einparken, dann gab er plötzlich wieder Gas und

ordnete sich in den fließenden Verkehr ein. In Miami fährt man nach Gefühl.
„Dies ist mein Viertel, hier fühle ich mich wohl. Hier leben Leute, die ich mag."
Endlich erreichten wir ein kleines Restaurant am Straßenrand. Er stieg gleich aus und bestellte zwei Tagesgerichte: Weißer Reis, schwarze Bohnen, gebratenes Schweinefleisch mit Gemüse (Auberginen, *mirlitons*, Kohl und Karotten) in einer Soße. Wir aßen im Wagen. Ich musste zugeben, es schmeckte sehr gut. Monestin grunzte richtig vor Genuss. Er nahm einen großen Schluck Cola Champion. Eines Tages wollte er von dieser Lebensart etwas im Lexikon lesen.
„Als ich sechzehn war", begann er, nachdem er sich sorgfältig den Mund abgewischt hatte, „war ich mit ein paar Kumpel in Pont-Soudé, einem kleinen Ort nördlich von Port-au-Prince, nicht weit von Gonaïves, da sahen wir das Boot ankommen. Es war nicht riesig, eher von mittlerer Größe. Wir waren ganz aus dem Häuschen. Doch als es näherkam, waren alle meine Kumpel getürmt. Ein Mann kam und bat mich, ihm zu helfen. Ich brachte ihn zu meinem Onkel, der einen Schuhmacherladen in der Hauptstraße hatte. Der Mann war halb verhungert und außerdem dehydriert. Er erklärte dem Onkel, er habe einen Kranken auf dem Schiff zurückgelassen. Mein Onkel kümmerte sich um die beiden so gut er konnte. Als sie wieder aufbrachen, nahm der Mann mich beiseite und sagte, da ich ihm das Leben gerettet hätte, würde er wiederkommen und mich abholen. Das habe ich nie jemandem erzählt. Ich wollte nicht ausgelacht werden. Leute auf Reisen verteilen ihre Versprechen hier und da, obwohl sie genau wissen, dass sie nicht Wort halten werden. Möchtest du noch etwas?"
„Ich möchte nur Ihre Geschichte hören ..."
„An einem anderen Tag waren wir wieder am Strand (wir fischten am Riff, deshalb waren meine Hände und meine Brust immer blutig), da zeigte einer auf einen Punkt am Horizont. Es war das Boot. Er kam zurück. Er hatte Wort gehalten. Meine Freunde sind diesmal nicht getürmt. Ich war total glücklich. Er sagte nur, ich müsste

sofort mitkommen. Er gab mir nicht mal Zeit, meiner Familie Bescheid zu sagen. Meine Freunde hatten Angst, es sei eine Falle und er wollte mich töten, vergewaltigen oder „aufessen". Man hört so viele Geschichten über die Weißen. Andererseits war ich sicher, eine solche Chance würde sich mir nie mehr bieten. Schließlich sagte ich ja und stieg in das Boot. Wir waren nur fünf Leute an Bord. Wir fuhren auf die Bahamas, nach Kolumbien und nach Mexiko."

„Und am Ende hat er Sie nach Little Haiti gebracht ..."

„Nein, er nahm mich mit in sein Haus nach Fort Lauderdale. Er lebte allein. Ich musste nicht viel tun, nur manchmal den Hof kehren, dafür gab er mir 600 Dollar die Woche und mehr. Später begriff ich, dass er ein Drogenhändler war. Ich blieb lange genug bei ihm, um mir einiges anzusparen, dann bin ich gegangen. Ich hatte in Little Haiti einen Cousin wiedergefunden und zog dann zu ihm. Mr James war immer nett zu mir, ich besuchte ihn weiter ab und zu. Er hat verstanden, dass ich mit Drogen nichts zu tun haben wollte, das war nichts für mich, deshalb half er mir, mein verdientes Geld anzulegen."

„Und wie haben Sie Madame Siméon kennengelernt?"

„Gleich nach meiner Ankunft wurde ich krank. Ich hatte noch keine Papiere, ich war einfach mit dem Boot in Florida gelandet. Ich hatte große Angst, nach Haiti abgeschoben zu werden. Trotzdem ging ich ins Jackson Hospital und zum Glück traf ich dort Madame Siméon. Sie erkannte, dass ich verloren war und nahm mich unter ihre Fittiche, wie sie das übrigens mit allen gemacht hat ... Willst du keine haitianische Cola? Ich kann nichts anderes trinken. Nicht? Schön ... Ich hatte Geld auf der Seite. Damit konnte ich einen kleinen Laden mit Kunsthandwerk eröffnen, der sehr gut läuft. Ich kann sagen, ich habe ein kleines Vermögen angehäuft ..."

Zum ersten Mal traf ich einen Haitianer, der zugab, dass er reich war.

„Aber ich habe einen Traum", sagte er mit einem leichten Zittern in der Stimme. „Wenn die amerikanische Regierung es mir erlaubt, könnte ich ein Boot chartern, um meine Brüder aus Haiti zu holen."

„Haben Sie drüben noch viele Brüder?"
„Nein, ich spreche von den haitianischen Brüdern im allgemeinen. Ich komme aus einer Gegend des Landes, wo sie buchstäblich Hungers sterben. Ich habe erlebt, wie unsere Nachbarn Mangoblätter aßen, um zu überleben. Ich würde gerne etwas für diese Leute tun. Ich bin sicher, einige von ihnen hätten hier Erfolg. Ich möchte der amerikanischen Regierung zeigen, dass wir ebenso fähig sind wie die Kubaner, denen sie diese Chance gewährt haben."
Seine Stimme war eine Stufe lauter geworden.
„Was haben die Kubaner, was wir nicht haben?", rief er aus.
„Geld und eine mächtige Lobby bei der amerikanischen Regierung."
Er schaute mich düster an und nickte.
„Jedes Mal wenn ich Radio höre, kommt die Nachricht, dass Haitianer mit zusammengezimmerten Booten ertrunken sind. Alle hören es und sagen nichts dazu."
Er schien außer sich.
„Das will ich ändern. Mir sind alle Mittel recht, um das zu erreichen. Die Amerikaner sollen erfahren, dass wir keine Tiere sind. Warum behandeln sie uns, als wären wir noch weniger wert als Hunde? Nun, ich glaube, mehr brauche ich Ihnen nicht zu sagen ..."
„Das ist ein sehr nobles Vorhaben, Monsieur Monestin."
Er schaute mich lange mit ernster Miene an.
„Ich verspreche Ihnen, eines Tages machen sich die haitianischen Bauern auf die Reise, ohne ihr Leben zu riskieren ... Das schulde ich meinem Land."
„Haiti wird es Ihnen danken, davon bin ich überzeugt", sagte ich.
Er lächelte.
„Ich meinte die Vereinigten Staaten."

## 10. BELLE GLADE: BIG SUGAR

Kennen Sie die Familie Fanjul? Machen Sie sich nichts daraus, die Einzigen, die diese Familie kennen, sind die kubanische Gemeinde von Miami, über 20 000 Arbeiter in der Zuckerrohrindustrie und ein idealistischer Anwalt aus Harvard. Um gleich vorab meine Meinung zu sagen, es war keine gute Idee, in einem blutigen Prozess gegen die schlimmsten Arbeitgeber der Vereinigten Staaten als Rechtsbeistand für die armen Zuckerrohrhauer einen Mann aus Harvard zu wählen. Sie brauchten einen gut ausgebildeten Anwalt, vor allem aber musste er ebenso durchtrieben sein und dieselben Methoden anwenden wie die Familie Fanjul. So ein Tollpatsch aus der guten protestantischen Gesellschaft, der mitten im Gerichtssaal plötzlich losheult, konnte ihnen nicht helfen. Doch dieser Prozess war seine Idee, er allein, der *cum-laude*-Jurist von der Juristischen Fakultät in Harvard, sah im Los dieser Arbeiter ein nicht hinzunehmendes Unrecht. Kein anderer Anwalt hatte Lust, zehn Jahre, vielleicht sogar zwanzig, im schwarzen Morast von Belle Glade zu verbringen. Überall wo dieser Anwalt auftauchte (er hatte bereits versucht, illegale Arbeiter aus Mexiko zu vertreten), kam das Gleiche heraus: ein viel zu langer Prozess, an dessen Ende die Arbeiter ohne Job dastanden. Diese Sorte Mensch mit guten Absichten und nicht zu unterdrückendem Schuldgefühl (ist das Ehrenamt nicht eine Erfindung des Protestantismus?) kennen wir zur Genüge. Jemand wie die Familie Fanjul ist uns neu. Der Name erinnert an eine Mariachi-Band. In Wirklichkeit ist das die reichste Familie Kubas. Oder vielmehr war. Denn Castro hat sie rausgeworfen und ihnen ihre Zuckerrohrfelder und -fabriken weggenommen. Sie setzten sich nach Miami ab, mit genügend Geld, um weiterhin die reichste kubanische Familie zu sein. Wenn man sich die Karte ansieht, liegt Miami genau Kuba gegenüber. Die Fanjuls schauen in Vollmondnächten sehnsüchtig hinüber zu ihrer Insel, während sie ihren Cuba Libre schlürfen. Wie erklärt man ihnen, dass Castro nicht sterben will? Aber doch bitte nach Ihnen, meine Herren! Nun, in den Vereinigten Staaten kann man tun, was man will, wenn man Geld hat, das ist bekannt, aber eben nicht alles. Zum Beispiel gegen die kleine Nervensäge von Harvard-Anwalt, die einem seit zehn Jahren am Arsch klebt. Wären wir noch auf Kuba, unter Batista, na dann ... Nach Ansicht, von einem der Fanjul-Brüder, dem Zyniker Alfy, hätte sich die Familie auf Kuba in die Politik einmischen sollen, dann wären sie heute nicht in Miami. Doch was hätten sie auf Kuba getan? Hätten sie wirklich ihre ganze Macht und ihr Geld in die Waagschale geworfen, um Batista aus dem Schlamassel mit Castro zu befreien? Nein, Alter, so läuft das nicht. Die Superreichen sind für so etwas zu vorsichtig. Sie hätten es genauso gemacht wie später in den Vereinigten Staaten. Vater Alfy senior hatte zwei Söhne: Alfy junior und Pepe. Während des letzten Präsidentschaftswahlkampfs spendete Alfy junior 486 000 Dollar an die Demokraten und Pepe 279 000 Dollar an die Republikaner (nur selten bekommen die Demokraten den größeren Happen). Ich stelle mir vor, wie die Brüder Scheinwetten abschließen, wer die Wahl gewinnt. Wenn man so viel gespendet hat, kann man den amerikanischen Präsidenten beim kleinsten Wehwehchen anrufen. Hat man 20 000 Arbeiter gegen sich, dann ist das allerdings mehr als ein Wehwehchen. Alfy junior rief also im Weißen Haus an. Man sagte ihm, das sei ein kniffliger Fall. Außerdem hatte das Weiße Haus schon geliefert. Man hatte ein Gesetz verabschiedet, das es Kubanern in Amerika erlaubte, gegen jede ausländische Firma einen Prozess anzustrengen, die in ein enteignetes kubanisches Unternehmen investierte. Ein Gesetz eigens für die Familie Fanjul, das war nicht schlecht. Was machte man also gegen die 20 000 Zuckerrohrhauer, die 51 Millionen Dollar verlangten? Der Anwalt aus Harvard behauptete, diese Leute seien behandelt worden wie Sklaven. Adolphus Gordon, ein ehemaliger Arbeiter bei Fanjul erzählte zum Beispiel, dass sie nur eine Viertelstunde Essenspause hatten, die stehend und direkt an der Arbeitsstelle stattfinden musste, damit die Produktion nicht aufgehalten wurde. Solche Bedingungen sind für einen Industriellen aus der Karibik verständlich, doch für die amerikanische Öffentlichkeit nicht hinnehmbar, zumal der amerikanische Staat Fanjul jährlich mit 65 Millionen

Dollar subventioniert. Auf jeden Fall ist die Familie Fanjul gewohnt, selbst an die Stelle des Staates zu treten. Das war gut für die Familie, aber auch gut für das Land. Auf Kuba gab es nur die Familien Lobo und Fanjul. Die Lobos waren umgänglich, während die Fanjuls alle von oben herab behandelten. Sogar den Präsidenten. Eines Tages bestellte Batista den alten Fanjul (den Vater von Alfy und Pepe) in sein Büro und bot ihm einen Botschafterposten an. Der wäre fast in Ohnmacht gefallen über die Unverschämtheit, ihm Arbeit anzubieten. Er war es, der Leute beschäftigte. 500 000 Zuckerrohrhauer. Als der Graf und die Gräfin von Windsor Kuba besuchten, war es Alfy Fanjul gewesen, der sie empfing, und nicht dieser Hungerleider von Batista. Dabei hatte Batista Fanjul nur in seine Regierung einbinden wollen, offenbar hatte er nicht begriffen, dass auch er Angestellter dieser Latifundisten (550 000 *acres*), dieser Herren des Zuckerrohrs (zehn Zuckerfabriken) war. Der alte Fanjul hatte also seine Sonderstellung behalten wollen. Aber so einfach war das nicht. Nicht alle waren bereit, Fanjul diese olympische Position einzuräumen. Im Übrigen behandelten die Fanjuls ihre Arbeiter nicht nur schlecht, sondern bezahlten sie auch mies. Warum gab es keinen Streik? Auf Kuba ist das Zuckerrohr und wer das Zuckerrohr besitzt, der wahre Herr der Insel. Und damit der Feind des kubanischen Volkes. Das war die Analyse des jungen Anwalts Fidel Castro aus Havanna und seines Genossen, Ernesto Guevara, eines jungen Arztes aus Buenos Aires. Sie standen vor den Toren Havannas, aber die in ihrer Arroganz verblendeten Reichen hatten das noch nicht begriffen. Die Familie Fanjul schaute sich gerade das Feuerwerk zum Jahreswechsel an, als man ihr meldete, Batista habe wie ein Hase die Flucht ergriffen. Noch zu diesem Zeitpunkt dachten sie, es bliebe bei *business as usual*, sie nannten das *mordidas* (in kleinen Bissen). Damit hatte der Alte noch immer alles hingekriegt. Freundschaftlich, so dass beide Seiten etwas davon hatten. Doch diesmal traf der Alte einen unbeugsamen Mann mit Bart, der sich vom Geld nicht beeindrucken ließ. Die Macht kam aus den Gewehrläufen. Danach war alles verfügbar. Die Familie Fanjul versuchte noch, Widerstand zu leisten. Als

Castros Männer erklärten, alle Besitztümer der Fanjuls seien von jetzt an Eigentum des kubanischen Staates, widersprach der soeben von der amerikanischen Universität Fordham diplomierte Alfy und behauptete von der Höhe seiner einundzwanzig Jahre herab, was sie vorhätten sei vollkommen illegal. Die Fanjuls hatten einfach nicht begriffen, dass die Revolution neue Regeln eingeführt hatte. Eine neue Moral. Es war ihr letztes Gefecht. Nach einigen Zwischenfällen fand sich die gesamte Familie in New York ein. Die jungen Fanjul-Brüder erzählten der Presse, dies sei nur eine Übergangssituation, Kuba würde wieder Vernunft annehmen und sie zurückrufen. Kuba könne ohne das Zuckerrohr nicht überleben. Aber der alte Fanjul sagte: „Wir müssen hier alles neu aufbauen, sonst steht die nächste Generation ohne einen Cent da." Dynamische und starke Unternehmer, diese Fanjuls (natürlich wurden sie finanziell unterstützt, aber keiner kann ihre Fähigkeit und ihren Initiativgeist leugnen). Manche sind der Ansicht, sie bekamen zu viel Unterstützung. 65 Millionen Dollar jährlich über vierzig Jahre, das war einiges. Das Embargo gegen Kuba, das ihnen den Weltzuckermarkt freihielt, war auch nicht zu verachten. Doch bestimmt waren sie die Einzigen in den Vereinigten Staaten, die wirklich etwas von Zucker verstanden. Zucker wird immer gebraucht. Die Familie Fanjul kaufte für 240 Millionen Dollar den gesamten Grundbesitz der *Gulf and Western-Company*, als Grundbesitzer waren sie damit größer als die *US Sugar Company*. Mit einem beträchtlichen finanziellen Zuschuss vom Arbeitsministerium konnten die Fanjuls sich im Süden von Florida ihr Imperium aufbauen. Trickreich verhinderte es die amerikanische Regierung selbst, an Informationen über die Arbeitsbedingungen in der Zuckerproduktion zu kommen, indem sie für den ganzen Südosten der USA nur einen einzigen Agrarinspektor einsetzte. Zum guten Schluss gab man den Fanjuls das Recht, eine unbegrenzte Anzahl von Arbeitern aus Jamaika zu holen. So macht man mit staatlicher Hilfe ein Vermögen. Über seinen Besuch in den Lagern für die Arbeiter notierte der Anwalt von *Gulf and Western*: „Sie stehen noch eine Stufe unter Dachau." Die Fanjuls stehen natürlich über einer solchen Kritik. Sie sind überzeugt, nie etwas Falsches getan zu haben. „Ich habe ein gutes Gewissen", sagte Alfy bei dieser Gelegenheit. Die Arbeit war sehr hart und schlecht bezahlt. Außerdem betrogen die Unterchefs bei den Arbeitsstunden. Die von dem jungen Anwalt aus Harvard (er ist gegenüber diesen Haien recht standfest geblieben, so dass wir ab hier seinen Namen nennen, er hieß Edward Tuddenham) geforderte Summe belief sich auf 100 Millionen Dollar. Ein Richter würde 51 Millionen vorschlagen, aber der ganze Prozess verlief im Sande. Man musste auch die Armada von Anwälten gesehen haben, die die Fanjuls aufboten. Dagegen auf Seiten der 20 000 Arbeiter nur ein versprengtes Häufchen. Es hatten allerdings zuvor schon einmal aus Saint Vincent stammende Kräfte die Arbeit in dem Betrieb der Fanjuls mit der Begründung verweigert, die Bedingungen seien unmenschlich. Sofort war die Polizei von Palm Beach (die Stadt der alten Millardäre) mit Hunden erschienen, um sie im Zaum zu halten. Alle wurden abgeschoben, man ließ ihnen nicht einmal die Zeit, ihre Sachen zu packen. Diese Episode blieb als der „Krieg der Hunde" in Erinnerung. Hunde im Einsatz gegen Schwarze, das kennt man in Amerika.

Die Journalistin Marie Brenner (sie hat die ganze Geschichte recherchiert) hatte einen der Zuckerrohrhauer von der Plantage der Fanjuls getroffen, er hieß Michael Cameron, Spitzname Big Mike, und war der schnellste Hauer von Belle Glade, wo er mit einundzwanzig angekommen war. Big Mike allein konnte zwanzig Tonnen Zuckerrohr pro Tag schneiden. Zu Beginn war er sehr froh, Arbeit zu haben. Heute lebt Big Mike in dem Armenviertel Little Guatemala bei Palm Beach. Marie Brenner nahm ihn in ihrem Wagen mit. Sie sprachen über die Arbeit im Zuckerrohrfeld, dann fragte sie ihn plötzlich:

„Wenn Alfy Fanjul an meinem Platz säße, was würden Sie ihm sagen?"

Zuerst langes Schweigen.

„Ich würde ihm sagen, er tut nur so, als wüsste er nicht, dass Belle Glade die Hölle ist. Sie geben dir Schläge auf den Rücken, so dass du deinen Nebenmann triffst. Die Aufseher sind alle auf Seiten der Bosse. Sie treiben dich an, immer schneller zu arbeiten, bis es zu einem Unfall kommt. Ein Arm ist ab oder ein Auge draußen. Dann bist du ganz schnell wieder in Jamaika. Wir arbeiten hart, aber die Aufseher betrügen uns bei der Arbeitszeit, sie beuten unsere Kräfte aus und doch ist der Lohn immer niedriger, als uns nach unserer Arbeitsleistung zusteht. Die Aufseher machen das auch nur, um hier raus zu kommen. Sie betrügen für den Boss, bis sie genug Geld zusammen haben, um schnell möglichst weit wegzuziehen. Ich habe alte Männer gesehen, die fast dreißig Jahre in dieser Hölle geschuftet hatten und die immer noch angetrieben wurden, bis sie irgendwann umfielen. Ich habe junge Männer gesehen, die diese Art Arbeit noch nie gemacht hatten, sie haben geheult wie Kinder, weil sie nicht den geforderten Akkord schafften. Ich habe Verletzte gesehen, die ohne einen Cent nach Kingston zurück mussten. Aber alles hat ein Ende. Irgendwann müssen die Milliardäre sterben und alles zurücklassen. Dann werden sie bitter für das bezahlen, was sie uns angetan haben."

Einige Zeit später aß Marie Brenner mit Alfy Fanjul in einem schicken Restaurant im Zentrum von Miami zu Abend, als sie ihn unumwunden fragte:

„Haben Sie schon mal Zuckerrohr geschnitten?"

„Ja", antwortete er lachend (er hatte soeben den Prozess gegen die 20 000 Zuckerrohrhauer gewonnen), ich war gerade in Florida angekommen und wollte wissen, was für eine Arbeit das ist. Ich hielt kaum zwanzig Minuten durch. Ich war nahe an einem Herzinfarkt."

Nach dieser mühevollen Passage in den Zuckerrohrfeldern der Brüder Fanjul nahm ich mir ein Zimmer in Miami Beach in einem alten, etwas heruntergekommenen Hotel, weit genug von den Promivierteln mit den Hollywoodsternchen, Modedesignern, Tennischampions und den Sprösslingen südamerikanischer Millionäre. Ich habe mit diesen Leuten nichts am Hut, ich will nichts tun, außer am Fenster sitzen und aufs Meer schauen.

Wie der träumende Whitman einen späten Nachmittag beschreibt:

*Am Abend – ich im Zimmer – die untergehende Sonne*
*Die untergehende Sonne scheint in mein geöffnetes Fenster, zeigt den Fliegenschwarm, er schwebt, schaukelt in der Luft mitten im Raum, schnellt auseinander, geht auf und nieder, wirft kurze Schatten fleckig auf die andere Wand mit dem Schein.**

Leute wie die Fanjuls werden hoffentlich vergehen. Whitman wird bleiben.

* Passage übersetzt nach dem englischen Original, Walt Whitman, *Leaves of Grass*, a. a. O. S. 174. B. T.

# IX. TEIL
# AUCH DAS IST AMERIKA

## DIE GROSSE HOFFNUNG DER SCHWARZEN IN AMERIKA

Sam, eine junge Frau, hatte unser Treffen zustande gebracht. Eine seltsame Begegnung. Spike Lee wollte mich nicht treffen. Ich ihn auch nicht. Spike war auf Einladung einer Universität gekommen, er sollte über seine Arbeit, seine Vision für das Kino sprechen und sich auch zu den schwerwiegenden Probleme äußern, gegen die Schwarze Filmregisseure in einer der am schlimmsten von Rassismus zerfressenen Gesellschaften auf diesem Planeten kämpfen müssen. Das Übliche! Das Problem war, Spike würde die Sache nicht auf die leichte Schulter nehmen. Ich sagte dieser Sam immer wieder, dass Spike Lees Version von dem Ganzen mich nicht interessierte, das alles schien mir wie ein Dejà vu, es war für mich Vergangenheit, seine Sicht der Dinge löste nichts in mir aus. Ich hatte daher keinen Grund, mit diesem Typen auch nur einen Hamburger zu teilen, der glaubte, Amerika würde in die Luft fliegen, wenn er, Spike Lee, nicht diesen Film über Malcolm X drehen konnte. Denn seit langem hatte ich begriffen, wenn in den USA ein Film gut war, brachte man ihn in zwanzig Kinos (sozusagen gar nicht) heraus, wenn er aber schlecht war, gab man 25 Millionen Dollar für die Werbung aus und zeigte ihn in 2000 Kinos. Es war egal, ob sein Film gut wäre (dann bekäme man ihn nicht zu sehen) oder schlecht (dann würde ich ihn mir nicht ansehen). Außerdem hatte ich den Verdacht, dass er einen Film darüber drehen würde, wie er, Spike Lee, einen Film über Malcolm X macht. Kurz gesagt, dass er in den Mund und das Herz von Malcolm seine eigenen Obsessionen legen würde. Aber wie gesagt, Sam ließ bei uns beiden nicht locker.

„Warum soll ich ihn denn treffen, Sam?“

„Weil man Spike nicht übergehen kann.“

„Dumm, denn ich habe grade beschlossen, dass ich mich in Amerika auf niemanden mehr verlasse."
„Jetzt redest du wie er."
„Das ist eine Beleidigung!"
„Hör auf mit dem Blödsinn ... Passt es dir heute?"
„Na ja, wenn es sein muss."
„Du kannst keine Reportage über das heutige Amerika schreiben, ohne Spike Lee zu treffen."
„Sam, ich kann sehr wohl eine Reportage schreiben, ohne irgendjemanden zu treffen. Die Landschaften erzählen mehr über Amerika als jeder Mensch. Nur leider kann ich die Natur nicht ausstehen."
„Heute Nachmittag fliegt er ab."
Nach meinem Eindruck hatte Sam alle Mühe, einen amerikanischen Star davon zu überzeugen (selbst wenn er schwarz war oder gerade dann), sich mit einem Unbekannten zu treffen (selbst wenn dieser Unbekannte ein ernstzunehmender Anwärter auf den Titel des größten lebenden Schwarzen Schriftstellers war). Bekanntlich ist für die Amerikaner alles, was sie nicht kennen, Althebräisch. Es existiert gar nicht. Die Römer dachten in den Glanzzeiten Roms genauso. Die Franzosen verhielten sich so, solange sie den Rest Europas noch täuschen konnten. Die Deutschen haben einmal so gedacht und werden es weiterhin tun. Sam hatte ihm sicher gesagt, dass ich kein Fan von ihm war. Vielleicht hatte ihn gerade das überzeugt. Der Termin wurde offiziell vereinbart, wie ein Boxkampf, in einer Bar in Downtown.
Mein erster Eindruck. Ein wütendes Kind. Ein schmächtiger Körper. Die Kappe der Dodgers aus Brooklyn auf dem Kopf eines Froschs. Sehr schöne sanfte Augen. Die Augen seiner Mutter. Tennisschuhe von Jordan an den Füßen. Ein T-Shirt mit *Do the Right Thing* (seinem Filmtitel). Zum Glück keine Ringe an den Fingern oder Diamanten am Mund. Er ist ein edel gekleideter Gauner, kein Zuhälter.
Ich griff sofort an.
„Du machst also einfach einen Film über Malcolm X."
„Das darf ich wohl."

„Das darf jeder."
Zorn schlägt aus seinen Augen.
„Nein. Nicht jeder. Ich mache es genau deswegen, weil ich nicht will, dass ein Weißer diese Geschichte verschandelt, indem er ein rührseliges Musical daraus macht."
„Was du sagst, finde ich witzig ... Du redest, als würde diese Geschichte nicht genauso die Weißen angehen ... Schließlich wollte Malcolm sie ja hochgehen lassen."
„Ein Grund mehr ... Ich will nicht, dass Malcolm in die Hände derer gerät, die er sein ganzes Leben bekämpft hat."
„Ich hätte einen Weißen beauftragt, diesen Film zu machen und ich bin überzeugt, er wäre der Wahrheit über Malcolm näher gekommen als jeder Schwarze."
Spike Lee schaute Sam an. Sam schaute an die Decke. Sicher fragte er sich, ob er es nicht mit einem der Provokateure zu tun hatte, über die das FBI dich stolpern lässt, sobald du in Amerika irgendetwas auf die Beine stellen willst. Bei Martin und bei Malcolm hatten sie es so gemacht. Sie konnten es auch bei Spike Lee tun. Martin, Malcolm, Spike lagen auf einer Linie.
„Warum würde es ein Weißer besser machen als ich?", fragte er mich ängstlich.
Er erinnerte an einen mexikanischen Boxer, der einen üblen Schlag unter die Gürtellinie abgekriegt hat, als der Schiedsrichter gerade nicht hinkuckte.
„Weil der Weiße so große Angst hätte, etwas falsch zu machen, dass er sich nur an die Fakten halten würde. Stell dir doch den Weißen vor, der einen Film über Malcolm machen will. Er muss zuerst einmal sehr mutig sein, um sich der Wut all der jungen Schwarzen entgegenzustellen, die glauben, Malcolm X gehört nur ihnen und nicht einmal der Schwarzen Mittelklasse oder Bourgeoisie, sondern ihnen ganz allein. Und dann ..."
„Du hast keine Ahnung von Amerika. Was du denkst, ist reine Selbstbefriedigung. Seit 200 Jahren machen die Weißen nichts anderes: Sie löschen frech einen großen Teil der amerikanischen Geschichte aus. Nämlich die gesamte Geschichte der Schwarzen."

„Das ist nicht dasselbe. Du kannst nicht alles damit begründen, dass …"
„Das ist alles die gleiche verfluchte Angelegenheit."
„Spike, du verwechselst deine persönliche Erfahrung mit der Geschichte der Schwarzen in Amerika."
„Nichts hat sich geändert", bellte Spike. „Wenn die Weißen könnten, würden sie uns morgen wieder lynchen."
„Aber sie können es nicht mehr. Das sind die Fakten. Das ist Geschichte. Man kann nicht so tun, als würden diese Fakten nicht existieren. Heute können sie die Schwarzen in den USA nicht mehr massenweise und ungestraft lynchen, Spike. Nur diese Realität zählt. Was wir uns wünschen würden, das zählt nicht, verstehst du. Können die Weißen in Amerika die Schwarzen noch lynchen? Diese Frage stellt sich nicht mehr. Sie ist überholt. Ohne Bedeutung. Es zählt nur, was heute ist. Und was man damit anfängt."
Spike Lee war aufgesprungen, während ich meine letzten Argumente gebrüllt hatte. Er hatte schon sein Blouson vom Haken geholt.
„Spike, frag ihn doch, was er damit meint", schaltete Sam sich ein. „Auch wenn du wegläufst, du wirst seine Meinung nicht aus der Welt schaffen."
Offensichtlich hatte Sam einen gewissen Einfluss auf Spike Lee. Geradezu mit Schaum vor dem Mund (in kalter Wut) setzte er sich nach langem Zögern wieder hin. Seine rechte Hand zitterte ein wenig.
„Ich habe einfach genug vom Kämpfen", sagte ich. „In diesem ständigen Kampf verbraucht man seine ganze Energie. Seine Kraft zum Leben. Ich versuche mich nur in der künstlerischen Arbeit zu verwirklichen."
„Jeder würde sich gerne mit vergnüglicheren Dingen beschäftigen", warf Spike Lee mir verächtlich hin. „Was denkst du denn! … Diese Arbeit steht noch aus und einer muss sie machen."
„Selbst wenn deine Kunst dabei draufgeht?"
„Was soll das sein? Ich möchte die Dinge möglichst wirkungsvoll ausdrücken. Ich möchte die Wahrheit zeigen. Die Wahrheit über

unsere Vergangenheit und unsere Gegenwart. Das ist meine Aufgabe. Diese Arbeit muss geleistet werden, denn in diesem Land hat sich nichts geändert."
„Einverstanden, die Weißen haben sich nicht verändert, wenn ich mir auch da nicht ganz sicher bin, aber die Schwarzen. Die Schwarzen haben sich verändert. Zum Beispiel machst du Filme. Glaubst du nicht, dass das für einen Jungen aus dem New Yorker Ghetto ..."
„Du redest völlig an der Sache vorbei, wenn du das ganze Zeug wiederkäust, was die Weißen in allen Zeitungen des Landes ständig herausposaunen. Immer das gleiche Lied: Dieses Land hat sich verändert. Ich frage, inwiefern es sich verändert hat. Dann antworten sie: Schau dir den jungen Schwarzen an, er macht Filme in Hollywood. Als hätte ich nicht schwer dafür kämpfen müssen. Keiner hat mir eine Chance gegeben. Ich bekomme nur das Geld, weil meine Filme was einbringen, das ist alles. Ich kämpfe darum, Filme für Schwarze über Schwarze und mit Schwarzen zu drehen."
Jetzt war Spike Lee an der Reihe, die Fassung zu verlieren. Wir waren berauscht davon, dem anderen unsere Wahrheit ins Gesicht zu schreien. Sam freute sich. Das hatte sie gewollt. Es hatte geklappt.
Nach einer kurzen Pause sagte ich: „Ich will niemanden in die Position versetzen, mir nicht sagen zu können, was er von meiner Arbeit hält."
„Und was heißt das?"
„Das machst du mit deinen Filmen. Alle weißen Kritiker haben Angst, ihre Ansicht über deine Arbeit zu äußern. Sie haben Angst, von den Kids aus Brooklyn, Chicago oder Los Angeles gelyncht zu werden. Das ist keine Kunst mehr, das ist Straßenkampf."
„He Papa! So ist das eben ... Wir sind in den Vereinigten Staaten von Amerika ... Wenn es dir zu heiß wird, geh raus aus der Küche."
„Eine künstlich erzeugte Hitze."
„Niemand in den Vereinigten Staaten hat Angst, seine Meinung über meine Filme zu äußern. Es ist eine Machtfrage. Die Schwarzen sind immer noch die Schwächeren und kontrollieren nicht die wichtigen Medien."

„Nie wird man in diesem Land über etwas anderes reden können. Immer die alte Leier von der Macht. Wer kontrolliert wen? Die Weißen oder die Schwarzen?"
„Das ist nicht mein Problem. Ich mache Filme, der Rest interessiert mich nicht."
„Das sagen wir alle."
Sam gab Spike ein Zeichen (sie tippte auf ihre Uhr), dass er gehen musste: In weniger als zwei Stunden sollte er abfliegen und er hatte noch zwei weitere Interviews. Und der Flieger würde seinetwegen natürlich nicht warten.
„Natürlich nicht", sagte ich, „aber ich bin sicher, wegen Warren Beatty und Robert De Niro oder jedem drittklassigen Politiker würde der Flieger warten."
„Siehst du", sagte Spike Lee mit einem Grinsen, „du verstehst es richtig, wenn du willst."
Ich schenkte ihm den Ball, ganz einfach, weil das Spiel jetzt auf meinem Feld stattfand.
„Wenn du wieder nach New York kommst", sagte Spike Lee, während er sein schwarzes Lederblouson anzog, ruf mich an und wir reden weiter."

## DAS GESCHÄFT MIT DER HAUT

An der Rassenfrage haben die Weißen deutlich mehr verdient als die Schwarzen, doch die Schwarzen konnten von den Krümeln leben. Viele würden nun gerne wissen: Wann hat das alles angefangen? Wann hat der Mensch zum ersten Mal einen anderen gesehen, sich über dessen Hautfarbe gewundert, die sich von der seinen unterschied, und daraus geschlossen, dieser sei weniger wert als er? Wenn man diese berechtigte Frage an Universitätsprofessoren richtet, die sonst mit manischer Genauigkeit und mithilfe komplizierter Berechnungen bis zu Millionen von Jahren vor Beginn der Menschheit zurückgehen können, ach! Dann beantworten sie diese Frage sehr vage und sogar verworren. „Vor sehr langer Zeit", war die einzige Aussage, die man Wissenschaftlern von der Universität Berkeley entringen konnte, die in der Humanforschung an der Spitze stehen. Aber der gewöhnliche Mensch verlangt eine genaue Antwort, möglichst mit einer ungeraden Zahl. Dennoch ist diese Frage wichtig und sollte jeden angehen. Und vor allem die Wissenschaftler. Wann hat das alles angefangen? Wer hat den anderen zuerst gesehen? Wer hat als Erster gebrüllt: „Du bist weniger gut als ich"? Der Schwarze oder der Weiße? Der Gelbe oder der Rote? Der Weiße oder der Gelbe? Der Rote oder der Gelbe? Der Schwarze oder der Rote? Der Gelbe oder der Schwarze? Der Rote oder der Weiße? Ich spreche von der ersten Regung. Von dem wichtigen Punkt des ersten Blicks. Und ich habe noch eine, die entscheidende Frage: Wann hört das alles auf? Hat das ein Ende? Oder noch besser: Warum geht es weiter, obwohl neunzig Prozent der Leute behaupten, gegen Rassismus zu sein? Einzig auf diese Frage weiß ich eine Antwort: Geld! Den Leuten fällt es meist schwer zu glauben, dass es schlicht eine Frage des Geldes ist. Geld für fast alle. Ich meine damit, dass fast jeder damit ein bisschen Geld verdient. Selbst Baldwin, der große Schriftsteller Baldwin, umschifft die Frage des Geldes. Er bringt die psychologische Hypothese. Für ihn ist der Schwarze psychologisch der Boden, auf dem Amerika steht. Nach Baldwin ist es also der Schwarze, der nur durch seine Anwesenheit verhindert, dass der Weiße den Boden berührt. Jedes Mal wenn der Weiße in Amerika verzweifelt, weiß er, dass es unter ihm noch Menschen gibt, ganz unten, die den Humus der Erde bilden: die Schwarzen. Und das, so denkt Baldwin, ist für sie beruhigend. Der ärmste, elendeste Weiße weiß, Millionen von Leuten beneiden ihn um sein Los. Das hilft ihm zu leben. Da liegst du ganz falsch, Baldwin. Die Leute schauen nie nach unten. Der Boden zählt nicht als Bezugspunkt im Leben des Einzelnen. Die soziale Leiter ist dazu da, dass man hinaufsteigt. Was wirklich zählt, ist die nächste Sprosse. Man schaut nicht nach unten, um sich zu trösten. Man verzweifelt eher beim Anblick der vielen Sprossen, die man noch erklimmen muss, um oben anzukommen, bei den Göttern. Nein, Baldwin, die Lage des Schwarzen hilft dem Weißen nicht,

nicht mal psychologisch. Ökonomisch allerdings schon. In Amerika beruhigt das Geld. Das Geld ist lebendig. Die Japaner nennen es das „ehrenwerte Geld". Das Geld hat einen Geruch, eine Farbe, einen Geschmack und es kann auch Krankheitskeime übertragen. Trotzdem ist es nicht ansteckend. Die Weißen haben den Rassismus eingeführt (das weiß ich sicher) und zwar wegen des Geldes. Wegen der Macht, die das Geld verleiht: die Arbeitskraft billig zu kaufen, sie zurechtzuschneiden und auszubeuten, wie man sie braucht ... Das ist in den Augen der Weißen der Schwarze. Folgen wir dem roten Faden (aus Wasser und Blut) der amerikanischen Geschichte. Dem Gesang der Afroamerikaner. Der Rassismus hat den Süden der Vereinigten Staaten erfunden, der den Blues erfunden hat, der hinwiederum dem amerikanischen Showbusiness neues Blut gespendet hat. Das amerikanische Showbusiness verdient jedes Jahr Milliarden. Es hat Michael Jackson hervorgebracht, einen Androiden der weder schwarz noch weiß noch rot noch gelb ist. Michael Jackson wird von allen beschimpft, weil ihm das Unmögliche gelungen ist, nämlich weder ein Geschlecht noch eine Hautfarbe noch eine Rasse zu haben, und, das beweist seine besondere Beziehung zu seinem Affen, auch keine Identität. Ich spreche nicht von rassischer, nationaler Identität oder einem anderen Blödsinn dieser Art. Ich spreche von der tiefgründigen Identität als Mensch. Ist er ein Tier oder ein Mensch? Ist er das fehlende Glied zwischen dem Menschen und dem Affen? Oder ist er das Gegenteil, ein für die Schwarzen nicht vollwertiger Schwarzer? Ein für die Weißen nicht vollwertiger Weißer? Oder ein für die Affen nicht vollwertiger Affe? All diese Kategorien spielen im Musikbusiness aber eine Rolle. Und Musik, Bruder, das bringt einen Haufen Geld. Sun Tsu sagt in seinem *Kriegskanon*: „Man plündert den Gegner aus, weil man nach seinem Reichtum giert." Rassismus ist ein nicht erklärter Krieg. Und man versteht gut, warum die Weißen diesen Krieg nie erklären wollten. Einer der schrecklichsten, längsten, grausamsten Kriege! Doch muss man zugeben, dieser Krieg war notwendig für die Entwicklung der westlichen Welt. Sie schließt die Weißen, die Schwarzen und die Roten ein. Die Gelben bleiben noch zuhause. Die Weißen haben sich an dieser Goldgrube bereichert, die der Rassismus für sie darstellte. Glauben Sie, dass die Schwarzen, die nach so vielen Jahren schlechter Behandlung endlich aus dem Rassismus Profit schlagen können, das Ende des Rassismus zulassen werden, ohne sich dagegen zu wehren? Nachdem sie gerade erst anfangen, davon zu leben? Die vielen Künstler, die immer nur Leiber malen, die sich unter Peitschenhieben winden, um sie an junge Weiße zu verkaufen, die soeben ihr Studium an einer liberalen Universität des Nordens abgeschlossen haben! Die Musiker, die zu allen Rhythmen immer nur von der Frustration der Schwarzen im heutigen urbanen Dschungel singen! Die vielen Filmregisseure (Spike Lee an der Spitze), die auf der Großen Leinwand Zorn und Gewalt der Schwarzen Jugendlichen aus den explosiven Ghettos zeigen! Worüber sollte ich selbst schreiben, wenn es nicht dieses saftige Thema gäbe, diese brandgefährliche Mischung aus Sex, Rasse und Geld? Hört mal, Brüder, wenn es keinen Rassismus gäbe, würde das ganze amerikanische Showbusiness mit einem großen Knall zusammenbrechen. Sofort würden wir von der japanischen Musik überschwemmt werden. Die Frage des Rassismus geht den liberalen Intellektuellen auf die Nerven. Am Ende macht die Emotion alles nur komplizierter. Denn wenn man ganz einfach hinnähme, dass man ohne Bedenken sein Geld mit Rassismus verdienen darf, wäre nichts dagegen einzuwenden. Man hätte in der schlechtesten der Welten ein gutes Leben. Es geht ums Geschäft! Man würde vom Rassismus nur als einer ertragreichen Mine sprechen, die man ausbeuten kann. Aber nein, dieser Typ muss in seinem Videoclip losheulen, man sieht sich seine Tränen in Großaufnahme an, dann legt er noch Bilder von Rassengewalt darüber, reale Szenen, in denen Schwarze tatsächlich zusammengeschlagen werden, während der Typ im Vordergrund keinen Kratzer hat! Alles ist gut, was mit der ewigen Leier unseres Unglücks uns das Geld aus der Tasche zieht. Zu allem Überfluss muss man auch noch den Sänger bewundern. Er verteidigt die Rasse.

## KANN DIE LÜGE EINER EINZELPERSON DER HISTORISCHEN WAHRHEIT ETWAS ANHABEN?

Im Jahr 1955 wurde ein 14-Jähriger Schwarzer Jugendlicher namens Emmett Till in Tallahatchie County, Mississippi, gelyncht, weil er einer jungen weißen Frau auf der Straße nachgepfiffen hatte.
Vor fünf Jahren behauptete eine 15-Jährige Schwarze Jugendliche in Hudsonville, einer Kleinstadt in Upstate New York, von weißen Polizisten entführt worden zu sein. Sie hatten sie vier Tage im Wald festgehalten, sie ständig verprügelt und vergewaltigt. Auf ihren Bauch hatten sie, in Großbuchstaben KKK (Ku-Klux-Klan) und das Wort „*Nigger*" geritzt. Am Ende beschmierten sie ihren Körper mit Hundekot und warfen sie in eine Mülltonne in der Nähe des Mietshauses, wo sie wohnte. Die Geschichte von Tawana Brawley erregte in Windeseile großes Aufsehen in der landesweiten Presse. Vergleiche mit Emmett Till wurden angestellt. Trotz intensiver Suche gelang es dem FBI nicht, die drei Angreifer zu finden. Sie konnten nur einen gewissen Pagones verhaften, einen jungen Mann aus der Gegend. Pagones beschwor seine Unschuld. Da kommt Al Sharpton ins Spiel. Er ist ein afroamerikanischer Pastor, ein kluger Kopf und Experte in Rassenfragen. Für Sharpton ist jeder Weiße ein potentieller Vergewaltiger und Lynchmörder. Sharpton findet weithin Gehör. Das Fernsehen liegt ihm zu Füßen. Kein Weißer Amerikaner wagt ein so schreckliches Verbrechen anzuzweifeln, das seine Wurzel offenbar in der finstersten Geschichte dieses Landes hat (in der sich Sex, Gewalt und Straflosigkeit mischen): in der Vergewaltigung jugendlicher Schwarzer Frauen und dem Lynchen erwachsener Männer. Sharpton kennt das Lied. Er singt den ganzen Sommer die gleiche Melodie. Irgendwann sagt ein Schwarzer Nachbar aus, dass er eines Abends gesehen hat, wie Tawana selbst in die Mülltonne gestiegen ist. Wie bewertet man so eine Aussage, wenn sie sich als wahr herausstellt? Sie ist die Wahrheit. Die Jugendliche war also einfach durchgebrannt und hatte dies in ihrer Panik hinterher als eine Entführung ausgegeben. Kein ungewöhnlicher Fall. Nur hatte Tawanas Ausrede einen schrecklichen Hin-

tergrund. Vielleicht war ihr nicht ganz klar, was sie damit auslösen konnte. Reverend Sharpton aber doch.
Der alte Fuchs weiß auf allen Saiten der weißen Schuldgefühle zu spielen. Ihm ist egal, dass Tawana gelogen hat. Er nutzt die Gelegenheit, seine Geige herauszuholen und die Presse zu versammeln. Für ihn kann die unschuldige Ausrede einer Jugendlichen niemals die Lynchmorde ungeschehen machen. Nur eines zählt, so ruft er, nämlich dass vor nicht allzu langer Zeit die Schwarzen gelyncht wurden. Damals hatte Billie Holiday *Strange Fruit* gesungen, über Früchte, die an den großen alten Magnolienbäumen in den Südstaaten hingen und in Wirklichkeit Schwarze Lynchopfer waren. Nach Sharptons Auffassung ist es genau dieses historische Trauma gewesen, das eine unschuldige, 15-Jährige Jugendliche dazu gebracht hat, sich eine so schreckliche Geschichte auszudenken. Aber wie falsch das klingt, aus dem Mund eines Demagogen wie Al Sharpton!

## WENN MONICA SCHWARZ WÄRE …

Die Medien hatten einen saftigen Knochen ausgegraben: Der amerikanische Präsident betrog seine Frau mit einer jungen Angestellten des Weißen Hauses. Das Ganze hatte sich angeblich auch noch im Oval Office abgespielt, dem Ort, wo die wichtigsten Entscheidungen über den Planeten getroffen werden. Im Allerheiligsten der Macht. Politik und Sex. Für die Medien ein gefundenes Fressen. Die Republikaner in der Opposition sahen ihre einzigartige Chance, diesen Teufel von einem Mann loszuwerden, der mit seiner entschiedenen Unangreifbarkeit und verwirrenden Wendigkeit allen Fallen auswich, die sie ihm stellten. Die Republikaner wussten, wenn Clinton sein Mandat ohne Skandal beendete (er konnte sich nicht ein drittes Mal zur Wahl stellen), bekäme er genügend Gewicht, um bei den Amerikanern den glänzenden, aber unnahbaren Al Gore durchzusetzen. Und die Republikaner wären zwölf Jahre in Folge von der Macht ausgeschlossen. Sie mussten Clinton um jeden Preis aus dem Weißen Haus vertreiben. Die Presse, die protestantische Moral und die Republikanische Partei kämpften Seite an Seite, jeder folgte dabei seinen eigenen Interessen. Doch sie hatten nicht mit dem amerikanischen Volk gerechnet. Das entschied über den Ausgang. Clinton konnte in dem Riesenwirbel der Monica-Lewinsky-Affäre nur bestehen, weil die Bevölkerung ihn mit großer Mehrheit unterstützte. Er surfte mit achtundsechzig Prozent in den Umfragen durch fast die gesamte Affäre. Dies bedeutete, dass auch ein Teil der republikanischen Wählerschaft ihn die ganze Zeit nicht fallen ließ, was bei einem demokratischen Präsidenten in Schieflage höchst ungewöhnlich ist. Die Zustimmung der amerikanischen Frauen brachte die Entscheidung. Sie stellten sich aus einem einfachen Grund so geschlossen hinter Clinton: Er war vielleicht gut aussehend, reich und mächtig, aber die Frau, die er gewählt hatte, war nicht eine dieser magersüchtigen, telegenen Blondinen, die Hollywood den mächtigen Männern so großzügig an die Seite stellte, seitdem Marilyn Monroe für John F. Kennedy *Happy Birthday Mister President* gesungen hatte. Monica Lewinsky sah nicht aus wie die Doppelgängerin von Linda Evangelista oder Cindy Crawford. Sie hatte sogar einige Rundungen. Frauen mit den Maßen Monica Lewinskys sind viel zahlreicher als man denkt. Ihnen hat die Affäre neue Energie geschenkt, nachdem sie die zwei schrecklichen Jahrzehnte unter der Fuchtel der vegetarischen Blondinen hatten durchmachen müssen. Monica war die Dunkelhaarige, die einem guten Steak mit im Ofen gebackenen Kartoffeln nicht abgeneigt ist. Doch sie hatte einen kleinen Fehler: Sie war sehr jung. Für die Frauen von vierundfünfzig (Hillarys Alter zur Zeit der Affäre) sind Mädchen von zweiundzwanzig böse Hexen, nur schien Monica daraus keinen Vorteil zu ziehen. Bei ihrem Anblick fiel eher ihr Babyspeck auf und man verspürte die Lust, ihr Tipps zu ihrer Kleidung zu geben (dieses schwarze Barett stand ihr beispielsweise gar nicht). Jeder Makel von Monica warf ein sanftes warmes Licht auf Bill. Seine Wahl ließ alle Männer wie Irre, Armleuchter und Deppen dastehen, die grünäugige Blondinen mit Silikonbrüsten in ihren Luxusautos spazieren fuhren wie

Kriegstrophäen. Na ja, da war die Geschichte mit dem Oralsex im Oval Office, aber auch das wurde abgemildert durch den Gedanken, dass dem verklemmten Nixon sowas natürlich nie eingefallen wäre. Dazu brauchte es einen Zocker wie Clinton (an dieser Stelle schlossen sich die Männer den Frauen an).

Wenn Monica schwarz gewesen wäre, hätte Clinton dann eine Chance gehabt? Nach meiner Einschätzung wäre es anfangs 50/50 gestanden. Die Frauen, die dachten, Clinton sei der einzige Weiße mit Macht in den Vereinigten Staaten, der ein Auge auf eine junge Schwarze Praktikantin warf, die nicht allzu schön und recht pummelig war, hätten sich auf seine Seite geschlagen. Doch war es ein ganz anderes Thema für die (mehrheitlich schwarzen) Leute, die Rassismus geschrien hätten, mit dem Verweis auf die Zeit der Sklaverei, als der Herr das Recht hatte, die kleine Schwarze zu entjungfern. Das Bild dieser jungen Schwarzen (das unschuldige Mädchen von zweiundzwanzig, das die weißen Journalisten am besten pfleglich behandelten, sonst würden ihre Autos von den jugendlichen Strolchen im Ghetto demoliert, die nicht wollten, dass man ihre *„sister"* anrührte) auf den Knien vor Clinton, während sie ihm einen bläst, wäre für die Schwarze Bevölkerung unerträglich gewesen. Demagogen wie Al Sharpton hätten lange Reden über die Würde der Schwarzen Frau gehalten. Meines Erachtens hätte es recht bald 60/40 und später 70/30 gegen Clinton gestanden. Von da an wäre es zu Demonstrationen auf der Straße gekommen. Zuerst hätten sich die Schwarzen Pastoren zu Wort gemeldet, dann hätten die Schwarzen Extremisten gefordert, Clinton müsse öffentlich kastriert werden, danach wären die Feministinnen gekommen, die sich bei Monica zurückgehalten hatten, aber in diesem Fall nicht gleichgültig bleiben konnten. Der Druck wäre so stark geworden, dass Clinton nichts anderes übrig geblieben wäre, als sich scheiden zu lassen (sicher mit Hillarys Einverständnis, die sich der Dampfwalze der historischen Wiedergutmachung auch nicht hätte entgegenstellen können), um der erste weiße Präsident in der Geschichte der Vereinigten Staaten zu werden, der eine Schwarze Frau heiratet. Er, dem so viel daran lag, dass Amerika sich öffentlich für das Unrecht entschuldigen sollte, das die Sklaverei den Schwarzen angetan hatte, hatte nun die Gelegenheit, es am eigenen Leib zu büßen.

# X. TEIL
# DIE PARALLELWELT

## LADY'S NIGHT

Die Haitianer in Brooklyn arbeiten hart, um sich ein Haus in Queens leisten zu können. Queens ist ihr Traumort. Es gibt dort weniger Sicherheitsschlösser, weniger Stress, weniger Gewalt. Brooklyn heißt Überlebenskampf, Queens die Ruhe nach dem Sturm. Die Wirklichkeit ist nicht ganz so schwarz-weiß. Es gibt Arme in Queens und Reiche in Brooklyn, aber Mythen halten sich hartnäckig. Eine Frau in Nyack, einem Vorort von New York, erzählte mir, wenn man in Brooklyn lebe, werde man ausgeraubt, „aufgegessen", es werde einem ein Zombie geschickt, der Mann geraubt, kurz, es sei die Hölle mit sehr hohen Mieten. Und Queens? Ach, Queens, das sei doch was ganz anderes.

Queens ist ein ziemlich schickes Viertel. Mit seinem grünen Rasen, schmalen Straßen, seiner ruhigen Atmosphäre. Das Leben einen Gang heruntergeschaltet. In Queens findet man richtige Häuser, anders als die überheizten Wohnungen in Brooklyn. Dort fangen die Hauswarte schon im September an zu heizen. Bei der Hitze im Spätsommer – auch wenn man die Fenster aufreißt, man geht ein! In der Wohnung an der Church Street, in der ich eine Nacht verbrachte, lief das Ungeziefer überall frei herum (Kakerlaken, Ratten, Mäuse). Die Tiere holten sich ihr Reich zurück. In jener Nacht tat ich kein Auge zu. Ich nahm daher ein dickes Buch von Klaus Mann (*Der Wendepunkt*) aus meiner Reisetasche. In dieser grausigen Autobiographie, die er am Tag vor seinem Selbstmord beendete, schreibt der Sohn von Thomas Mann über New York. Es ist sehr verstörend, mitten in New York über New York zu lesen. Wenn es zufällig geschieht, dass ich ein Buch über eine Stadt lese, in der ich mich gerade aufhalte, bin ich meist enttäuscht, entweder von dem Buch oder von der Stadt. Aber New York hält seinem Mythos stand. Plötzlich wurde mir eiskalt. Der Hauswart hatte die Heizung abgestellt, genau in dem Moment, als es draußen kalt wurde, um drei Uhr morgens. New York ist so großartig, dass es dich verwöhnt, wenn dein Bauch schon voll ist. Ich stand auf und machte Gymnastikübungen, bis ich schwitzte. Dann packte ich meine Sachen. Ich hatte vor, den Tag bei einem Freund in Queens zu verbringen. Wir hatten uns in Toronto kennengelernt. Er war ein junger Maler aus Haiti. Näher an Basquiat als an der traditionellen haitianischen Malerei. Drei Jahre zuvor hatte er Toronto verlassen, um nach New York zu gehen. Es ist schwer, in einer Stadt kreativ zu sein, wenn man eine andere im Kopf hat. Eines schönen Morgens packte er seine Frau, seine Kinder, seine Leinwandrollen und seine Farbtuben in einen alten Schlitten, den er tags zuvor für 300 Dollar gekauft hatte, und fuhr nach New York. Wir verbrachten den ganzen Morgen im Gespräch. Er erzählte mir von seinem Leben seit dem Weggang und behauptete, lieber hier im Elend als in der Normalität von Toronto zu leben. Ich erinnerte ihn daran, dass er ein schönes Atelier gehabt hatte, dass seine Ausstellungen gut besucht waren, dass er dort bekannt war. Er schaute mich schweigend an. In seinen Augen hatte das keine Bedeutung, denn es war nicht in New York gewesen. New York oder gar nichts. Auch Paris hat bei manchen diese Ausstrahlung. Sicher träumt Toronto oft davon, New York ein Messer in den Rücken zu rammen. Ich schlief den ganzen Nachmittag wie ein Baumstumpf. Traumlos. Ein echtes schwarzes Loch. Als wenn dein Körper dir entkommen will und sich an einen Ort verzieht, den nur er kennt und zu dem nicht einmal dein Gehirn Zutritt hat. Gegen neun Uhr wachte ich auf. Wir aßen in Ruhe zu Abend. Danach kamen Freundinnen der Frau, lachlustige Mädchen, die uns in eine haitianische Disko schleppten. Eigentlich hatten sie nichts mit uns vor. Sie probierten ständig Kleider an und fragten uns, wie wir sie fanden. Nachdem ich dabei einen gewissen Geschmack bewiesen hatte, wollten sie unbedingt, dass wir mitkommen. Ich habe ihnen zwar lange erklärt, dass ich nicht tanzen kann, aber es ist unmöglich, ein halbes Dutzend überdrehte, fröhliche Mädchen in Feierlaune von irgendetwas abzubringen. Ein Samstagabend in New York. Das Innere der Disko war rot. Die Tischdecken waren rot. Die Wände dunkelrot. Man sah nichts. Woher kommt diese Manie in der Karibik, im Dunkeln zu tanzen? Eine Weile schaute ich auf die Tanzfläche. Ich konnte nichts erkennen. Schließlich sah ich eine dichtgedrängte Masse, die sich kaum bewegte und eine starke Hitze in den Raum abgab. Um meine Eindrücke sofort festzuhalten, bat ich einen der Kellner um eine Kerze. Da er sie nicht brachte, ging ich zum Büro des Managers und klopfte. Der Raum war eher wie die Umkleide eines Boxers. Ein großes Durcheinander. Ein aufgeplatzter Sessel, ein mächtiger Schreibtisch, kein Abfalleimer. An der Wand hing seltsamerweise ein Foto von der Muttergottes neben einem Plakat von Tabou Combo. Ich trat ein. Ein Mann saß hinter dem Schreibtisch und aß. Ich sagte ihm, was ich wollte und er überreichte mir sehr freundlich eine rote Kerze. Ich ging zurück an meinen Tisch. Die Szene hatte sich etwas verändert. Um die Tanzenden herum standen etwa fünfzehn Männer. Die Mädchen liefen pausenlos hin und her, das Kinn nach oben gereckt, den Oberkörper gerade, aber die Hüften bewegten sich weiter im Rhythmus. Nach einer gewissen Zeit wollte ich für alle etwas zu trinken bestellen. Die Bar lag im hinteren Teil auf der linken Seite. Es war ein grell erleuchteter, fast leerer Raum. Ich musste warten, denn der Barmann war gerade weg, Eis holen. Die Ellbogen auf die Theke gestützt, hörte ich mir die Musik an. Sie bot keine Überraschung und der Sänger, der aussah aus wie ein dickbäuchiger Bankbeamter, war von einem Schwafelgeist besessen. Der Typ neben mir drückte seine Zigarette auf dem Teppich aus. Der nicht ganz gelöschte Stummel brannte ein Loch von der Größe eines Aschenbechers hinein. Trotz der drängenden Aufforderungen des Sängers wollten die Leute jetzt nicht mehr tanzen. Mir fiel sofort ein seltsames Hin und Her auf. Fast die Hälfte der Männer bewegten sich mit leerem Blick ständig zwischen den Tischen. Ein Mann ging sechzehnmal (ich habe es gezählt) in einer halben Stunde an mir vorbei. Eine unsinnige Betriebsamkeit! Die Frauen hingen erschöpft über den Tischen.

Niemand tanzte. Der Sänger erzählte Witze, die flach landeten. Er lachte als Einziger. Wie konnte man am fließenden Band solchen Schwachsinn erzählen, wenn man nicht ein Rad ab hatte? Was vorherrschte, war Langeweile. Plötzlich brach in unserer Nähe ein Streit los. Ein Mädchen ging auf eine Rivalin zu und gab ihr eine Ohrfeige. Meine Nachbarin flüsterte mir begeistert zu, der Sänger habe recht. Womit?, fragte ich. Mit seiner Philosophie über die Frauen, antwortete sie. Am Ende hatten wir Schwierigkeiten, wegzukommen. Ein Mann hatte seinen Wagen (einen funkelnagelneuen Mercedes) quer über den Parkplatz gestellt. Keiner konnte wegfahren. Ein Hupkonzert. Schließlich wurde der Besitzer des Mercedes an der Bar gefunden, cool, besoffen, voll Verachtung. Und obwohl wir ihm erklärten, dass er die Ausfahrt blockierte, brauchte er fast eine Dreiviertelstunde zu dem Entschluss, den Wagen wegzufahren.

## EINE LOKALMELDUNG AUS QUEENS

Die Karibik-Disko hatte gerade geschlossen. Ein paar Leute standen noch davor und diskutierten, während die Autos vom Parkplatz wegfuhren. Einige redeten zu laut. Irgendein Schwachkopf wirft dann immer eine Flasche aus dem Fenster. Nachbarn riefen die Polizei. Eine Stunde später kam sie an. Am Samstagabend ist das Routine. Ein Polizeibeamter hielt einen Mann zurück, der gerade in seinen Wagen stieg. Er versuchte der Polizei zu erklären, er wolle nur nachhause fahren. Dieser Schwarze wagte, sich zu verteidigen. Der Beamte schlug ihm ins Gesicht. Er schlug zurück. Die übrigen Polizisten stürzten sich auf ihn und verprügelten ihn ausgiebig mit ihren Schlagstöcken. Sie nahmen ihn mit auf die Wache. Gleich nach der Ankunft sperrten sie ihn in die Toilette. Abmer Louima, so hieß er, saß allein drinnen und fragte sich, was sie mit ihm vorhatten. Er sollte es bald erfahren. Der Polizist, der ihn zuerst geschlagen hatte, er hieß Volpe, betrat das Örtchen zusammen mit seinem Kollegen Schwartz. Sie verprügelten Louima so lange, bis er zusammenbrach. Sie stellten ihn wieder auf und machten weiter. Er fiel erneut hin. Dann ließen sie ihn einen Moment in Ruhe, wie er dachte. Volpe fand in der Zeit einen Besen, dessen Stiel er über dem Knie zerbrach. Sie kamen zurück zu Louima, der sich in einen Winkel verkrochen hatte. Während Schwartz ihn festhielt, steckte Volpe ihm den Besenstiel bis zum Anschlag in den After und durchstieß ihm dabei die Harnblase und den Enddarm. Jetzt verlor Louima das Bewusstsein. Er blutete. Die beiden Beamten mussten einen Bericht schreiben. Die Polizisten auf der Wache deckten die Sache. Nach dem Protokoll war Louima ein bekannter Homosexueller, der sich auf der Suche nach gesteigerten Erlebnissen einen Besenstiel in den After gesteckt hatte. Er war verletzt, das machte die Sache etwas komplizierter. Er musste ins Krankenhaus. Wohin? In das nächstgelegene. Kein Problem. Viele der dortigen Krankenschwestern arbeiteten mit den Polizisten zusammen. Nicht ungewöhnlich. So kam Louima bei der Aufnahme auf keine Liste. Als wäre er nie eingeliefert worden. Aber er bekam die notwendige Behandlung. Sie legten ihn in eine spezielle Abteilung, wo die zuständige Pflegerin eingeweiht war. Bis dahin ging alles glatt. Doch in dem Hospital arbeiteten auch einige haitianische Krankenschwestern. Nicht viele. Die meisten von ihnen findet man in Brooklyn. Ohnehin sind die Haitianer zumeist Taxifahrer, die Haitianerinnen zumeist Krankenschwestern, daher verbreiten sich in dieser Gemeinde die Informationen so rasend schnell. Am Morgen nach Louimas Einlieferung flüsterte eine jamaikanische Schwester einer haitianischen zu, da oben liege ein Haitianer, der offenbar von weißen Polizisten misshandelt worden sei. Die Haitianerin rief einen Cousin an, der Journalist bei der *New York Times* war. Der sorgte dafür, dass die Zeitung einen weißen Reporter zur Recherche vor Ort schickte (um keinen Verdacht zu erregen). Unter Mithilfe der haitianischen Schwester gelangte der Journalist in das Zimmer von Louima. Nach dem Interview (Louima antwortete genau auf alle Fragen) machte der Reporter ein paar Fotos. Auf der Polizeiwache lief die Arbeit wie gewohnt. Die Sache vom Vorabend war bereits vergessen. Ein Fall löste den anderen ab. Louima war weiter im Hospital. Man würde ihn in ein paar Tagen abholen. Wie viele andere Opfer der Polizei wie Louima lagen in einem New Yorker Krankenhaus? Zwei Tage später schlugen die Polizisten, die das Ganze vollkommen vergessen hatten, die Zeitung auf und fanden quer über der Seite der *New York Times* den Hintern von Louima. Mit der Bildunterschrift: Ein Polizist stieß ihm einen Besenstiel in den After. Ein Desaster. Alle bereiteten sich vor zum Angriff. Die Reihen wurden geschlossen. Die blaue Wand (der Polizisten in Uniform) bildete eine Schutzmauer, durch den nicht die geringste Information drang. Totales Schweigen. Aber das Foto von einem Mann mit durchstoßenem After schrie zu laut. Der Bürgermeister versuchte den Skandal niederzuschlagen. Nur allmählich erkannten die Poizeibeamten den Ernst der Lage, dass sie einen Anwalt brauchten, war ihnen von vornherein klar gewesen. Luima hatte schon einen. Die haitianische Community war aktiv geworden, ihr schlossen sich bald auch die übrigen Schwarzen Communities an (die Afroamerikaner, Jamaikaner, die aus der Dominikanischen Republik und von den Bahamas). Auch sie waren bereit zum Angriff. Riesige Demonstrationen wurden organisiert, bei denen die Pastoren laute Flüche gegen das rassistische Amerika schleuderten. Nach kurzer Verblüffung begannen die Polizisten sich zu wehren. Das war ihr erster Fehler. Sie ließen schwer nachprüfbare Behauptungen über Louima durchsickern. Eine alte Technik. Die *New York Post* verfolgte täglich den Fortgang der Affäre. Die *Daily News* tat es ihr nach. Louimas Privatleben wurde durchforscht. Pech für die Polizisten, denn dieser junge Mann, der seit seiner Ankunft aus Haiti in Brooklyn bei seinem Onkel lebte, hatte ein makelloses Strafregister und ein vorbildliches Verhalten. In der Zwischenzeit wechselte Louima den Anwalt. Der neue war ein alter Fuchs, kundig in allen Tricks seines Gewerbes. Er richtete seine Strategie darauf aus, die blaue Wand zu durchbrechen. Schließlich war ein Polizist zur Aussage bereit. Die Wand hatte nicht gehalten. Die Polizeibeamten wurden wegen der Vorwürfe einer illegalen Verhaftung und der Folter vor Gericht gestellt. Die Gemeinde jubelte. Louima sackte ein Vermögen an Schmerzensgeld ein.

Ich begab mich an den Ort des Geschehens, wo Louima von den beiden Polizisten verhaftet worden war.
„Siehst du“, sagte ein sehr alter Mann zu mir, während er mit dem Finger auf die Disko zeigte, „hier hat Louima das große Los gezogen: mehr als acht Millionen Dollar. Der amerikanische Dollar ist die einzige Währung, die in jedem rückständigen Dorf am Ende der Welt genommen wird. Es ist wahr, mein Sohn, es gibt keinen Laden auf diesem Planeten, wo du deine Cola nicht mit amerikanischem Geld bezahlen kannst. Coca Cola und Dollars. Ich weiß nicht, wie viele Flaschen Cola Louima sich mit dem Geld kaufen kann. Der Glückspilz!“
„Glückspilz! ... So nennen Sie einen Mann, dem man einen Besenstiel in den Arsch gestoßen hat ...“
Der Alte lachte.
„Wie würdest du einen nennen, Sohn, der sein ganzes Leben täglich sechzehn Stunden auf zwei Jobs in einer Scheißfabrik gearbeitet hat? Da wo ich malochen musste, würde es ein Weißer keine zwei Tage aushalten. Und heute habe ich 18 Dollar und 66 Cent auf der Chase Manhattan Bank.“
Er zeigte mir sein Kontobuch.
„Ich verstehe Ihre Bitterkeit, aber ...“
„Ich bin seit 1953 in New York ...“
Ich lächelte.
„Warum lächelst du, Sohn?“
„Es ist mein Geburtsjahr.“
„Na, dann siehst du, wie lange das her ist ... Und seit dem Tag meiner Ankunft suche ich einen ‚Fall‘.“
„Was heißt das?“
Er schaute mich erstaunt an, als ob er sich fragte, wo dieser Schwachkopf wohl herkam.
„Dass mir ein schwerer Unfall passiert ... Ein paar Freunde hatten mehr Glück. Joseph Morin ist etwa zur gleichen Zeit wie ich hier angekommen, heute genießt er seine Kohle in Haiti, in Baînet, das liegt an einem kleinen Fluss. Er wird morgens am Ufer abgesetzt

und abends wieder abgeholt. Er hat eine Vollzeitpflege. Und seine Familie hat er auch bedacht. Alle gehen zur Schule und wenn einer krank wird, bringen sie ihn zur Behandlung nach Port-au-Prince. Was will man mehr? Allerdings kann er weder laufen noch vögeln."
„Was ist ihm passiert?"
„Oh, er wurde vor zehn Jahren von einem vollbesetzten Bus überfahren."
„Um Gottes Willen!"
Er lachte.
„Ich kenne noch einen. Er schloss eine Versicherung ab. Dann ging er zurück nach Haiti und ließ sich von einem befreundeten Arzt ein Bein amputieren. Die amerikanische Versicherung zahlte ihm eine ordentliche Summe. Aber er war zu gierig und wollte mehr. Er fuhr drei Jahre später wieder hin, um sich das andere Bein abnehmen zu lassen."
Er lachte und musste dabei stark husten. Ich bemerkte seine vom Tabak vergilbten Finger. Er fing meinen Blick auf.
„Ich habe mit dem Rauchen aufgehört, aber es war wohl zu spät. Ich habe einen blöden Krebs erwischt, dafür bekommt man von niemandem auch nur einen Cent. Im Gegenteil, man muss sich Predigten anhören. Ich habe eine Dame im Taxi mitgenommen – du siehst, meine Rente reicht nicht und in meinem Alter muss ich immer noch knechten –, ich nahm die Dame also mit und sie hörte nicht auf: „Warum rauchen Sie, das schadet der Gesundheit" und lauter solchen Schwachsinn, sie war ungefähr so alt wie ich. Am Ende behauptete sie: „Allein von dem Geld, das Sie für Zigaretten ausgegeben haben, hätten Sie sich ein Haus kaufen können." Wie aus der Pistole geschossen sagte ich: „Sie rauchen nicht, wo ist dann Ihr Haus?" Das hat ihr das Maul gestopft. Sie hat kein Wort mehr gesagt bis zu ihrer Verabredung ... Woher wusste sie, dass ich kein Haus habe? Klar, wenn ein Mann meines Alters noch Taxi fährt ..."
„Was war dann mit Ihrem Freund?"
„Ach, Wilbert ... (Er hatte anscheinend die Geschichte vollkommen vergessen.) Diesmal hat die Versicherung Wind bekommen.

Zweimal war ein wenig viel. Es gibt Leute, die können nicht genug kriegen ..."
„Vielleicht hat ihn jemand verpfiffen ...", sagte ich.
Er warf mir einen scharfen Blick zu.
„Eigentlich hast du recht ... Daran habe ich nie gedacht. Wilbert hat mit seinem Coup derart angegeben, dass vielleicht ... Aber ja. Du bringst mich auf etwas. ... Komisch, dass ich nie daran gedacht habe. Die Versicherung hat in Haiti recherchiert. Sie haben das ganze Gemauschel schnell herausgefunden. Sie haben den Arzt aufgetrieben, alles ... Wilbert hat seinen ‚Fall' verloren. Er musste auch die Kohle vom ersten Bein zurückzahlen. Für das zweite hat er natürlich nichts gekriegt, fast wäre er sogar noch im Gefängnis gelandet ..."
Er lachte so sehr, dass er sich an der Wand der Disko abstützen musste.
„Ich verstehe nicht, warum er nicht ins Gefängnis musste", wandte ich ein, „bei so einem schweren Betrug ..."
„Nun, das war in Haiti und dort ist, wie du weißt, Betrug kein Verbrechen ..."
Er lachte wieder.
„Denken Sie immer noch an einen eigenen ‚Fall'?"
„Ach, in meinem Alter wird das zu schwierig. Du hast doch gesehen, wie viele Demonstrationen Louima, ein schöner junger Mann, gebraucht hat, damit er sein Geld bekommt. Wenn man mir so einen Besenstiel in den Hintern steckt, demonstriert keiner ... Es ist gut, dass er jung ist, jetzt hat er sein ganzes Leben, um seine Kohle zu genießen", sagte er, während er den Tatort verließ.

## DIE AFFÄRE MUMIA

Ich erinnere mich nicht, wann ich den Namen Mumia zum ersten Mal gehört habe. Ich glaubte, es wäre der Name eines der Models afrikanischer Herkunft, die Calvin Klein jede Saison losschickt, um Naomi Campbell ins Wanken zu bringen. Sein voller Name Mumia Abu-Jamal ließ mich dann eher an einen amerikanischen Boxer denken, der nach dem Vorbild von Mohammed Ali den europäisch klingenden Namen eines ehemaligen Sklaven gegen einen afrikanischen oder muslimischen Namen eintauschte, damit er seiner realen Identität besser entsprach. Vielleicht war er auch ein neuer Rapper. Jedenfalls wusste ich vor Philadelphia nicht, wer er wirklich war. Als ich dort ankam, wurde ich belehrt. Philadelphia ist die Stadt von Mumia Abu-Jamal. Hier sprachen alle nur von ihm. Die Zeitungen, das Radio und die Einwohner. Die Stadt war praktisch zweigeteilt. Die Weißen von Philadelphia glaubten, Mumia Abu-Jamal habe einen Polizisten getötet und verdiente daher sein Los (er wartete seit vielen Jahren in einer winzigen Zelle auf seine Hinrichtung, in einer der härtesten Haftanstalten des Landes, wo die Insassen des Todestrakts 23 von 24 Stunden in ihrer Zelle verbringen müssen). Die Schwarzen hingegen hielten Mumia für unschuldig, weil er in der fraglichen Nacht in eine Falle geraten war. Aber wer hatte ein Interesse, ihm eine solche Falle zu stellen? Die Polizei, antwortete mir der junge Kellner in einem McDonald's des Viertels, wo die Schießerei stattgefunden hatte. Er selbst war im Dezember 1981 zwölf Jahre alt, als man den Polizisten Daniel Faulkner durch mehrere Schüsse, davon einer ins Gesicht, getötet hatte. Nach seinen Angaben hatten die Polizisten herausgefunden, dass Faulkner ein Beamter des FBI war und schon länger über Korruption bei der Polizei von Philadelphia recherchierte. Deshalb hatten sie dafür gesorgt, dass er ermordet wurde? Der Kellner beteuerte, sie hätten ihn in eine Rattenfalle geschickt. Was machte er allein um drei Uhr morgens an einem so gefährlichen Ort? Wie konnte ein weißer Polizist auch nur daran denken, um diese Zeit ohne Verstärkung in der roten Zone eine Verhaftung vorzunehmen? Das war Wahnsinn. Doch genau so hatte es sich an der Ecke Locust Street und 13. Straße zugetragen. Dort gibt es nur Nutten, Diebe und Fixer. Und ich soll glauben, dass ein weißer, erfahrener Polizist (Faulkner war schon fünf Jahre im Dienst) tatsächlich vorhatte, um drei Uhr morgens an einer so heißen Ecke jemanden festzunehmen? Crazy, man. Ich ließ den Kellner zurück, der offenbar kein weiteres Argument hatte, um sein Idol zu verteidigen. Was genau hatte sich in jener Nacht zugetragen, so dass es zum Tod des Polizisten Faulkner und zur Todesstrafe für den Journalisten Mumia Abu-Jamal kam? Ich schaute mich in der roten Zone der Locust Street um. Eine nichtssagende Gegend. Mir ist schon früher aufgefallen, dass die schlimmsten Viertel der Vereinigten Staaten tagsüber immer sehr ruhig wirken. Manchmal auch nachts. Erst am nächsten Morgen erfährt man beim Blättern in der Zeitung, was sich in der Nacht zugetragen hat. Das trifft etwa für Harlem (New York) ebenso zu wie für Overtown (Miami). Wenn in einem Wohnviertel etwas passiert (das klingt, als lebten in Harlem oder Overtown nur Tiere), sind die drei Notfalleinheiten (Polizei, Krankenwagen und Feuerwehr) in weniger als zwanzig Minuten da, aber nicht, wenn dasselbe in Liberty City oder Watts geschieht. Sie kreuzen einfach nicht auf oder erst, wenn alles wieder ruhig ist. Laut Polizeibericht hatte der Beamte Faulkner um 3 Uhr 51 morgens einen Gefangenentransportwagen angefordert, was darauf hindeutete, dass er eine Verhaftung vornehmen wollte. Als die Verstärkung ankam, lag er bereits in einer Blutlache auf dem Gehweg. Tot. Erst fünf Stunden später stöberten sie ganz in der Nähe des Tatorts Mumia Abu-Jamal auf. Er wurde verhaftet, eingesperrt, vor Gericht gestellt und für Polizistenmord zum Tode verurteilt. Damals gab es keine Einwände. Dennoch ging seine Geschichte um die Welt. Viele Persönlichkeiten verteidigten Mumia: Spike Lee (wie zu erwarten), aber auch Norman Mailer, Danielle Mitterrand, Salman Rushdie, Susan Sarandon und William Styron. Warum setzten sich diese Berühmtheiten für einen Mörder ein? Zuallererst, weil sie der Ansicht waren, dass Mumia keinen fairen Prozess bekommen hatte, und zweitens, weil sie ganz offenkundig dem persönlichen Charme von Mumia erlegen waren. Dreadlocks, ein sehr sanfter Blick (er hatte zuvor nie Gewalt ausgeübt), eine ruhige Kraft (nicht wahr, Danielle?), eine Stimme wie geschaffen für das Radio. Er sprach ruhig, nahm sich Zeit und was er sagte, klang immer überzeugend. Nach Meinung der Romanautorin Alice Walker war er „wirklich schön, wie umgeben von einem hellen Schein, er erinnert mich an Nelson Mandela". Hey Alice, hast du den Teppichboden geraucht oder was? Doch das Überzeugendste an ihm war seine Charakterstärke. Vor seiner Verhaftung war er lediglich ein freischaffender Reporter, der den Beruf des Journalisten mit dem politischen Kampf zu vereinbaren suchte. Nicht leicht, Alter. Er befasste sich hauptsächlich mit den linken Gruppen in der Gegend, da er selbst einmal Minister der Black-Panther-Sektion von Philadelphia war. Zur Zeit der Affäre engagierte er sich in einer Organisation namens MOVE. Diese Gruppe war schon zuvor eines Polizistenmords beschuldigt worden. Ab 1980 war Mumia dann mehr politisch als journalistisch tätig. Selbst aus seiner festen Stelle beim staatlichen Radio von Philadelphia wurde er entlassen. Er war nicht mehr zur Arbeit erschienen und hatte das Auto der Radioanstalt für eigene Zwecke benutzt. Offenbar hatte er alle Brücken abgebrochen. Einige seiner Freunde waren der Ansicht, dass er eine schwere Krise durchmachte. Aber im Gefängnis, im Todestrakt, wo er völlig deprimiert hätte sein müssen, erschien er als ein ganz neuer Mann. Dynamisch, charismatisch, leidenschaftlich und vor allem äußerst arbeitsam (er machte einen Master, moderierte Radiosendungen, schrieb regelmäßig Kolumnen für verschiedene Tageszeitungen, Bücher et cetera). Er erlangte Berühmtheit. Fortan verbrachte Mumia die meiste Zeit mit dem Beantworten der Briefe seiner Fans aus aller Welt. Manchmal äußerte er sogar, er finde die Berühmtheit etwas belastend. Seine Anwälte waren anderer Meinung. Für sie war nichts schlimmer als ein Gefangener, der nicht mehr als eine Nummer ist. Ein Gefangener ohne Stimme. Und Mumias Stimme konnte den Damen aus der Vorstadt den Kopf verdrehen, so dass sie ihm in parfümierten Umschlägen Schecks zuschickten. Denn ohne Geld hattest du im Justizsystem keine Chance. Nun zu seinem Prozess. Der ging schnell über die Bühne, wie es scheint. Die Verhandlung dauerte nicht mehr als sechs Stunden. Höchst ungewöhnlich, wenn die Todesstrafe verhängt wird. Der Richter hatte seinen Anteil daran, er stellte sich stets auf die Seite der Polizei. Darüber sind sich alle einig. Vieles spricht gegen ihn, aber das Verfahren an sich hatte ebenfalls Schwächen. Es wurde nie klar bewiesen, dass die Kugeln, die Faulkner getötet hatten, aus Mumias Revolver stammten (Mumia hatte zur Zeit des Prozesses ein makelloses Strafregister). Keiner hatte daran gedacht, seine Hände nach Schmauchspuren zu untersuchen (in einem Mordfall werden sie automatisch abgenommen). Die Hauptbelastungszeugen: eine Prostituierte, die davor schon achtunddreißigmal verhaftet, also polizeibekannt, war, und ein Taxifahrer mit einer Bewährungsstrafe, weil er einen Molotowcocktail auf eine Schule geworfen hatte. Es ist nicht ganz leicht, nachts um 3 Uhr in einem solchen Viertel einen lupenreinen Zeugen anzutreffen. Diese beiden Zeugen hatten gesehen, wie Mumia auf den Polizisten schoss. Einer der Beamten, die ihn festnahmen, behauptete, Mumia habe dabei erklärt: „Ich habe einen Scheißbullen umgelegt, ich hoffe nur, dass das Schwein gestorben ist", aber man fragt sich, warum dieser Beamte siebzig Tage wartete, bis er seine Aussage machte. Wir fassen also zusammen: Angeblich verprügelte Faulkner William Cook, den jüngeren Bruder von Mumia, mit einer langen schwarzen Stablampe. Als Mumia das sah, soll er herzugerannt sein, mit einer Waffe auf Faulkner geschossen und ihn am Rücken verletzt haben. Faulkner erwiderte das Feuer und traf Mumia, doch der schoss erneut. Am Boden liegend, sei der Beamte Mumia ausgeliefert gewesen und dieser habe ihn mit einer Kugel mitten ins Gesicht getötet. Bis heute weiß niemand, was sich wirklich ereignet hat. Mumias Verteidigung forderte lieber einen neuen Prozess. Die Zahlen sprechen gegen Philadelphia: Von den 130 Todeskandidaten im Staat von Pennsylvania, wo die Schwarzen weniger als 20 Prozent der Bevölkerung ausmachen, sind 115 Schwarze. Der Anwalt des weißen Polizisten behauptet, dies habe mit den Fakten dieses Falles nichts zu tun. Die meisten Weißen in Amerika sind derselben Meinung. Die Schwarzen sind vom Gegenteil überzeugt.

## DIE AFFÄRE DIALLO

Ein junger Afrikaner (er war erst seit eineinhalb Jahren in New York) kommt nach Hause. Als er gerade zu seinen Schlüsseln greift, schießen ihm vier im Dunkeln versteckte Polizisten einundvierzig Kugeln in den Rücken. Neunzehn treffen ihn. Er ist sofort tot.
Einer der Polizisten nähert sich dem am Boden Liegenden, um ihm die Waffe abzunehmen, die er noch in der Hand hält. Der eindeutige Beweis dafür, dass es sich um einen Straftäter handelt und ihr Leben gefährdet war. Wegen dieser Waffe hatten sie so schnell geschossen (nach dem Sänger Bruce Springsteen „*41 shots*"), aus Notwehr, wie sie glaubten.
„Oh Scheiße", ruft der Polizist, „Scheiße, Scheiße, Scheiße ..."
Die vier Polizisten (Edward McMellon, sechzehn Schüsse; Sean Carroll, sechzehn Schüsse; Richard Murphy, vier Schüsse; Kenneth Boss, fünf Schüsse) wurden von einem Gericht in Albany, 140 Meilen von New York entfernt, in allen vierundzwanzig Anklagepunkten freigesprochen.
Sean Carroll, der als erster auf Amadou Diallo geschossen hatte, bat darum, Kadiatou Diallo, die Mutter des jungen Mannes zu treffen, um sich bei ihr zu entschuldigen. Eine selbstverständliche Geste, die zu einer guten protestantischen Erziehung gehört. Ich kann mir die Mutter von dem kleinen Sean Carroll gut vorstellen: „Sean, du hast deinem Freund wehgetan, geh dich entschuldigen."
Sechzehn Kugeln in den Rücken.

## BLONDIE

Gegen elf Uhr an einem Samstagabend in einem Brennpunktviertel. In den Vereinigten Staaten werden die Viertel so bezeichnet,

wo mehrheitlich Schwarze wohnen. Arthur Colbert war mit einem jungen Mädchen verabredet. Er hatte sich ein wenig verfahren, suchte seinen Weg durch die Straßen, die alle gleich aussahen, da sah er etwas entfernt ein Polizeiauto. Er fuhr hin, stieg aus seinem alten Toyota und ging darauf zu. Zwei Weiße in Uniform saßen im Wagen. Sie bereiteten sich darauf vor, Colbert zu empfangen.
„Hast du was verloren, *Nigger*?" ( ... die schlimmste Beleidigung für einen Afroamerikaner)
„Ich suche diese Adresse", sagte er und hielt ihnen einen Zettel hin. Einer der beiden Polizisten fiel über ihn her, drückte ihn gegen das Polizeiauto, spreizte ihm die Beine auseinander und durchsuchte ihn grob. Colbert sagte sich, das muss wirklich ein hartes Viertel sein. Er war unbewaffnet. Sie zeigten ihm den Weg. Das Haus, das er suchte, befand sich zwei Blocks entfernt. Colbert stieg wieder in seinen Wagen und sagte bei sich, dass er wohl im falschen Moment am falschen Ort gewesen sei. Einer der Polizisten, der Blonde (ein junger Robert Redford, schlank und muskulös) ist der Schrecken des Viertels. Alle nennen ihn Blondie. Mit seinen langen Haaren sieht er eher aus wie ein Rockstar als ein *Cop*. Als er noch jung war und hier zur Polizei von Philadelphia kam, wurde ihm eingeschärft, dass man nur eines von ihm erwartete: Verbrecher hinter Gitter zu bringen. Und die Veteranen trichterten dem Neuankömmling anstelle einer Ausbildung ein, dass es unmöglich war, irgendjemanden in diesem Land, und sei es der übelste Mörder, nach den geltenden Gesetzen zu verhaften. Die Kriminellen, seien abgebrüht und kannten sich bestens mit ihren Rechten aus. Also entweder man wählte den legalen Weg oder man folgte dem Beispiel von Polizisten, die etwas außerhalb der Legalität die Kriminellen bis in ihre hintersten Schlupfwinkel verfolgten. Um diese knallharten Gauner zu erwischen, musste man sich anderer Methoden bedienen, die sich näher an der Welt der Übeltäter als an der des Gesetzes befanden. In klaren Worten: Es herrschte Krieg!
Am Ende fand Colbert das Haus. In dem Moment, als er mit dem Mädchen ausgehen wollte, kamen die beiden Polizisten, legten ihm Handschellen an, stießen ihn in ihren Wagen und nahmen ihn

mit, aber nicht auf ihre nahegelegene Polizeiwache, sondern in ein *Crack House* (ein leerstehendes Haus, wo alle möglichen illegalen Geschäfte getätigt werden). Sie setzten sich mit ihm in den ersten Stock zum Verhör.

„Bist du Hakim?"

„Nein, ich heiße Arthur Colbert."

„Du bist Hakim, der *Drogendealer*."

„Nein."

„Ok, das werden wir sehen", sagte Blondie.

Er nahm seinen Revolver. Setzte ihn Colbert an die Schläfe.

„Jetzt wirst du reden, Hakim. Ich verliere mit dir nicht meine Zeit."

„Ich bin nicht Hakim."

Blondie drückte ab. Der Revolver war nicht geladen. Colbert hatte immer noch nichts gesagt. Der Beamte schlug ihm mit einer riesigen schwarzen Stablampe auf den Kopf. Anschließend nahmen die Polzisten ihn mit auf die Wache, wo sie ihn in einem auffällig rosa gestrichenen Raum einsperrten, um ihn weiter zu verhören. Schließlich beschlossen sie, seine Wohnung zu durchsuchen, fanden aber nichts Verdächtiges. „Wenn ich dich nochmal in dem Viertel antreffe", warnte Blondie, jage ich dir eine Kugel in den Kopf."

Colbert kehrte in seine Wohnung zurück. Für ihn war es wie ein schrecklicher Albtraum gewesen ... Er hatte ihn hinter sich, bei der Polizeibehörde von Philadelphia fing der Albtraum erst an. Denn dieser alltägliche Vorfall führte zur Entlassung von neun Polizeibeamten, brachte die Mittäterschaft vieler weiterer Polizisten an den Tag und erzwang die Freilassung von 160 Personen, die unter falschen Anschuldigungen im Gefängnis saßen. Am nächsten Morgen musste Colbert in aller Frühe nach Detroit fahren. Er brauchte seinen Führerschein, den die Polizisten einbehalten hatten (in Wahrheit hatte Ryan, der andere Polizist, ihn in eine Mülltonne geworfen). Er beschloss, morgens zur Polizeiwache zurückzufahren, um den Führerschein zu holen. Der Beamte vom Dienst war ein ehrlicher Mann, ein gewisser John Gallagher. Gallagher nahm Colberts Aussage auf und wunderte sich, dass ein

Schwarzer es wagte, bei einem weißen Kommissar Anzeige gegen zwei weiße Polizisten zu erstatten. Das kam nicht häufig vor. Dieser junge Mann hatte echt Eier, dachte Gallagher. Er hörte Colbert aufmerksam zu und schloss aus gewissen Einzelheiten, dass der junge Mann diese Geschichte nicht erfunden haben konnte. Etwa die rosa Wände im Verhörzimmer. Das war seine eigene Idee gewesen. Doch im Protokoll von der Verhaftung war nichts von dem Verhör vermerkt. Colbert war glaubwürdig und hatte ein reines Strafregister. Gallagher beschloss, eine offizielle Untersuchung einzuleiten. Er ließ die Fotos der beiden beschuldigten Polizisten in der Lokalpresse abdrucken. Sofort ergoss sich eine wahre Flut von Beschuldigungen in die Polizeizentrale. Der Kommissar musste entsetzt feststellen, dass die Polizei von Philadelphia vollkommen korrupt war. Und dieser Blondie war einer der schlimmsten Bösewichte der Mannschaft. Er stahl, fälschte Akten, folterte die Verdächtigen und hatte offenbar überhaupt keine Moral. Dazu ist zu bemerken, dass der Bürgermeister Frank Rizzo während seines schmutzigen Wahlkampfs versprochen hatte, wenn er die Wahl gewänne, würde er „Attila, den Hunnen, aussehen lassen wie ein gerupftes Huhn." Für ihn konnte man Kriminelle nur behandeln, „indem man ihnen den Kopf abschlägt". Die öffentliche Sicherheit ist im Übrigen kein Kinderspiel. Die ehrbaren Leute wollen, dass man sie von den Gangstern befreit, das wollen auch die Regierungsverantwortlichen (der Bürgermeister an der Spitze) und die Polizeioberen, die an ihre Karrieren denken. Der ganze Druck lastet auf einer Handvoll Polizisten an der Front, die die Kriminellen jagen. Die meisten anderen Polizisten nehmen in ihrer Laufbahn nie eine Verhaftung vor. Die Beamten jedoch, die die Verbrecher jagen, gehen nach eigenen Regeln vor. Sie verschaffen sich gewaltsam Zutritt zu den Wohnungen und erst im Nachhinein einen Durchsuchungsbefehl. Sie behalten das Geld, das sie den Banditen abnehmen, und benutzen es im besten Fall, um ihre Informanten zu schmieren. Sie „platzieren" während der Durchsuchung Beweise in Autos oder Wohnungen. „Das Erste, was ein Polizist lernen muss", sagte Blondie, „ist unter allen Umständen zu lügen. Es gibt nur ein

Ziel: den Verbrecher dranzukriegen. Oder es wird jemand ohne Grund verhaftet, nur um zu zeigen, dass das Geld des Steuerzahlers etwas nützt. Ich bin kein korrupter Polizeibeamter. Ich ‚platziere' keine Beweise, sonst wäre ich jetzt nicht im Gefängnis. Bei Colbert hätte ich dazu genügend Zeit gehabt. Ich war immer nur darauf versessen, den Verbrecher zu schnappen. Ich höre auf meine Intuition. Man redet nie von den Fällen, wo ich recht hatte. In diesem Spiel darf man sich kein einziges Mal irren. Ich gebe meine Fehler zu, aber ich bin nicht das Monster, zu dem mich die Presse macht. Außerdem habe ich in dieser Sache einen Komplizen, nämlich den anständigen Bürger, der sich noch nie etwas hat zuschulden kommen lassen. Der bei jeder kleinen Gesetzesübertretung, die er mitkriegt, ruft: ‚Und was macht die Polizei? Sie ist nie da, wenn man sie braucht.' Wir können nicht überall sein. Was keiner weiß, nur eine winzige Minderheit von uns verfolgt wirklich die Verbrecher, während sich die anderen in ihren Büros in der Zentrale verschanzen. Der anständige Bürger zwingt uns regelrecht zu diesen Überschreitungen."

Blondie verbüßt heute eine Strafe von dreizehn Jahren im Staatsgefängnis von Pennsylvania.

# XI. TEIL
# HALL OF FAME
# (ZEHN ZEITGENÖSSISCHE AFROAMERIKANISCHE HELDEN)

## I RAP MIT ICE CUBE

Ice Cube ist vielleicht der meistgehörte Rapper in den USA. Sein erstes Album *AmeriKKKa's Most Wanted* hat eine ganze Generation der Straßenpoeten geprägt. Wenn Ice Cube spricht, hört das Schwarze Ghetto zu. Sein zweites Album *Death Certificate* hatte in den Armenvierteln der Großstädte einen Riesenerfolg. Bei unserem Treffen war er dreiundzwanzig Jahre alt, es fand kurz nach den Krawallen von Los Angeles statt.

„Ich mache eine Reportage über Amerika, Ice."

„Amerika? Welches Amerika?"

„Die Vereinigten Staaten von Amerika."

„Über die Schwarzen oder die Weißen?"

„Über beide."

„Und was willst du herausfinden?"

„Den Kern des Problems."

„Herr und Sklave."

„Das ist lange her ..."

„Nichts hat sich geändert, Alter, alles ist noch wie früher. Genau wie Abraham Lincoln es angetroffen hat."

„Dennoch."

„Wir leben so, wie wir nach Meinung der Weißen schon immer leben sollten. Wir brauchen gar keinen Herren mehr über uns. Wir tragen seinen Namen, kleiden uns wie er, träumen von ihm, wir essen wie er, wir denken wie er. Nicht mehr nötig, uns abends in die Barracken einzusperren, dafür ist das Ghetto da."

„Seltsam, ich finde nicht, dass die Afroamerikaner essen, sich kleiden oder tanzen wie die Weißen."
„Die jungen Leute probieren, anders zu sein, aber sie sind zu ungebildet. Das heißt, sie wissen nicht genug über die eigenen Wurzeln Bescheid … Sie schlagen sich irgendwie durch damit …"
„Stimmt, aber man kann das auch anders betrachten. Weiße und Schwarze haben zusammen eine neue Kultur geschaffen, das Amerika von heute. Vielleicht haben die Schwarzen die Weißen ebenso sehr beeinflusst wie umgekehrt."
„Nein, wir sind eine zu kleine Minderheit. Unsere Kultur ist nicht die vorherrschende. Wir agieren nicht, wir reagieren nur. Wir besitzen keine wichtigen Medien, keine Polizei, keine Schulen, wo unsere Werte unterrichtet werden, jedenfalls nicht in ausreichendem Maß, wir haben keine eigenen Industrien, nichts, was ein Amerika hätte schaffen können, von dem du sprichst. Dieser Blödsinn wird von hirnlosen Schwarzen und liberalen weißen Intellektuellen in Umlauf gebracht, aber wir haben nichts, was uns gehört …"
„Damit sagst du, dass du die Flugzeuge, die Autos, das Heißwasser, den Whisky, die Anzüge, den Strom, das Kentucky Fried Chicken, die Lackschuhe, die Armbanduhren, die Goldkettchen … dass du all das den Weißen überlassen willst …"
„Ich versuche so wenig zu konsumieren wie möglich."
„Glaubst du nicht, dass das alles Gemeingut ist?"
„Diese Kultur ist die vorherrschende und zwingt allen ihren Lebensstil auf … So sehe ich das."
„Woher es auch stammt, es ist für alle da, Ice …"
„Das sind nicht wir … Das ist nicht unser Verhalten, unser Geschmack, unsere Vorstellung vom Leben, Alter. (Pause) Das wurde mit unserem Blut, unserem Schweiß hergestellt, Alter, aber gegen unseren Willen, das auf jeden Fall …"
„Du bist gegen alle Schwarzen, die beispielsweise ein Telefon benutzen?"
„Nein, aber eines Tages werden wir unseren eigenen Lebensstil finden. Der Weiße hat sich tausend Geräte ausgedacht, um die Kom-

munikation zu ermöglichen, aber die Menschen kommunizieren nicht miteinander. Während der Sklaverei gab es für die Schwarzen kein Telefon, und doch wussten alle, was auf den Plantagen passierte, selbst wenn sie weit entfernt waren."

„Dürfen bis dahin die Schwarzen von heute das Telefon benutzen, das von den Weißen erfunden wurde?"

„Ja, wenn sie nicht vergessen, dass es auch andere Wege der Kommunikation gibt."

„Du meinst die Spiritualität?"

„Ja, ich meine tatsächlich die Spiritualität."

„Im Rap ist nicht viel Spiritualiät. Es geht um Sex, um Gewalt, um die Verachtung von Frauen."

„Nein. Wir versuchen den Weg aufzuzeigen, dem man nicht folgen soll. Es ist eine andere Art, etwas zu lehren. Und wir benutzen dazu die Sprache der Jugendlichen. Unsere Jugend ist verzweifelt. Jeden Tag zerquetscht sie die Polizei der Weißen ein bisschen mehr. ... Das Ghetto ist keine Bürgerstube."

„Sicher, aber fürchtest du nicht, dass die Jugendlichen deine Texte wörtlich nehmen? Und das gilt für fast alle Rapper."

„Das sind doch keine Deppen."

„Wenn ich höre, wie sie gerade deine Songs performen, habe ich den Eindruck, es macht ihnen Spaß, Frauen Huren zu nennen oder die Gewalt zu feiern."

„Rap ist gut ... Wir versuchen eine staatliche Schule aufzubauen ... Über das Fernsehen. Wir zeigen unseren Jugendlichen etwas Neues. Sie müssen lernen, dass alles Lüge ist, was Onkel Sam ihnen beibringt. Es ist nicht das Richtige für sie ... Die ganze amerikanische Kultur wurde gegen sie, gegen uns alle errichtet. Die Weißen wollen nichts anderes, als uns vernichten, damit von unserer Kultur, unserer Kraft, unseren Werten keine Spur mehr übrigbleibt ..."

„Es gibt noch die Nation of Islam ..."

„Ja, es gibt die Nation of Islam mit dem Reverend Farrakhan. Er ist der einzige Anführer der Schwarzen in Amerika. Alle anderen sind nur Mitläufer. Sie wissen nicht mal, dass sie Weiße sind."

„Jesse Jackson?"

„Auch Jesse Jackson."
„Ihr seid so besessen von eurem Kampf gegen das Weiße Amerika, dass man meint, sonst gebe es nichts auf der Welt … Wisst ihr, dass es noch den Rest der Welt gibt?"
„Wir kämpfen gegen den mächtigsten Feind auf der Erde."
„Ja, aber in anderen Ländern sieht man dich als einen normalen Amerikaner an: reich, gewalttätig, arrogant."
„Ich habe mich immer als Afrikaner betrachtet."
„Die Afrikaner sehen das anders."
„Mein Platz ist in Afrika."
„Das sagt auch der Ku-Klux-Klan."
„In dem Punkt bin ich mit dem Klan einer Meinung. Der Platz der Schwarzen ist in Afrika."
„Glaubst du an die Reinheit der Rasse?"
„Ich glaube, dass wir einen Krieg führen."
„Hör mal, Ice, ich reise für diese Reportage überall in den Vereinigten Staaten herum und ich kann dir sagen, das Schwarze Ghetto in Amerika ist die am meisten abgeschottete Gruppe von Menschen auf dem Planeten. Ihr öffnet euch für niemanden."
„Das Ghetto sind die Kasernen. Wir führen einen Krieg."
„Erzähl mir von diesem Krieg."
„Wir kämpfen auf zwei Fronten. Gegen den Feind und gegen das, was der Feind aus uns gemacht hat."
„Was hat der Feind aus euch gemacht?"
„Du hast es eben gesagt: die am meisten abgeschottete Gruppe auf der Welt."

## II BILLIE HOLIDAY: *STRANGE FRUIT*

Ich habe Billie über ihren damaligen Mann, Jim Monroe, kennengelernt (keine Verbindung zu Marilyn).
Sie stieg aus einem Taxi vor einer Bar (ich weiß nicht mehr, ob es in Chicago oder New York war), als ein Mann aus dem Fond des Wagens mir zurief:

„He du! Ich bin Jim Monroe, der Mann von Billie Holiday. Würdest du ihr über die Straße helfen? ... Verstehst du, sie ist ziemlich übergefahren und ich bin auch nicht viel besser ... Das ist Billie Holiday, Junge."
Er durchsuchte seine Taschen nach etwas Kleingeld ... Es war ihm wirklich unangenehm, dass er nichts fand..
„Ich habe keinen Heller, Junge ... Du kannst später immer sagen, du hättest Billie Holiday über die Straße geholfen, an einem Abend, als sie völlig betrunken war ... Es wäre deine Art, sie auszubeuten ..."
An jenem Abend habe ich tatsächlich Billie Holiday geholfen, dieses verfluchte andere Trottoir zu erreichen. Ihr Körper war schwer. Viel Fleisch. Darin etwas Hartes, wie ein Stein. *Strange Fruit.*

## III MILES DAVIS SPIELT MIT PUPPEN

Ich klopfte bei Miles Davis an der Tür. Eine völlig normale Tür. Ich hörte von drinnen ein Geräusch wie von einer knabbernden Maus. Ich klopfte nochmal. Endlich öffnete ein kleines Mädchen. Sie flüsterte etwas.
Ich musste mich bücken, um sie zu verstehen.
„Er hat gesagt: *Fuck you.*"
„Was?"
„Das hat er gesagt."
„Wusste er, wer klopft?"
„Nein. Er schickt mich damit immer an die Tür, wenn einer klopft."
„Weißt du, dass das kein schöner Ausdruck ist?"
„Ja."
„Warum sagst du ihn dann?"
„Er schenkt mir eine Puppe."
„Jedes Mal."
„Ja."
Sie schloss vorsichtig die Tür.

## IV BASQUIAT: EINE ÜBERDOSIS ERFOLG

Ich traf Jean-Michel Basquiat wenige Tage vor seinem Tod. Davor oder danach, das hat jetzt keine Bedeutung mehr. Er kaufte Obst, um drei Uhr morgens. Ich erinnere mich, es waren Orangen. Zufällig hatte ich eines seiner Gemälde bei einem haitianischen Paar in Brooklyn gesehen, das war wie ein heftiger Schlag in die Magengrube.

„Was ist das?"

„Basquiat. Kennst du etwa Jean-Michel Basquiat noch nicht?"

„Jetzt kenne ich ihn."

Ein einziges Bild reicht, um ihn uns sehr nahe zu bringen. Wer ist Jean-Michel Basquiat? Ich suche fieberhaft in meinem Notizbuch. Jean-Michel Basquiat (1960–1988), schwarz, drogensüchtig, bisexuell, Haitianer (vom Vater), Puertoricaner (von der Mutter), Kleinganove, hat eine Ausstellung im Whitney Museum of Modern Art.

Die bürgerliche Kunstwelt ist schockiert. So etwas hatte man seit Jean Genet nicht mehr erlebt. Basquiat ist im Whitney Museum und er kommt nicht, um es sich anzusehen. Wegen einer Überdosis Kokain. Madonna hatte mit ihrem Geld die Ausstellung ermöglicht.

Basquiat: ein junger Goya. U-Bahn in New York. Graffiti, das ist Ende der Siebzigerjahre. 1983 trifft er Andy Warhol (der jedem fünfzehn Minuten Berühmtheit versprochen hatte). Basquiat wollte mehr als fünfzehn Minuten. Die Berühmtheit erreichte Basquiat am 10. Februar 1985. Ein langer Artikel in der *New York Times*. Ein Foto von Basquiat im Smoking, barfuß, mit dem Blick eines jungen Kriegers, bereit, jedem an die Gurgel zu gehen, der ihm die Sonne verdeckt. Der Artikel war tituliert: *New Art, New Money: The Marketing of American Artist.* Natürlich hat das Geld eine Rolle gespielt. Für einen Schwarzen in Amerika ist Geld sehr wichtig. Es ist der ehrliche Maßstab. Alles andere ist Sentimentalität. Wie viel gebt ihr, um mich zu haben? Genau diese Frage hat Basquiat unablässig seinen reichen Sammlern gestellt. Sie holten ihr Scheckbuch heraus und zahlten. Häufig sehr viel Geld für ein Bild, das sie ihn nicht einmal fertig malen ließen. Die Farbe war noch nass, wenn sie es mitnahmen. Neues Geld. *Cash.* Es regnete Dollars. Das Kind, das gesehen hatte, wie seine Mutter jeden Cent zählen musste, versteht nicht, was ihm geschieht. Aus Wut schmeißt Basquiat das Geld zum Fenster hinaus, das heißt, er gibt es aus für seine tägliche Dosis Kokain. Er findet schnell heraus, auch wenn er reich und berühmt ist, bleibt er immer ein Schwarzer. Es ist ein Umstand, der sich nie ändern wird. Dazu erzählt beispielsweise sein alter Freund Fred Brathwaite: „Wenn er gerade mit der Concorde gelandet war, hatte er Schwierigkeiten, ein Taxi zu finden." Der Sohn von Mathilde (einer New Yorker Puertoricanerin) war ein zartes, lebhaftes und freundliches Kind. Mit sieben fuhr ihn ein Auto an, als er gerade mit seinen Freunden auf der Straße Ball spielte. Er wurde ins King County Hospital aufgenommen. Seine Mutter saß jeden Tag an seinem Bett. Eines Tages brachte sie ihm ein merkwürdiges Geschenk: ein Anatomiebuch. Basquiat studierte den menschlichen Körper. Genau wie Leonardo da Vinci, der ihn später faszinieren sollte. Die Mutter hatte ihn schon zum Kinderkurs im Brooklyn Museum angemeldet. Mathilde hatte einen echten Sinn für Kunst und sie kannte das Herz ihres Sohnes genau. Obwohl er der Sohn von Gerald (einem haitianischen Buchhalter aus New York) war, sprach er kein Kreolisch und war nie in Haiti. Dennoch kann man bei ihm einen leisen Einfluss der naiven haitianischen Malerei entdecken. Er kannte die Werke eines Hector Hippolyte oder Robert Saint-Brice. Doch ist wichtig zu betonen, Basquiat ist kein haitianischer Maler, er ist ein Künstler der New Yorker Szene (aus dem Mudd-Club, genau wie Blondie, Madonna, Clemente und Keith Haring in den frühen Achtzigerjahren). Aber seine wilde Entschlossenheit, in New York etwas zu werden, kam von seinem Vater. Gerald Basquiat war ein strenger, feinsinniger, stets gut gekleideter Mann (diesen Zug sollte sein Sohn erben), er spielte als Amateur Tennis, war ein französisch gebildeter Intellektueller, der die haitianische und amerikanische Politik klug analysierte. Er gehörte zu den Einwanderern, die glauben, in dem etwas vulgären Milieu von Brooklyn nicht am richtigen Platz zu sein. Der Sohn wehrte sich von Anfang an dagegen, in die Kategorie des Schwarzen Künstlers eingeordnet zu werden. Dieser Kampf sollte kein Ende nehmen. Er wollte auch nicht am Rand stehen. Und doch verdankte er seine Berühmtheit diesen beiden Etiketten: schwarz und marginal.

Was konnte er dagegen tun? Das war sein Problem. Er bekam es nur mit der Überdosis in den Griff, eine Überdosis von Malerei, Kokain, Talent, Geld, Reisen. Er wollte alles erreichen, ohne seine Freunde zurückzulassen. Das konnte nicht gut gehen. Er musste wählen. Doch er schwankte ständig zwischen den beiden Seiten. Und beide stellten lebenslang Forderungen an ihn. Der Kern seines Problems war, dass er so immer allein blieb. Überall. Der einzige Gesprächspartner auf Augenhöhe, den er je hatte, Andy Warhol, starb am 22. Februar 1987. Nach Angaben von Fred Braithwate, seinem Freund in guten wie in schlechten Tagen, stürzte Warhols Tod Basquiat in eine tiefe Krise, er hatte Luftnot und konnte tagelang kein Wort herausbringen. In gewissem Sinn war Warhols Tod der Vorbote seines eigenen. Durch ihn wurde er zur Legende, doch er musste vor dreißig abtreten, wie alle seine Idole: Charlie Parker, Jimi Hendrix und Janis Joplin.

Alles endete für Basquiat am Freitag, den 12. August 1988, mit siebenundzwanzig Jahren. Man fand ihn leblos in seinem Loft in Manhattan. Basquiat hatte Angst, sich nicht länger als fünfzehn Minuten auf dem durchgehenden Pferd der Berühmtheit halten zu können, wie es Warhol vorausgesagt hatte. Er schaffte drei Jahre. Wie Jesus. Sieh an! Ebenfalls an einem Freitag.

## V MAGIC JOHNSON

Ich lag in meinem Hotelzimmer vor dem Fernseher. Ich war erst seit drei Stunden in einem verlorenen Kaff des Mittleren Westens und meinte, doch schon alles gesehen zu haben. Von meinem Fenster hatte ich einen guten Blick auf die Stadt.

Der Fernseher stand genau dem Bett gegenüber. Früher lag in jedem Hotelzimmer eine Bibel. Das Fernsehen hat die Bibel ersetzt. Keiner schlug sie je auf. Man muss den Fernseher nicht abstellen, wenn man abreist. Amerika ist eine Demokratie.
Aus dem Fernsehen kam plötzlich ein ungewohntes Geräusch. Ich sah das schöne Gesicht von Magic Johnson, dem berühmtesten Basketballer der Welt, verschwitzt und mit einem gequälten Lächeln, um zu verkünden, dass er sich mit dieser furchtbaren Krankheit angesteckt hatte.
Ganz Amerika sah das mit mir in diesem Augenblick. Es gibt solche Fernsehmomente.
In zwanzig Jahren wird man die Leute fragen: Was taten sie gerade, als Magic Johnson im Fernsehen bekannte, dass er AIDS hatte?
Ich war in dieser langweiligen Stadt im Mittleren Westen und kratzte mich am Hintern.

## VI TONI MORRISON

Ich mag Toni Morrison. Ihre Bücher mag ich nicht. Es wäre ihr lieber, man mag ihre Bücher, auf die Gefahr hin, dass man sie als Person nicht mag. Ich mag Toni Morrisons Bücher. Ihr selbst wäre es vielleicht wichtiger gewesen, dass man sie persönlich mag. Man ist nie zufrieden. Ideal wäre freilich, man mag Toni Morrison und ihre Bücher. Aber man kann nicht alles haben im Leben. Das ist das Erste, was uns beigebracht wird, liebe Toni. Das Zweite ist, dass man irgendwann sterben muss. Aber die wenigsten Menschen beherzigen diese Lehren. Toni Morrison ist die berühmte afroamerikanische Romanautorin (wann wird sie endlich einfach eine Romanautorin sein? Ich glaube, gar nie. Nicht weil ihr das Talent dazu fehlt, sondern vielmehr weil ihren Zeitgenossen das Talent dazu fehlt), die bereits einen Pulitzer Preis eingeheimst hat. Der Fotograf von *Newsweek* besuchte sie am nächsten Morgen zu Hause, um sie zu fotografieren. Der Herausgeber des mächtigen Magazins bestätigte ihr am Nachmittag, dass sie in ein oder zwei

Wochen auf das Titelbild käme. Sie musste elf Monate warten. Während dieser elf Monate wurde es ihr von Woche zu Woche versprochen.
„Das war schon vorher klar, in der Woche, als ich auf das Titelbild kam, war auf der Welt nichts passiert."
Einmal hätte man sich gefreut, wenn irgendwo etwas passiert wäre (ein Staatsstreich, ein Kriegsausbruch ...).
Toni Morrison erhielt auch noch den Nobelpreis.

## VII DEREK WALCOTT

Das ist Derek Walcott.
Derek Walcott, der Literaturnobelpreisträger von 1992, war 1930 auf St. Lucia, einer kleinen Antilleninsel, geboren worden. Er lehrte an verschiedenen amerikanischen Universitäten.
An dem Morgen, als der Nobelpreis bekanntgegeben wurde, stürzte sich die amerikanische Presse wie ein Mann zu Walcott, traf ihn aber nicht in der kleinen Wohnung an, in der er seit einigen Jahren lebte. Derek Walcott war gerade dabei, in aller Ruhe in dem kleinen Fastfood-Restaurant direkt unter seinem Zimmer zu frühstücken. Er empfing die Presse im Pyjama und schien höchst erstaunt, für ein paar Gedichte über die Inselfischer und das Alltagsleben in dieser ehemaligen holländischen Kolonie den Nobelpreis zu bekommen. Das Foto des Preisträgers mit der dampfenden Kaffeetasse ging um die Welt. Wegen seines einfachen, alltäglichen Verhaltens wurde Derek Walcott zu einem amerikanischen Helden. Ich mag Derek Walcott und ich mag seine Bücher.

## VIII NAOMI CAMPBELL

Naomi hat eine Fotostrecke mit Madonna. Naomi hat Mike Tyson auf der Toilette eines Restaurants in Manhattan geküsst (es regnete an dem Abend). Naomi wurde von Avedon fotografiert. Naomi hat

gestern Abend Cindy Crawfords Party recht früh verlassen. Naomi hat sich heimlich mit Prince getroffen. Naomi und Mick Jagger sind im Central Park zusammen Rad gefahren. Naomi kennt Jackie Kennedy. Naomi lebt in Los Angeles mit Robert De Niro zusammen. Naomi macht Werbung für Revlon. Naomi fliegt häufiger nach Paris als eine Stewardess. Naomi hat es abgelehnt, im letzten Film von Spike Lee mitzuspielen. Naomi gibt Arnold Schwarzenegger einen Korb, aber hängt es nicht an die große Glocke. Naomi zeigt nicht gern ihre Brüste. Naomi liest vor dem Einschlafen. Naomi liebt die Kriminalromane von Dashiell Hammett. Naomi sieht sich im Fernsehen nur alte Filme an. Naomi wäre gerne Ingrid Bergman. Naomi hätte Onassis noch attraktiver gefunden, wenn er nicht so reich gewesen wäre. Naomi mag den italienischen Typ nicht. Naomi isst jeden Tag, den der Herr gibt, Spaghetti. Naomi war noch nie in Afrika. Naomi kann es nicht ausstehen, wenn man sie die schwarze Bardot nennt.
Ich schleppe Fotos von Naomi ständig mit mir herum. Sobald ich in einem Hotelzimmer ankomme, pinne ich sie an die Wand.

## IX RODNEY KING

Eines Nachts wurde Rodney King, ein Schwarzer Mann, in Los Angeles von weißen Polizisten verfolgt.
Vom Fenster aus filmte jemand die ganze Szene. Rodney King wurde von einem halben Dutzend weißer Polizisten ausgiebig vermöbelt. Die nur aus Weißen zusammengesetzten Geschworenenjury sprach die Beamten frei. Im Zornesrausch darüber steckten die Schwarzen im ganzen Land die Städte in Brand. Die amerikanische Gerichtsbarkeit eröffnete etwas später einen neuen Prozess und fand am Ende von den vier Angeklagten zwei für schuldig. Amerika hat halbe halbe gemacht.
Jede afroamerikanische Familie hat sich eine Videokamera zugelegt. Jedes Mal, wenn die Polizei irgendwo in einem Viertel von Schwarzen aufkreuzt, holen sie als Erstes die Kamera.

## X JAMES BALDWIN: EIN PORTRÄT

Ich möchte wirklich zu gern mit James Baldwin sprechen. Aber wie Sie wissen, ist Baldwin tot. Baldwin, der ehrlichste der ehrlichen Männer. Der einzige Schriftsteller, dem ich voll vertraue. Jedes Mal, wenn ich an den Menschen verzweifle, schlage ich ein Buch von Baldwin auf und finde darin eine hohe Intelligenz gepaart mit großer Sensibilität. Baldwin ist ein Mensch nach meinem Herzen. Ich sitze noch immer am Fenster in der Wohnung von Harlem, bei dem Dichter Quincy Troupe, gar nicht weit von dem Ort, wo Baldwin als Sohn eines Pastors seine fromme Kindheit und Jugend verlebt hat. Die kleine Straße ist menschenleer. Im Park ein paar verkrüppelte Bäume. Ab und zu hört man die Sirene eines Krankenwagens. Die Menschen sind immer gerne in der Frühe gestorben. Die sanfte Stunde für einen gewaltsamen Tod. Die mit uns in Verbindung treten möchten, tun es wohl auch um diese Zeit.
„Und, ist es hart?"
Baldwins unverwechselbare Stimme. Er sitzt vor mir. Sein Gesicht eines hässlichen Entleins ist unverändert. Ich schaue ganz kurz auf seine Hände. Hände eines Edelmanns. Wie die von Miles Davis. Zwei große Handwerker. Ich versuche den Mann, der vor mir sitzt, mit dem Dutzend Fotos von Baldwin in dem kleinen Raum zu vergleichen, der Quincy Troupe als Arbeitszimmer dient. Ich habe sie mir die ganze Nacht angesehen. Auf einem von ihnen sah man Baldwin zu der Zeit, als er den Romanautor Richard Wright kennenlernte. Neben dem runden, fast puppenhaften Gesicht von Wright sieht man einen zarten jungen Mann in schwarzer Lederjacke, schon von Angst getrieben, ein gewaltiger Leser, äußerst wissbegierig, gepeinigt von Schmerz und großen Gefühlsschwankungen. Baldwin träumte davon, Schriftsteller zu werden, und nur Wright konnte damals für einen so ehrgeizigen jungen Mann das Vorbild des Schwarzen Schriftstellers sein. Zumindest interessierte sich dieser merkwürdige Knabe mit dem Lachen eines gekitzelten Mädchens für niemanden anderes, während er hoffte, die eigene Stimme zu Gehör zu bringen, mit dem reinsten Gesang, und

zugleich dem Anspruch, der größte amerikanische Schriftsteller zu werden. Wright war nach dem Erscheinen von *Native Son* sofort zum Mythos geworden. Schauen Sie sich diesen hungrigen Affen von Baldwin an, neben der mächtigen Muskulatur des Champions. Die Wette steht fünf zu eins für den Herausforderer. Der Kleine (Baldwin) wird sich nicht unterkriegen lassen. Schon in diesem Augenblick, im Moment ihrer ersten Begegnung, bereitet er sich darauf vor, den Vater „zu töten" (den armen Wright). Baldwin in Paris. Mager, ohne Geld, zornig, schreibt während der Nacht, flaniert tagsüber durch die Stadt. Die Schwarzen sind in Paris freier, aber er hungert. Dafür kostet Wein fast nichts. Und die Cafés schließen nie. Er zieht von Bar zu Bar, pumpt Freunde an, steckt das Trinkgeld ein, das allzu großzügige Gäste hinterlassen. Baldwin schreibt in einem eiskalten Zimmer. Baldwin, wie er im Café Flore mit Chester Himes diskutiert. Baldwin, wie er Camus von Ferne betrachtet. Camus, der *pied-noir*. Baldwin, der Schwarze. Baldwin, wie er endlich allein in seiner Dienstmädchenkammer isst. Der Platz reicht nur für das Bett und die Schreibmaschine. Die Bücher liegen überall herum, auf dem Bett, unter dem Bett, auf dem Tisch, unter dem Tisch. In diesem Unterschlupf bereitet er sich auf die Bombardierung des weißen Amerika vor. Zunächst nur eine Warnung, aber das nächste Mal kommt das Feuer. Eines Nachmittags spaziert Baldwin über die Champs Elysées. Er stößt auf die Schlagzeile: AMERIKA BRENNT. Jetzt schon. Dazu auf dem Foto das finstere Gesicht des Schwarzen Jugendlichen, der zum ersten Mal eine den weißen Schülern vorbehaltene Schule betritt. In den Südstaaten. Es ist sein letzter Tag in Paris. Baldwin in einem Greyhoundbus in Richtung Südstaaten. Baldwin vertieft in das Gespräch mit Martin Luther King. Baldwin auf einem Parkplatz mit Medgar C. Evers. Baldwin mit Bayard Ruskin kurz nach dem Attentat von Birmingham im Jahr 1963. Baldwin im Fernsehen nach dem Erscheinen seines finsteren und verheerenden Essays *Nach der Flut das Feuer* (eine biblische Warnung). Und vor allem, Baldwin wie er gerade diese knatternden Wörter tippt, die nur darauf warten, vom weißen Blatt direkt ins Herz des Feindes zu treffen. Jimmy Baldwin, der Amerika zu verstehen versuchte, als es durch die Feuerhölle der Sechzigerjahre ging. Der Mann, den zuerst die Schwarzen und dann die Weißen ablehnten. Dieser Baldwin, der eine heitere und hellsichtige Frühe versprach, angesichts des blutroten Untergangs, den die Rassisten aller Seiten herbeigesehnt haben, noch herbeisehnen und weiter herbeisehnen werden. Baldwin, Sohn eines Predigers, der die ganze zornige Eloquenz der afroamerikanischen Prediger in die Waagschale geworfen hat, um dem schlimmsten Rassenhass entgegenzutreten: dem Hass der weißen Unterschicht in den Stüdstaaten. Baldwin versuchte den alten William Faulkner auf Trab zu bringen, der noch in perversen Nostalgien verharrte. Faulkner, der Gentleman-Farmer, der sich nach den langen Reihen der Sklaven auf den Baumwollfeldern in Alabama zurücksehnte. Faulkner, der noch von Schwarzen Frauen träumte, die sich zu den Baumwollblüten hinunterneigen. Baldwin, am Ende, verzweifelt, der ein weiteres Mal das Feuer prophezeit. Und das Feuer brach aus.

James Baldwin schaut mich mit seinen trüben Augen an. Heute ist er schon drüben, auf der anderen Seite. Er erscheint mir sogar sehr entspannt. Nach gut zwei Minuten Staunen bringe ich meine ersten Worte heraus:

„Es dauert vor allem sehr lange."

Baldwin lächelt leise, als läge ihm dies alles fern.

„Die Zeit existiert nicht."

„Aber Jimmy, selbst für einen Toten muss das ein Klischee sein."

„Das darfst du nicht sagen, denn es ist die einzige Wahrheit, die von Bedeutung ist."

„Die Zeit existiert jedenfalls für alle, die einmal sterben müssen."

„Man stirbt nicht, Sohn."

„Jimmy, ich möchte mit dir nicht über die Zeit diskutieren. Die Partie wäre zu ungerecht."

„Worüber möchtest du reden?"

„Natürlich über Rassismus."

Baldwin wendet mir ein so trauriges Gesicht zu, dass ich ihm plötzlich die Hand halten möchte.

„Ein Tipp", sagt er mir in ruhigem Ton, „kümmere dich nicht um den Rassismus. Das ist nicht deine Sache. Es kann dich bis ins Herz verbrennen. Weißt du, es ist besser für uns, den Rassismus den Rassisten zu überlassen. Sie sollen selbst versuchen, diese Krankheit vom Gesicht der Erde zu tilgen. Denn du kannst nicht gleichzeitig die Krankheit und die Arznei dagegen sein. Du darfst das nicht zu wichtig nehmen, sonst bleibt kein Platz mehr für etwas anderes."

„Was willst du damit sagen, Jimmy?"

„Das war damals unser Problem. Wir nahmen mit unserem Rassismus den ganzen Platz ein, und kein anderer, kein anderes Thema konnte auch nur das kleinste Stückchen Boden gewinnen. Das war unsere Tragödie. Keiner durfte sich einmischen. Ich glaube, heute sollte man den anderen etwas Platz übrig lassen."

„Auch dem Rassisten."

„Ja, denn wenn du ihm ein wenig Raum gibst, fühlt er sich beteiligt. Es ist dringend notwendig, dass auch der Weiße sich mit dem Rassismus auseinandersetzt."

„Aber es waren doch nicht die Schwarzen, Jimmy, die den Rassismus erfunden haben! Ich weiß, sie fühlen sich verfolgt, aber doch nicht im gleichen Maß wie wir."

„Ich habe dir zu diesem Thema alles bereits gesagt."

„Sei nicht sauer, Jimmy ... Und zur Homosexualität?"

„Was! Homosexualität, das geht nur mich an. Das ist eine streng persönliche Angelegenheit."

„Selbstverständlich, Jimmy, aber wie ist es jetzt damit?"

Ein spitzes Lachen.

„Stell dir nicht zu viel vor ... Man hat noch das Begehren, aber natürlich keine Erektion."

„Warum sind nach deiner Meinung noch ein paar Reste Begehren übrig, Jimmy?"

„Offenbar habe ich nicht alle meine Phantasien ausgelebt, als ich auf der Erde war ... (Er lacht und klemmt dabei die Hände zwischen die Beine.) Das ist nur das erste Stadium, sagt man mir. Ich weiß nichts darüber, verstehst du."

„Entschuldige, wenn ich darauf beharre, aber gibt es dort, wo du jetzt bist, Diskriminierung?"
„Rassisch? Nein."
„Ich meine sexuell. Haben die Engel kein Geschlecht oder ist das ein weiteres Lügenmärchen?"
Jimmy schlägt sich auf die Schenkel (ich höre nichts) und lacht das schallende Lachen der Schwarzen.
„Die ich treffe jedenfalls nicht."
Ein Engel fliegt durch den Raum.
„Du könntest also eine sexuelle Begegnung mit einem Engel haben, wenn es dazu käme ..."
„Ich glaube schon ... Nur mit der Erektion ... wie ich schon sagte ..."
Eine Pause, sie erscheint wie eine Ewigkeit.
„Und dann, Jimmy?"
„Na ja, ... abgesehen von dem kleinen Problem mit der Erektion, die man nicht mehr kontrolliert, glaube ich, ist es möglich, einen Engel flachzulegen."
„Ich schließe daraus, dass es noch nicht vorgekommen ist ..."
„Nein, bisher nicht", gibt ein plötzlich sehr heiterer Baldwin zu.
„Es geht also gut, kein Rassismus, keine sexuelle Diskriminierung. Es ist geil da oben ..."
Baldwins Gesicht wird etwas dunkler (sozusagen).
„Nun ..."
„Was, Jimmy?"
„Nur ein Problem ... Es gibt sehr wenige Schwarze ..."
„Das ist seltsam, ich hätte etwas anderes erwartet, nachdem sie die Hölle auf Erden hatten ... Man hat uns also auf der ganzen Linie belogen!"
„Angeblich haben sie sich selbst die Hölle ausgesucht ... Man möchte immer das wieder haben, was man schon kennt", warf Baldwin mit einem abgeklärten Lächeln hin. „Aber ich kann mich gar nicht beklagen ... Chester (Himes) ist bei mir, nur Dick (Richard Wright) wurde kürzlich auf eine höhere Stufe befördert. Immer in der Nähe der Macht, der arme alte Dick."
„Können wir auch über Literatur reden?"

„Ich fühle mich dem allen doch recht fern."
„Und wie verbringst du deine Tage, falls es diese Einteilung auch in der Ewigkeit gibt?"
„Mit Gesang."
„Davon wird man auf die Dauer blöde."
„Aber nein ... Wir Schwarzen haben da eine ganze Länge Vorsprung. Der Boss hört uns sehr gerne singen. Denk dran, ich bin Sohn eines Predigers."
„Trotzdem ..."
Baldwin beginnt, sich auf seinem Stuhl zu winden.
„Ich hab nicht mehr viel Zeit. Was willst du wissen? ... Beeil dich."
„Jetzt, wo du so viel Muße zum Nachdenken hast, was denkst du über das Leben, das du hier geführt hast?"
„Es war absurd! Ich bin im falschen Jahrhundert geboren, mit der falschen Hautfarbe, dem falschen Geschlecht, am falschen Ort ... Aber ich bereue nichts."
„Ein echter Masochist!"
„Die andere Frage, rasch!", drängt Baldwin.
Seine Gestalt wird immer undeutlicher.
„Wie werde ich ein guter Schriftsteller von heute?"
„Was soll das heißen?"
„Ein Schriftsteller meiner Zeit."
„Ich war in gewisser Weise ein Schriftsteller meiner Zeit und du siehst, was aus mir wird ..."
„Was wird aus dir, Jimmy", sage ich etwas verängstigt.
„Schau, ich verschwinde allmählich."
Tatsächlich, es blieb nur sein Lächeln.

# XII. TEIL
# AMERIKA IST EIN RIESIGER FERNSEHER MIT WIMMELBILDERN

## DIE AMERIKANISCHE NAIVITÄT

Ich hatte an der Columbia Universität eine weltweit führende Figur in der Hirnforschung aufgesucht. Professor Sandberg hatte soeben eine voluminöse Studie über die verschiedenen Formen der Intelligenz veröffentlicht. Seine These ist, dass die Intelligenz des Individuums vor allem ihm selbst nützt. Sie liefert ihm pausenlos Argumente, mit denen er seinen Gegner besiegen kann. Der Professor rät zur Vorsicht gegenüber der Intelligenz, die dich sogar belügt, um dir zu gefallen. Und beim Selbstmord? Dabei geschieht eine Spaltung zwischen der Intelligenz und dir selbst. Diese überzeugenden Ideen hatten mich in das Büro des Wissenschaftlers geführt.

„Herr Professor, sagen Sie mir eines: Warum glaubt in Europa jeder, wo ich auch hinkomme, vom Bauern bis zum Intellektuellen, eisern daran, dass der Amerikaner ein naives Wesen ist und dass sein Hirn sich über das eines Kindes von acht Jahren nicht hinausentwickelt hat?“

Er lächelte.

„Wissen Sie, ein Kind von acht Jahren weiß ganz schön viel … Viel mehr als gewisse Erwachsene. Doch im Unterschied zum Erwachsenen hat es noch nicht die Macht, dieses Wissen umzusetzen.“

„Sagen wir also im Fall des Amerikaners wie ein Kind von vier Jahren.“

Wieder das kluge Lächeln des Professors.

„Nun, Europa setzt sich aus sehr alten Nationen zusammen, die eng aneinandergedrängt leben und eine große Bevölkerung haben. Für diese Länder ist die Geschichte eine Folge von Kriegen, Eroberungen und Strategien. Und wer von Strategie spricht, spricht vom Geist."

„Von Intelligenz!"

„Der Geist ist universell. Intelligenz, als die Fähigkeit, sich seiner Umwelt anzupassen, scheint mir eine mehr örtlich begrenzte Gabe zu sein. Die meist nationalistischen Europäer neigen dazu, die Intelligenz sehr wichtig zu nehmen."

„Nach Ihrer Meinung ist sie gar nicht so wichtig?"

Der Professor nutzte meine Frage, um sich seine Pfeife zu stopfen.

„Intelligenz ist nützlich, vor allem wenn man sich in einer schwierigen Lage befindet. Man muss seine Intelligenz anstrengen, um aus der Patsche herauszukommen."

„Also wenn es mir gut geht, Herr Professor, brauche ich meine Intelligenz nicht anzuwenden."

„Genau ... Wenn du ein Maschinengewehr hast, brauchst du weder deine Muskeln noch deine Stimme, um die Gegner einzuschüchtern."

„Schlussendlich ist die Intelligenz die Fähigkeit des Schwachen."

Der Professor wirkt ein wenig peinlich berührt.

„Das würde ich nicht sagen. Ein mächtiger Mann kann seine Intelligenz auch einsetzen, um seinen Rivalen noch mehr zu beherrschen."

„Jetzt verstehe ich nichts mehr. Gerade sagten Sie, nur die Kleinen können intelligent sein."

„Ich würde eher sagen, ihre Intelligenz anzuwenden kann ihnen nur nützen. Aber sie ist etwas, das jeder besitzt. Sie entwickelt sich vor allem, wenn man sie braucht. Wenn man einen Kühlschrank voll tiefgekühlter Hähnchen und Puten hat, wie der heutige Stadtbewohner, weiß man mit dem Wissen des Jägers nichts anzufangen ... Man denkt überhaupt nicht daran. Es bringt einem nichts."

„Dann finde ich es pervers, wenn ein reicher und mächtiger Mann seine Intelligenz noch anwenden darf ... Da bleibt dem Anderen ja keine Chance."

„Das ist Amerika doch mit Europa geglückt ..."

„Wieso?"

„Weil Amerika selbst die Idee der Naivität verbreitet hat, nicht Europa."

„Sie wollen damit sagen, Herr Professor, dass Amerika den Europäern weisgemacht hat, es sei naiv ... Herrgott! Das finde ich wirklich pervers ..."

„Und deshalb intelligent, denn die höchste Intelligenz ist die Fähigkeit, den Gegner auf seinem eigenen Terrain zu schlagen ... Ihn glauben lassen, er sei intelligenter, als er in Wirklichkeit ist."

„Wenn ein Europäer behauptet, der Amerikaner sei naiv, äußert er eine Dummheit. Und Dummheit ist das Gegenteil von Intelligenz. Aber warum sind die Europäer auf diese Geschichte hereingefallen, die so offensichtlich falsch war. Man braucht sich Amerika nur anzuschauen, um zu erkennen, dass das alles ist, nur keine Naivität."

„Ein intelligenter Mensch findet es interessanter, ich würde sogar sagen, aufregender, einen intelligenten Gegner zu schlagen. Zu diesem Punkt braucht man nur die Berichte der europäischen Diplomaten an ihre Regierungen zu lesen. Sie schreiben mit höchstem Vergnügen über ihre Partien, wie beim Schach. So etwas könnte man mit einem Dummkopf oder einem Naiven nicht veranstalten. Die Verachtung für den Naiven würde genügen."

„Warum denken die Europäer nicht, es sei vielleicht eine andere Form von Intelligenz, die sich von der ihren unterscheidet ..."

Jetzt lacht der Professor frei heraus.

„Diese Möglichkeit existiert nicht, mein Freund. Eine Form von Intelligenz, die sich von der ihren unterscheidet, nennt man Dummheit."

„Und wenn der Naivling unangefochten die größte Macht in den Bereichen der Wirtschaft, der Politik, des Sports, des Films, der Musik et cetera auf der ganzen Welt ist?"

## EINE BEGEGNUNG

Ich traf mich mit Myrna in einer Bar im Greenwich Village von Manhattan. Die Eltern der jungen Frau stammten aus Neu Delhi.

Sie waren fünfundzwanzig Jahre davor nach Toronto ausgewandert. Da war Myrna im Alter von sechzehn auf meinen ersten Roman gestoßen.

„Freunde hatten über das Buch geredet, aber ziemlich ablehnend. Als ich den Roman kaufte, hatte ich noch keinen getroffen, der ihn mochte oder auch nur gelesen hatte ..."

„Auch nicht gelesen?"

Sie lachte.

„Ja, mir fiel gleich auf, dass die Leute darüber redeten, ohne ihn gelesen zu haben. Genau deshalb wollte ich das Buch unbedingt lesen."

„Ich verstehe nicht, wie man über ein Buch reden kann, ohne es gelesen zu haben."

„Nimm mich nicht auf die Schippe ... Das geschieht doch sehr häufig. Meist behaupten sie dann, das Buch sehr gemocht zu haben, aber in dem Fall war es das Gegenteil. Sie sprachen sogar von dir, ohne etwas über dich zu wissen ... Es war irre!"

„Und wie war deine erste Begegnung?"

„In einer Chapters-Buchhandlung im Zentrum von Toronto. Ich habe das Buch von meinem Geld bezahlt. Ich wollte nicht, dass es ein anderer für mich kaufte. Mein Vater hätte mir ein Buch mit so einem Titel sowieso nie geschenkt. Ich habe es also selbst gekauft. ... Trinkst du nichts?"

„Mir reicht es, dir zuzuhören."

„Sie haben hier gute Säfte. Aus echten Früchten."

„Ich mag keine echten Früchte."

Sie lächelte.

„Ich nahm es mit nachhause. Ich schloss mich in meinem Zimmer ein. Da ich eine sehr gute Schülerin war, ließen sie mich in meinem Zimmer in Ruhe. Mein Vater verlangt nur zwei Sachen: dass wir sehr gute Noten haben, das heißt 1+, und dass wir am Hochzeitstag noch Jungfrau sind. Da passt er auf."

„Die Noten sind leicht zu kontrollieren, aber die Jungfräulichkeit ..."

Sie errötete.

„Die kontrolliert er auch … Bei mir gab es von der Seite keine Probleme. Ich hatte nie einen Freund."
„Brave Tochter."
„Ja, das kann man wohl sagen … So kam das Buch mit einem Schlag in mein Leben und ich hatte das Gefühl, mir platzt der Kopf. So etwas hatte ich noch nie erlebt und ich kannte auch niemanden, der so etwas erlebt hatte. Ich war allein in meinem Zimmer und dachte an nichts anderes. Die Schule interessierte mich nicht mehr. Es war mir völlig egal, was mein Vater über das Leben zu sagen hatte. Ich hatte einen neuen Lehrmeister gefunden."
Schweigen. Ich senkte den Kopf.
„Ich habe das Buch auswendig gelernt."
„Mit welchen von den Mädchen …"
„Den Miz?"
„Ja, mit welcher der Miz hast du dich identifiziert?"
Sie schaute mir einen kurzen Moment direkt in die Augen.
„Mit keiner. Ich war du. Ich war keine Beute, ich war der Räuber."
„Oh …"
„So ist das. Von Anfang an wollte ich nur eines: auch so ein Buch schreiben. Aber aus meiner Perspektive. Ich wusste, dafür musste ich mit meinem Milieu, meinen Eltern, meinen Freunden brechen … Und in eine andere Stadt, sogar in ein anderes Land ziehen … So wie du."
„Bei mir war das einfacher. Ich war gezwungen, mein Land zu verlassen."
„Ich wollte alle Brücken abbrechen … Montréal war schon von dir besetzt. Daher wählte ich New York. Einen Monat, nachdem ich das Buch gelesen hatte, ließ ich alles zurück, um in New York zu leben."
„Du warst sechzehn …"
„Ich habe meinem Vater einen Abschiedsbrief hinterlassen, der alles erklärte. Ich wusste, er war zu stolz, um mich suchen zu lassen. Ich zog hierher, ins Village."
„Und du fingst an, dein Buch zu schreiben."

„Überhaupt nicht. Worte aneinanderzureihen, das war nichts für mich. Ich wollte zuerst mal leben. Ich machte mir Notizen, aber ich schrieb nicht. Überhaupt nicht."
„Und wie ist es gelaufen?"
„Es war hart. Härter, als ich es mir in meinem kleinen Zimmer in Toronto vorgestellt hatte. Es ist nicht leicht für eine Frau, als Räuber akzeptiert zu werden."
„Räuberin", verbesserte ich.
„Das klingt anders. Ich sage lieber Räuber."
„Und heute?"
Ohne mich anzusehen, griff sie in ihren Jutesack und holte ein fettes Manuskript heraus, das sie mit einem offenen Lächeln auf den Tisch legte.
„Hier bitte."

## WARUM BASEBALL DER AMERIKANISCHE NATIONALSPORT IST

Ich saß ruhig am Tisch im hinteren Teil eines schäbigen Restaurants. Die Kellnerin schien ein Auge auf mich geworfen zu haben. Eine Frau reifen Alters, etwas gebeugt in der Hüfte, mit dicken Tränensäcken. Sie kam und stellte schweigend ein großes Glas Wasser vor mich hin. Ihre Hände waren von dicken blauen Adern durchzogen. Sie sahen aus wie das Straßennetz am Ausgang einer Stadt. Die Haut war so durchsichtig, dass man bei genauerem Hinsehen das Blut in den Adern fließen sehen konnte. Diese Hände hatten über dreißig Jahre lang Geschirr gespült. Zwei bittere Falten an den Mundwinkeln verrieten etwas über ihre Sicht von der Welt. Dennoch, jedes Mal, wenn mein Blick den ihren kreuzte, verwandelte sie sich in einen errötenden Teenager. Sie hatte an diesem Tag offenbar nicht viel zu tun. Ab und zu schaute sie rasch zu mir herüber. In diesem kurzen Blick schien eine sehr alte Trauer auf. Der Blick einer Kellnerin mit viel Erfahrung. Jemand schaltete den Fernseher ein. Man sah lauter lange Kerle springen wie Raubkatzen. Auf dem

Spielfeld nur Weiße und Schwarze. Keine Frauen und keine Asiaten. Es ist ein typisch nordamerikanisches Spiel (bekanntlich sind die Japaner in Asien lebende Amerikaner). Das Witzige an den USA, die Vergangenheit ist so nah, dass man keine Perspektive wahrnimmt. Alles befindet sich auf derselben Ebene, wie auf einem naiven Bild. In jeder Geste, jeder Bewegung, jeder Handlung irgendeines Amerikaners kann man ganz Amerika finden. Man muss nur zusehen, wie die Kerle sich auf dem Spielfeld gebärden, um zu begreifen, dass Baseball im Tiefsten ein homosexuelles Spiel ist. Amerika ist seinem Wesen nach eine homosexuelle Nation, das erklärt ihre große Homophobie. Man muss sich nur das widersprüchliche Verhalten des ehemaligen FBI-Chefs Edgar J. Hoover vergegenwärtigen (homophob am Tag, homosexuell in der Nacht). Dabei spreche ich weder von Dekadenz noch von Orgien. Vielmehr von Macht. Man kann nicht über alle Menschen des Planeten herrschen wollen, wenn das nicht aus einem sexuellen Impuls heraus geschieht. Schauen Sie sich die schönen Männer mit den prallen Hintern an, wie sie mehr oder weniger ziellos über das Spielfeld laufen. Dieser Sport wird von Männern für Männer ausgeübt. Baseball sollte nackt gespielt werden. Der Instinkt. Das Terrain. Der katzenhafte Lauf (bei dem Kerl, den man gerade auf dem Bildschirm sieht. Sein Gebaren ist voll Anmut, mit dieser Verzögerung in den Bewegungen. Wie in Zeitlupe. Und dann, ganz plötzlich ... Alles geschieht in einem Sekundenbruchteil). Die großen Raubkatzen. Am Nachmittag. Der Süden. Das Begehren. Der Körper. Das Wasser. Immer dieselben Gesten. Der kleine Schmerz, von dem sich das Gesicht kurz zusammenzieht. Kaum sichtbare Zeichen der Ermüdung. Der leicht schmollende Mund. Das wachsame Auge. Dann plötzlich der Sprint. Die kräftigen, langen geschmeidigen Beine. Der Kerl, der sich mit dem ganzen Körper in eine Wolke von Staub gleiten lässt. Zu Füßen des anderen, der den Ball auffängt. Die Selbsthingabe. Das Loslassen. Die Entspannung. Genau wie ein Orgasmus.

Woher kam dieser lange traurige Blick, den die Kellnerin mir zuwarf, als ich das Restaurant betrat?

## DAS LÄCHELN DER KÖNIGIN

Wenn man Amerika verstehen möchte, muss man diesen Moment im Fernsehen erlebt haben. Es war in der Baseball-Saison. Wenn ein Spiel stattfindet, schaut ein Drittel der amerikanischen Männer fern (der Anteil der Frauen ist unbedeutend, außer ein paar Intellektuellen an der Westküste), ein weiteres Drittel hört es im Radio, weil es auf einer Brücke im Stau steckt, und das letzte Drittel braucht das Spiel nicht zu verfolgen, um zu wissen, was los ist. Jeder amerikanische Mann muss Baseball lieben. Manche Frauen, die noch Männer lieben, schauen das Spiel, um mitreden zu können. Die große Mehrheit der amerikanischen Frauen hasst diesen Sport aus verständlichen Gründen. Schnell wird einem klar, dass es sich um eine Geheimzeremonie mit eigenem Ritual, religiösen Gesängen, Hohepriestern und Millionen von Gläubigen handelt. Es ist die amerikanische Sekte mit den meisten Anhängern. Zu den Pflichten gehört eine entspannte Haltung (die Füße auf dem Tisch ist eine der ungeschriebenen Regeln). Auch obszöne Sprüche gehören dazu, vor allem, wenn ein Spiel überragend geglückt oder schrecklich gescheitert ist. Und wenn deine Mannschaft verliert, wird jeder verstehen, dass du deiner Frau abends eine Tracht Prügel verpasst. Eine Ehefrau, die dann die Polizei ruft, setzt sich erneut der Gewalt aus: der hitzigen Diskussion zwischen ihrem ohnehin überdrehten Ehemann und den herbeigerufenen Polizisten, welche Chancen ihre jeweiligen Mannschaften verpasst hätten. Der Polizist fühlt eher mit einem Kriminellen, der denselben Spieler bewundert, als mit einem Opfer, das seine Leidenschaft nicht teilt. Die Verbundenheit im Stadion ist stärker als das Gesetz. Das Fernsehen unterbricht nur äußerst selten ein Spiel. Selbst wenn ein Ereignis von größter Tragweite eintritt. Wenn man beispielsweise das Ende der Welt ankündigte, würde der Baseballfanatiker lediglich wissen wollen, wann es zu erwarten ist, um sicher zu sein, dass das Spiel nicht durch das allerletzte Finale vorzeitig abgebrochen wird. Danach sehen wir weiter. Eins nach dem anderen. Alter! gerade wird das Endspiel unterbrochen, um die Berichterstattung vom Besuch der englischen Königin in Nordamerika zu zeigen. Der Großteil der echten Baseballanhänger, die in den kleinen Städten der Südstaaten sitzen, wurden eigens am Morgen in der Sendung *Good morning, America* vom Besuch der englischen Königin unterrichtet. Trotz aller Vorkehrungen zerriss ein endloser Schrei (des Schmerzes und der Überraschung) ganz Amerika, als das Spiel unterbrochen wurde. Eine unverzeihliche Sünde war begangen worden. Man hatte die mächtigsten Männer der Welt in ihrem liebsten Freizeitvergnügen gestört. Da ist sie, die englische Königin in Großaufnahme. Mit ihrem Puppengesicht. Mit ihren weißen Handschuhen. Dem unvermeidlichen blütenbesetzten Hut. Mit ihrer ungeheuer gekünstelten Milde. „Wer ist die denn?", knurrt ein Kerl in Nebraska, der in letzter Zeit nicht viel ferngesehen hat. Nun werden Bilder von der Königin gezeigt, wie sie einem Baseballspiel beiwohnt. Die Königin erklärt, sie habe nie zuvor ein Spiel gesehen. Amerika lächelt. Das war naiv, harmlos, sympathisch. Nun hat der Scherz aber lange genug gedauert. Zurück zum Spiel. Noch einen Augenblick! Jetzt wird die Königin gezeigt, wie sie ein Zentrum für geschlagene Frauen besucht. „Was ist das denn?", fragt der Kerl aus Alabama. Auf diese Weise erfährt das amerikanische Hinterland von der Existenz geschlagener Ehefrauen. „Worüber beklagen die sich?", schnauzt ein Typ aus New Jersey. Kommt endlich das Spiel, verdammt? Plötzlich nimmt eine dicke schwarze Frau den ganzen Bildschirm ein. Sie schiebt ihre dreihundertfünfzig Pfund auf die Königin zu und küsst sie auf beide Wangen. Die Zeit bleibt eine ganze Weile stehen. Schließlich lächelt die Königin. „Mein Name ist Gwendolyn, aber man nennt mich Dolly." „Mein Name ist Elizabeth, aber man nennt mich Lilibeth." Dollys Geste für Lilibeth war so einfach und menschlich, dass dieser unversehens eine Welle des Wohlgefühls den Rücken herunterlief und sich am Ende in eine schöne Blume verwandelte: in das Lächeln der Königin.

Das Spiel ging weiter, aber die Welt hatte sich verändert. Seit dem Tod von John F. Kennedy hatte man im amerikanischen Fernsehen so etwas nicht mehr live gesehen.

## UMARMT EUCH

Unglaublich! In den Vereinigten Staaten umarmen sich alle. In einer Gesellschaft, wo vor nicht allzu langer Zeit ein ehrlicher Händedruck vollauf genügte. In früheren Zeiten war es geboten, in der Öffentlichkeit jedem (Freund oder Feind) die Hand offen entgegenzustrecken, um zu zeigen, dass man nicht bewaffnet war. Allerdings diente die Umarmung einer genaueren Überprüfung (eine bis heute von der Mafia praktizierte Technik). Heutzutage musst du jeden Bekannten, den du länger als eine Woche nicht getroffen hast, an die Brust drücken, um ihm deine Zuneigung zu zeigen. Der Schriftsteller Scott Turow berichtet, er habe es nicht fertiggebracht, sich von einem Mann ohne Umarmung zu verabschieden, den er davor nur zweimal getroffen hatte. Wie viele Minuten muss man dann einen Freund in den Armen halten, den man seit Jahren nicht gesehen hat? Und vor allem, was soll man von dem denken, der sich zuerst aus der Umarmung löst? Dies ist also jetzt der Gradmesser der Freundschaft. Freilich gibt es auch die doppelte Umarmung, man bricht sie ab, um anschließend noch fester zu drücken. Nach einem Bericht in der *New York Times* hat ein Kandidat die Wahlen in der Kleinstadt Crystal City, Missouri, verloren, weil er sich nicht von seinem Sitz erhob und seine Musiklehrerin aus der Grundschule umarmte, nachdem sie eine wunderschöne Rede über ihn als netten kleinen Jungen gehalten hatte. Früher wäre so ein Verhalten durchgegangen, heute nicht mehr. Dieser Bill Bradley war einfach nicht auf der Höhe der neuen Umgangsformen in Amerika. Die Zukunft gehört dem Kandidaten, der nicht zögert, jeden, der ihm über den Weg läuft, herzlich zu umarmen. Das gute alte Händeschütteln ist *out.* Immer die Frage nach dem Ursprung: Woher kommt diese um sich greifende Manie? Drei Schuldige sind denkbar: die Baby-Boomer, die italienischen Einwanderer und Hollywood. Sie sind üblicherweise die Sündenböcke für die Ausbreitung der Geschlechtskrankheiten in Amerika. Natürlich ist das ein Angriff auf die Sechzigerjahre. Die Epoche, als ein gewisser Teil Amerikas den Aufstand gegen die Kälte der Fünfzigerjahre probte. Im Gegensatz zu ihren Vätern, die sie als Kinder nur zu den feierlichsten Anlässen berührten, umarmten sich die Söhne nach Woodstock auch ohne Anlass. Und jetzt sind diese Leute fünfzig und an der Macht, sie haben sich also ein paar alte Gewohnheiten aus der Zeit bewahrt, als Janis Joplin und Jimi Hendrix Amerika kirre machten. So kann man etwa zwei kahlköpfige Männer von gut fünfzig sich wie kleine Mädchen umarmen sehen, nachdem sie einen saftigen Vertrag unterzeichnet haben, das heißt, von dem beide Seiten reich werden (früher einmal musste man, um reich zu werden, den anderen ficken, aber die Baby-Boomer haben, damit sie sich umarmen können, den Vertrag erfunden, von dem beide Seiten reich werden). Es ist bekannt, dass es den Italienern nicht genügt, sich die Hand zu geben, sie müssen sich wenigstens auf die Wange küssen. (Keine Übertreibung! Italiener sind keine Russen. Die Russen küssen sich mir nichts dir nichts auf den Mund. Amerika ist von dieser Praktik noch weit entfernt, trotz der Macht der Homolobby.) Hollywood ist bereits bekannt für seine dekadenten Sitten. Die ganze *Americana* zeigt jedes Mal mit dem Finger auf Hollywood, sobald eine verrufene Praktik im Land auftaucht. Dabei versucht Hollywood bei jeder Oscar-Verleihung sein Image zu verbessern. Jeder Schauspieler, jeder Komponist, jeder Produzent, jeder Drehbuchautor (dabei existiert der Drehbuchautor in Hollywood gar nicht), jeder Regisseur fühlt sich verpflichtet, sich zuallererst bei Gott zu bedanken, als gehörten all diese Leute zu einer äußerst strengen religiösen Sekte.

Trotzdem weiß jeder Bescheid. Außerdem sind auch noch die Feministinnen schuld, weil sie die Männer zu sehr gedrängt haben, ihre Schwächen zu zeigen. Daher umarmen sich jetzt auch die Schwergewichtsboxer oder die immer zornigen Ringer (sie sind wirklich aus Gummi), bevor sie auf die Waage steigen. Wann kommt der russische Kuss? Oder, noch besser, der *French kiss*?

Schau, wer kommt denn da! Ein alter Freund aus der Kindheit. Wir umarmten uns stürmisch.
„Wie geht es dir, Alter?"
„Gut, und dir, François?"
„Voll in Form (sein Lieblingsausdruck, schon als Jugendlicher). Was machst du?"
„Eine Reportage über Amerika."
„Diese Amis bringen mich zum Lachen", sagte hinter mir eine Stimme.
Mein Freund stellte den Sprecher vor.
„Philippe. Er ist eben hier gelandet. Aus Frankreich."
Philippe gab mir freundlich die Hand. Und wie alle Reisenden erzählte er von seinem ersten Abenteuer.
„Dieses Land ist toll ... Sowas gäbe es in Europa nicht!"
„Was?"
„Der Einwanderungsbeamte ... Er hat sich meine Papiere genau angekuckt. Zunächst stellte er mir die üblichen Fragen: Wie lange bleiben Sie? Was führt Sie her? Und dann plötzlich: Sind Sie Mitglied der Kommunistischen Partei? Ich sagte sofort nein. Er hat doch wohl nicht erwartet, dass ich ja sage und dann nicht einreisen darf! Er hat mich angesehen und mir den Pass zurückgegeben. Lieber Gott! Sind die immer so?"
Er lachte, wir lachten beide nicht mit.
„Wieso?", fragte ich.
„Er stellt mir eine Frage und gibt sich mit meiner Antwort zufrieden. Was, wenn ich geantwortet hätte, ich bin in der Kommunistischen Partei?"
„Du hättest einige Schwierigkeiten gehabt, einzureisen. Er hätte dich an einen Inspektor weitergereicht, der dich bestimmt gründlich ausgequetscht hätte. Das hätte mehrere Stunden gedauert ..."
„Ich habe nein gesagt und hier bin ich", erwiderte er fröhlich. „Findet ihr das nicht komisch? Klar, ihr wohnt hier, ihr habt nicht die Distanz ..."

„Ich glaube“, klinkte François sich ein, „er meint, wir wären ebenso naiv wie die Amerikaner …“

„Nein nein“, protestierte Philippe, „doch nicht ganz.“

„Du denkst also“, fuhr ich fort, „die Amerikaner wären naiv … Hör mal, mein Freund, und das ist die erste Lektion in diesem Land … Wenn du ja gesagt hättest, hätte es dich ein paar Stunden Verhör gekostet. Aber am Ende hätten die Beamten dich durchlassen müssen, da du nicht Mitglied einer Terrorgruppe bist. Im schlimmsten Fall hätten sie dich während deines Aufenthalts unauffällig überwacht … Denn in Wirklichkeit dürfen sie dich wegen deiner politischen Ansichten nicht zurückschicken. Dich schützt die amerikanische Verfassung. Aber wenn du nein sagst, machst du eine Aussage, und hey! Wenn dann die geringste Nachforschung ergibt, dass du Mitglied in irgendeiner dem Kommunismus nahestehenden Gruppe bist, da kannst du sicher sein, sie kämmen alles durch, hey! Und dann können sie dich sofort in dein Land zurückschicken, weil du gelogen hast. Wenn du lügst, wollen sie zunächst ein längeres Verhör vermeiden. Deshalb lassen sie dich glauben, du könntest sie ruhig anlügen. Vergiss nicht, sie haben so hervorragende Dienste, sie können in ein paar Sekunden viele Dinge über dich herausfinden, die nicht mal deine Mutter weiß. Das Spiel beherrschen sie perfekt. Wenn sie die Frage stellen, haben sie oft schon die Antwort auf dem Bildschirm.“

Er sagte nichts mehr.

## ÜBER DIE EINSAMKEIT

Manchmal werden wir in Gespräche verwickelt, bei denen wir das seltsame, aber deutliche Gefühl haben zu träumen. Sie fühlen sich wattig an wie ein Traum. Ich wartete in Tucson auf den Autobus, als ein Mann kam und sich neben mich setzte. Anfang sechzig, ein blauer, zu enger Anzug, saubere Fingernägel, von Alkohol oder Schlafmangel gerötete Augen. Er saß eine ganze Weile da und schaute mich schweigend an.

„Kennen wir uns?", fragte ich.
Er lächelte mich an. Ach so, er erwartete, dass ich mich an ihn erinnerte. Ich betrachtete ihn noch aufmerksamer. Allmählich kam mir sein Gesicht wieder ein.
„Sind wir uns vielleicht in Harlem begegnet?"
Er antwortete nicht.
„Genau, bei dem Dichter Quincy Troupe."
Quincy Troupe hatte seine Freunde eingeladen, ich sollte sie kennenlernen. Er wollte mir eine andere Facette von Amerika zeigen. Das Schwarze Amerika, wie er sagte. Seine Gäste hatten alle eine Verbindung zu Haiti. Er wollte mir beweisen, dass die Amerikaner nicht alle Egoisten sind. Quincy Troupe interessierte sich für haitianische Malerei. Er hat den Maler Etienne Gabriel gut gekannt. Unter anderen war an jenem Abend der Filmemacher Jonathan Demme gekommen, der gerade an einer Anthologie haitianischer Musik arbeitete, und der Schauspieler Danny Glover, der offenbar unbedingt einen Film über Toussaint Louverture und den Sklavenaufstand von Haiti machen wollte. All diese Leute redeten sehr warmherzig mit mir. Sie schienen voll Mitgefühl zu sein für ein Land mit einer ruhmreichen Vergangenheit, das immer mehr in den Treibsanden der Diktatur versank. Seine korrupten politischen Führer hatten sich mit einer unfähigen und ehrlosen Bourgeoisie verbündet, alles unter den wohlwollenden Augen der amerikanischen Regierung. Ein Gespräch unter Intellektuellen. In der Harlemer Wohnung behandelte man mich an jenem Abend voll Zuneigung. Für diese Leute repräsentierte ich Haiti. Aber ich habe mich noch nie in einer Abendgesellschaft so sehr gelangweilt. Ich fand es überhaupt nicht spannend, mir die Leier der haitianischen Missstände ein weiteres Mal anzuhören. Ich kenne diese Geschichten in allen Einzelheiten. Aber was hatte das mit diesem Mann zu tun? War er mit Jonathan Demme gekommen? Vielleicht war er ein Freund von Danny Glover?
„Kennen Sie Jonathan Demme?"
Er lächelte immer noch, vielleicht weil ich des Rätsels Lösung näher kam. Sein Lächeln war einladend. Ich sollte also weiterraten.

„Ich weiß nicht, ob Sie mir zustimmen werden", fuhr ich fort, „aber manchmal möchte man gerne ein Anderer sein. Man möchte, dass die Leute einen vergessen. Und man möchte vor allem dieses Scheißmitleid nicht mehr."

Er wandte mir jetzt sein ernstes Gesicht, das mich so fesselte, ganz zu. Ich war sicher, dass er mich an jenem Abend verstanden hatte. Er hatte gespürt (mit seiner sehr ausgeprägten Sensibilität), dass mich ihr „Mitleid" ankotzte.

„Hätte ich Ihrer Meinung nach sagen sollen, was ich dachte ... Diesen New Yorker Intellektuellen begreiflich machen, dass ich nicht Haiti war, dass Haiti ihre Tränen nicht brauchte, genausowenig wie ich ..."

Er schüttelte ruhig den Kopf, behielt aber sein feines Lächeln. Ein ungeheuer trauriges Lächeln.

„Meine Katze ist heute Morgen gestorben ..."

„Wie bitte?"

„Meine Katze ist tot. Sie ist heute um 6 Uhr 42 gestorben. Ich musste es irgendjemandem sagen."

Der Autobus hielt. Ich stieg ein. Er blieb auf der Bank sitzen. Allein.

# XIII. TEIL
# DIE RÜCKKEHR

## BOUBA, DER ALTE AFFE

Bouba! Es ist einige Zeit her, dass ich dem strubbeligen Kopf dieses alten amerikanischen Affen begegnet bin. Zuletzt sah ich ihn von hinten, wie sein langer, leicht nach vorn geneigter Rücken in den Abend ging. Eine bekiffte Sonne torkelte noch am Ende der Straße. Ich stand da mit der jungen Frau, die ich kurz zuvor in einer Bar in der Nähe getroffen hatte. Bouba ging ruhig weiter seines Wegs und sie wog immer schwerer an meinem linken Arm, während sie fragte, wer dieser Typ sei. Jetzt kam er wieder auf mich zu. Als hätten wir uns nie getrennt, als hätte Bouba nur kurz an der nächsten Ecke etwas eingekauft und wäre dann zurückgekehrt. Die Ärmel seines Hemds hingen ihm bis an die Knie. Bouba, mit seinem Gang eines Zugvogels, der nicht gern am Boden ist, wich den Autos um Haaresbreite aus, fast als würde er schwimmen. Es tat gut, das Gesicht dieses alten, leicht verrückten Eremiten wiederzusehen. So glücklich neben der Spur. Bouba, der leise pfeifend durch die Straßen streifte, ohne auf die Zeit zu achten, ohne die anderen zu beachten, der nicht einmal an sich selbst dachte, genau wie ich ihn verlassen hatte. Ich dagegen fühlte mich, als hätte mich in den letzten Wochen ein Güterzug überrollt.
Ich erinnerte mich an unser letztes richtiges Gespräch. Nach seiner Ansicht musste ich mich dringend meinen wirklichen Aufgaben widmen: viel guten Wein trinken, die attraktivsten blonden jungen Mädchen flachlegen (solche, die man gewöhnlich auf den Titeln der Modemagazine sieht), ins Theater gehen, Filme drehen, meine Meinung zum Tagesgeschehen abgeben, mich unter die *Jeunesse dorée* des reichen Amerika mischen.
„Dafür hast du doch so viel gearbeitet, Alter."

Noch auf der Türschwelle hatte ich mich umgedreht und das winzige Leuchten von Spott in seinen Augen gesehen. Ich hatte langsam die Tür hinter mir geschlossen und war auf dem Gehweg stehengeblieben, mein Manuskript unter dem Arm.

Jetzt war ich wieder hier. Es ist keine Schande zurückzukehren, wenn man damit seine Haut rettet. Doch darauf werde ich nicht weiter eingehen. Was mich in diesem Augenblick interessierte, war zu beobachten, wie Bouba zwischen den Autos hindurchtanzte, die ständig diesen Schwarzen anhupten, der sich in die Großstadt verirrt hatte, mit seinen langen Händen eines Edelmanns. Dabei hauchte er dieser Stadt jeden Tag neue Energie ein. Das tat er wie keiner, nur indem er lebendig war, lebendiger als all die anderen scheinbar so energiegeladenen Leute, von denen jeden Morgen die Stadt nur noch durchgedrehter wurde. Bouba war das schlagende Herz dieser verfluchten Stadt und sie wusste es nicht einmal. Sie würde es erst erfahren, wenn es zu schlagen aufhörte. In diesem Augenblick entdeckte er mich. Er bewegte sich auf mich zu, ohne seine Gangart zu ändern, aber ein geübtes Auge hätte mühelos ein leichtes Zittern des Hüftkopfs, ein Zusammenkrampfen in der Magengegend und eine winzige Absenkung im Kreuz erkannt. Zusammen ergab es eine ganz leichte Bewegung nach unten, als wenn sich der ganze Körper etwa zehn Sekunden im freien Fall befand. Der Schwung, den er nahm, um wieder nach oben zu kommen, erinnerte mich an den sehr kleinen Basketballspieler, über den ich an einem Nachmittag in Brooklyn so gestaunt hatte. Als er keine zehn Meter von mir entfernt war, warf er seine mageren Arme stürmisch nach vorn. Ein Autofahrer gab Gas und fuhr heftig an ihm vorbei. Bouba zog den Brustkasten ein und hielt sich auf den Fußspitzen im Gleichgewicht. Er sah aus wie Nurejew, der mitten auf der Straße tanzte. Ein Nurejew, der mal nichts auf gesellschaftliche Regeln gab. Ein vor Leben sprühender Nurejew (der hungrige junge Mann, der soeben aus Russland kam) und nicht der arme Teufel, der nur für die schnaubenden und schnarchenden Bürger in allen Zuschauersesseln der westlichen Welt seine Entrechats vorführte. Der Körper unseres Nurejew war mit Narben übersät, denn er riskierte sinnlos auf der Straße sein Leben. Die einzige gefährliche Bühne. Ein weiteres Auto fuhr schnell an ihm vorbei und saugte die warme Luft des frühen Nachmittags mit. Bouba verlor das Gleichgewicht, er ließ seine Einkaufstasche fallen, um den unvermeidlichen Sturz zu verhindern. Die Kartoffeln rollten über den heißen Asphalt, da war ein dumpfes Geräusch, wenn die Räder sie zerquetschten. Ein paar Autos versuchten, den gebündelten Karotten auszuweichen, Auberginen und Salatköpfe kullerten unter die Fahrzeuge. Bouba warf einen Blick über die Schulter nach hinten, bevor er sich in meine Arme stürzte. Die Autos fuhren weiter vorbei. All die Leute rasten zur Happy Hour, wo sie sich betrinken würden, bevor sie nach Hause gingen. Die Ehehölle. Ich spürte Boubas Atem an meinem Nacken. Den Männerkörper, den ich in den Armen hielt. Eine Euphorie, die in einen köstlichen Rausch überging: mit dem einzigen Menschen zusammen zu sein, den du in diesem Amerika sehen möchtest. Ein langes Aufatmen. Die Bäume, die Häuser, die Autos, die Straße, das alles ist nichts weiter als ein riesiges Bühnenbild, das nur für unser Wiedersehen aufgebaut wurde. Bouba ist da. Das Bühnenbild kann weg.

## BOUBAS GELÄCHTER IN DER NACHT

Seit einiger Zeit sitzt Bouba im Dunkeln. Beim Eintreten erkannte ich seine Gestalt auf der alten Couch. Mit weit aufgerissenen Augen, wie ein alter Bonze. Der Wind bläst durch das Zimmer. Die Abendluft ist schön kühl. Ich setze mich ans Fenster.
Unten gehen Leute vorbei. Ein Kind rennt einem gelben Ball hinterher. Ein altes Ehepaar. Ein Auto rast die Straße entlang. Das ist es, das Leben. Verschiedene Rhythmen.
„Ich fühle mich wohl."
„Schön."
„Das habe ich lange nicht gemacht."
„Was?"
„Einfach am Fenster sitzen."

„Das kann ich mir denken."
Ich bin nicht mehr der Typ, der auf der Straße vorbeigeht. Ich bin der Mann, der zuschaut, wie die anderen vorbeigehen. Das hatte ich dringend gebraucht. Eine Ruhepause.
„Wie war es denn?", fragt mich Bouba plötzlich.
„Was?"
„Der Erfolg."
„Schön."
„Scheitern ist noch besser", lacht Bouba im Halbdunkel.
Bouba zieht seine Beine zum Oberkörper heran, in seine Lieblingsstellung. Der Fötus. Diese runde Gestalt hat eine dichtere Masse als die Erde. Bouba gleicht einem Tier aus der Frühzeit. Verborgen im Dunkel. Ohne eine Regung. Ohne auf die Zeit und die Ordnung der Dinge zu achten.
Die Sirene eines Krankenwagens. Einer geht. Der Westen lehnt den Tod ab. Man versucht durchzuhalten. Man macht Dinge, um gegen die Langeweile anzukämpfen. Krieg, Arbeit, Reisen, Erfolg, Scheitern, Tricksereien, Mafia, wichtige Termine, Autos, Fernsehen, Macht, Geld, wissenschaftliche Entdeckungen, Literatur, Kino, Skifahren, alles was die Wunderkiste des amerikanischen Lebens bietet.
„Was bleibt noch, Bouba?"
Da wird das Zimmer von Boubas lautem Gelächter erschüttert. Das Lachen eines tanzenden Gotts. Der echte Gesang des Menschen.

## DIE ROTÄUGIGE GÖTTIN

Es klopfte an der Tür.
„Hallo!"
Erzulie lief durch das Zimmer. Es lag in weichem Halbdunkel. Bouba trank auf der Couch in aller Ruhe seinen Tee aus Shanghai. Plötzlich fuhr sie mich an: „Was machst du denn?"
„Nichts. Ich schreibe einen Artikel für ein Magazin zu Ende."

Sie warf mir einen misstrauischen Blick zu.
„Und was erzählst du?"
„Ach, es ist etwas über Amerika. So was wie ein Porträt ... Eigentlich ein Porträt von mir."
„Und was soll ich dann da drin?"
„Nichts. Warum?"
„Du hattest versprochen, etwas über mich zu schreiben."
„Ich habe dir nichts versprochen ... Ich kann mir nicht mal selbst was versprechen.
Jedenfalls kommst du nicht vor."
Sie schaute mir direkt in die Augen: „Du bist ein schöner Schweinehund, weißt du das?"
„Hör zu, fang nicht wieder damit an. Ich kenne dich nicht gut genug. Ich weiß nichts über deine Gewohnheiten, deine Geheimnisse, deine Lebenseinstellung, deinen Typ Mann, wie du schläfst, deine Träume, deine Wünsche ..."
Sie begann sich langsam auszuziehen. Das war bei ihr eine echte Manie.
„Wenn du das wolltest, hättest du es mir längst sagen können ... Warum das viele Gerede? ... Wart ein bisschen, dann hast du alle Informationen, die du dir wünschen kannst."
Ehrlich, ich glaube nicht, dass ich je schönere Brüste gesehen habe.
„Du gibst mir, ich gebe dir ..."
Oh! Großer Gott, was für ein Bauch!
„Das habe ich nicht gemeint", bringe ich endlich heraus.
Sie ist schon nackt, eine echte Feuergöttin. Alles ist schön und nichts zu verachten. Sie wird mich völlig auseinandernehmen.
Man hörte ein leichtes Hüsteln. Sie drehte sich um und entdeckte Bouba auf der Couch.
„Was macht der denn da?", fauchte sie.
„Das ist Bouba. Er wohnt hier."
„Was geht mich das an! Versteht der nicht, dass er gehen muss, das ist doch offensichtlich ..."
Bouba lächelte sanft.
„Was hat der denn? Ist der bescheuert?"

„Ich glaube nicht."
Boubas Lächeln wurde noch breiter.
„Sieht der nicht, dass wir was vorhaben? ... Der ist wohl ein Voyeur! Ich kann Perverse nicht ausstehn."
„Bouba sieht dich gar nicht."
„Ein Homo. Ich hätte es mir denken können, dass ihr schwul seid!"
„Er ist nur ein Mann in seiner Wohnung."
Sie zog sich wütend wieder an und stürzte sich buchstäblich die Treppe hinunter.

## DER SCHREIBER DES KÖNIGS

Bouba war einkaufen gegangen. Ich saß allein am Fenster. In diesen Tagen meine einzige Beschäftigung: zuschauen wie die Leute unten vorbeigingen. Ich kannte sie inzwischen fast alle. Der kleine Junge, der gerade mit einem Baguette unter dem Arm über die Straße lief, wohnte drei Häuser weiter. Das kleine Mädchen war eine Prostituierte. Ich hatte sie schon im Rotlichtbezirk gesehen. Amerika schickte seine jüngsten Soldaten an die Front. Das ist meist ein Zeichen, dass der Krieg zu Ende geht. Ohne anzuklopfen versuchte jemand die Tür einzutreten. Ich öffnete. Und stieß fast mit dem nigerianischen Taxifahrer zusammen.
„Ich war in der Gegend unterwegs und sah dich am Fenster."
Er setzte sich in den Sessel von Baldwin, starrte mich wortlos an, dann stand er wieder auf. Er musste immer in Bewegung sein. Dieser Mann konnte keine zehn Sekunden ruhig sitzen. Warum hatte er einen Beruf gewählt, in dem er den lieben langen Tag in einem Taxi eingesperrt war? Vielleicht machte er das nicht freiwillig. Wenn man nicht im Taxi unterwegs ist, verändert sich die Landschaft ständig. Auch die Menschen. Aber er und seine Reden blieben gleich, er trug immer Kleider aus Armeebeständen und war ständig überdreht. Man wartete darauf, dass er aus diesen tiefen Taschen irgendwann eine Granate herauszog. Plötzlich warf er ein festverschnürtes Paket auf den Tisch.

„Was ist das denn?"
Er antwortete nicht.
„Was soll ich mit diesem Paket anfangen?"
Seine Miene blieb unbewegt. Ich ging zum Tisch, um mir das anzusehen. Ein historischer Roman. Ich hätte es wissen müssen. Es waren sicher mehr als 1000 Seiten, manche auf der Maschine getippt, manche mit der Hand geschrieben, übersät mit großen Fettflecken. Alle möglichen Gerüche stiegen mir in die Nase. Er hatte das Buch wohl immer beim Essen geschrieben. Man wird die Bedeutung der Spaghetti in der Schwarzen Literatur nie hinreichend würdigen. Ich wandte mich nach dem Nigerianer um. Er schlief, mit offenem Mund, vollkommen erledigt. Ich versuchte mehr schlecht als recht aus dem Geschreibsel schlau zu werden. Wenn ich mich nicht irrte, handelte es von der Geschichte des letzten afrikanischen Königtums auf dem Gipfel seines Ruhms, das heißt, vor der Ankunft der „weißen Teufel", wie er sie in seinem ganzen Buch nannte. Zu jener Zeit herrschte im gesamten Königreich die reinste Harmonie. Der Autor beschreibt mit großer Sorgfalt jedes Haus, jede Pflanze, jedes Kleidungsstück der Bevölkerung. Es nimmt kein Ende. Alles ist perfekt. Nur in den letzten Kapiteln tauchen, mit der Ankunft der „weißen Hunde", in dem Reich „die Hässlichkeit" und „das Böse" auf. Dann wechselt der Autor vom lyrischen Ton der ersten zwei Drittel des Buchs zu einem direkteren Stil, der an eine Streitschrift erinnert. Gegen Ende der Erzählung packt ihn eine wilde Wut. Es hagelt Beschimpfungen. Er findet kaum Worte, die hart genug sind, um diese Hunde von Westlern zu geißeln. Da kommt einiges zusammen! Über große Strecken. Eine echte Schimpfkanonade. Unermüdlich spuckt er den Weißen Gift und Galle ins Gesicht. Es ist auch der beste Teil des Buchs. Der Autor ist jetzt ganz bei sich, der zornige Typ, der mich neulich in seinem Taxi mitgenommen hat. Er lässt jeden wissenschaftlichen Vorwand fallen. Er ist ein Mann in Wut. Er kann nicht hinnehmen, dass diese Barbaren ein so gut regiertes Königreich, einen so glanzvollen Hof, zerstört haben. Er ist zügellos. Nichts kann ihm Einhalt gebieten. Nicht einmal die wichtigsten Regeln für einen

Roman, an die er sich zu Anfang anstandslos gehalten hatte. Bis die Weißen kamen. Jetzt herrscht Krieg. Es gibt keine Regeln mehr. Die Armee des Königs scheint völlig aufgelöst zu sein. Der König ist in höchster Gefahr. Diese historische Schlacht wird zum Sturz des letzten afrikanischen Königreichs führen. Der König ist schon umzingelt. Er zieht sich in seine Privatgemächer zurück, umgeben von seiner Leibgarde. Es ist das Ende. Aber wen sehe ich? Unseren Taxifahrer. In dieser letzten Schlacht greift er persönlich in die Romanhandlung ein. Ein weißer Offizier schickt sich an, um die Gemächer herum Feuer zu legen, wie es die Legende erzählt, damit der König aus seinem Versteck herauskommt. Der Autor fällt dem Brandstifter in den Arm, indem er ihm mit einer Magnum 357 das Hirn herausbläst. Der überraschte Blick des Offiziers wird einem Historiker, der auf dieses Ereignis stößt, nicht entgehen. Woher stammt dieser seltsam gekleidete und bewaffnete Krieger? Von diesem Moment an bekommt die Schlacht eine neue Wendung und einen neuen Rhythmus. Der Nigerianer verteilt großzügig Maschinengewehre, Magnum 357-Revolver und sogar Flammenwerfer an die Mandingue-Krieger, die von dieser Wendung der Lage ziemlich überrascht sind. Wer ist der unbekannte Krieger? Fragt man sich in der Umgebung des Königs. Ogoun, natürlich, Ogoun, der Feuergott. Ogoun ist auf unserer Seite, lasst uns die weißen Hunde ausrotten. Die Armee des Königs verfolgt die weißen Hunde bis ins Meer. Im Brustton der Überzeugung fordert der Nigerianer am Schluss seines Buchs, nur so dürften echte patriotische Historiker Geschichte schreiben. Die Zeit des unparteiischen Historikers sei vorbei, der die Geschichte ohne eine Regung vor sich ablaufen lässt, und der die Ausrottung des eigenen Volkes mit ansieht, ohne einen Finger zu rühren. Während ich dies las, schnarchte der Autor weiter, mit dem Kopf auf dem Tisch. Was machte der Schreiber des Königs in der amerikanischen Hölle? Er brachte die freudige Botschaft eines freien Königreichs und eines unbesiegten Königs.

## DER KÖNIG WAR EINE KÖNIGIN

Die Tür flog heftig auf. Offenbar war das die einzige Art, hier einzutreten. Erzulie rannte auf mich zu.
„Bist du fertig?"
„Womit?"
„Na was schon! Hast du meine Rolle fertig?"
„Wieder das Gleiche. Das ist Stalking!"
„Und was ist das?", fragte sie mich mit einem Blick auf das dicke Manuskript.
„Das gehört ihm ... ich habe nichts geschrieben."
Erzulie stürzt sich auf mich, um mir das Manuskript des Nigerianers zu entreißen. Ich versuche ihren Krallen auszuweichen. Am Ende entwindet sie mir das Manuskript und wirft es quer durch das Zimmer. Ein Flügelgeräusch. Der Nigerianer wacht auf.
„Was ist los?", fragt er noch schlaftrunken.
Seine Augen werden groß wie Untertassen. Jetzt hat er begriffen. Ein hysterisches Lachen von Erzulie. Der Nigerianer rennt in alle Richtungen, den Blättern hinterher, die weiter in den Ecken des Zimmers landen. Durch das immer noch geöffnete Fenster fliegt ein einzelnes Blatt frei in den Himmel. Der Nigerianer will ihm hinterherspringen. Ich umklammere ihn an der Taille und kann ihn noch festhalten. Erzulie rollt am Boden, ihr schrilles Lachen will nicht enden. Der Nigerianer springt die Treppe hinunter und kann seine Seite gerade noch vor den Rädern eines Lastwagens retten. Erzulie steht wieder auf. Sie eilt auf die Toilette. Der Nigerianer kommt zurück, außer Atem, aber strahlend. Er setzt sich in Baldwins Sessel.
Erzulie kommt nackt aus der Toilette. Was bedeutet Nacktheit für sie? Wahrscheinlich nichts.
„Was habt ihr gegen mich ausgeheckt?"
All meine Sinne sind alarmiert. Dieser leichte Flaum zwischen den Schenkeln. Der Nigerianer scheint für diese Art Argumente unempfänglich zu sein.

„Was schreibst du?", fragt Erzulie, indem sie sich langsam dem Nigerianer nähert.
Der Nigerianer klemmt eilig sein Manuskript unter den Arm.
„Das ist privat."
„Dieses Wort kenne ich nicht", schreit Erzulie.
Allerdings.
„Zeig her", faucht sie wie eine Tigerin.
„Nein."
Der Nigerianer zuckt zurück. Wie ein Tier, das sein Junges schützt. Erzulies Schamhügel befindet sich auf der Höhe vom Mund des Nigerianers. Genau am richtigen Platz, Bruder.
„Gib her."
Der Nigerianer wehrt sich.
Erzulie kommt ihm noch näher. Ihre Schamhaare berühren die Lippen des Nigerianers. Schweigen. Ein Sonnenstrahl zerteilt das Bild. Ein sehr langes Duell. Der Nigerianer schaut Erzulie direkt in die Augen. Endlich setzt sie sich auf seinen Schoß.
„Erzähl deine Geschichte."
„Die ist lang", stammelt der Nigerianer.
„Ich habe alle Zeit der Welt", erwidert Erzulie.
Ich bin hinausgegangen, um Luft zu schnappen. Ich kannte die Chronik des verbotenen Königreichs bereits.
Auf der Treppe hörte ich das Röhren von Erzulie: „Scheiße! Es war kein König, es war eine Königin!"

## ICH BIN KEIN SCHWARZER SCHRIFTSTELLER MEHR

Das junge Mädchen sprach mich wieder mitten auf der Straße an.
„Schreiben Sie noch immer?"
„Ein wenig ..."
„Reicht das?"
„Nein, denn man muss viel schreiben, damit etwas davon übrig bleibt."
„Ach, dann wird Ihnen wohl fast nichts bleiben."

„Oh doch, ein Porträt von Baldwin, einige kurze Szenen, Begegnungen in Bars überall und nirgends, kurze Dialoge ..."
„Mehr nicht!"
„Nein."
„Was können Sie daraus machen?"
„Nichts."
„Das erste Mal, als wir uns trafen, klangen Sie überzeugter."
„Da hatte ich noch nicht angefangen zu schreiben. Schreiben ist wie der Liebesakt, das Beste ist der Moment davor."
„Nie währenddessen?"
„Manchmal. Morgens, einfach so ..."
„Warum morgens?"
„Weil ich ein Morgenmensch bin. Man muss sich entscheiden. Da ich abends mit jemandem schlafe, schreibe ich morgens."
Sie lachte schallend.
„Sind sie wirklich so?"
„Von wem reden Sie?"
„Von Ihnen, den Schriftstellern", sagte sie mit einem halben Lächeln.
„Das weiß ich nicht ... Ich pflege keinen Umgang mit ihnen."
„Ich dachte, Sie wären immer zusammen unterwegs."
„Als ich anfing zu schreiben, habe ich mir zwei Dinge vorgenommen. Erstens: nie meine Sachen jemand anderem aufzuzwingen. Ich kann Leute nicht leiden, die dich zu einem Glas bei ihnen zuhause einladen und eine Viertelstunde später fangen sie an, dir einen kompletten Roman vorzulesen."
„Das haben Sie nie gemacht?", fragte sie mich eher ungläubig.
„Nein."
„Aber mit dem Leser machen Sie es doch."
„Das ist nicht das Gleiche. Der Leser hat Geld für ein Buch ausgegeben, er kann es lesen, wann er will."
„Der Leser ist nach Ihrer Ansicht frei?"
„Ja."
„Der Drogensüchtige kauft auch ganz frei seine Dosis Kokain", wandte sie in leicht sarkastischem Ton ein.

„Lesen ist nichts Illegales."
Sie zögerte eine Sekunde.
„Einverstanden ... Und das Zweite?"
„Nie Teil irgendeiner Gruppe zu sein. Gewöhnlich ist das Zeitverschwendung."
„Aber das ist doch genau, was ich liebe! Die Schriftsteller in den Cafés zu sehen, wie sie über ihre Romane diskutieren oder sich gegenseitig ihre Gedichte vorlesen, während sie trinken bis in den frühen Morgen."
„Das ist nett, aber bei diesen Treffen schreibt man nichts. Im übrigen können die Leute tun, was sie wollen. Die wenigen Male, wo ich an solchen Abenden teilgenommen habe, war das für mich wie eine Schlangengrube. Der Hass, der Neid, die Eifersucht mischen sich leicht unter Wein und Gelächter."
„Was ist passiert, dass Sie so schwarz sehen?"
Sogleich hielt sie sich die Hand vor den Mund, wie ein Kind, das etwas ausgesprochen hat, was es nicht sagen durfte.
„Meine Stimmung ist nicht schwärzer als die von anderen ... Ich versuche, die Dinge zu sehen, wie sie sind."
„Und wie sind sie?"
Eine Viertelsekunde.
„Schwarz."
Jetzt lachte sie frei heraus.
„Das ist mir lieber, wenn Sie zu Ihrem Humor zurückfinden."
„Ihnen ist es lieber, wenn ich lüge. Denn dazu dient in Wirklichkeit der Humor, den Schmerz zu verbergen."
„Oh Gott! Sie beginnen sich selbst ernst zu nehmen."
„Ich glaube, irgendwann kommt der Moment, wo ein Mensch sagen muss, was er im Bauch hat."
Sie berührte mich sachte am Bauch, das hätte sie sich nie erlaubt, wenn ich nicht so melodramatisch geworden wäre.
„Und was ist da drin?"
„Eben, gar nichts!"
„Übertreiben Sie nicht ein wenig?"

„Ich dachte, ich hätte viel echte Wut im Bauch … Ich dachte, dass all das mich im tiefsten Innern aufwühlt …"
Ihr Blick trübte sich etwas.
„Was heißt ‚All das'?"
„Ich weiß nicht, Hass auf den Rassismus, auf die Dummheit, auf die Intoleranz … Schlussendlich auf alles, was die Grundlage unserer Epoche bildet … Und wohl auch der übrigen Epochen … Sie verstehen, was ich sagen will …"
„Und jetzt?"
„Es waren nur Worte. Mich berührt das Los der Schwarzen überhaupt nicht, genauso wenig wie das Los von sonst jemandem."
Ein leicht ironisches Lachen.
„So wird man, wenn man zu lange allein ist und keinen Umgang mit seinen Mitmenschen pflegt. Sonst wüssten Sie, dass die meisten Leute in derselben Lage sind wie Sie."
Ich schaute ihr direkt in die Augen.
„Ich weiß schon, dass sie so sind."
„Und?"
„In meiner Eitelkeit meinte ich, anders zu sein, das ist alles."
„Wie kommen Sie zu diesem Schluss?"
„Ich hatte den hochfahrenden Plan, mich sowohl bei den Weißen als auch bei den Schwarzen unbeliebt zu machen."
„Nur um die Aufmerksamkeit auf sich zu lenken."
„Das dürfen Sie nicht denken. Ich wollte etwas anders machen als sie …"
„Ja, aber …"
„Fast alle Schriftsteller, die ich lese, verteidigen eine Sache, eine Rasse, eine Hautfarbe, eine Religion, eine Gemeinschaft, ein Land … Sie sind stets in Habachtstellung … Ich wollte mich davon unterscheiden."
„Wollten sie nicht schon mit *Die Kunst, einen Schwarzen zu lieben ohne zu ermüden* die Rassenfrage hinter sich lassen?", fragte sie mit einem kehligen Lachen.
„Da haben Sie mich falsch verstanden … Ich habe nie gesagt, dass ich die Rassenfrage nicht anschneiden wollte, ich wollte sie nur

gerne ohne die Propaganda ansprechen. Das Wort „Neger" möglichst häufig verwenden, es sollte vertraut werden und alles Böse verlieren ... Ich wollte mich darin aalen, mich gewissermaßen im Rassismus suhlen. Der Neger werden, wie Christus der Mensch war."

Sie lachte laut und voll Spott.

„Entschuldigen Sie" sagte sie, lachte aber weiter, „ich kann nicht anders ... Sie vergleichen sich mit Christus ... Meinen Sie das ernst?"

„Jeder Schriftsteller ist ein wenig Christi Konkurrent oder zumindest sein Kollege. Die Idee, selbst Mensch zu werden, um die Menschen zu verstehen, zu erleiden, was sie leiden müssen, um das Leiden zu verstehen, das Fleisch kennenzulernen, um die spitzen Lanzen des Begehrens zu verstehen, schließlich zu sterben, um den Tod zu verstehen, und am dritten Tag aufzuerstehen, ganz einfach, weil man der Schöpfer ist und alles am Ende nur ein Spiel, natürlich ein sehr ernstes Spiel, nun, diese Idee ist recht nah am Roman."

Sie schien einen Augenblick nachdenklich, dann sagte sie leise:

„Für manche Metaphern sollte man die Leute ins Gefängnis sperren ... Christus ein Romanautor, so was ist mir noch nicht untergekommen. Ich weiß, diese Art von Scherzen ist jetzt Mode, aber ich finde sie unerträglich ..."

„Sie sollten das nicht so ernst nehmen ..."

Sie lachte.

„Sie vergleichen sich mit Christus, wollen „Der Neger" sein, als hätte es vor Ihnen nicht schon eine Reihe Schwarzer Schriftsteller gegeben. Sie meinen, Sie leiden unter allen Schmerzen der Welt, weil es Ihnen nicht gelingt, die Wörter so hintereinander zu schreiben, wie es Ihnen vorschwebt, und dann fordern Sie mich in aller Ruhe auf, das nicht so ernst zu nehmen ... Ich wüsste gerne, wer Sie sind."

„Ich weiß nur, was ich nicht mehr bin."

„Das ist ja schon etwas ..."

„Ich bin kein Schwarzer Schriftsteller mehr."

Eine Pause. Ein leises Lächeln.

„Sie sind kein Schwarzer Schriftsteller mehr?", fragte sie mich mit halb amüsierter, halb erstaunter Miene.
„Nein."
„Sie verzichten darauf, der größte Schwarze Schriftsteller zu werden?"
„Ja."
„Was bleibt dann noch?"
„Ausruhen."
„Der Kämpfer ruht sich aus von der Schlacht", fügte sie im gleichen Ton hinzu.
„Das ist es genau!"
„Dann viel Glück", sagte sie und küsste mich rasch auf die linke Wange.
Sie bog um die Straßenecke. Ich blieb einen Moment wie angewurzelt auf dem Gehweg stehen. Das ist unglaublich, du rennst die ganze Zeit, machst Dinge, ohne weiter nachzudenken, weil du meinst, die Zeit gehört dir für immer, und dann hast du eines Tages, einfach so, an einer Straßenecke, das wichtigste Gespräch deines Lebens mit jemandem, von dem du nicht mal den Namen kennst.
„Scheiße!"
Ich rannte hinter ihr her. Ich holte sie vor dem Cinema Saint-Louis ein.
„Entschuldigen Sie ... Ich habe nicht daran gedacht, Sie nach Ihrem Namen zu fragen."
Sie drehte sich um. Es war eine andere. Ein anderes Mädchen, ebenso groß gewachsen, mit schwarzen Haaren, feuchten Augen und einem ziemlich ebenmäßigen Gesicht. Mit der gleichen sehnsüchtigen Ausstrahlung, bei der man sich fragt, ob sie traurig oder schüchtern ist. Nach meiner Ansicht keines von beidem. In Amerika gibt es Millionen wie sie.

## ZURÜCK IN DER BADEWANNE

Lauwarmes Wasser bis zum Hals. Ich meditiere lange über die letzten Zeilen von Walt Whitman

*Deine Trillerschreie von Felsen und Hügeln erwidert,*
*Hingejagt über Steppen weit und über die Seen*
*Zu den freien Himmeln, uneingepfercht und froh und stark.*

Ich höre den Schritt von Sonia. Sie kommt in einem roten Kleid. Wie eine junge Braut in der Provinz.
„Bist du wieder da?"
„Ich habe die Badewanne nie verlassen."
Sie lacht.
„Ich war an der Bay James."
„Bei deinem Mann?"
„Ja."
„Wie geht es ihm?"
„Er bleibt wohl noch eine Weile dort. Wir brauchen Geld. Sobald er zurückkommt, ziehen wir in die Gaspésie. Ich habe das Haus schon gefunden, das wir uns kaufen. Am Meer. Genau gegenüber dem Fels mit dem Loch. Und bei dir?"
„Ach, ich weiß es nicht."
„Wirst du noch weiter reisen?"
„Vielleicht."
„Kann ich dir eine Frage stellen?"
„Solange es nicht nach der Identität ist ..."
Sie lächelt.
„Ich befürchte doch."
„Ok, aber es ist das letzte Mal."
Sie lacht verlegen.
„Ich möchte wissen, wie es ist, nicht im eigenen Land zu leben."
„Aber ich bin überall in Amerika zuhause!"

## FEUER ÜBER AMERIKA

Ich schaue aus dem Fenster.
Da kommt er an, von weitem, sein Gang wie ein Tanz, in seinen Reebok-Tennisschuhen (der schöne, federnde Gang aus dem Ghetto), mit einem grün-gelben Barett, das nur locker auf dem Kopf sitzt, wie bei den jamaikanischen Rastas. Der rechte Arm geht im Rhythmus des übrigen Körpers mit. Ein fröhliches, fast entspanntes Gesicht, im Gegensatz zu dem etwas verkrampften Oberkörper und den leicht gebeugten, feingliedrigen Beinen. Ein junges Tier, das sich anschickt zu springen oder etwas zu werfen. Das Grüne, das er in der Hand hat, ist es eine Granate oder ein Granatapfel?

**Dany Laferrière**, geboren 1953 in Port-au-Prince (Haiti), arbeitete zunächst als Journalist, bis er sich 1976 unter dem Druck des politisch repressiven Klimas gezwungen sah, nach Montréal ins Exil zu gehen. Er hat über 30 Romane geschrieben und ist einer der bekanntesten Autoren der französischsprachigen Literatur. 2014 bekamen er als Autor und Beate Thill als seine Übersetzerin den renommierten Internationalen Literaturpreis (HKW Berlin) für seinen Roman *Das Rätsel der Rückkehr*. Dany Laferrière wurde 2014 in die Académie française aufgenommen.

**Beate Thill**, geboren 1952 in Baden-Baden, studierte Anglistik und Geographie. Seit 1983 arbeitet sie als literarische Übersetzerin der Sprachen Englisch und Französisch, mit dem Schwerpunkt Literatur aus »dem Süden«, u. a. aus Afrika und der Karibik. Sie hat u. a. den kongolesischen Lyriker Tchicaya U Tam'si, den karibischen Autor Édouard Glissant, den Tunesier Abdelwahab Meddeb und die Algerierin Assja Djebar ins Deutsche übersetzt.

Bisher erschienen:

*Das Rätsel der Rückkehr*. Roman | *Tagebuch eines Schriftstellers im Pyjama.* | *Die Kunst einen Schwarzen zu lieben ohne zu ermüden.* Roman | *Ich bin ein japanischer Schriftsteller.* Roman

Alle aus dem Französischen übersetzt von Beate Thill.

www.wunderhorn.de